分手

高淇 著

新疆美术摄影出版社

图书在版编目(CIP)数据

分手 / 高淇著. -- 乌鲁木齐 : 新疆美术摄影出版社, 2014.12
ISBN 978-7-5469-6179-8

Ⅰ. ①分… Ⅱ. ①高… Ⅲ. ①长篇小说 - 中国 - 当代 Ⅳ. ①I247.5

中国版本图书馆 CIP 数据核字(2015)第 008117 号

选题策划：吴晓霞　　版式设计：李瑞芳
责任编辑：吴晓霞　　责任复审：于文胜
责任校对：李　瑞　　责任决审：李贵春
封面设计：文　昊　李瑞芳　　责任印制：刘伟煜

书　名　分　手
著　者　高　淇
出　版　新疆美术摄影出版社(www.xjdzyx.com)
地　址　乌鲁木齐市经济技术开发区科技园路 5 号(邮编 830026)
发　行　全国新华书店
网　购　当当网、京东商城、亚马逊、淘宝网、天猫、读读网、淘宝网·新疆旅游书店
制　版　新疆读读精品网络出版有限公司
印　刷　新疆新华华龙印务有限责任公司
开　本　787 mm × 1 092 mm　1/16
印　张　19.25
字　数　236 千字
版　次　2015 年 5 月第 1 版
印　次　2015 年 5 月第 1 次印刷
书　号　ISBN 978-7-5469-6179-8
定　价　46.00 元

网络出版　读读精品出版网(www.dudu-book365.com)
网络书店　淘宝网·新疆旅游书店(http://shop67841187.taobao.com)

目录

引　子

沈濛濛感觉自己人生的路即将走到了尽头！

右侧乳房阵阵疼痛，癌症后期的症状。

“没有几天了。”她忍着痛自言自语，脸上浮现出一个悲哀又幸福的微笑，推开卧室通向阳台的门，搬来一把椅子，高踞之上，俯瞰着十里秦淮河。

正午的阳光照射在河面上，河水闪烁着粼粼波光，一道道光束射向四面八方，刺痛她的双睛。她向后一仰，身体整个靠向椅背，两只胳膊交叉抱在胸前，闭目凝思。

记忆的闸门开启了，往事像一条条泼剌剌的鱼儿蹦跳出来，幸福快乐的，痛苦悲伤的，相互撞击着，在她的脑海里翻腾、流淌……

第一章　马克思与燕妮

1 离婚风波

“沈濛濛要离婚啦！”

1982年的一个夏天。在哈尔滨市电信局里，这个消息从这张嘴传给那张嘴，又从那张嘴传给下一张嘴，接力赛一般，一个传一个，很快就像这个季节疾风之下纷飞的柳絮般各处飘散。

沈濛濛要离婚了？

离婚这个念头突然冒出来时，沈濛濛自己都吓一跳，把它按下去，可是这个念头就像春天田野里蓄势待发的萌芽，可着劲地往外拱，任其怎样压制，它还是顽强地破土而出了。

沈濛濛要离婚了。

主意已定。她来到电信局“计划生育办公室”门口，心便像一个即将上战场的新兵，惶恐地狂跳不止，踌躇了几秒钟，极力强迫它平和下来，然后深吸一口气，鼓足了勇气，慢慢伸出手敲敲门。

“进来！”里面声音响亮。

她轻轻拉开门，脚后跟不着地地蹭进去。

计生办程主任正在低头看文件，干事小杜在忙着写什么。

“小沈啊，有事吗？”程主任精力旺盛抬起头问。

“程主任，我，我想，请您给我开个介绍信。”她胆怯地看着程主任支支吾吾。

程主任爽声笑了，底气十足：“上我这儿开介绍信？我这儿管婚姻，生育。你婚也结了，孩子也有了，这人生的大事你是圆满地完成了。噢，八成想要二胎吧。这可不行！你没有指标。”

“您让我生,我也没有精力,一个都快养不活了。”

“那你开什么介绍信,总不能离婚吧?”程主任笑着打趣她。

“就是开离婚介绍信。”她胆突突地看着程主任小声说。

“什么?离婚?!”程主任腾地一下从座位上跳起来,身高体健,威风凛凛,吓得她往后倒退两步。程主任气呼呼地推开椅子,走到她面前,眼睛上下审视她:白白净净的小脸蛋,小小巧巧的眉眼,白衣白裙白皮鞋,一个可爱幸福的小天使嘛。为什么要离婚?怪了事了。

“看你小脸蛋光溜溜的,没挨打吧?”程主任两眼盯着她的脸。

“没挨打。”她不解地摇摇头。

“看你整天乐呵呵的,没受气吧?”

“没受气。”她又摇摇头。

“你没挨打,不受气,离的什么婚?”程主任又气呼呼地坐回去。

“难道只有挨打受气才能离婚?”她问,心想这是什么逻辑?

“那当然啦!你随便就离婚呢?我们邻居小两口儿打得鼻青脸肿,单位也不给开介绍信让他们离婚呐,成天给调解,现在还在一起过呢。”

“那非得打死人才让离婚啊?”

“一码是一码。你为啥离婚呢?我见过你爱人,大高个儿,漂漂亮亮的,还是个大学生,别人都羡慕你呢。”

“不能光看这一点。”

“那你还看什么呀?他发工资交不交给你?”

“交啊。”

“你们家剩饭剩菜谁吃?”

“他吃啊。”

程主任一拍大腿:“工资全交,剩饭全包。上哪儿去找这样的?你身在福中不知福,胡闹什么呀?”

“程主任,不是胡闹,真的过不下去了。”

“那你说,为什么?”

“……”

“你今天不说出来,我不但不给你开介绍信,还得批评你。你们这些年轻人呐,掉在蜜罐里了还不觉得甜,我1938年参加革命的时候……”

"又来了。"濛濛想。

程主任绰号"程三八",部队转业干部,刚到电信局时逢人就说:"我1938年参加革命的时候……"

当时有人问:"程主任,现在是70年代,你才30多岁,1938年参加革命,你生下来就参加革命啦?"

"不是。那什么,1938年我两岁,有一天日本鬼子血洗了我们村,我家就剩下我爹和我了。房子都烧了怎么活呀?爹就背着我去参加革命了,那我不是也参加革命了吗?有啥不对?"程主任理直气壮。

"啊?对!1938年,你两岁,你也参加革命了。"

于是"程三八"就被叫开了。十几年了,大家当面叫她程主任,背地里都叫她"程三八"。

"程三八"没什么文化,也不爱读书学习,斗争性却很强。党的教导牢记心头,对革命工作兢兢业业认真负责,还总是以"三八老干部"自居,动不动就教训人,尤其是年轻人都成了她的教育对象。她时刻瞪大眼睛搜寻细微苗头,以便把问题消灭在萌芽之中。沈濛濛今天居然提出离婚?这问题可严重!

"你说吧,为啥要离婚?说呀,为啥?"她虎视眈眈逼视着濛濛,好像濛濛杀人放火了似的十恶不赦。

"因为马克思和燕妮。"濛濛被逼不过,只得说出实情。

"程三八"想:马克思,肯定是男的了。莫非这沈濛濛有第三者了?还是个外国人。不对呀,马克思不是革命导师吗?

"你是说那个革命导师马克思吗?"

"是。"

"程三八"想:肯定不是沈濛濛,那就是她爱人有第三者了,叫燕妮。

"燕妮是谁?她住哪?我去找她!破坏人家婚姻。欺负到咱们头上来了!这还了得?""程三八"是出了名的具有革命大无畏精神,猛打猛冲。

干事小杜扑哧一笑:"主任,燕妮是马克思的夫人,100多年前住在德国,你上哪儿去找?"

"啊,马克思的夫人叫燕妮呀。""程三八"这才知道。

"这100年前,住在德国的革命导师马克思和夫人燕妮,碍着你们什么事了?你们因为马克思和燕妮闹离婚?""程三八"顿时觉得不对劲。

“……”

“不行，你今天非得说清楚了，要不然你别想走。”“程三八”较上了劲。

“哎呀！跟您说不清。”濛濛后悔到这儿找她开介绍信，她简直是一个胡搅精。

“你说，马克思和燕妮咋地你们了？你因为他们闹离婚？这不是给革命导师脸上抹黑吗？”

“因为我不是燕妮！”濛濛赌气地说。

“你当然不是燕妮了。啊？这是哪儿跟哪儿呀。”“程三八”一愣神。

濛濛乘机转身跑了出去。

20世纪80年代初期，在中国大陆，离婚是被看作大逆不道之事。两口子不打个头破血流，闹得天翻地覆是不让离婚的，就是有铁了心要离婚不达目的不罢休三年五年地坚持持久战者，成功率也不高。

濛濛出师就不利，被“程三八”硬生生给撞了回来。她的头脑里就变出两个小人儿对峙：一个坚定派，拿矛：“离婚！”；一个妥协派，持盾：“别离啦！”

坚定派高举长矛：“不离？你能忍受他拿你当燕妮？”

妥协派挥舞大盾：“你离不了怎么办？”

坚定派一枪刺过去：“离不了也要离。”

妥协派拼力一挡：“不让你离？你怎么离？”

这两个小人儿于是就打起来了，白天晚上得空就打，一天打好几次，谁也战胜不了谁，谁也不让步，胜负难分。

几天之后，“程三八”所到之处便爆出新闻：“沈濛濛要离婚啦！”

人们议论纷纷。

“沈濛濛？哪个沈濛濛？就是业务宣传科秀秀气气、文文静静的那个？”

“啊？真看不出哎，看似文文弱弱的，却这么有魄力，竟敢离婚！”

“大胆！”

“为什么呀？没听说他们打架啊。”

“有第三者了。”

“第三者插足？谁有第三者了？是男的有了？还是女的有了？”

“两人都有，听说还是德国人。”

“啊？外国人？他们也没去过德国，是德国人来中国了？”

“不对呀，这东方、西方两个国家，一个社会主义，一个资本主义，远隔重洋，他们怎么接的头？怎么培养的感情？”

“我也觉得蹊跷，可是不由得你不信，沈濛濛不正闹离婚吗？闹得还挺凶，都到计生办开介绍信了。这边离了，那边就结呗。”

“嗯，可也是，今天夫妻双双把婚离，明天再双双把婚结。”

“在哪儿结婚哪？是德国人来中国，还是他们去德国？”

“那谁知道啊，希望德国人来中国，咱们还能参加一次婚礼，最好是西洋婚礼，咱们也开开眼。”

局里传得沸沸扬扬，濛濛走到哪儿，大家都在背后指指点点。坚定派占了上风，一顿穷追猛打，妥协派败下阵来逃之夭夭。一不做二不休，反正大家都知道了我要离婚，今天我还非离婚不可了，我沈濛濛要做的事，没有做不到的！可是没有单位介绍信怎么离？别说离婚这么大的事，就连去北京买一张火车票都得要介绍信。那个年代没有介绍信寸步难行。

怎么办呢？她苦思冥想，有了！这一天，她到局长办公室找秘书李小琳。李小琳正在铁柜前收拾柜里的东西，她拉开抽屉拿出介绍信本子说：“小琳，我要去市委办点事开个介绍信，我自己写了。”

小琳是她的好朋友，连头都没回：“你自己写吧，你字写得好看，我正忙着呢。”

“哎呀！写错了。到底不是秘书，不会写呀。我再写一张了。”

“写吧。”

她撕下一张空白介绍信装进上衣口袋里，介绍信底根写上市委，又打个叉以示作废了。晚上回家，她在空白介绍信上填上家庭所在地的街道办事处，事由写上离婚。也不知道丈夫用什么方法弄到的介绍信，哎，不去管他了。街道办事处的工作人员少不了一阵调解两边劝。可是劝来劝去两人坚决离婚，双方单位又给开了介绍信，办事处的人想：问题不严重他们领导是不会同意离婚的，最后只好给办了离婚。

濛濛已离婚的事不知道怎么被“程三八”知道了，气势汹汹一阵风刮到“纪律检查科”：“老白，这沈濛濛胆大包天，竟敢自己写介绍信，偷偷摸摸离婚啦！这还了得？这可是电信局从来没有过的大事件！咱们两个科联合起来，开大会批判她！”

白科长已经知道了濛濛离婚的事。濛濛的一个好姐妹在她离婚后马上找白科长说情，就怕有人到纪检告濛濛为难她，果然“程三八”杀来了。白科长想：凭什么人家的面子我不给，好人不做做恶人呢，就笑着说："哎呀，老程，沈濛濛私自写介绍信离婚是出人意料，但是离婚毕竟不像结婚吧？喜气洋洋大张旗鼓。你看谁离婚满天吹喇叭：'我离婚啦！'可不就得偷偷摸摸嘛。再说离婚是个人的事，又没危害单位危害旁人。沈濛濛那孩子老实巴交的，肯定有难言之隐，没事谁愿意离婚哪？你就饶了她吧。你也是个女人。"白科长拍着"程三八"的肩膀劝她。白大哥和"程三八"是同一个部队的战友，又一起转业到电信局，她有时还是听白大哥的，当时没有大闹。

"程三八"在纪检讨了个没趣。这件事就这样无声无息了结了？她不甘心！又去了相关几个科室鼓动，也没人响应她，大家拒绝和她联合起来批判沈濛濛。

"批判？离婚就批判，中国离婚的多了。都拉出来批判？"

"干脆枪毙得了，看谁还敢离婚！"

"程主任，咱不离就行了，管他谁离呢。哈？"

"嘻嘻。"

"哈哈。"

"程三八"碰了满鼻子灰还不死心，最后去找局长唠叨。局长只是笑了笑说："算了吧。"局长欣赏沈濛濛的一手好字，一篇好文，还当着大家的面夸过她："真带劲！"为宣传电信业务，沈濛濛可没少出力，有时开通新业务，时间紧急赶上星期天节假日，拿着稿子就往报社跑，谁都长着眼睛。

"程三八"四处碰壁，最后只好悻悻地作罢，但是看见濛濛便没有好眼色，心里恨恨地说："哼！便宜了你，要是在前几年，不批你个体无完肤！现在的年轻人，我1938年参加革命的时候……"

2 濛濛初嫁了

濛濛和汪杰认识，是汪杰的老邻居孙阿姨给介绍的。

1968年年末，66届、67届、68届，城市里毕业的三届初中、高中学生，统统响应毛主席号召："知识青年到农村去，接受贫下中农的再教育。"两年以后，开始陆续往城里抽调。

濛濛是1969年到农村插队，1971年从插队农村回城的，后来在哈尔滨市电信局工作。

那时大多数同学还在乡下。家有男孩的父母忙不迭地往濛濛家跑。几年来给濛濛介绍的人不少，都没成。也有男青年向她示好，但濛濛单纯，只知道看书，不懂男女之间的事情，什么乱七八糟的！那时的社会风气谈情说爱是被看成资产阶级思想，不被正面提倡，整天听到的都是革命大道理，有限的电影戏剧里看到的都是无产阶级光辉形象，就是到了婚嫁年龄也只能暗地里低调进行。濛濛是"听话的好孩子"，绝不会越"雷池"一步。她在家里是老大，没有哥哥姐姐做婚恋的榜样，母亲忙于工作无暇顾及教给她这方面的知识，读初中上的是女校，刚入局分配到"长途电话科"时全是女将，没接触过男孩。她幼稚地以为找男朋友就是找个哥哥呗。小学的时候班上有个男生专门欺负没有哥哥的女生，濛濛没有哥哥，那个男生打过她。她被吓怕了，那时候她好想有个哥哥保护自己。现在想找个哥哥也好呀。于是，找哥哥的思想在她头脑里根深蒂固。

一天濛濛对介绍的男孩说："从今天开始，你就做我的哥哥吧。"

男孩笑了给他解释："男朋友不是哥哥，以后两人要做夫妻。"

"谁要做夫妻？不当我哥哥，要你干吗？走吧！"濛濛毫不客气下了逐客令。

"傻帽儿。"男孩嘟囔着往外走。

还有一天濛濛对一个见面的男孩说："你个子真高啊！肯定有力气，这回好了，我有哥哥啦！谁要欺负我，你替我去打他。"

男孩惊奇地瞪大了眼睛不满意自己担当的角色："啊！你找我，是要我去给你打架呀？那你还是找个保镖吧。"

当时国家规定结婚年龄：男青年必须27岁以上，女青年必须25岁以上方可以登记结婚，当然越晚越好。既然国家提倡晚婚，濛濛并不在乎有没有男朋友，但是母亲在乎。25岁这一年，濛濛被母亲逼着与汪杰见面，母亲喜欢汪杰是个大学生。当时的社会状况是受过高等教育的人只占青年总数的1%，遍地是插队回城的初中、高中生，没有几个大学生。

汪杰可是铁道学院毕业的高材生，学校学生会主席，在同学中有影响力，一呼百应，老师说的话同学们可以不听，但是同学们都听他的。有一次系里组织学生去两个工厂参观，两辆大卡车一前一后开进学院，同学们呼啦啦都去抢上第一辆车，第二辆车没人上。不管老师在底下怎么喊，大家就是笑嘻嘻地挤在第一辆车上不下来。

汪杰来了，点着第一辆车上的几个人名："李京生、武建国、张红旗、林拥军，下来！”这几个人乖乖地跳下来，爬到第二辆车上。

“再下来几个！你，你，你，还有那边的几个，都下来！”被点到的人噼里啪啦跳下来，上了第二辆车。

两辆车的人员都安排好了。他跳进驾驶室坐在司机身旁，车启动了。

司机问：“你是校长吧？这么年轻有为！”

“我也是学生。”

“啊？！”

汪杰虽然是“工农兵学员”，但他是中专毕业以后从工厂经过群众推荐上的大学，不像有的同学只读过小学。他有文化底子，数理化全学过，文科尤其好，他喜爱文学。老师是最喜欢他这样的学生，有基础好教，同学们也都佩服他，尽管他有时表现出自负、傲慢的大男子主义。

汪杰身高1.84米，白白的皮肤，浓眉大眼，英俊挺拔。一天，他去收发室取家里寄来的汇款单。收发老人啧啧称赞：“这小伙子，真俊！”又感慨：“你说，也怪了，这铁道学院的小伙子一个赛一个漂亮！可是这铁道学院的姑娘啊，一个比一个丑。”

“这不足为奇，理科学院嘛。你去文科，尤其是艺术院校看看，那姑娘一个赛一个漂亮。”一位来拿信的老师插话说。

不漂亮能找吗？汪杰在学校没有女朋友。毕业以后，父母主持见了几个女孩，都不满意。真烦！这一天，他被父亲押着来和濛濛见面。濛濛还没到。老邻居几年不见了热络，孙阿姨和父亲天南地北地聊着，聊了一会儿，孙阿姨起身张罗茶水去了。汪杰心里没好气也不理父亲，顺手拿起一本书翻看。父亲看着他的架势在屋里坐着没趣，便到外面看孙阿姨忙活去了。汪杰背门而坐，心烦意乱地翻着书，心想今天这位还不知道什么爷爷奶奶样呢。

一会儿，外屋孙阿姨高声迎接客人：“濛濛，你们娘儿俩来啦！快进屋，汪杰已经到了。”也似乎是在提醒汪杰。

濛濛母女走进来，母亲在前濛濛在后。孙阿姨和汪杰的父亲也跟进来。

汪杰鼻子里哼了一声，连身子都没转过来，傲慢地回首，眼光从肩膀上方斜视着濛濛。

“燕妮！”他在心里惊喜地叫了一声，迅速转身站起，慌乱中把椅子碰翻也顾不得了，慌忙用手整理一下衣领，红着脸向濛濛点一下头：“来了，请坐。”

孙阿姨给大家做了介绍。汪杰放好椅子极不自然地坐下，偷偷打量着濛濛。

汪杰崇拜马克思，尤其敬慕马克思有一个革命的伴侣燕妮，温婉柔媚，毕生跟随辅助马克思，成就了马克思的事业。文学作品中两人忠贞不渝的爱情更被他崇尚，他暗下决心：非“燕妮”不找，否则终身不娶。

看这沈濛濛文雅娇媚，楚楚动人，一个十足的小“燕妮”。汪杰顿生爱意，谦恭热情地主动与她攀谈起来。

濛濛看着汪杰的一双大眼睛，亮晶晶、蓝莹莹、水灵灵，像汪着的一池碧水。她好喜欢。小时姥姥经常说：“看我们濛濛，要模样有模样，要个头有个头，要身材有身材，就是眼睛小了点，怎么没随了你爸爸那双大眼睛？不过眼睛小也不难看，双眼皮。”濛濛就遗憾，自己怎么没像弟弟长了一双大眼睛？就用力瞪大眼睛，可是怎么瞪眼睛还是那么小。一和弟弟吵架，弟弟就气她：“小眼儿吧唧，小眼儿吧唧！”她气得没法儿。这句话就成了弟弟的杀手锏，每战必胜。有一次她气哭了，姥姥就背后偷偷对她说：“你是小脸人儿，眼睛小也不难看，你是小双眼皮儿，内双。他再气你，你也气他。”这一天两人又吵架，弟弟又笑嘻嘻：“小眼儿吧唧……”这回她不但不生气了，还用力瞪大眼睛让内双的双眼皮儿呈现出来，气弟弟说：“小眼睛，双眼皮儿。”弟弟奇怪今天怎么杀手锏失灵了，走上前几步好好看看，濛濛真的是小双眼皮儿耶，眨巴眨巴眼睛不说话转身走了，以后再也不气她了。所以濛濛就非常喜欢别人的大眼睛。再看看汪杰高大威猛，一定是打遍天下无敌手！就要这个哥哥了。

两个人相互看上了，双方父母也满意，门当户对都是搞技术的，两亲家将来也有话聊。

从那天开始，汪杰晚上下了班不由自主他就往濛濛家走。在她的小房间里，两个人谈文学、谈名著、谈理想，更多的是和她的父母在一起交谈。年轻人履历简单，就像一张白纸，几个月以后喜结连理。

洞房花烛，濛濛傻乎乎，不知道夫妻是怎么回事。“你敢欺负我！”抡起枕头照汪杰兜头盖脸一顿猛抽！

“哎呀！哎呀！”汪杰被打得左右躲闪，叽里咕噜她从床上滚下来，“咕咚”一声掉到水泥地上，屁股摔得生疼。他站起来揉揉屁股，想再爬上床，看她站在床上举着枕头怒目而视。他不敢了，在地上站了一会儿，从床上拖过被子裹在身上，在沙发上蜷曲一夜。濛濛倒是独占一张大床“嗤儿嗤儿”睡了个好觉。

工农兵学员，也叫工农兵大学生。

1966年“文化大革命”一开始，高考就取消了。直到1971年，大学才重新开始招生。只是与以往不同的是新生是直接从工人、农民、士兵中推荐产生，而不是通过严格的高考，有的只通过简单的考试。报名者必须当过三年以上的工人、农民、士兵，这就是工农兵大学生的由来。毛主席的原意是这样就打破了高校主要招收干部子女上大学的局面，给工农子女更多上大学的机会。

中央政府把新生名额分配给各部、各省和部队，再由他们逐级向下分配名额，一级一级地分到工厂、县和师。

但是很快在许多地方和单位的推荐过程中，干部子女、有政治背景、靠裙带关系和使用各种不正当手段的学员进入大学，据统计有70%以上，而使工农兵大学变质。

由于几年来学生荒废了学业，只停留在1966年以前的文化水平，使得来自各方面不同岗位的学员文化水平参差不齐，有高中以上程度的，还有高中以下程度的，令教授抱怨工农兵学员的文化水平低，而且程度差异太大没法教。

工农兵学员是特定历史时期的产物，是个独特的教育现象，代表了一个时代，他们承载着那个特殊年代的历史使命。他们当中确实也有些通过基层逐级选拔推荐上去的优秀青年，也有许多不管是什么方式入学的都非常珍惜得来不易的学习机会，刻苦学习立志为公的有志者，更有脱颖而出的英才。不管怎样，他们是那个年代贫瘠文化沙漠中，众多青年向往和羡慕的幸运儿，也是那个时代的光荣与骄傲。

1977年恢复正常高考，工农兵大学也随之结束。

3 沐浴爱河

新婚伊始，汪杰十分宠惯濛濛，看她哪儿都好连哭都好看。吃饭时，她爱吃的东西他一口都舍不得动，她吃够了，他才倒进自己碗里。他整天围着她转，问她需要他做什么？他都不知道怎么爱她好了，不错眼地看着她，那是他心中的“燕妮”啊！汪杰曾在所有女人的身上找寻一个女人，这个女人存在于他一个意念中的梦想里，而一旦找到，那将是怎样的满足与欣喜，岂能不视为珍宝？

濛濛的心像在空中飞，快乐而满足：这个哥哥真好！有人说所有的女人都希望找到梦想中的白马王子，而于她而言王子是第二位，哥哥是第一位。现在是哥哥和王子都有了，多么的甜美与安逸，就像一盘色香味俱全的蛋糕放在她面前，信手拈来尽情地享受。又仿佛一座巍峨的山峰做她的依靠，谁再敢冒犯她，英武雄壮的哥哥一声吼："哪里走！"那些鬼头蛤蟆眼的小男生还不吓得屁滚尿流？耶！好爽！濛濛尽情地撒娇，有一点事就叫："汪杰，汪杰！"

"哎！来啦！来啦！"只要听见濛濛叫，汪杰不管正在干什么，哪怕在卫生间里也拎着裤子往外跑。

"濛濛，你要是在我们学院肯定是校花。知道你像谁吗？像燕妮。"他忘情地吻着她说。

"燕妮多漂亮啊，眼睛多大呀，我哪有燕妮好看。"她迎合着他的吻。

"眼睛是不太像，小点，但你的气质像，神态也像，既高贵又可爱。"汪杰认定了濛濛就是他遐想中的燕妮，整天做着马克思和燕妮的梦，高兴地屋里屋外唱着铁道游击队里面的插曲《弹起我心爱的土琵琶》："西边的太阳就要落山了，微山湖上静悄悄，弹起我心爱的土琵琶，唱起那动人的歌谣……"唱得还蛮有味道。

一天晚上，汪杰搂着濛濛给她讲了一个既恐怖又感人的故事《黑牡丹》。

"在一个城市的旅馆里，每天晚上 12 点就会响起枪声，打死一个男人。这个旅馆从此成了杀人魔窟，谁也不敢去住。于是旅馆主人出钱悬赏捉拿凶手，但所去之人都命丧枪口下。这一天，来了一个年轻人。把门人劝他爱惜生命让他回去，他不听执意要住。把门人只好给他一把手枪和一根蜡烛。年轻人把所有的门都关上，退到最里面一个屋里插上门，点着蜡烛一直未敢睡，时针指到午夜 12 点的时候，嚓、嚓、嚓，走廊传来一阵脚步声，阴森恐怖。"

"啊！别讲了。"濛濛吓得紧紧抱着汪杰，钻进他怀里气都不敢出。

"不怕，有我呢。"他拍拍她。

"后来呢？"她害怕，可是又想听，只有更紧紧地抱住他。

"年轻人眼看着门插被拨开，就在门被打开的一刹那，他朝着门外打了一枪。一声怪叫，一个东西倒下去，从门外流进来一摊污血。他舒出一口气擦擦汗。这时，走廊又传来脚步声，门被推开的一瞬间，年轻人'啪啪'朝外面连开两枪，一个东西倒下了，紧接着一个黑影扑进来向他打一枪，他机警地往地上一滚躲过了这一枪反手给了黑影一枪。黑影摇晃了一下转身就跑，被他一把抓住了。

"凶手被抓住了！原来年轻人是个神探。

"市民们奔走相告！几天以后审判凶手，人们都赶来听审，要看看这个狰狞的面目，异口同声说要绞死他！

“凶手被带上来。啊？人们惊呆了，竟然是一个非常美丽的年轻女人！人们不相信自己的眼睛，这是真的？女人声泪俱下地向人们讲述：她因为美丽，人送绰号‘黑牡丹’。牡丹多红、白、粉、黄，极少墨绿色，‘黑牡丹’寓意女人的绝色美貌。‘黑牡丹’本来有一个幸福的家庭，有爱她的丈夫和聪明可爱的儿子。有一天，一位年轻英俊的异国王子路过这里，喜欢上了她，她也爱上了王子，便丢下丈夫和儿子同王子私奔了。王子带着她到处游玩，最后来到一个小岛上。她一觉醒来发现王子弃她而去。她悔恨交加！几天几夜困在荒岛上，后来幸而搭上一艘经过的船获救。她饮恨学打枪、学飞檐走壁、学擒拿格斗，成了一个身怀绝技的杀手，找到王子报了仇，然后回到家乡。她无颜见丈夫和儿子，但是她想他们。她丈夫有个习惯，每天半夜睡得迷迷瞪瞪就会推开窗户向外面看。这家旅馆正对着她家窗户。她恨王子，也恨所有的男人，要把他们全杀光，所以她大开杀戒占据了这家旅馆。她还招募了两个杀手，一般她不动手，哪天晚上来了高手她才出手的。

“占据了这家旅馆以后，每天晚上夜深人静的时候她便潜进去等着。半夜，当丈夫推开窗户向外望的时候，她就隐藏在窗子侧面的黑影里，一边流着眼泪一边在心里唱着歌看着丈夫，远远望着睡在床上的儿子。

“这时有两个人飞奔到台上，扑向‘黑牡丹’。三个人抱头痛哭！原来是‘黑牡丹’的丈夫和儿子。

“孩子们哀求：‘求求你们，不要杀死我妈妈！’

“‘请求你们饶了她吧，是那个王子欺骗了她。’

“突然一个女人大喊：‘不要杀死她！应该死的是那个王子！’

“‘绞死她！她滥杀无辜。’几个男人喊。”

濛濛已是泪流满面：“最后呢？‘黑牡丹’到底处没处死？”濛濛抽抽噎噎。

“小傻瓜，这是假的，没有最后，最后要你自己去想。看你哭的，不哭了啊。”汪杰按一下她的鼻子，用嘴巴吻着她的眼泪。

她还在想着“黑牡丹”。

“濛濛，你会不会像‘黑牡丹’那样离开我？”

“不会！你这么好，还给我讲故事。”她拼命往他怀里钻。

“我也永远不会离开你，你这么可爱。你要爱听，我天天给你讲故事，我看过好多书，国内国外的都有。”汪杰把濛濛搂得更紧。

4 喜得爱子

结婚几个月以后，濛濛怀孕了。

她妊娠反应厉害，吃什么吐什么，连喝口水都吐，一个月就把她折腾得骨瘦如柴。母亲怕汪杰不会照顾，把濛濛接回家，上下班空隙照顾她。

她整天躺在床上，床边放一只痰盂，不但吃喝吐，连闻到厨房做饭的气味，甚至从外面飘进来任何一种气味也会呕吐不止，门窗整天关得严严的。她不能进食，只有靠输葡萄糖液维系生命。

"濛濛，我们不要这个孩子了，看把你折腾的。"汪杰握着她的手，眼泪汪汪心痛地说。

"不，要！已经折腾这么长时间了，再挺几个月生下来就好了。反正我就生这一个孩子。"她虚弱得连说话的力气都没有了。

"我们一辈子就要这一个孩子。"他态度坚决地说。

"嗯！就要这一个孩子。"

"我要是能代替你就好了。我身体壮，不怕折腾。"

"哪有男人怀孕的？"

"这科学家也是，都是吃干饭的，怎么也不研究出个男人能替代的办法？"他又恨又无奈地说。

十月怀胎一朝分娩，儿子出生了。由于孩子没有得到母亲的营养，瘦得皮包骨，但是尺寸很长，大家都说这孩子将来一定是个大高个儿。

汪杰的父母有了大孙子高兴万分，长房长孙啊，爷爷马上给孙子起名字叫汪洪涛。濛濛觉得这个名字听起来洪水猛兽般没什么意义，而给儿子起名汪皓宇……浩瀚的宇宙：将有多少神奇而美丽的故事给人们以无限的遐想；那又是一个无边无际知识的海洋，孩子们从小向往的地方；那也是奥妙的科学殿堂会让孩子插上理想的翅膀去翱翔。家里人都说这个名字好，但是爷爷不让步。于是孩子有了两个名字：回奶奶家叫小涛，回姥姥家叫小宇。

濛濛父母更是高兴异常。这是唯一的外孙子呀，也是女儿半条命换来的，能不宝贝吗？

相比之下，濛濛觉得汪杰并不像一般男人头胎得个儿子欣喜若狂。难道是因为怀孕时儿子折腾她了？是他家庭观念淡薄亲情不浓？还是他和儿子争宠？因为有了孩子以后，她把所有的爱都倾注到儿子身上忽略了他，他嫉妒儿子了吗？

休完产假又休养了三个月，濛濛上班了。生完孩子的她体型也没有变，还是那么苗条。有人就问："沈濛濛，你生孩子了吗？怎么一点没变啊？你看李秀华生完孩子都圆了，像个老板娘。"

濛濛没有把孩子送到托儿所。每天上班挤公共汽车，酷暑寒冬的，大人受苦孩子遭罪。濛濛母亲找到一个熟人，请求给带孩子，晚上也放在哪儿，节假日接回来，按照住家保姆的费用付钱。这样就用去了濛濛 3/5 的工资，再加上买牛奶、鸡蛋、水果等食品，就是她的全部工资。生活只能靠汪杰一个人的工资，濛濛得精打细算了。这可苦了她，又挨累又缺钱。哎！汪杰也唉声叹气："真不该要这个孩子。"

5 不似初识时

爱情是美好的。如诗如画，似美酒似鲜花，使恋爱中的男女陶醉痴迷；爱恋中的人在遐想中编织着梦幻，情意缠绵相互吸引，情感永远是至高无上的。然而再美丽的花，也会凋谢，因为是草本；再曼妙的梦，也会停止，因为醒了。走进婚姻，浪漫的情怀淹没在锅碗瓢盆里、诗情画意被柴米油盐取代。两个人仿佛从无限美景的云雾里一个跟头折到地上，脚踏实地实实在在的生活。彼此很快逐渐熟悉了、了解了，认清了水中月雾里花，相互间也就失去了吸引力，并且朝夕相处中双方的缺点和隐秘也逐渐暴露出来。就像一个化装舞会，不管怎样投入角色把最美好的一面释放，总有摘下面具的时候，还原本性。一个人骨子里的东西是改变不了的，想改也改不了。

汪杰中专、大学一直住校，工作以后住在单位，家庭观念比较淡薄，亲情也不是那么浓；衣着不讲究，邋邋遢遢；生活不能自理，没有规律；东西用完随手乱放，大大咧咧拿什么丢什么。

濛濛是家里的独生女，家境比较好，又是家族里她这一代人中第一个孩子，家里好长时间没有小孩了未免寂寞，一下有个孩子，她又是伶俐乖巧招人喜欢，集所有宠爱于一身，就惯就了她娇气、任性、爱发小脾气的坏毛病。

汪杰在铁道学院是学内燃机专业的，大学毕业后回到铁路分局机务段。单位没有这个专业，也没给他安排其他专业的技术岗位，而是让他到基层做司炉。20 世纪

70 年代末内燃机还没有普及，只有跑北京、上海的大城市有内燃机，跑其他城市还是蒸汽机。蒸汽机火车前面一个大火车头，火车头里有一个大锅炉，火车行驶时靠锅炉给火车动力。锅炉需要人烧火，烧火的人就叫司炉，跟锅炉工一样又脏又累。汪杰很不高兴，觉得单位不重视自己，自己又不是没有能力，而且机务段也就他一个年轻的大学毕业生，汪杰心情非常郁闷。上一天班累死累活，下班再骑着自行车蹬一个小时到家，精疲力竭什么也不想干。

濛濛承担了整个家务，生活的担子全部压在了她的肩头。同事们都说："看沈濛濛娇里娇气的，想不到这么能干。找这样的媳妇可划算了，上得厅堂下得厨房。"但她不是一个身强力壮的泼辣女人。别人感觉只是付出 5 分力，而于她就是付出了 10 分。尤其有了孩子以后，更是力不从心，单位的事情，家里的事情，孩子的事情，简直让她焦头烂额了。不能让她容忍的是汪杰的生活无序，东西用完到处乱放，她要用时找不到。

"汪杰，购物本呢？我明天下班顺便买点菜。"她翻遍了抽屉，掏到最里面也没找到。

汪杰想起来了，那天买完菜放在上衣口袋里，昨天弯腰给自行车打气时购物本从口袋里滑出来，当时他捡起顺手扔进工具箱，于是赶紧跑出去拿过来。

"购物本从来就是放在抽屉里的，怎么能到处乱放。"她不满地看着他说。

"对不起！我错了。"

"你错了，你总错，还能不能改了？"她没好歹地数落他。

汪杰的脸沉了下来。刚结婚时他用过东西乱丢乱放，濛濛说他，开始时他点头哈腰鸡啄米，后来就想，她凭什么这样趾高气扬？我为什么要低三下四？我又不是一个愚笨无能的男人，不就是这么点小事至于嘛。他本来就是一个自负、傲慢的人，从来也没有把谁放在眼里，如今却要取悦沈濛濛，自己的棱角全没了，这不是他的性格。他不能忍受！

这天濛濛下班回来做粥，米下到锅里，几分钟以后水开了，米粒在锅里翻滚。她一拉橱柜抽屉，原来放长柄勺的地方勺子不见了，立时火了："勺子呢？你用完又扔哪去了？"

他赶紧去找，可是忘了放什么地方找不着了。

"快点啊！能不能拿来啦？"她看着逐渐黏稠的沸水急了。

他也急了："你喊什么呀？不就是一把勺子吗？找不着又能怎么样？"

“废话！没有勺子怎么做粥？哎呀！粥冒了。”

“吱”一股粥从锅里冒出，顺着炉台流下来，淌了一地黏液。得！还得收拾。这不是无端增加工作量吗？该干的活都干不过来，这额外的又找上来，再说这黏糊糊的汤液得擦多半天才能收拾干净啊。

“别吃了！”她气得“啪”关了火，回到房间“砰”一声撞上了门，坐在床边掉眼泪。我怎么会找了这么个男人，他哪一点好？当初就是因为喜欢他那双大眼睛。可是大眼睛有什么用？又不能当饭吃。这日子还能过吗？

“濛濛，吃饭吧，粥能吃了。”过一会儿他拉不开门用力敲着门玻璃。

“那能吃吗？就熬那么点时间，你是猪啊？什么都能吃！”

“你怎么骂人？”

“都是你惹的。”

他转身出了门，骑上自行车没有目的一直往前蹬，晕晕乎乎骑进了一条死胡同，“嘣”撞上了马路牙子，车一歪，他从上面跨下来，任自行车躺倒在路边车轮飞转，双手抱头坐在石头阶上。汪杰呀汪杰，我怎么会混到这个地步？想想从小到大，在哪儿不受夸奖。小学、中学、中专，都是班长，大学是校学生会主席。可是现在可倒好，工作工作不顺心，家庭家庭不温馨，老婆老婆不给我舒心。濛濛啊濛濛，当初我怎么就那么迷上你？可那时你的确像个小公主，多么温婉可人，是我心中的偶像。现在哪里像温柔贤惠的燕妮，简直就是一只小母狼，灵牙厉爪。这往后的日子可怎么过？汪杰就这样一直坐着、想着。星星一颗一颗地蹦出来，悄悄地看着他。天完全黑了，他才趁着夜色慢慢腾腾地骑回家。

两人一夜无语，背向而眠。

濛濛的心中已有了一丝悲哀，那是对汪杰的无奈，他是拿什么丢什么，最后把儿子也丢了。

周六濛濛把孩子接回家，戴上围裙进厨房做饭。儿子跟在后面拿着一本画册：“妈妈，这个字念什么？”

“去问你爸爸。汪杰！去买点菜，把孩子也带上，我做饭别碰着他。”

她已经把饭做好了，他还没回来。一会儿，他慌慌张张地跑回来；“濛濛，孩子回来了吗？”

“孩子不是你带走了吗？”

“完了,孩子丢了！”他两眼发直。

“你怎么搞的？把孩子放哪儿给弄丢了？”她急了。

“到菜场门口,我把他抱到地上,让他站在那儿别动儿,我去把自行车送进车棚里,找半天也没有空位,好不容易挪动出个空把车塞进去,出来孩子就没了。我到处找也找不到,还以为他自己回来了。”

“两岁的孩子能自己回来吗？还不快去找！”她歇斯底里了。

邻居们听说孩子丢了，也都出来帮着分头去找。两人给两家的父母打了电话，简直天翻地覆了。

她像疯了一样，见着旮旯胡同就往里钻，连下水井也趴下喊两声:“小宇！小宇！”万一孩子掉下水井里呢。濛濛手摸着嘴唇上瞬间长起的大水泡。

汪杰紧跟着濛濛。

“你跟着我干什么？还不去找孩子！”

“濛濛,你可千万不要想不开,丢就丢了吧,以后我们再生一个。”他看着她惶恐小心地说。

“滚你的！你是不是人？丢就丢了,说得轻巧。那是儿子,不是洋娃娃,丢了再买一个。再跟你生一个,想得美！孩子真要丢了,我就跟你离婚！你是故意把孩子弄丢了,因为你嫉妒他。”她疯狂了。

“你胡说,哪个父亲嫉妒儿子？”

“那你为什么弄丢了？”

“这是偶然。”

“为什么偶然会发生在你身上？”

“我怎么知道？该死的车棚,为什么不多几个车位？”

谢天谢地！半夜时孩子找到了。原来汪杰把孩子放在那儿后,孩子转身自己就走了,蹲在有轨电车道边上玩。一个走路的老奶奶看见了,车来车往的多危险！一定是哪个粗心的家长把孩子丢了,喊了半天也没人应,抱起来给送到了派出所。孩子看见警察直哭,老奶奶说:“我抱回家去吧,把地址留下,有家长来找,就去我家。”

本来邻居大嫂已经去几个派出所挂了号,还留下了联系电话。可当时老奶奶送孩子的那个派出所白班的人下班忘记交代给夜班的人。人们找孩子找蒙了头,其中一个人说:“咱们再去派出所看看,要是后来有人捡到孩子送派出所呢。”恰巧,老奶奶一直没等到人来,又把孩子送到派出所,正好他们去派出所,就把孩子抱回来。

濛濛接过孩子紧紧地抱在怀里放声大哭。

母亲叮嘱她:“你以后孩子千万别撒手,哪怕饭不做,房间不收拾,也得把孩子看住了。汪杰你指望不上他,只能干点粗活儿,看孩子不行。”

濛濛父母对汪杰很不满,事业无成,生活不能自理,干什么什么出错,还狂傲自大。女儿可受了苦!可是有什么办法?他工作确实是累,又不得志。只能在女儿面前夸他好,否则不是挑拨他们夫妻关系吗?哎!有苦说不出,真是赔了女儿又操心。父母心痛女儿,有空就到女儿家帮忙干这干那,生活用品全给备齐了,随时缺什么少什么再给买上。真是可怜天下父母心。

【注】购物本:那个年代是计划经济,买什么都要购物本、购货券。买粮要粮本,城市居民每个月拿粮本到指定的粮店买粮食,每个人每个月的粮食是有数额定量的,农民没有粮本。买布要布票,布票全国人民都有,全国通用,其他的东西用购物本、购货券。

6 冷战

濛濛对汪杰越来越不满,跟他说话都没好气;汪杰对濛濛越来越失望,态度也强硬起来。

一个娇气任性,一个自负傲慢,这两个人在一起,针尖对麦芒谁也不让谁,难免发生矛盾,直至导致了一场“战争”。

汪杰毕业已经3年了,机务段领导一直没有启用他。铁道学院的那些同学分配到全国各地,几乎都在技术岗位,有的还走上了领导岗位,只有他还在基层。要知道当年在学校自己可是出类拔萃的,提起汪杰谁不认识他。想不到现在居然混得这么惨。他是个心高气傲的人,不会奉承说好话,也不会见风使舵,和段长的关系还因为工作上的事搞得挺僵,尽管他是对的。他虽然是做司炉工作,但大学毕业编制是干部,职称是技术员,一些涉及技术上的事他还是有发言权的。

一天,因为一个技术上的问题和段长意见分歧。他认为自己正确坚持己见,不顾旁人的暗示跟段长发生了争执,段长气得跟他拍桌子大喊:“我是段长?还是你是段长?”吓得旁边的人脑袋都缩了回去。

汪杰说:“当然你是段长。”

“知道我是段长,你喊什么!”段长瞪视着汪杰。

“可是不能因为你是段长,就没有错了。这个问题就不对。”汪杰也两只大眼直视着段长。

“你是说我错了？我从来没错过。”段长急了。

“段长，这不是开玩笑，弄不好要出事故的。”汪杰毫不退缩。

“事故？我干了这么多年，还没出过事故。你见过啥？再敢胡说八道，我，我……”段长气得不知道说什么好了，一拳砸在桌子上。

副段长听见吵骂声，走进来和几个人把汪杰拉出去，对汪杰说：“你怎么和段长吵起来了，他说什么你听着就是了，他就这脾气。”

又一个人说：“没人敢惹他，你还真有胆儿。机务段你是第一个。真爷们儿！”

“我没想过别的，我是为了工作。”汪杰苦笑着说。

段长是老铁路了，13 岁进机务段，历经日本人、国民党、共产党，三朝元老，见多识广，经验丰富，威风八面。在当时的蒸汽机时代，机务段是个大段重要部门，段长也得是过硬的。同级的干部就不用说了，他资格最老，局级干部里有好几个过去是他的手下。他本人要不是因为文化水平太低，爆脾气粗话不离口，早就当局领导了。哪个敢不听他的？想不到这个毛头小子竟敢当众顶撞他，这还了得！最后证明那个问题还是汪杰对。段长虽然嘴上没说什么，但是背地里刻意压制他。心想你小子再有本事，还不是在我手底下，大学生算什么！还不是在我工人阶级领导下。可是偏偏碰上汪杰这个不怕死的犟种，宁折不弯就是不服软。在这种情况下，有他的好日子过吗？

这一天是周末，一个同学从外地出差特意跑到机务段来看汪杰，汪杰穿着工作服浑身油渍麻花跑过来。同学已经是当地铁路局的科级干部了，衣着笔挺一尘不染。老同学见面亲亲热热说话实实在在，同学为汪杰不公说了一句：“你这么有能力的人，他们怎么会让你在基层？太不公平了！我都替你可怜。”想不到这句话深深地刺伤了汪杰的自尊心，也激起了他强烈的不满！他的恼怒就像一座岩浆汹涌的火山随时都会喷发。

濛濛下班把孩子接回家，进屋把孩子往小床上一放，就赶紧把床单被罩换下来泡在洗衣盆里，蹲在地上擦地。房间收拾好了到一边在厨房做着饭，一边在外面洗着衣服（那时还没有洗衣机，全是用手洗）。

汪杰在单位累了一天，又听了同学的话，气恼烦闷，回到家把包往地上一扔，什么也不顾了倒头便睡。

濛濛从下班到家就开始忙乎，累得腰酸背痛，想他回来能帮帮她。“汪杰，帮我把床单晾上,我快洗完了,马上我们就吃饭。”

没有动静。濛濛回屋一看,气坏了。汪杰的背包油腻腻地放在她刚擦好的地上,脏衣服也不换,就躺在她刚刚换的床单上。她最看不上他不讲卫生邋里邋遢。

“起来!把床单都弄脏了,晾衣服去!”她拽他的裤脚,但是拉不动。

他不理她,也不起来。她气极了,走出去拎起他的油包给甩到外面,“脏鬼!懒猪!”

他听见她在骂他,又听见外面响,爬起来一看包被扔到门口院子里,饭盒露出一角在地上,心想明天还怎么用饭盒吃饭呐。

“你给我捡起来!”汪杰第一次对着濛濛大吼,眼睛瞪得像两只铃铛,里面还冒着火。

濛濛也不示弱,两只小眼睛瞪得溜圆:“就不给你捡!”一转身,照着包“咣”一脚踢过去,包飞到空中慢慢划出一条弧线又快速落下,饭盒也被甩出去,在院子里滴溜溜滚一圈,“哗啦”一声散开来。

“你是不是欠揍了?”汪杰像一只被激怒的小公鸡,眼睛都红了。

“你敢!你打个试试?你打呀!”濛濛像一只怒火中烧的小母鸡,凑到他跟前,挑衅般地看着他。

汪杰愤怒了!在单位受领导的气,回家还得受老婆的气,火起!怒火壮英雄胆!照着濛濛的前胸推了一把。

濛濛万万没想到汪杰能动手,猝不及防地往后退了几步,“哐当”摔在了地上。

“啊!你打我!”濛濛大哭,汪杰竟然打她!这些年的不满和委屈一起迸发出来,从地上一骨碌爬起来,冲到他面前,小拳头像雨点一样落到他身上,嘴里还喊着:“我打死你!我打死你!”汪杰愣愣地站在那里,蒙了!不知道自己刚才做了什么,脑袋里一片空白。

濛濛回屋抱起孩子就回了娘家。

父母正在吃晚饭,见女儿满脸泪痕地抱着孩子突然回来了。母亲接过孩子担心地问:“濛濛,这么啦?”

“妈,汪杰打我。”见了亲人,濛濛“哇”一声大哭起来。

“啊?!”母亲也气急了!女儿长这么大,爹妈都没碰过一个手指头。千挑万选的女婿,竟然动手打女儿。这还了得?汪杰也太不像话啦!

“不干活,还打人,我找他家去。”濛濛从母亲怀里抱过孩子就走。

“我跟你去。”母亲神情严肃地跟出来。

娘俩儿气冲冲地来到汪杰的母亲家。邻居们听说小夫妻打架了，女家找上门来，一个个凑到门窗前探头探脑，有几个还不知趣大模大样地进到屋里。一个傻小子嘴角淌着口水拍着手连跳带叫：“打，打架啦，好看，好，好看。”

汪杰的母亲直赔礼道歉。汪杰的父亲坐在一边一声不吭。心想你家姑娘是宝贝，我家儿子在父母面前也是个宠儿呀，何况又是这么优秀，哪一点配不上你沈濛濛？让你们这么拿捏。这儿子也是，真够窝囊的了，连个老婆都降不住，整天跟个受气包儿似的，还让人家兴师动众找上门来，又丢人又憋气！于是把气都撒在了傻小子身上，对他大吼一声：“滚！”顺手从床上拿过笤帚举起来吓唬他。傻小子吓得撒腿就跑，趺趺撞撞边跑边回头指着濛濛，结结巴巴：“你，你，咋不打，打她？”逗得大家都笑起来。濛濛母女也哭笑不得。

最后，几位老人出面劝说：“汪杰错了，下次再也不敢了！汪杰妈也赔礼道歉了，消消气，回去吧。”母女俩才怏怏不快地回去了。

三天以后，汪杰见濛濛不回来，知道惹祸了，硬着头皮去她娘家接濛濛回家。

“妈。”他进门怯生生地叫了一声，然后低着头垂着两手站在一边等着挨训。

“汪杰，怎么能动手打濛濛？你可是受过高等教育的人，这可不对呀。”母亲愠怒地说。

“我没打，就推了她一下。”汪杰急忙解释。

“亏你说得出口，就推一下，你那手多有力，是推火车头的手，濛濛经得住你推呀？幸亏你是推一下，要是打一拳，还不把她打死？”

“我错了。”汪杰从嗓子眼里挤出来。

“这是第一次，也是最后一次。要是再发生这种事，我可不饶你！行了，濛濛，跟他回去吧。”

“我不回去！他白打我啦？”濛濛气呼呼地一扭头。

“那你推我一下吧。”汪杰还债似的说。

“推不行，得打一拳！”她讨价还价。

“行，打吧！”他豁出去了。

她是从小听广播电台的儿童节目长大的。她尤其喜欢听王聪叔叔讲的评书《武松传》。武松仗义英武，惩治坏人时一拳打出去，坏人就“噔噔噔噔”退出去老远，然后摔在地上。而且每次武松出手，都伴随着“噔噔噔噔”的声响。“噔噔噔噔”就成了王聪的经典语言，也是英雄武松的战利成果。人们只要说起王聪就想起了“噔噔噔”，也就想起了武松。她想今天我也要像武松一样，一拳打出去，让你汪杰也“噔噔噔噔”退出去老远，然后倒在地上。那才解气！她举着小瘦拳头，伸出小细胳膊，照着他当胸一拳打过去。他却像泰山一样岿然不动，还低着头直乐，倒把她的手打疼了，她更气了。

母亲对汪杰使个眼色。汪杰往前凑一步：“你再打！”

“行了，濛濛，别闹了，回去吧。”父亲走过来劝阻。

“不行！”她声音高出八度。

“爸，没事，让她打吧。”汪杰对父亲一眨巴眼睛，摇摇头。

父亲转过身，坐到一边不理他们了。

她举着拳头运足了气，照着他前胸打出两拳。他假装疼痛捂着胸口喊：“哎呀！哎呀！妈呀，打死我啦！疼死啦！”之后倒在地上。

“走吧！”濛濛露出了笑模样。

虽然回去了，但是濛濛的心头却蒙上了一层阴影：原想找个哥哥保护自己，没想到这个哥哥却打到自己身上。双方父母之间也有了成见。濛濛母亲对汪杰父亲非常不满：儿子打了人，还理直气壮，这样的父亲怎么能教育好儿子？几天以后汪杰回父母家被父亲一顿骂：“一个大男人不能让老婆给降住了，不用怕她，就跟她打！谁家女人不干活？”汪杰经父亲一“调教”也硬气无比。

“战斗”没有停止，在升温。只是他们不动口动手了，改成动笔，打笔仗。

头天晚上濛濛写一大篇文章指责他，压在写字台的笔筒下。第二天他也写一大篇回击她，压在笔筒下。

“冷战”持续了半年多。后来濛濛干脆带着孩子回娘家去住。

7 劳燕分飞

濛濛刚入局时，市里给电信局一个上学名额是市卫生学校的医士班，毕业以后可以做医生，原则是毕业以后回原单位。长话科都是女将，局里就把这个名额给了濛濛她们科。可能领导觉得女孩子适合做医生，科里同意让濛濛去，开始她很高兴，她就愿意读书，可是她又怕，农村需要医务人员，毕业以后分到乡下去怎么办？我的天呐！好容易回城了，到这么好的单位，再回到乡下去？说是回原单位，要是回不来呢？以后的事谁能说得准？说变就变，得，别去上这个学了。

“文化大革命”结束以后，恢复了高考制度。人们也不认为知识越多越倒霉了，一些人开始自觉地学习文化知识。濛濛此时调到了电信业务宣传科，负责电信业务对外宣传工作，和省、市的各家媒体打交道，还被报社聘为特约记者。她本来就爱看书，现在有了读书的机会，她上了三个大学：学中文、学书法、去师大旁听表姐夫的英文课。濛濛要把“文革”时期丢失的找回来，要用文化知识武装自己的头脑，填充精神世界的空白。

濛濛一个星期六个半天都要去听课：其中三个下午学中文，一个下午学书法，四天两个小时英文。濛濛每天上班时赶快把工作干完，然后骑着自行车城东城西城南城北地跑，每天除了工作以外，白天晚上都埋在了书堆里。她家务不那么尽心了，饭凉一顿热一顿也不那么应时了。

她把孩子送到了电信局幼儿园，这样可以省下一笔保姆费，孩子还能学到一些知识。星期一早晨送去，星期六晚上接回来。

一天，在班车上儿子问：“妈妈，你还是礼拜六接我吗？”

“是啊。”

“为什么别的小朋友的妈妈每天接他们回家？有一天我都哭了。”

“为什么哭？有人欺负你了吗？”

“小朋友都走了，就我一个人，晚上我害怕。老师说为什么我妈妈不接我回家，总是剩我一个人。”

她心疼地抱住儿子：“对不起！妈妈没有时间，妈妈要上学。等妈妈毕业了天天接你回家。”

“小朋友才上学呢，妈妈这么大了还上学？是不是妈妈小时候不好好学习，姥姥现在又让你上学了。”

她紧紧地抱住儿子。哎！孩子，你怎么知道妈妈这一代人的坎坷辛酸呢。

父母心疼女儿更疼爱外孙子，有时平常日就把孩子接回来住一夜，第二天早上再送回幼儿园；有时濛濛星期六忙没能及时去接孩子回家，父母或弟弟就到幼儿园把孩子接回来。孩子眼泪汪汪地看着一个一个的小朋友被接走，看见家里人来一下子扑过去。

汪杰开始有意见了：“濛濛，你上那么多大学干吗呀？一个还不够用啊？你一个女人，还能上天呐？”

“上大学就是为了上天呐？女人怎么啦？女人就不能学点文化知识了？亏你还是个大学生，思想这么守旧。”

“你就把家、孩子和我照顾好就行了，你一天拼的什么命啊？没听人说，一个家庭夫妻俩只能保一个，不可能两个人齐头并进。”

“为什么？”

“时间、精力、经济都是有限的，一个在前面冲，一个就得在后面做好后勤保障。这才是最好的家庭组合。”

“那你是让我牺牲，来保你了？”

“你也不算牺牲，你现在工作单位这么好，按部就班干下去，享受你的生活就行了，你还拼什么大学呀？”

“我不！好不容易考上大学，为什么不让我念？我就是要检验潜在的能力。如果我无能我认了，如果我有这个能力却要放弃，那我终身都会懊悔！我不想给自己的人生留下遗憾。”

“那总不能牺牲我一个大男人，来保你这个小女人吧？”

“我不要你保。”

“可是这个家要人保！孩子要不要人带？家务要不要人做？饭要不要吃？”

“孩子我带，家务活我干，饭我做。行了吧？但是你也要承担点责任。”

“我没时间、没精力，上班都够忙够累的了，还管看孩子做饭？濛濛，你就放弃吧。怎么着我也是个大男人，是个大学生，我的条件比你好，机会比你多。为什么你就不能保我？非得两个人都去拼，结果拼得两败俱伤，谁也上不去。你看看你们单位那些女人，人家多看得开，女人成不了气候。”

电信局的好些女人和汪杰持相同观点，她们比对社会上其他单位的人有一种满足感，尽情地享受生活，甘愿做丈夫的后勤部。凑到一起就谈论丈夫、孩子，穿什么衣服，做什么饭菜 。有人对濛濛不理解：一个女人有这么好的工作环境，还拼什么呀？还能拼到哪儿去？但是濛濛不去理会她们，人各有志！她不想虚度光阴，趁现在还年轻尽可能地多学一些知识。但是想不到自己的丈夫居然也有这种思想。

“哪行哪业没有女人？你们大学不也有女生吗？她们不也得拼吗？”

“你别学她们，有的初中没毕业，有的还是小学文化水平就上大学，她们不拼行吗？你应该学学燕妮，一生辅佐马克思，那才是一个好女人。我最崇拜马克思了，就希望你做燕妮。”

“让我做燕妮？”

“对呀！燕妮是我心中女性的偶像。我当初就看你像燕妮，才爱上你。你怎么不能做燕妮？”

“我做不了燕妮。”

“为什么？”

“因为你不是马克思。”

“濛濛，那我们就做一个新时代中国式的马克思和燕妮，多好啊！”他眯着眼睛无限憧憬地说。

“你做梦去吧！”濛濛觉得汪杰又好笑又可气，愣把自己想成马克思，让她去做燕妮，有病啊！

汪杰不止有一种病。一天他对濛濛说：“濛濛，你别念了，专心上班好好管家带孩子吧，我要去考大学。”

“你怎么那么自私啊？不让我上学，你大学都毕业了，还想去考大学？”

“我那是‘工农兵’，被人瞧不起。”

“‘工农兵’怎么了？那是时代的产物，你们赶上那一拨儿了，又不是你们的罪过，谁要是有成见，让他找国家理论去。”

“那不行，凭什么被人瞧不起，我又不是没有能力，考不上大学？”有一件事汪杰一直耿耿于怀，在他毕业那一年，正赶上恢复高考第一年，铁道学院迎来了第一批高考新生。作为学生会主席他去车站接新生。一个小个子学生吃力地拿着一个大行李，他赶紧接过去，关切地问：“小弟弟，从哪里来呀？”汪杰的意思是问他家住在哪个城市？

想不到，这个新生居然自豪地说：“考上来的！”

汪杰顿时觉得自己像被人抽了一记大耳光。人家是考上来的，在世人的眼里他们这些工农兵大学生是什么，也就是那一拨混上来的。冤枉啊！冤枉，一定要雪耻！我一定要考一次给你们瞧瞧。再加上这几年在单位干得窝心，所以就想重新上大学去。

“我相信你能考上。但是单位不会同意你去，已经把你培养出来了。你和单位闹僵了也不好，你工作不要了？谁给你养老婆？谁给你养孩子？谁给你拿学费？罢了，老婆不用你养，孩子我养了，但你总不能让我这个口口声声成不了气候的小女子给你拿学费吧？再说，你不就是为了争一口气去考大学吗？可是争来争去，你还不就是一个大学生吗？此大学和彼大学有什么区别？”

“那可不一样，区别大了，这是正规大学。”

“你既然想考，我也不拦你，免得你留下终身的遗憾。”

“算了，我不考了。”汪杰想了想，最后泄气地说。

“你要实在想考，还不如去考研究生。”看汪杰那样，濛濛又心不忍了提醒他。

“那你们的生活费和我的学费怎么办哪？”汪杰眼睛一亮，随即又目光暗淡下去。

“找我家去呗，谁让我妈选了你这个好女婿。”濛濛蛮有把握地说。

“濛濛，你真好！”汪杰眼睛发亮，嘴也裂开了。

“我妈不好啊？”濛濛故意问。

“妈也好。”

“不是老刁婆了？”

“那是我爸说的，我又没说 。”汪杰摸摸脑袋不好意思地说。

“你和你爸一个样，大男子主义。”

汪杰赶快联系铁道学院的导师，很快得到答复：同意！他算是有了笑模样，但是离考试时间太短工作又忙没法准备功课，结果英文没过关没考上。他的情绪又掉进了冰窟窿里，而且和段长的关系越来越僵，一天垂头丧气，回到家里干脆什么都不管了，好像不是这家人一样。

濛濛忍无可忍了。

这一天，吃过晚饭收拾利落了，濛濛斜坐在椅子上，一只胳膊拄在椅背上，用手托着头对汪杰说：“汪杰，你过来，咱俩好好谈谈吧。”

“谈吧。”汪杰走过来坐在她对面的床上，看着她严肃的样子，心想暴风雨开始了！

濛濛抬起头：“汪杰，你不觉得我们的结合是错误的吗？”

“想过。”汪杰低下头，用脚尖拨弄着地上的一块纸屑。

“你找的是燕妮，但我不是。”

“你找哥哥，可我不是一个好哥哥。”

“你不应该找我，我也不应该找你。”

“是。”汪杰抬起了头。

“都不是自己要找的人，我们，分手吧。”濛濛轻轻叹了一口气。

“分吧。我知道，你看不上我，你妈也看不上我，原来以为我大学毕业能有一番作为，想不到我这么没出息，肯定后悔了。让你妈再给你找个好哥哥吧。我认了！谁让我没出息，不能给你幸福。”

“你胡说，谁嫌你没出息了？还不是你一会儿自负一会儿自卑，一天胡说八道，什么马克思吧，燕妮吧。”

“马克思是我最崇拜的人，燕妮是马克思的忠贞伴侣。做马克思和燕妮有什么不好？”汪杰激动地站起来。

“好！做你的马克思去吧，去找你的燕妮去吧！”濛濛气恼地站起来，奔到床边伸手拉开被子，甩掉拖鞋，连衣服也没脱，蒙头裹在被子里，抽抽噎噎地哭起来，该结束了！汪杰两手插在裤袋里，两眼直愣愣地望着屋顶，就这样结束了吗？

从最初的相互欣赏到相互挑剔，从最初的相互迷恋到相互厌倦，梦一般绚烂的色彩暗淡了，消失了。浪漫美丽的抒情曲逐渐变为平淡苍白的叙述曲，最后曲终人散了。情感是多么的不堪一击，虚幻的遐想再无法继续，无论初始是多么美好。

《黑牡丹》的故事结束了。

两个人自作主张也不和父母商量，就去离了婚。也没有什么财产可以纠纷，就一套房子归了濛濛和孩子，汪杰每个月给孩子抚养费。当从街道办事处办完离婚手续出来，两个人似有话说又无话可说。解脱了，也摆脱了，不用做汪杰的燕妮了，也不用做濛濛的好哥哥了。两个人到饭店吃了一顿“分手饭”，相互之间没有了责任，自身没有了束缚，也不必对对方抱有期望，不必乌眼鸡似的相互看着不顺眼，一身轻松。席间两人抵头低低轻语，旁人看来这对小夫妻是多么的恩爱温情啊！

汪杰扛着行李，拎着他那一堆“破烂”邋里邋遢回到父母家。母亲问：“怎么啦？这是！又打起来啦？你是越战越输，这回让人家给赶出来啦？你再打架别往家跑，闹得我们也不得安生。得，一会儿又该找上门来了，我赶紧走吧。”

“离婚了！再也不会打架了。”汪杰垂头丧气。

“啊？离婚啦?！让你降住老婆不是让你离婚呢，这叫什么本事？没出息！你那些书白念了？怎么一点都不随我？一个大男人让老婆踢过来踢过去，以后还怎么在社会立足！”父亲一顿臭骂，转身气呼呼地走了。

“行了，就在家里住吧，我给你好好调养调养。”母亲心痛又无奈地说。

濛濛抱着孩子回娘家轻轻松松地告诉父母自己离婚了。父母一阵惊诧！随后母亲流下泪来，“这么大的事，你怎么不和我们商量商量？有什么大不了的，你们俩就离婚，你看谁好人离婚呢？人家还以为你们做了什么见不得人的事呢？你让我们的脸往哪儿搁？”

濛濛可不这么想,有这么严重吗?不就是个哥哥吗?这个哥哥不好就不要呗。

8 是对还是错

离婚啦!不用伺候汪杰了,也不用做那么多家务事,可解放喽,一身轻松。

一天科长对濛濛说:“小沈,你每个星期六半天去上课,是不是太多了?”

“我工作都完成了呀。”濛濛小心地说。

“可是有临时任务就得别人去做了。时间长了,大家会有意见。”

濛濛也听过有人说:“成天去上课,是上班还是上课呀?干脆去上学得了,还上班干什么?”

“这样吧,你考上大学也不容易,一个星期给你三个半天的时间,你还上你的课,只是别把工作耽误就行了。”科长说。

一个星期只有三个半天,上三个大学肯定是不行了,那只有选最主要的了。中文,工作生活都离不了,要上,英文和表姐商量商量,书法再问问老师有什么好办法。

表姐说:“你不能到学校去听课,那就晚上下班和星期天可以来我家让你姐夫给你补课。”可是表姐家和自己家一个城南一个城北,光路途骑着自行车来回得两个小时,只跑了一个月就精疲力竭,实在坚持不下来了,濛濛只好忍痛割爱。

书法老师沉思一会儿说:“这样吧,你不用去上课了,礼拜天来我家,跟他们一样,我单独给你辅导。”濛濛欣喜若狂。要知道老师可是有名的书法家,他有几个大弟子,是从千百个学生中挑选出来的。第一次书法家去他们学校做书法表演,好气派!前呼后拥,两个男弟子在前面开路,两个女弟子善后,书法家雄赳赳气昂昂走在中间。弟子们给老师拎包、拿笔墨纸砚,到位后给老师铺纸、研磨、备笔,老师拿过大笔一挥!赢来一片喝彩声。

表演结束,弟子们齐动手,收的收,装的装,然后前呼后拥着老师离开。同学们眼睛都看直了。

“哇!好气派的大书法家呀!”

“谁这么有幸能做书法家的弟子,跟随左右啊。”

几天以后,濛濛就报考了中国书画大学,还好,她还有点三脚猫的功夫。

“老师,您收我当弟子了?”当时她还有些不相信自己的耳朵。

“嗯!好好学,给。”老师把家庭地址写给濛濛。

"嗯！谢谢老师！"濛濛如获至宝紧紧攥在手里。

第一次是星期天去老师家上课。老师给濛濛介绍认识其他几个弟子，都是濛濛的师哥师姐了。他们跟老师学很长时间了，都成了气候，已经是省里的书法家，有两个还成为中国青年书法家。那几个省里的书法家老师已经给其他几位申报了中国书法家，正加紧培训他们呢。

中午了，濛濛要走。老师说："不要走，在这儿吃饭。"

濛濛想：怎么好意思在老师家吃饭？坚持要走。师哥师姐不动地儿看着她笑，看来他们是常吃了。老师硬是把濛濛留住。一会儿，师母过来告诉大家饭好了去饭厅开饭。师母个儿不高也不漂亮，胖胖的慈眉善目。吃完饭，濛濛赶紧帮助师母收桌子、洗碗、刷锅，师哥师姐们放下碗就进书房去了。师母满意地笑眯眯地看着她麻利的动作。

第二次去老师家，濛濛买了些水果，老师和师母都说："下次不要买了。"

师哥师姐们也说："以前我们也买过，老师不让买，不听他的话他会骂人的。"

但是濛濛想，老师利用一上午的时间教我们书法，师母又辛辛苦苦给我们做饭，买一点水果也是对老师和师母的答谢。以后几次去又买了东西。老师生气了："你一个'穷学生'能有几个钱？还得养家糊口。不让你买，你非得买。我告诉你，你下次再买，我给你扔出去。我不在乎这些，只要你好好跟我学。像他们似的当个书法家，那才给我争脸。"

濛濛看老师真的生气了，再也不敢买东西了。

一天，师母对老师说："你这些弟子，就数沈濛濛最懂事。"

"敢情，沈濛濛好看、嘴儿甜，一天师母师母叫得你都蒙了圈，你老太婆就找不着东南西北了。"

"不是那么回事，人家沈濛濛说话办事就是有教养，那是人家爹妈教育得好。"

"啊？我那几个弟子就没有教养了呗？"老师最听不得别人说他弟子的不是。

"我可没说。你那弟子是你的祖宗啊？还说不得碰不得了，以后再别往家领，要喜欢自己领一边喜欢去，一天还得伺候着。"

"不就是一个礼拜天吃你一顿饭吗？我每个月交你那么多钱，还不够我弟子一顿饭。"

"我不跟你说了，蛮不讲理。"

濛濛没给老师争脸,没有成为书法家。老师很失望,但是师母喜欢她。多少年以后的一天,师母打电话找濛濛,要安装一台住宅电话。濛濛亲自领着线务员去老师家查线。濛濛拉着师母的手问:"这些年不见,师母,您还好吗? 老师还好吗?"

没想到师母哭着说:"那个没良心的,走了。"原来老师和师母离婚,离家出走了。

老师家住文化局宿舍,线路很紧张,附近没有空余电话线。濛濛同情师母心想一定要帮她,就以"文化名人"的名义找电信局局长给老师家特批了一条电话线,并且一直跟着线务员,看着从很远的地方拉过来一条长长的电话线,中途穿街过巷,给师母装上电话才放心地回去。以后濛濛又拿着东西去看望师母几次,毕竟吃过师母做的饭,老师走了师母还在。濛濛每次去都问问师母有什么需要帮助做的。师母拉着她的手擦着眼泪说:"你老师就教了你这么个有良心的学生, 那些弟子现在连边儿都猫不着了。"

"他们都是书法家了,可能现在很忙,也许不在这个城市了。"是替师哥师姐解释? 还是宽慰师母? 看着老师家昔日门庭若市,今日门可罗雀,濛濛不由感叹:人情淡如水。

苦拼几年以后,濛濛大学毕业了,拿到了两个毕业证书,只可惜英文没有坚持下来。孩子也上了学,时间充足心情也稳定了,别人给她介绍男朋友也开始见了。原先同事们以为她闹离婚是有了外遇,后来才知道不是人们想象的那样,只不过是以讹传讹罢了。大家也都热心给她帮忙,介绍的人中各个行业都有,有结过婚的,还有未婚的中年男人。

再考虑婚姻也不是太难,现在不是空谈理想漫无边际的虚幻时代了,人们要求的是实实在在的东西。在现实生活中,濛濛有一个令人羡慕的工作,一份高于其他单位的稳定收入,两套住房,这是多少人企盼不来的。濛濛虽然已经 30 多岁,离婚了还有一个孩子,但是孩子在母亲家不在身边也不用她管。人又长得年轻,身材苗条,气质高雅,到哪里去人家都以为她是刚出校门的大学生。有一次,濛濛和报社的刘姐做红娘,濛濛带本单位一位 25 岁的女孩去报社见一位 28 岁的男记者。

"刘姐,我们这个女孩很腼腆,先不要明说,如果两人都满意了,再挑明。"濛濛想得周到。

"好,姑娘脸皮薄,不像小伙子。"

"你看怎么说,咱俩得先统一口径。"濛濛问刘姐。

“就说你们来报社送稿子，让小张过来拿，看一眼你们就走。要是两人都看上了，就给他们约定时间自己谈去，我们就不管了。看不上，就算了。”

双方见面了。濛濛看着男孩，虽不属英俊之类，但总体组合上乘：高高的个子，身材匀称适中，面目清秀，言语得体，有一种新闻人的特质。她觉得有点悬。聊了一会儿，站起来一语双关：“刘姐，我们走了，稿子放这，你们先商量商量怎么办，我听你的信儿。”濛濛带着女孩走了。

“张弛，知道叫你过来干什么吗？”濛濛她们走了以后刘姐笑着问男孩。

“你不是叫我过来拿稿子吗？你二版社会版发不了了？我看看，改一改就发我一版新闻版吧。”

“傻小子，是给你介绍个女朋友。稿子不用你管。”

“谢谢刘姐。哪儿的？”男孩高兴地问。

“电信局，好单位。”刘姐炫耀地说。

“这两个人，你给我介绍的是哪个呀？”男孩抑制不住地兴奋又问了一句。

听他这么说刘姐笑着故意问：“那你相中哪个了？”

“当然是那个高个儿的了，气质不凡。”

“你还挺有眼力。”刘姐忍住笑揶揄他。

“你看，你也说那个吧，这叫‘英雄所见略同’。”男孩得意地说。

“略什么同？人家已经30多岁孩子都上学了。你去当后爹呀？”泼辣的刘姐调侃他。

“去，胡说吧！可是，刘姐，她怎么长那么年轻？一点看不出。”

“别说人家了，给你介绍的那个你相没相中吧？”

“不行。”

“哪儿不行啊？”

“哎呀！你别问了。”

“到底哪儿不行啊？我还得给人家回话儿呢？”

“不行就不行了呗，别说那么多了。”

第二天，刘姐给濛濛打电话：“小沈，跟你们女孩说了吗？”

“没呢。先问问你们男孩，同意了，我再问我们女孩。”她有些担心。

“小沈，咱俩当不成红娘了。”

“你们男孩不同意呀？我们女孩多好啊。他为什么不同意啊？”

“因为你呗。”

“我怎么啦？”出乎濛濛意料。

刘姐大笑着对她讲了事情的经过，最后说：“你以后不要给别人介绍对象了，影响人家的情绪。”

以后与给自己介绍的人见面，濛濛总会拿汪杰去比较，他怎么那么矮？他怎么这么丑？这长的也太黑了？这么胖？太瘦了！哎！“一蟹不如一蟹”，弄得她没有心思再去见了。

其实濛濛知道自己心里还是装着汪杰。有时她想是不是自己太草率？因为一句话就离婚了，可当时认为那么严重，简直了不得了！现在看起来连鸡毛蒜皮都算不上。那算什么呀？说出来人家都笑，你说他有病？你也有病，你们两个人都有病！现在倒觉得“程三八”说对了：没挨打、不受气、工资全交、剩饭全包，到哪里去找这样的？身在福中不知福，闹什么离婚。哎！难道错了吗？现在后悔了吗？可是后悔又跟谁去说，不都是自己闹的吗？

汪杰离婚以后心情更不好，老婆跑了，孩子没了，领导不待见，父母不喜欢，又憋气又窝火，一头钻进书里，下了班就把自己往房里一关，更刻苦地钻研技术业务，只要掌握了必要的知识就有出头之日。他相信才华是掩盖不住的，能力被压制只是暂时的，天生我材必有用。就像走在人生旅途，不要等一辆列车开过去，才痛悔自己没有做好准备而错过了这班车，而是要做好充分的准备等待车开过来，轻轻松松搭上这班车。

一天晚上，汪杰值夜班睡不着觉，起来到外面散心。几辆机车停在那里，汪杰想起白天有个细节，书上说的和实际有些出入，便拿着手电筒钻到车底下去探个究竟。

恰逢今天白天铁道部领导视察工作，没有通知更多的人，只是在分局领导的陪同下到机务段看看，晚上便在机务段住了下来。半夜一位铁道部领导起夜，夏天天气热，回来后想到外面凉快凉快便随便走走。突然看见一个火车头下面有光亮，莫非有人搞破坏？他警觉地站在远处盯着。这时光亮灭了，一个人钻出来。部领导走上去，在路灯的照射下，看清是一位年轻人，虽然脸上抹得一块块黑，可是小伙子浓眉大眼器宇轩昂。部领导第一印象有了好感，好奇地问：“这活归你管吗？这么晚了还在干？”

“不归我管，但是我想多学学，有点问题没搞明白，乘晚上机车休息，我琢磨琢磨是怎么回事。”

部领导对小伙子这样爱学习的劲头挺喜欢，便高兴地和他交谈起来，待进一步得知汪杰是个大学生更喜爱，问他几个问题也有建树，嗯！有思想有头脑。部领导知道了汪杰现在的处境后很生气。

第二天部领导问段长："汪杰这个人怎么样？"

汪杰工作是没比的。段长虽然不喜欢他，但是这怎么能说出口，又找不出别的毛病说他不好，只好说："挺好的。"

"挺好的，为什么不启用他？这是个人才。"部领导又找到分局领导，尽陈汪杰的优点极力举荐他。不久，分局领导经过研究，任命汪杰为机务段段长。老段长退居二线了。

汪杰从心里还是佩服老段长的技能，只是两个人的犟脾气棋逢对手，作为小辈和新人，汪杰主动去和老段长讲和。老段长拍着他的肩膀说："小子，你是对的，你比我强。我能不知道吗？就是咽不下这口气，一个黄毛小子，你要说两句软乎话，我不就下台阶了。"老段长毫不隐讳地说。

"我今天向您赔礼道歉，那天不应该当众顶撞您，要尊重老前辈。"汪杰诚心诚意地说。

老段长当胸给他一拳。好重的一拳啊！与钢车铁轨打交道的老铁路的拳头，毫不拖泥带水强劲有力！好像把那一腔气恼都发泄出来。汪杰咬牙挺住了！老段长哈哈大笑："好小子，有种！行了，你好好干吧，我是老粗，没花花肠子，只要你看得起我，我在后面给你撑着。"两双男人的大手紧紧地握在了一起。汪杰心想，工人出身的老段长也是耿直爽快，两个人弃嫌修好了。在以后的工作中他就时常去请教老段长，毕竟人家是老段长经验丰富，老段长也尽力辅助他。心底无私天地宽，两人倒成了好朋友了。为了工作方便，汪杰索性把行李扛到机务段，反正家也没了，就和工人们滚在了一起。

汪杰如鱼得水很快就获得了成功，机务段成绩突出。在年终总结大会上，分局领导刻意表扬了他。他上台发言时激动诚恳地说："机务段所以能圆满地完成任务，是在老段长的辅助下，在副段长的协助下，是全段职工的努力结果，我只是个执行者。今天在这里，我向机务段全体干部职工表示感谢，谢谢大家一年里对我的帮助和支持。我给你们敬礼啦！"他转过身朝台下深深地一鞠躬。台下一片掌声。老段长的掌声最响，眼里还有泪光，突然情不自禁地站起来，大喊一声："好小子！"

于是，机务段的人噼里啪啦站起来，一片呼声："好样的！段长。"

"段长,真棒啊!"

"段长,没说的。你就领着我们干吧!"

全场爆发出一阵更热烈更长久的掌声!给机务段,给汪杰。

汪杰也感动得热泪盈眶。这就是工人阶级!多么朴实,多么容易满足,没有过高的要求。只要你为他们付出一点,他们就回报你全部。有了这样的好部下,我怎么能不好好干?怎么能不为他们去争取更多更好的呢?

在汪杰任段长期间,机务段一直是局里的先进,当然也带来一些相应的经济利益。

改革开放以后,中国打破了计划经济的框架,逐步实行了市场经济,各单位纷纷成立组建各种公司。两年以后,铁路分局为了营收和提高职工的生活水平,也成立一个经营公司。局领导考虑到各方面的协调关系,认为汪杰是最好的人选。他的同学遍布全国各地,而且大部分在领导岗位,汪杰在同学中有影响力,谁都会给他面子买他的账,这是做生意必不可少的人脉。最主要的是汪杰正直无私,人品信得过,聪颖有头脑又有文化,在今后错综复杂多变的商海中,不至于迷离。于是,任命汪杰为公司总经理。老段长惋惜,找到局领导也是他过去的部下说:"机务段培养出一个优秀段长不容易,不能换别人吗?"

局领导热情地把老段长让到椅子上,然后拉过一把椅子坐到老段长面前,"老领导,那您说,有谁比汪杰更合适,既然国家给了我们创收的机会,怎么能不把好钢用在刀刃上呢?汪杰是人才,我相信放在哪里都不含糊,可是现在得分个轻重缓急呀。在全局这么多的干部中,汪杰能出任公司总经理,当此重任,您也有一份功劳啊!您培养出来的。老领导,何止是汪杰,我们都是您培养出来的,您就像父亲一样。而今儿女都成才了,展翅高飞了,您应该高兴啊,就回去让师母给您炒两个好菜,喝杯小酒偷偷地乐吧。"局领导拉着老段长的手动情地说。老段长的泪水便流了下来。他在心里骂自己:"老东西,你真的老了吗?怎么像个娘们,动不动掉下眼泪了?"全段的人恋恋不舍:"全局那么多干部,为什么偏偏调我们段长去?"最后大家还是觉得以大局为重,赚钱要紧,民以食为天呐。

汪杰回濛濛这儿看孩子送抚养费,给他们送东西,有时赶上吃饭,濛濛会留他用餐,他也不推辞。

一天,汪杰问她:"濛濛,有人给你介绍对象吗?"

"当然有。"濛濛特意气他。

"不要找。"汪杰声音柔柔地说,与他高大魁梧的身躯极不相称。

“我不是你老婆了，你管得着吗？想找就找。有人给你介绍对象吗？”濛濛语气温和下来。

“那能没有吗？”汪杰苦笑了一下，丝毫没有多么风光地见过多少女人的欢欣。

濛濛知道，汪杰现在当总经理了，有权有钱，好些女人就看中他手中的权和钱。他又是一表人才，现在好些年轻女孩就喜欢事业有成的中年男人，不用自己奋斗还能坐享其成。

“那你为什么不找一个结婚？”濛濛故意问汪杰。

“哎！世上不会有第二个‘燕妮’了。”汪杰神情幽幽地看着濛濛。

濛濛心里一热，鼻子有些酸，真想说：“你回来吧。”但是她不能说。当初离婚那么艰难，甚至冒天下之大不韪自己偷写介绍信差点被批判。好委屈！离婚以后又无端遭受人们的猜疑，给自己的心灵和精神造成怎样的创伤。心想要说也应该你先说，是汪杰说我濛濛不像燕妮，我才赌气和汪杰离婚的。汪杰现在只要说“濛濛，让我回来吧。”我会让你回来？

濛濛借故去厨房看看便起身出去了，眼泪不知不觉中流下来，几年的夫妻呀，曾经那么恩爱过。

汪杰当了总经理以后，给他介绍女朋友的人真多，还有下属把自己的亲戚朋友甚至女儿给他介绍，但是他见了这些女人以后都不太满意，没有一个像当初见到濛濛那样震撼。汪杰明白不是这些女人不漂亮不可爱，而是他现在心里还爱着濛濛。只怪自己当年幼稚单纯年轻气盛，又富于幻想，做了几年梦想中的马克思。梦醒了，什么都没有了。又经过这几年风风雨雨，他现在成熟了，才感到自己的可笑，才明白这份情的不易。汪杰多么想回来！可是一个大男人怎么能低声下气去乞求，况且濛濛的怨气还没消。汪杰知道她的小脾气，了不得！如果说出口被卷回来，一个大经理，那多没面子。哎！只要濛濛说：“你回来吧。”他二话不说立马搬回来。

就这样，离婚几年了，两个人谁也不说那句话，也都没有再结婚。

优秀是一柄双刃剑，既赋予了他们才华、成功与自信，也潜移默化地浸润让他们滋长了进攻性并顽强地想保护自己，只是忽略了珍惜。他们没有珍惜人生那一段时光，哪怕当时认为是一个错误。若干年后，蓦然回首才彻悟：那也是一份珍贵！人生那一段难忘的经历，不管是欢乐还是痛苦都是永远的回忆，因为别人没有，它唯独属于他们自己。

第二章 生离死别

9 相识

沈濛濛要当作家啦!

濛濛喜欢看小说,拿起书就"精神失常"了,忽而咯咯咯傻笑,忽而潸然泪下,如身临其境。看到某个激动人心的情节就会想:感人至深!这作家太伟大了,写得真好!久而久之,她便产生了一种幻想:我要是也能写小说多好。

这一天,她心血来潮真的写了一个小东西,自己怎么看都不像样,更不用说写得怎么样了,得找个人给指点指点。她想起了好朋友余音,余音的爱人在省委宣传部工作。

想到余音也就想起了糖豆儿和葱油饼。她们俩是小学同学,也是中间隔着几个门的邻居。那时濛濛父母工资和同学们的家长相比还比较高,家境相对比较好,她手里总有一点零花钱。她们的童年正是国家物资匮乏的困难时期,孩子们也没有什么零食吃。商店糖果柜只有糖豆儿卖,一种用淀粉混合水再放点糖精做成五颜六色的小球球,5 分钱一小包,30 粒。每次她买糖豆儿都是余音陪她去。当她急切地从售货员阿姨手里接过纸包,在余音眼巴巴的注视下,小心地打开纸包,数出 10 粒给余音。余音又数出 5 粒自己吃了,那 5 粒放进口袋里,回家分给妹妹们。余音的父亲是会计,工资不高。余音没有兄弟,妈妈一连生了 6 个女儿就打住了,余家就是六姐妹。余音是老大,所以她总穿新衣服新鞋,小了再传给下面的二妹、三妹,到了六妹身上就看不出来衣服的原色了,有时还会有一两块补丁。余音妈是上海人,不上班,长得漂亮又做得一手好饭菜。余音像她妈,好看,心灵手巧心眼也够用,不像濛濛傻乎乎。余音的妈妈很看重这个大女儿,有时趁妹妹们不在家,偷偷给余音烙一张白面葱油饼。那时东北主食是高粱米玉米面,大米白面是细粮,一个月每人供应几斤,只有节假日星期天来客人了才舍得吃。每次余音拿到葱油饼,就嘶嘶哈哈烫得两手不停地倒换着往濛濛家跑,大方地撕给她一半,两个人笑眯眯面对面吃油饼。余音就会乘机问:“我对你好不好?”濛濛嘴里塞着饼忙不迭地点头说好,“那你下次买糖豆儿还给不给我?”“给!”“给几个?”“那就给15个吧。”第二天濛濛买糖豆儿就会数给余音15粒,再下次又恢复10粒了。余音没有哥哥,也是男生欺负的对象,和濛濛两个人同病相怜。长大了,濛濛进了电信局,余音财贸学校毕业后进了银行。她们的来往一直保持到结婚以后。濛濛结婚那一天,婚礼结束后余音悄悄对濛濛说:“汪杰漂亮是漂亮,可是不实惠。”余音可实际,找了个在省委宣传部的丈夫,虽然不英俊,婚后生活却比濛濛实惠多了,也不操心,丈夫在外面独当一面回家还服管,她在家里是一把手。后来她们各自有了孩子,生活中的琐碎事把时间占得满满的,就很少来往了,但是心里好。

濛濛翻找出余音的电话。

“余音。”她亲热地叫。

“谁呀?”余音的声音没有变,还是那么响脆。

“我是沈濛濛。”她更亲热了。

“濛濛啊!怎么想起给我打电话啦?早把我忘了,是不是?”

“不是,人家忙嘛。这不是给你打电话了吗?”濛濛嘻嘻笑着,心里想,你也没给我打电话呀。

“嗯!这还差不多。最近忙什么呢?”

“忙大发了,上班,干家务,养孩子。”

“那可真够忙的,说吧,找我有什么事?”余音就是精,知道她有事了。

“帮个忙好吗?”濛濛哀哀地说。

“咱姐妹还这么客气?说,让我干什么?”

“我写了个小东西,想请你爱人给找个作家,帮我看看呀。”濛濛试探着说。

“没问题。想当作家啦?”

“哎呀!我这水平,当什么作家,写着玩玩呗。”

“能写出来就好,证明你已经踏上通往作家的路了。”

“你可别逗了,那路可是十万八千里,不是孙猴子一个跟头就翻过去了,那得走一辈子能到达。”

“至于吗?那以后就没人当作家了。”余音咯咯笑着。

“不管以后了,现在高兴就行,就请帮忙啦。”

“好说，好说。等着我的好消息吧。”

放下电话，濛濛既兴奋又忐忑，怎么会突然冒出这么个想法，太不自量力了吧，可是既然起这个意了，就试试吧，只当是做一场文字游戏吧。

第二天余音就来电话了：“濛濛啊，拿笔，记地址。我们家那位给你找了个大作家，都给你说好了，你直接去就行了，什么时间他都在家。”余音还告诉她，这个大作家还担当着一定的行政职务。

“谁呀？”

“上官榭。”

上官榭？这可是有名气的作家。濛濛知道他的名字，但是不认识他的人。那60万字的长篇历史鸿篇巨作《中国最后一个王朝》奠定了他在文坛上的地位，长篇道德伦理小说《泣血的诺言》，蜂拥而至梦想淘金发财的长篇小说《关东梦》也颇有影响，而最让人荡气回肠的是爱情悲剧小说《天堂之恋》。书中男主人公本身就是一个传奇：“文化大革命”结束后，哈尔滨一个监狱里，人们大扫除时，在墙角一个很隐蔽的砖缝里，掏出了一沓七长八短的破纸卷，展开仔细一看竟是手写稿，指名要交给他。留遗物者是一个青年。“文革”中，青年爱上了一个女孩，女孩也爱青年，但青年被抓以流氓罪并被处死。手稿送到他手里，扉页附有一段简言：“……我信任您！……请把它写出来。谢谢了！这是我家地址……”他拿着手稿仿佛也担负着青年沉重的信任和嘱托。他好不容易在一个弯弯曲曲的小巷子里，一间不大破旧的民房里找到青年的家，才知道女孩也殉情服毒自杀了，就在青年行刑那一天，当时家里人觉得是件丢人的事，悄悄处理了。他心潮翻卷奋笔疾书，仅用两个月时间写出了30万字的长篇小说《天堂之恋》。它尽诉了他们的恋情，他们的悲苦，世事的晦暗荒谬，有情人双双赴黄泉，最后安排他们在天堂里相见相恋。悲壮凄美！小说一发表就轰动了全国，荣获了各种奖项。最近他的一篇报告文学《燃烧的激情》又获大奖，据说作家去现场亲历了那件事件的惊惧与壮烈。

“啊！大作家，太吓人了吧？就我这破东西，找个小的溜一下就行了，我可没那么大胆儿，别吓我。”濛濛惊喜之余又胆怯。

“找别的人，你抓不着影，到处出溜找机会发展呢。再说了，咱姐妹啥关系，能不给你找个有名的吗？我们家那位现在还有点用，我的朋友他能不卖力吗？”这是一语四关：给你找的是大作家，看我对你多好，我爱人有本事能请动名人，我说话他敢不当回事吗？余音总是精明的。

“那就承蒙您老人家帮忙喽！大恩不言谢，以后报答啦。”濛濛明白，更领情。

“不用啦，咱姐妹没说的，好好做你的作家梦去吧。”余音大度地说。

星期天休息，濛濛要去拜访大作家。她到商场转了转想买一点水果。东北也不出产什么水果，全靠南方少量地运过来，现在正值春天，经过一冬天的消耗，有限的几种水果也都不新鲜了，好容易选了几斤橙子，外面一个个用塑料袋套着，包装看着还算漂亮。

濛濛找到地址轻轻敲响房门，一个学者模样的人拉开门问：“你找谁？”

听到濛濛说出要找的人时，他迅速地上下打量她一眼：一张五官清秀、皮肤白皙的小脸，一头顺滑的披肩发，身材修长苗条。上穿大翻领卡腰浅灰绿色短风衣，露出里面白毛衣的高领，一条藏蓝色的牛仔裤，紧裹着两条又长又直的腿，裤管下是一双高跟黑皮鞋，只露出两只鞋尖，宛如一棵亭亭玉立的小白杨，又似一阵清新的风迎面吹来，沁人肺腑。他愉悦地打开房门：“你是沈濛濛吧？请进！”转身从鞋架上拿起一双拖鞋放在门口。

濛濛换上拖鞋，轻轻地走进来。

“请坐！”大作家示意她在沙发上坐下，转身去了厨房。

她环顾四周。客厅非常大，呈长方形，铺棕色地板。面对门口的一面墙摆放有6个特制的落地式大书柜，装满了书：古今中外、分门别类，最抢眼的是那一柜子世界名著，有好多是平常人没有机会读到的，因为找不到，都在这里集合了。而更让濛濛感兴趣的是大作家的著作，知名的《中国最后一个王朝》《泣血的诺言》《关东梦》《天堂之恋》，还有几部长篇小说，以及《诗歌集》《散文集》《中短篇小说集》等等。令她惊奇！这么多书都是怎么写出来的呀，就是让人看，也得一些时间啊。大作家真是奇才！再看，右面一面墙，靠里面是一大组米白色的真皮沙发，靠墙是一个长长的大沙发，可以并排坐四个人，沙发前面是一个超大超宽的茶几，茶几两头相对两个短沙发，短沙发其实也不小，每个也可以并排坐两个人，三面沙发包围着茶几，沙发和茶几呈现一个扁体“山”字形。对过左面墙，墙中间是一个大窗户，抬头就可以望见满院嫩绿的春色。紧贴窗户右侧位于客厅的里边是一个硕大的原木写字台，阳光从窗户淡淡地斜照进来，写字台笼罩在一层薄薄微光中。台面上堆放着几本工具书，笔墨纸砚，笔架上挂着十几只大大小小的毛笔，紫毫、狼毫、羊毫、兼毫都有。一本稿纸摊开，上面胡乱扔着一支笔，看来他正在写东西。窗户左侧靠墙是一架紫檀色的大钢琴。

客厅太大了，这些摆设只占据了客厅里部2/3面积的位置。其余1/3的面积则全部空着，宽敞明亮。只在进门门口右侧立着一个鞋柜，并排是一个立体穿衣镜。

客厅左右两面墙上是几幅画。大作家还在厨房忙，濛濛便站起身去看画。

左面墙窗户左边上方是一幅水墨山水画《万里长城》。这是一幅文人画，大横幅，6整幅，裱装在棕红色的镜框里。画面近实远虚，万里长城如同一条巨龙盘亘在春意盎然的中华大地上，周围簇拥着生机勃勃的广袤旷野，远处山峦起伏重重叠叠。城墙由高渐次走低，最后隐进崇山峻岭中去了。画家使用的是先积墨法后焦墨法，画作苍劲雄浑，宏伟壮观，大气磅礴。画的左上方有一首用楷书颜体书写的诗：

金戈铁马烽烟起，刀枪剑戟征战激！
千古帝王哪里去，唯留古城长万里。

诗的后面加盖大作家自己的印章。无疑这幅画是他的杰作了，意境深远，情怀悲悯而高远。看着这首诗，她马上联想起了初唐四杰王勃的《滕王阁诗》：

滕王高阁临江渚，佩玉鸣銮罢歌舞。画栋朝飞霞浦云，珠帘暮卷西山雨。闲云潭影日悠悠，物换星移几度秋。阁中帝子今何在，槛外长江空自流。

真是异曲同工呀，尤其是最后两句。富贵荣华过眼云烟，霸主强权不久长，世间何为永恒，唯有日月山河不老，向后人讲述着千百年人世间的兴衰。

再转身看，右面墙因为有两个房门和一个厨房的门，便把大墙间隔成一段一段的，主人就在三个房门的两个空间处挂两幅书法立轴。一色裱，天头地头边是浅咖啡色的绫，内局边、外局边和上面的带子都是深咖啡色的，古朴淡雅。一个立轴字体是草书，她走上前仔细辨认内容，认出是明朝主持纂修《永乐大典》的翰林学士解缙填的对子：

墙上芦苇，头重脚轻根底浅；
山间竹笋，嘴尖皮厚腹中空。

这副对子还有一个历史故事呢。解缙当年是神童,名声远播。一位高官老先生不服气,心想小小年纪能有多大才能,便故意刁难他,出了一个上联:墙上芦苇,头重脚轻根底浅。意在教训他少年郎不要太轻狂。不想解缙不买他的账,马上对出下联:山间竹笋,嘴尖皮厚腹中空。意思是说,别看你胡子一大把,也没有什么真本事。这个对子的原意是嘲讽和教训那些没有真才实学却不自知之明的人。

濛濛心想,像他这样的大作家,挂在家里的作品一定是哪个书法家赠送给他,可是怎么能写这样的内容送人呢?想来这个人的才学和地位一定是在他之上了,其要表述的也就在意中了,那这个人也够可以的了!她要看看是哪个书法家这般狂傲,待凑近一看,落款竟是大作家自己的印章,章下面还写着自戒自勉。这般的才气还如此地谦逊,敬仰之情油然而生。

再看另一幅条幅立轴就很有趣了:

山僧对棋坐,局上竹阴清,
映竹无人见,时闻下子声。

这是白居易的《山僧下棋》诗,字体是漂亮的行书,下面加盖一个闲章"流水"。有意思,可能也是他自己写的。

琴棋书画,这真是文人雅士之居呀。立于这样的大客厅里,这样特制的大书柜、硕大的写字台、长大的沙发与茶几,可用一个"大"字统括:大气、大方、大度,昭示了主人宽阔的心胸、博大的情怀与深邃的内涵,而简洁严整的陈设布局,清丽淡雅,精致怡然。一幅《万里长城》与题诗,尽显一个博学知识分子的高贵气质、高尚情操、凛凛傲骨与万千感慨,内省哲思澄明清澈。两幅书法立轴便表现出严于律己、不懈追求与生活中的情趣,奋发向上、爽快生动、悠闲浪漫,洋溢着人生的无限韵味。而看着这一切怎么不令人感谢生命又珍爱生命呢。

大作家拎着茶壶从厨房出来。濛濛微笑着轻轻地坐回小沙发上。他在大茶几的下面拿出茶杯进厨房冲洗后给她斟茶,把茶杯放到她面前的茶几上,然后坐到她对面的长沙发上。

他内穿一件洁白的衬衣,笔挺的领子翻在外面一件黑色鸡心领开司米毛衣上面。一头稍稍弯曲黑褐色的长发达至耳后。鼻梁高且直,两只单眼皮的大眼睛,向下看时呈外眼角稍向上弯的长线，而当他抬起眼睛看向她时，大大的乌黑的眸子透过长长的睫毛发出摄人心魄的光，似幽深静谧的湖水，蕴含着无限的神奇与魅力，透视出睿智与聪慧。略显稍大的嘴棱角分明。眼睛微眯盖住了锋芒，嘴角一丝淡淡的笑柔和而亲切。皮肤雪白，颈项上的动脉依稀可见，濛濛心想从来没见过男人有这么白的皮肤。原以为看他的作品雄浑刚劲，想他本人一定是壮硕威武之人，没想到他是这般儒雅俊秀，未免有些小资。那时是个崇硬尚武、火气十足的革命年代，五大三粗、横眉立目才是无产阶级的光辉形象，阴柔温雅有资产阶级之嫌。濛濛想：这一点倒和自己相像，不管她如何能干，怎样做出朴实之态，依旧是人们眼中的小资，因此她也就无所谓了，爱怎样评价就怎样评价吧，你能左右人家的思想吗？

他把头向后微微仰起，张开手掌用五指向后推了一下长发，微笑着问："你找我有什么事吗？"

濛濛拘谨地赶紧站起来，心想怎么称呼呢？总不能叫大作家吧？就轻声轻气试探着叫了一声："老师……"

"坐坐坐，坐下说，不必客气。"他伸手示意。

濛濛轻轻落座，只坐了沙发的前半部，两条腿并拢倾斜着倒向一个方向，两只手叠放在腿上，身体坐直，头微微仰起。

闻其言观其举止，他露出一个不经意的笑容。

"你说吧。"他微笑着。

"我写了一个小东西，想……"濛濛怯声怯气欲言又止。

"噢？能给我看看吗？"他明白她的意思，便主动说。

"太丑了，不好意思。"濛濛下意识地把头缩回去两手紧按包包，眼睛惶恐地看着他。

"哈哈哈！我看看，丑到什么程度？"看着她的表情，他止不住爽朗地放声大笑。

笑声松弛了濛濛的神经，赶紧拿出稿子毕恭毕敬地双手呈上去："请教正。"

他接过去，两眼迅速审看着。她敛住呼吸，满怀敬仰之心紧张地凝视着他的表情。

他很快看完了："嗯，看得出你的中文功底扎实，语言表达能力强。这个故事也不错，就算是个短篇小说吧。不过，表现手法欠佳噢。就好比说：现在有一块好料子，但是得有一个好裁缝呀，才能做出一件好衣服。你现在是料子有了，就差一个好裁缝了。"

“那您看，我哪些地方需要怎样改正呢？”濛濛小心翼翼地问。

“嗯，你过来。”他向她招手，她拉开距离坐到他那一边的沙发上。

他用笔迅速在稿子上面勾画着：“这里体现主题要着重描写，枝节一笔带过，多余删除。嗯，这句话反复、排比、迭音、比拟四个修辞连用得非常好！主人公的行为是怎么转变的？缺少过程，要有心理描写，最好设个伏笔。结局直白，不要说出结果，设悬念让读者自己去想。”他看完把稿子推过来。

濛濛拿起稿子，看着上面圈圈杠杠的修改符号。心想他好有气魄！动作雷厉风行嘁哩咔嚓，话语言简意赅，一两分钟结束战斗。真不愧是大作家，对他佩服至极。

“一看稿子就知道，你是做宣传工作的吧？过于说理，写小说和新闻报道不一样。回去重写，再拿给我看。”

走在回家的路上，濛濛想：大作家并没有厌烦我这个初学者，还愿意做我的老师让我再去。她笑了，自己原本不过是一时心血来潮想玩一个文字游戏，根本没当真。没想到余音当了真，余音丈夫当了真，作家老师也当了真。人家这些局外人都这么热心，自己还能不当真吗？得认真对待了。又一想，自己本身就是学文科的，虽说心眼少，傻，但脑袋是不笨的，尝试一下是不是这块料也未尝不可。

濛濛第二次去作家老师家送稿子，临去时到商场买了一盒巧克力酒芯糖。

“你怎么又买东西？上次来买的水果外表还漂亮里面全是空的，现在是春天，水果已经没有水分，还很贵，白花冤枉钱。这次已经买了就这样，下次千万不要再买了。”

濛濛笑着点点头，把重新改写的稿子拿出来，双手捧着举到他面前：“老师，按照您的指教我重新写了一遍。请看！”

他看后满意地说：“嗯，好！有悟性，一点就透，聪明。”

“谢谢老师！”濛濛掩饰不住喜悦，孩子般天真地笑着，逗得他也笑起来。

“不过，严格地要求，有些地方，字里行间还有新闻的味道。”

“哪里？”濛濛慌张地望过去。

“这里，这里，还有这里。”他用手指点着。

“哎！我怎么就感觉不到呢？”濛濛愁眉苦脸地说。

“你是习惯成自然。也难怪，多年已然成行，不是一篇文章就能更正过来的，要想在文学方面发展，必须下苦功夫，没有捷径。”

"嗯。"濛濛眼睛看着他，紧闭嘴唇用力地点着头，像个乖孩子。看着她的表情，他又乐了。

"不过，新闻工作者从事写作也有优势，接触面广、经历人多，有很好的洞察力和很强的分析能力，因此产生许多优秀的作家。像美国的海明威，英国的艾略特，哥伦比亚的马尔克斯，苏联的肖洛霍夫等，都是诺贝尔文学奖的获得者，令世人瞩目。电影《乱世佳人》的原著作者，也是《飘》的作者米歇尔，也曾经是美国《亚特兰大新闻报》的记者。"

"谢谢老师对我的鼓励。我要不要再重写一次？"濛濛被他伟大神圣又遥远缥缈的说教而蛊惑，眼睛发亮。凡人都有梦，吃文字饭的人的梦是把所思所想变成文章，任意是哪个领域哪种形式。就想再试一次，又担心人家老师会不会烦，你还没完没了了呢。

"当然要。你虽然有文字基础，但功夫还不到。"老师没烦，反而支持鼓励她。

"那怎样改变现状提高呢？"濛濛的梦开始了。

"多写，多练。"

"哎。"

濛濛又谦恭地向他请教了几个问题。他的回答不假思索只三言两语，简洁明了透彻。她想：他完全具备了一个大学教授的水平，只当一个作家未免有些浪费才华了。他好像看出了她的心思笑着说："有大学请我去讲课，但我醉心于创作，过多的社会活动会影响正常写作。"濛濛心虚地想：我来，会不会打扰他？他说这话是不是在提醒我不要坐得太久。于是聊了一会儿便知趣地站起来："老师，打扰您，我走了。"

"忙什么？不要想太多。"他知道她是误解了。

"太麻烦，不好意思，浪费您这么长时间。"

他抬手看看表："噢，中午了。我们一起走，先到饭店去吃饭。"

他起身到卧室去更衣，片刻出来。一套赭灰色的休闲西装，质地优良挺括，装扮着高高的不胖不瘦的身材，玉树临风。上装未扣纽，里面是一件少有人穿的黑色丝绸衬衣衬出卓尔不群的气质。换上一双棕色皮鞋，"走吧。"说罢一转身，迈出两步，潇洒怡然，风度翩翩。

老师把濛濛带到一个豪华大饭店，选择一个周围无人的僻静座位，把菜单推给她温和地说："你点吧。"

"还是您点吧。"她把菜单轻轻推回去,心想人家是大作家,能屈尊给自己看稿子已经很难得了,又耽误人家这么长时间,又视人家师尊,从哪方面来讲,这顿饭也应该是她请。

他不再推让随便点了几个。菜没上来,年轻的女服务员满面春风殷勤地问:"请问,喝点什么?"

"一壶冰糖菊花茶。"他说,可能他不喝酒。

服务员给他们每人斟上一杯茶,转身离去。

菜陆续上来,濛濛一看全是做工精细有档次的:红烧海参、松鼠鲤鱼、火爆腰花、烧茄子、鱼翅羹汤。

濛濛心里开始打鼓,这样豪华的大饭店,这样档次的菜肴要多少钱呢?我付得起吗?还好,这个月刚刚发的工资103元还没有动,上个月还剩几十元,算一算能有150元,总够付饭费了吧。她想到这里心便踏实了。

他吃得细巧,轻轻夹起一块海参,慢慢放进嘴里,然后闭上嘴,慢慢地咀嚼。不像有的男人,大口吃菜,大碗喝酒,张开大嘴吧唧吧唧山响,要不然就一边吃一边说,嘴里的东西直往外掉,慌忙伸手去堵。

主食是一盘葱油饼,饼小小的,薄薄的,可能夹起来对着阳光照都会透亮。濛濛就想起了小时候余音妈的葱油饼。真好吃!今天的葱油饼会更好吃。

他让服务员再拿来两个盘子,一把刀。夹起一张饼,放在一个盘子里,左手用筷子按着,右手用刀切成一小块一小块,然后把盘子放在她的面前说:"这里的小葱油饼很好吃,来。"

"谢谢老师。"濛濛赶紧站起来双手把盘子摆正。

"快坐下吃,别客气。"他笑津津地看着她。

他把另一张饼放进自己面前的盘子里,切成小块,用筷子一小块一小块地夹起来吃。他吃东西时不说话,偶尔和她说一句话,也是把东西咽下去以后,用餐巾擦一下嘴再开口。

看着他一系列吃饭的动作,濛濛想起了看过的世界名著中描写欧洲贵族用餐时的情景,大概就是这样的吧。这个老师,看他的作品雄风万里刚劲悲壮,有美国硬汉海明威的风格,可是他的举止却是这样斯斯文文,连吃饭也是秀秀气气的,他的骨子里他的内心深处是个什么样的人呢?

席间过来一个人和老师打招呼。他优雅地一伸手:"请一起用。"那人说:"不了,谢谢。”那人虽然在和老师说话，眼睛却不时地重重看濛濛一眼，那眼神给濛濛的感觉像侦探，濛濛便低下头，心想，我倒没什么一个无名小辈，别给老师带来不好的影响。那时人们重视伦理道德，行为规范都有一个尺度，尤其是男女之间，即便是正常接触，如履薄冰，稍有不慎就会招来非议。老师却坦然，大大方方地把濛濛向那人介绍：“这是我的一个学生，和我学写作的”。濛濛立马抬头站起来，向那人行一个礼：“老师，您好。”那人受宠若惊：“我不是什么老师，不打扰了，你们继续，继续。”慌忙转身走了。

老师看着她笑了，笑意中有赞赏有夸奖。

用餐即将结束时，濛濛借故出去付费，从钱包里掏出钱刚要递给服务员，他从后面一把按下她的手，迅速从怀里掏出一大沓钱抽出几张交给服务员。她一看：呀！这么多钱？足够自己赚半年的。真有钱！

“怎么你去付费？你一个小职员能赚多少钱？不像我们工资高，写一部书又是一笔钱。以后，你要是把我当老师，就不要和我客气。”走出饭店，老师“教训”她。

濛濛笑着低头不语。

“你下个星期天来吧，把稿子拿给我看。我再给你找本书，对你写作有帮助。”

“什么时间？”濛濛高兴地问。

“你随便，我整天都在家。”

回到家，濛濛就重新改写稿子，写完了觉得不行，又改了一遍，还觉得不行。在学校听老师讲课时明明白白的，还觉得自己学得不错，怎么一到实际应用就玩不转了呢？看来这文学创作还真是不容易啊，不是谁都能随便写出来的，要不然不都成了作家啦。三易其稿，总算完成了。她又担心行不行，老师会不会满意，就盼望快到星期天吧。

星期天了，濛濛想：老师上午要写东西，不要耽误人家，中午可能还要睡午觉，我就下午去吧。

下午3点钟，濛濛到了老师家，见书已经准备好了放在茶几上，便拿起来坐在沙发上翻看。

老师放下手里的事走过来，主动问她：“稿子写好了吗？”

“写好了，您看看。”

他拿过去看完了：“嗯，看来你是用心了。可以了，能在文学刊物上发表了。”

“发表？”濛濛没想到她的东西能拿到文学刊物上，不相信自己的耳朵。

“发表。”老师肯定地说。

“送哪个媒体呢？”

“刚开始文学创作，起点低，立足本省吧，就《北方文学》吧，你给杂志社寄去。”

老师没给她说向谁推荐，也只字不提其他的话。濛濛明白老师是让她自己的路要自己走。

“好，我回去就寄走。”濛濛已是跃跃欲试了，心想，老师说可以了会行吧。

他坐下来，很随意地和濛濛聊着。开始濛濛还小心谨慎地应和着他的话题，唯恐在大作家面前说话不得体会失礼。可是聊着聊着，濛濛就放松了警备，暴露出了天性，孩子般谈笑风生，忽又觉得过于幼嫩，立时佯装沉稳。濛濛感觉好累呀，出了一身的汗。

他用欣赏的目光看着濛濛不时故意绷紧小脸做出的庄严和内心掩饰不住的天真，而自己的心绪便有了丝丝舒畅，那是久违了的一种轻松愉快，在心海中弥漫荡漾 。

他见她看了两次手表，就问：“你有事情吗？”

“我儿子今天过生日，妈妈让我早点回去。家里人晚上都要赶过来。”

“那你走吧，书拿回去看。”

“谢谢老师！”濛濛站起来把书放进包里。

他从墙上挂着的上衣里掏出那一大沓钱抽出几张：“给你儿子买个小礼物吧。”

“不不，我不要。”濛濛急得只摆手。已经够麻烦的了，怎么还好意思要老师的钱。濛濛后悔给老师说儿子过生日的事。

“拿着！跟老师还客气？”他故作生气的样子，把钱塞到她手里。

“那谢谢老师了！”濛濛只好把钱放进口袋里。

“谢什么？以后不要这么拘束。学生到老师家，不如同回自己家一样吗？书看完了就回来换，书柜里的书你随便看，房间你也可以随意走动，不要老老实实地一直坐在沙发上。”

“嗯！老师再见。”

到了外面，濛濛掏出钱一数，整整 100 元，心里觉得真的很不过意，自己一个月工资才 103 元，老师一下就给了 100 元，以后一定要找机会还回去。她是从来不欠人情的，何况她已经欠了老师的还没还呢。

寄走稿子以后，濛濛心就像长了草，天天翻日历算天数。《北方文学》杂志出版了，她立即买了一本着急地翻找。耶！她的文章发表啦！她想也没想把书放进包里就跑去老师家。

“老师，发表啦！”濛濛兴奋地举着书。

他接过去，看完了淡淡地一笑：“努力吧，这只是个开始。”便把书还给了她。

濛濛等着呢，原以为会得到几句夸奖，却没有。发热的头脑冷静下来，自己的水平还差得远呢，在大作家的眼里，她只不过是个幼儿园的水平而已。看人家老师，虽已是功成名就了，还时刻谦逊地诫勉自己。要向老师学的东西何止是文学？太多了。

10 相知

濛濛现在可是个大忙人了，工作和家务之余还要学习写作。夏天，就在她繁忙奔波中不经意间悄悄地到来了，淡蓝的天空飘过几朵白云，时而有缕缕的微风拂过，赶走了暑热，给人带来清爽。

濛濛再去老师家就不那么拘束了。老师平易近人，丝毫没有大作家的架势，总是笑眯眯地轻声细语。濛濛也敢拉开书柜从里面拿出书来读，先是迫不及待地读了《飘》，然后是《永别了，武器》《百年孤独》《没有人给他写信的上校》《小径分叉的花园》等。她也能随便地在这个房间走走，那个房间看看。濛濛也知道了老师家的客厅为什么这么大，老师告诉濛濛在装修时做了改动，把房间面积缩小了 2/3，扩充到客厅里，整个客厅有 50 多平方米。两个房间就变得特别小，只能放下一张双人床，一个衣橱。老师说：“卧室只有一个用处，但客厅是重要的活动场所，每天大部分时间在客厅里度过，所以客厅就要大、就要宽敞。活动得伸展，心情自然而然也就舒畅了。”

濛濛把写好的一篇稿子拿给老师看。

老师看完了还给濛濛。她看见上面有一个字“步”，老师画了一个圈，在这个圈旁边拉出来一条长线到页边上，又画一个圈，圈里面没写字。她知道这是个修改符号，“步”错了，但是老师没有给她改正过来，意思是让她自己改。还有一个标点符号“，”老师也给画个圈，意思是用错了。

濛濛抬头看看他不敢肯定地问：“老师，‘步’好像多点什么吧？”

"你查查字典,看'步'怎么写。"

她一看,"步"的止下面多了一捺,变成一个"少"字了,是她平时写字时习惯顺手就添上去的,改过来。

"我们都是凡人，不可能把中国所有的汉字都掌握了，以后，哪个字自己拿不准,一定要查字典。"老师教育濛濛。

"哎。"濛濛红着脸点点头。

老师指着画圈的逗号:"你再读一遍这句话,感悟说话的语气和停顿的长短。"

濛濛一读明白了:"唔,应该是句号。"马上改正过来。

"对了。在一大段文字里,某一句的逗号和句号没有明显区别,不像问号和惊叹号,这么用也可以,但是从这些小地方却能看出一个人的文字水平。以后一定要注意,对自己要高标准严要求。"

"嗯。老师,我记住了。"她用力地点着头。

他笑了:"孺子可教也。"

这个"步"字,濛濛一辈子都牢牢地记住了。他再发现她哪里有错误或者哪里有词用得不当的地方,只是给她指出来,从来不动手给她改,让她自己去想去琢磨。以后濛濛就格外注意,写文章极少有错别字,标点符号也使用得正确(后来她在北京的媒体做编辑,拿过别人的文章只是粗略地看一眼,大大小小的错误绝对逃不过她的眼睛,被同事们誉为"火眼金睛"。重要的新闻和有力度的文章,主编都让她再看一遍,然后交给主编。濛濛看过的,八九不离十,基本没什么错了。不久单位就任命她做责任编辑。濛濛心怀感激,那些都是当年作家老师对她精心培养和严格训练出来的结果呀)。

濛濛又拿着改好了的稿子认真地看,老师走过来坐到她这边的沙发上亲切地叫她:"濛濛。"老师在称呼中省略了姓。

"嗯？"濛濛从稿子上抬起头。

"你们家是东北人吗？"

"是啊。"

"可你长得不像,像江南人。"

"东北人有什么特征？江南人有什么特征？"

"嗯,不是绝对,相对来说吧,东北人身材高大,体格健壮,性格豪爽,言语直率;江南人比较文弱、细腻、含蓄。这和生活环境有关系,北方高山旷野、草原大漠,人们骑马射猎驰骋在天地间，所以就形成了粗犷豪放的性格；南方则多江河湖泉、小桥流水、九曲长廊，就滋润出南方女孩似水般的柔情。”

濛濛笑了，大胆地问一句：“老师，您呢？是哪里人？”

“我嘛，既有江南血统，也有北方血统，父母南京北京，我是南北兼备。不过，江南长大的，还是江南的成分多一些。”

濛濛明白了，看老师白面书生一个，文质彬彬，说话轻声细语，却能突然间爆出朗声大笑。

“濛濛，你很乖，小时一定是父母的乖宝贝。”他从她手里把稿子拿过去，放在茶几上，歪着头看着她说。

“不，老师，很奇怪，人可能有两面性。大家都说我很乖，可是您不知道，我小时候被宠坏了，任性，有时爱发小脾气。”

“所以你们就离婚了。你任性有时发小脾气，他大男子主义，谁也不让谁。”

“老师，您怎么知道？”她从未向老师谈过她婚姻的事。

“我是作家呀。从一个人的衣饰装扮、言谈举止，就能知道他的文化修养、他的职业、他的家庭、他家庭的历史、他所思所想，他的喜怒哀乐。”

“作家真厉害！”濛濛由衷地说，心里想，老师怎么评价我呢？

他明白她心里想什么，就笑了说：“你嘛，素质好，气质高雅，有教养，一看就是个大家闺秀，而且在你温雅柔美的外表下有一股不容侵犯的正气，一定是遗传了你祖上的潜质。你祖父、外祖父是做什么的？”

“我祖父是无产阶级，外祖父是资产阶级。”她最怕别人问自己的家庭出身，声音由大到小由强到弱。那个年代，天天高喊阶级斗争，出身资产阶级就矮人一截儿。

“资产阶级？太笼统了吧。”

“是，资本家。三反五反时自杀身亡了。”

“自杀身亡了？为什么？”

“因为工作组说他‘偷税漏税’，他没有，就以死来证明自己的清白。后来我妈妈发现外祖父的那个会计花钱无度，心想，他哪来那么多钱，一定是他当年贪污又做了假账，让外祖父顶了罪。我让妈妈去告他，可是妈妈说那么多年过去了，没有确凿的证据，老人又都找不到了，就是找到了，谁会替一个‘畏罪自杀，自绝于党和人民’的资本家说话，而去指证一个‘无产阶级’的会计呢？妈妈说外祖父就是那样的人，一生刚正不阿，要是他识时务当时假装承认下来，以后再要求慢慢查，也许会查明。

可能是外祖父怎么也不会想到，那个会计当年两手空空，穷困潦倒，在一个朋友引荐下找他讨生活，外祖父见他读过几年书，又看在朋友的面子上就让他做了会计。就是这个平时甜言蜜语口口声声报恩的人，他如此信赖又委以重任的人，居然偷贪他的钱又做了手脚。如果不是工作组进驻工厂查账，这个坏蛋就一直贪下去，工作组来了也断了他的黑钱道。可是外祖父就以为是工作组冤枉了自己，他从来都是老老实实地做生意，规规矩矩地交税纳税，他要抗争，宁折不弯。哎！却让子孙后代吞吃苦果。"濛濛从来不愿意对人说起外祖父的事，总觉得那是不光彩的也是无奈的事。可是对老师她不能隐瞒，说的时候声音小小的。

"所以我平生最恨口蜜腹剑、两面三刀的卑鄙小人。"濛濛又补充一句，恨恨地说。

"所以你是一个宁折不弯，不情愿宁可死的人。"他看着她说。

他们不再说什么。他低下头沉默了好一会儿，抬起头："哎，不说那些不愉快的事了，说你自己吧。"

"可是，老师，我有时就会发小脾气呀，还会是有教养吗？"濛濛担心地看着他问。

"那才更有味道，发点小脾气和教养没有关系。林黛玉爱发小脾气，可林黛玉是有教养的。"

"嘿嘿嘿。"濛濛天真地笑起来，老师没因为她有时发小脾气说她没教养。看着她的样子他又乐了。

"你说，林黛玉和薛宝钗哪一个更适合做妻子？"他问。

"当然是薛宝钗。书中曹雪芹早有前世安排，林黛玉和贾宝玉只是'以泪还债'的报恩关系，薛宝钗和贾宝玉才是'金玉良缘'的婚姻关系。"

"不，你看的是现代发行横版印刷本，高鹗续写后四十回里的结局。其实《红楼梦》曹雪芹已经全部写完了，只是不知道什么原因丢失了后四十回。竖版古本《红楼梦》里有脂砚斋、畸笏叟等人的批语，好多地方和高鹗续写的有出入，结局也不是那样的。我这里有好几个版本的，你要看吗？"他说着从书架里拿下一本线装古版已经发黄了的《红楼梦》，问濛濛。

濛濛吓得直摇头，她可不愿意看那种竖版的繁体古书。她从上学的那一天起学的就是简体字，不认识繁体字。要看就得捧个字典，边看边猜想是什么字，猜不出来就要查字典，而且看看就串行了，必须用手指比对着。再说她也没有多余时间浪费在这上面，何况她又不想做文学研究，管它什么版本的知道一种就行了。老师看她吓成那样，也没强迫让她看（后来她很后悔，为什么当时不看一看呢？不同版本的红楼梦到底有哪些不同，看不懂的还可以请教老师。以后社会上掀起了一浪一浪研究红楼梦的浪潮，她什么都不知道，只能当听众，听别人讲从哪一个版本里看的，怎样说的，就后悔自己的不勤奋不求甚解。所以也就是现在这样的一个没出息的了）。

老师笑了继续说："暂且不论书中的结局，只把她们两个当做我们现实生活中的人，哪一个更适合做妻子呢？"他又问。

"那也是薛宝钗，大度平和，息事宁人；林黛玉爱哭，有时发小脾气，令人不喜欢。"

"可是为什么男人却偏偏喜欢林黛玉？"

"林黛玉漂亮呗。"

"薛宝钗也漂亮啊，而且有的方面还胜过林黛玉。"

"那为什么呀？"濛濛也搞不懂，心想，那个整天哭哭啼啼的林黛玉有什么好？只有问他们男人了。

"薛宝钗有目的，一心想做贾府的二奶奶。林黛玉没有目的，她有的只是爱。她哭，有时发小脾气，都是为了爱贾宝玉。她爱宝玉的优点，也爱宝玉当时不为家人与世俗所容的缺点。是纯粹的爱，死心塌地的爱，甚至最后为爱他而死。这才是知己，这才叫真情，多么感人！这就是世世代代男人喜欢林黛玉的原因。啊！人生难得一知己！"他说完把头转向窗外，上牙齿咬住下嘴唇，神情凄苦而凝重，眼里似乎有晶莹的泪光。

濛濛惊愕，这作家也太多愁善感了！一个大男人说说话就要哭。作家都有病啊？转而又感叹，可是作家写出来的书却能让男人哭。一部《红楼梦》写尽了儿女情长，一个林黛玉倾倒了多少男人？连老师这样的才子也深陷其中不能自拔。作家真了不起！

这段时间，局里又爆出新闻："沈濛濛要调到省委去了。"

起因是省委组织部有一个中年女干部来局里调查濛濛，还召见考察了她。好个精明强干的女人！但是濛濛觉得这根本不可能，自己连党员都不是，怎么可能越级调到省委去。濛濛不是不求上进，她知道没有政治生命就没有一切。濛濛是怕要入党就会政审，祖宗八代翻个底朝天，她怕别人知道外祖父那段历史。即便侥幸入了党，不定什么时候来个什么运动又成了"混进党内的阶级异己分子"。还是远离政治，别玩火！那是要用身家性命做筹码的，她沈濛濛胸无城府可不是那块料。做个普通群众也照样努力工作。这件事最终烟消云散了，濛濛也没把它放在心上。

濛濛有个好嗓音，她还会说一口普通话，是在少年宫里练出来的。当年少年宫的欧阳老师是从北京毕业后分配到哈尔滨来的，她一眼就喜欢上濛濛了，这个穿着小白连衣裙和红皮鞋，两条小细辫子扎着两朵大大红蝴蝶结，天真烂漫蹦蹦跳跳的小姑娘，演节目时让她诗歌朗诵。听着她的一口东北话，欧阳老师直皱眉头："这么一个漂亮可爱的小姑娘，怎么能说一口东北话呢，我教你说普通话。"排练的时候，欧阳老师就一个字一个字地给她纠正发音。再就是濛濛的姥姥家住在北京，寒暑假她就会去北京玩，舅舅姨儿们也给她纠正，她不会说"埋汰""贼多"，而是"肮脏""很多"。演出时欧阳老师让她报幕，来外宾时让她去献花。用现在的话说，沈濛濛在当年可是个"小名人"呢。

作家老师可能喜欢听濛濛柔美的声音和好听的普通话，时不时会让濛濛给他读一段名著里的精彩片段或是某个短篇小说。他说也是增强濛濛的鉴赏能力和体验陶醉在文学艺术中的快乐。

这一天老师拿出一篇短篇小说对她说："濛濛，你读读这篇看，这是一篇不错的作品，文笔流畅，寓意深远，你一边读一边体会。匆匆看一眼是没有效果的，只有一边看一边读一边思考才能深入脑海里变成你自己的东西，以后遇到这种类似的情况你就知道怎么处理了。"

"嗯。"濛濛接过来，大声地读。

他仰靠在长沙发上，闭着眼睛倾听欣赏着，白皙细长的手指轻轻敲击着沙发扶手，怡然安静。

"停！"突然他叫一声，坐起来。

濛濛吓一跳忙住口。他睁开眼，目光严肃，从她手里拿过书去，指着"一匡天下"问："这句成语怎么读？"

"一匡（发音一声）天下呀。"濛濛沉醉在作品的波澜壮阔中被老师一叫，被惊吓醒了。

"你刚才读什么？"

濛濛猛然想起，顺口读下来，读成一匡（发音四声）天下了，就低声说："一匡（发音四声）天下。"

"看来你是知之非不知，却信口开河。发音务必准确，如果有读不准的，就要查字典，千万不要张口就来。"

濛濛脸红红的，不好意思了。心想这么大的人，还是学文科的，真丢人 。老师看出了她的心想，便慈爱地对她说："行了，别不好意思了，在老师这里不算丢人，只是出去千万不要这样。"

"嗯。"濛濛点点头。

"再提醒你，要避免有些毛病。说话时前后要照应，想表达什么意思，事先要过过脑子，前面说什么，后面怎样接，不要前面说完了，后面'啊、啊'接不上，会让人家觉得没有文化底蕴。要有一副好口才，口若悬河，几个人也驳不倒你。"

"嗯。"濛濛又点点头。

"一个文人必须具备三点：一篇好文，一手好字，一张铁嘴。"

"我这点文化水平怎么能算文人呢，只不过多认识几个字罢了，而且还会写错念错。"

"那就努力呀，理无专在，学而优则仕。要多看书，多学习，学无止境，不仅要学文学方面的知识，还要多了解中国的历史，乃至世界的历史，文史哲是分不开的。"

"嗯！"她下定决心般拼命地点头。

他又被她逗乐了。

后来，濛濛抓紧一切时间学文学，读历史，练口才（几年以后当濛濛去北京报社应聘记者编辑时，她一口普通话就是优于其他人的有利条件之一。北京人瞧不起外地人，尤其是记者出去采访，南腔北调首先就被人瞧不起。而她引经据典的学识，流畅无误的口才，字正腔圆的言语，又不像北京人的土话听不出个数，征服了所有的考官一举应的。那时，她是多么感激当年的两个恩师呀）。

这一天，濛濛到老师家，见写字台上放着一幅水墨山水画，墨迹还没有干。她拿起来看，是一幅江南水乡图。画中一弯清澈的碧水，水中两座小楼相对，一座拱桥飞架两楼之间，桥上两个姑娘凭栏临风，一只手指向前，两人眺望远方，桥下一叶扁舟正在穿行而过，楼前几位妇人弄水，水面一群白鸭悠闲游弋，天上白云悠悠，水中倒影绰绰。画面右上角一首小诗，使用流畅婉通的小篆书写，俊逸清柔：

小桥流水人家，竹楼行云白鸭。

问君何处瑶台，看我水乡浣纱。

在这一年中总有几个月白雪覆盖的冰城哈尔滨，难得一见的江南水乡小景，多么优雅温婉又灵动，宁静淡泊中别有自在洒脱的情趣。是老师的家乡吗？没有身临其境的沉迷与依恋，画不出这般的诗情画意，写不出这般的闲情逸致。他怀念家乡了吗？是他幽思冥想的写照吗？老师走了过来。

"老师，好美丽的画，诗也美，字也写得漂亮。"濛濛歪着头看着画美得不得了。

"好吗？"

"好。'人人尽说江南好，游人只合江南老。'"她情不自禁咏出韦庄的《如今却忆江南乐》。

"喜欢就送给你吧。"他笑容舒展。

"谢谢老师。"

"来，盖个章。可惜我不是书法家，没名，不值钱噢。"他打趣地笑着说。

"不能以名气来品评艺术，更不能用钱来衡量价值。有些绘画大师的画我看画得并不怎么好，只不过是名声而已。老师，您学过国画和书法吧？"

"小时候学过，是父母把先生请到家里来教的，没学几个月。"

"您学这么短的时间就画得这样好，如果时间长，肯定超过那些名家。"

"也不尽然，主要看悟性，还要刻苦练习。"

濛濛想：老师既聪明又刻苦！自己小时候也学过绘画，又学了几年书法，也没有老师画得好。

"濛濛，会做饺子吗？今天就在这儿吃午饭吧。不会做我们去饭店。"老师看看表，是做午饭的时间了。

"会做。有肉馅吗？"

"有猪肉馅。"

"菜呢？韭菜、白菜、芹菜，什么都行。"

"有白菜、芹菜。"

"就用白菜吧，猪肉白菜馅最好吃了。老师，您是南方长大的，也喜欢吃北方的饺子呀？"

"我也有北方血统啊。小时候家里经常吃饺子，保姆就是北方人。"

濛濛进到厨房，很麻利地调馅、和面，面和好了饧一会儿，就揪剂子，擀皮，包饺子。他在旁边看着说:“吃饺子这么复杂呀?我也来做。”说完便挽袖子伸手。

“老师,不用您帮忙,就这么几个饺子,我一会儿就包完了。您忙您的去吧。”

“好吧,我也不知道干什么,就看你做吧。你是怎么学会包饺子的?”

“我也没特意学,只是小时候姥姥和妈妈包饺子时,她们忙不过来让我帮着把剂子揉圆了再按个扁,她们好擀皮好包。后来我觉得好玩就学着擀皮、学着包饺子,不知不觉就学会了。结婚以后还真的派上用场了,要不然想吃个饺子都不会。”

师生俩边聊边做,很快她就包好了。一会儿她煮好了饺子端上桌:“老师,尝尝味道怎么样?”

他吃了一个:“嗯,好吃!还是自己做的有味道,也有情趣。濛濛,好手艺呀。来,快坐下吃。”老师拖过凳子轻轻拍一下。

“好吃吗?那您就多吃一些。”

吃完饭,濛濛赶紧收桌子,去厨房洗碗刷锅擦炉台,很快就干完了。老师在旁边看着:“濛濛,想不到你这么能干。”

“老师,我不是大小姐。”濛濛侧过头仰起脸眯着眼睛说。

“小东西。”他笑着刮一下她的鼻子,拍拍她的头。

吃过午饭,老师坐在钢琴前弹了一支短曲,问她:“濛濛,知道这是什么曲子吗?”

“贝多芬的《月光奏鸣曲》。”

濛濛走过去用手抚摸着钢琴。这架大钢琴是世界名牌,德国的 Stein Way(斯坦威)。曲罢,他又弹了一首法国作曲家塞纳维尔的作品《秋日的私语》,原演奏者是法国钢琴王子理查德·克莱德曼。《秋日的私语》曲调恬静优雅,温馨浪漫又带着淡淡的哀伤。他的表情凝重而悲戚,紧闭嘴唇,眉头微皱,不由得让人联想到“秋”是一个让人伤感,让人落泪的季节,“愁”也就在其中了!濛濛心想老师为什么要弹这支曲子呢?是秋天就要到来了吗?他触景生情?还是……

弹罢,他站起来背靠着钢琴:“濛濛,当有一天我们即将离开这个世界,你最怀念的是什么?”他若有所思地问。

“老师,太遥远了吧。这个问题我还没想过呢。”濛濛想自己才 30 多岁,老师也才 40 多岁,怎么会想到离开这个世界?眼前的事还没想明白呢,真不可思议。

“我最怀念的是你来我家的日子,给我带来的快乐,给我带来的向往。”他看着她认真幽忧地说。

濛濛想都是当作家当的,作病了!一天匪夷所思,不着边际,但是感激他对自己的情谊,就说:“我是您学生嘛,您是我老师,如果真到了那一天,我也会怀念您的。”转而又想,作家的思维就是要和常人不一样,要不然怎么能写出震撼人心的作品呢。

“濛濛,看你的气质,学过舞蹈吧?我总对你有一种长袖善舞的感觉。”

“啊,在舞蹈学校学过芭蕾舞。”

“噢?芭蕾舞?跳的什么?”

“小天鹅。”

“小天鹅,很美呀!后来呢?”

“后来太苦就吓跑回来了。”

他笑了半天:“你呀,学过乐器吗?”

“没正式学过。”

“肯定玩过吧?”

“嗯,玩过几天小提琴。”

“下次把琴带过来。”

“好。”

濛濛回到家把包往床上一丢,搬来一架梯子爬到柜橱的最上面一格。这里面放的都是平时很少用的东西和换季时的棉衣棉被,塞得满满的。她扒开堆积在外面乱七八糟的杂物,从最里面拖出小提琴。再把掏出来的东西塞回去,跳下来,撤了梯子。打开琴盒,拿出琴上下左右翻转着看,还好,就是琴弦松了,调好弦,四根弦挨着试一试,没问题。拉一支曲子,手生疏了,但曲谱却是记得牢。抚摸着琴,一股苦涩涌上心头,20多年没摸琴了。回想以往,她加入了哈尔滨少年宫合唱团,还买了这把小提琴拉着玩。初学时吱吱嘎嘎,那时姥姥临时住她家,一看见她拿出琴,拎着小板凳就走,人老了更得善待耳朵 。濛濛却心安理得,每天放学回家唱歌玩琴,快乐无忧。一场史无前例的翻天覆地把他们统统掀出城发配去了农村,小提琴就被扔到了一边,一冷落就是20多年。然后就是回城、工作、结婚、上学、生子、家务,一天玩命儿地拼,恨不得把一分钟掰成几分钟用,哪还有闲情逸致去拉曲儿唱唱。可拼来拼去怎么了?最终落了个家破夫离。哎!人为什么要成年呢,总也不长大多好,就不会有那么多苦恼烦心的事了。

11 离别

秋风起，天气转凉。街道两旁的树叶开始稀稀落落地飘洒到地上，娇艳的花儿们也怕冷似的收缩起花瓣，也不顾及向大自然绽放美丽的容颜了。天气却晴好，秋高气爽，一连几天的艳阳天。

这天老师见濛濛拿来了小提琴，大眼睛闪耀："濛濛，来，我们合奏一曲。"

"哎呀老师，不行，20多年没摸琴了，当年也是随便玩玩。"

"现在也是随便玩玩啊，又不是正式上台演出。没关系，来！"

"那好吧。就选一首我熟悉的歌曲，拉不好您可别笑我。"

"你说吧，哪一首？"他把手放在琴键上等着。

"嗯，《北京颂歌》吧。"

"喜欢北京？"他笑着问她。

"喜欢！首都嘛。您知道吗？这首歌刚出来的时候，我们还在农村插队呢，听了以后别提多激动了。虽然我们不住在北京，但北京是我们国家的心脏啊，谁不向往啊！又使我想起了城里的生活，农村的艰苦生活怎么能比。您看我的手，割谷子的时候左手中指割了个大口子，血流不止肉都翻了出来，现在还有一个小伤疤呢。"濛濛把左手拿给他看。

他托住她的手，捏起中指，认真地找到那个小伤疤，抚摸了一下，感慨地说："这么漂亮的手，怎么能去割谷子？"

濛濛抽回手说："所以当时听歌生情，触景生悲，我们都哭了。马上就学会了，天天唱。唱得社员们都说：'你们不用天天唱了，以后你们都能去北京。'回城以后我就买了一张唱片，经常听，所以对这首歌的印象特别深，曲调也是最熟悉不过了。只可惜，我不是男高音。"

"好！我们就来《北京颂歌》。"

于是在他修长灵动的手指下，庄严优美的前奏如同和风拂过大地，时而跳跃时而缓慢，抚慰着万物……听着这熟识的乐曲使她想起第一次听到这首歌时的心情，想起了十几年前插队时的日子。前奏完了老师点下头暗示她，她慌忙运弓。可是晚了半拍没合上。她太紧张又出了几个错，老师停下来。

"别紧张，就是随便玩嘛。再来！"他眼神温柔鼓励她。

他的耐心亲切赶走了她的紧张，也知道自己错在哪里，这一次效果好。他一边弹一边不时歪着头夸奖她：“好！”

当第一段曲子弹奏过后到第二段时，他突然随着乐曲唱起来：“灿烂的朝霞，升起在金色的北京，庄严的乐曲，报道着祖国的黎明……”

濛濛没想到，老师会唱歌居然还唱得这么好，给了她一个大大的惊喜！她感觉意外地停顿一下。他笑着看她一眼，她一下明白过来，继续拉琴。老师继续唱。

“啊……，北京啊北京，祖国的心脏，团结的象征，人民的骄傲，胜利的保证。各族人民把你赞颂，你是我们心中一颗明亮的星。”

歌声嘹亮，在大客厅回旋。

最后一个高音结尾：“你迈开巨人的步伐，带领着我们奔向美好的前程……”老师也毫不费力唱得轻松流畅，虽然唱得没有李光曦娴熟自如，但听得出受过训练，绝对是个男高音，音域宽广，声音高亢明亮，还带有美声的成分，有美声男高音歌唱家施鸿鄂的风格。

待他歌唱结束，濛濛惊喜地垂下琴仍举着弓说：“呀！老师，男高音啊！还是美声呢。”

“是不是以为我就是个书呆子？”他看着她抿着嘴笑。

“没有没有，只是想怎么您会唱得这么好？”她知道男高音是所有声部中最难的，那也是天赋和技巧的完美结合。

“你不知道吧？告诉你，我小时喜欢音乐爱唱歌还学过声乐，本来想考中央音乐学院，但我父母坚决反对，说一个男孩弹琴唱歌平时玩玩行，不能作为终身职业。我得听父母的，不能违背他们意愿，就放弃了。以后自己来兴致时唱一唱。我可是个乖乖仔哦。”他看着她笑。

濛濛明白自己不是个乖乖女，也笑了。

“喜欢听我唱歌吗？”他意犹未尽。

“喜欢听。”

“好！今天我高兴，就给你再唱一首。唱什么呢？嗯，唱《在银色的月光下》。”他眯着眼睛抬手潇洒地向前一挥，仿佛进入了状态，边弹边唱：

在那金色的沙滩上，洒满银色的月光，寻找往事踪影，往事踪影迷茫。

往事踪影已迷茫，犹如幻梦一样，你在何处躲藏？背弃我的姑娘。

我骑在马上，箭一样地飞翔。飞呀飞呀我的马，朝向她去的方向。

飞呀飞呀我的马，朝向她去的方向……

他唱得投入，身体随着旋律轻轻地摇摆，两眼迷蒙，深情地望向前方，如同沉醉在画一般的幻梦中。尤其后面那两句“飞呀飞呀我的马，朝向她去的方向”唱得热情奔放一泻千里，又不乏柔美悠扬动情，最后尾音拖得长长，越来越慢越来越低越来越弱，就像一个痴情的恋人在洒满银光的月夜里，骑在飞奔的马上一路追赶他的恋人去了……

濛濛听得入了迷。曾经多少次听音乐会，那都是演员在舞台上相距挺远。今天他就坐在近旁，而且是在为她唱。她很感动，目不转睛地盯着他看。心想，他就像一个谜一样的宝藏，显露出来的部分都是耀眼的，偶然显露给人的也是一个惊奇。但是还有多少才华没有显露出来，还有多少她不知道的惊奇？这个多情的才子。看着看着她的心像泛滥的海潮，波涛起伏撞击着情感的幽门，猛一颤动，有一种异样的感觉，立即脸红了。

歌声停止了，两个人从各自的境界中醒来恢复了常态。

“老师，您唱得太好了。”濛濛从内心发出赞叹。

“好吗？我好长时间没这么高兴地唱了。”他笑容满面，脸色也微微泛红不似那样白了。

“只是您没有考音乐学院太可惜了，中国少了一位男高音歌唱家。”

“可是，多了一位作家呀，而且还能认识你。”

“谢谢老师！”，这让濛濛感到很高兴，他把她看得比歌唱家重要。

“濛濛，你知道我最喜欢听哪首曲子吗？”看来他今天是特别的高兴了。

“哪首？”她也愿意看着他高兴。

“《梦中的婚礼》和《魂断蓝桥》。”

濛濛心想为什么喜欢这些悲伤故事里的曲子呢？就问：“是法国钢琴王子理查德弹奏的塞纳维尔的钢琴曲《梦中的婚礼》和《魂断蓝桥》里的《友谊地久天长》吗？”

“对。你会吧？”

“勉强吧，拉不好。”

“来，濛濛，我们先来《魂断蓝桥》。”濛濛知道这支曲子相对容易一些，感激他的细心与关照。

他轻轻地弹了一个前奏，濛濛开始和上去，但她始终是轻轻地给他伴奏，唯恐喧宾夺主，心想就陪老师玩玩吧，让他高兴。但是演奏起来就陶醉了，沉浸在故事中的魂与灵，美丽与忧伤，深情与无奈之中。

一曲完了，他开心地笑了，对她非常满意，自己又弹奏了《梦中的婚礼》。

《梦中的婚礼》这只乐曲倾诉了一个美丽动人的故事。

有一个男孩，14 岁在梦之国魔法学校里学习的时候，认识了一个美丽的女孩……梦之国的公主。他们还成了好朋友，但他知道，从看见她的那一天起就深深地爱上了她，但他也知道，这是永远也不可能的，即使他是多么的爱她，她永远也不会爱上一个平民。这使他不敢将这份爱对她说，只能将爱深埋心底，痛苦地离她而去了。

他遇见了现在的老师，老师收留他并教给他各种技能。夜晚，一颗流星划过天空，留下一道耀眼的光辉。老师说："一个人在最幸福的时候死去，他的灵魂就会成为一颗流星。"当时他不理解，离开了心中的爱，那么幸福还会存在吗？6 年过去了。他实在不能遗忘那份情感，并且随着时间的推移，他更加爱她了，并且越来越强烈，他一定要去见她。这一天他告别了老师，回到了梦之国，要见公主最后一面，把他的爱告诉她。

城堡中一片喜庆的气氛，到处挂满了彩旗，人们欢乐地歌唱着。他问一个路人："今天有什么喜事吗？""今天公主和邻国的王子举行婚礼。"一刹那，他听到了梦破碎的声音，心里一阵阵绞痛。他就这样站在街道两旁祝贺的人群中，痴痴呆呆地等待着公主经过。人群沸腾了！王子牵着公主的手走过来了。他注视着公主的脸，想这是最后一次看她了。从今以后，他将永远离开梦之国，关闭掉所有的记忆，忘掉深深的爱。

当公主走到他面前时，他们的眼神碰到了一起。公主望他一眼是似曾相识但又想不起来。突然，他不顾一切奋力拨开阻挡人群的卫兵，冲上前去。卫兵一惊拔出佩剑，但是迟了，他已冲到公主面前，向她张开了手臂……

因为他远远地看见对面，有一个人偷偷地瞄准着公主举起了弓箭……，箭已经离了弦，他没有别的办法告知公主及卫兵，也来不及。情急之下，他用自己的身体，为公主挡住了毒箭……

当他扑到公主面前那一刻，他看见了公主惊愕的表情，随即公主惊喜地认出了他："是你！"

“别怕，我会保护你。”他轻柔对公主说。这时他感到了后背一阵刺痛，听到了利剑穿透身体的声音……

缓缓地，缓缓地，他倒在了公主的脚下……

公主紧紧地拉住了他的手，含泪看着他。

他睁开眼，公主穿着婚纱，泪水滴落下来。在他们旁边，天使为他们唱着祝福的歌。“这是梦吗？”他喃喃地说，“有梦，就够了。”他握紧了公主的手，永远地、永远地闭上了眼睛。

一颗流星划过了城堡的上空，仿佛一颗幸福的眼泪……

弹奏完以后，他还呆坐在钢琴前，好像完全沉浸在乐曲中。

“老师。”濛濛轻轻呼唤他一声。

“嗯。”他转过头来。濛濛发现他眼中有莹莹的泪光。

他深深地叹了一口气：“哎！梦中的婚礼，多么浪漫凄美的爱情故事。人生为什么这么多无奈？为什么会有这么多伤痛？为什么美好的心愿在有生之年不能实现，要借助遐想与梦幻？”

濛濛不明白，老师平时笑眯眯的，为什么有时就会流露出伤感的神情？这么忧郁。身为作家，有一个那么美好的前程，一个幸福的家庭，还有什么心愿不能实现，要这样幽怨呢？她实在不能理解，但是又不敢问。

一会儿，他好像从沉郁中解脱出来，又高兴地看着她说：“不说这些了。来，濛濛，给我跳个芭蕾舞吧。”

“没有舞鞋呀。”

“那你就随便跳一个吧。”

濛濛低头看看自己，今天穿的是一件洋红色的卡腰短身毛衣，小蝙蝠袖。黑红方格呢子长裙。她试着转一圈裙摆像扇子一样地抖开，就笑着说：“好！给您跳个民族舞吧，《我们新疆好地方》，让您高兴高兴。我去换鞋，20多年没跳了，跳不好别笑我 。”她走到门口换上皮靴回来，到写字台前翻出一张厚纸，用订书机订个圆圈戴头上。

“我给你唱，不弹琴了，看你跳。”他站起来放下琴盖站在钢琴旁边，一只手按住盖板。

濛濛站在大客厅中央，先上翻下翻活动活动手腕，转转脖颈，脚尖点地活动活动脚腕，然后五指并拢双手自然下垂贴在腿的两侧，抬头挺胸，两眼注视前方。一个舞者的风采立即展现出来。她笑着向他一点头，示意开始。

他深吸一口气，轻轻地呼出来，然后放开歌喉："我们新疆好地方啊，天山南北好牧场，戈壁沙滩变良田，积雪融化灌农庄……"

伴随他的歌声，濛濛舒展开长胳膊长腿翩翩起舞。

"麦穗金黄稻花香啊，风吹草低见牛羊，葡萄瓜果甜又甜，煤铁金银遍地藏。来……来……，我们美丽的田园，我们可爱的家乡……"

大客厅像个小舞台，濛濛在里面尽情地舞着。还是小时学的东西扎实，虽然20多年没跳了，但是跳起来还是收放自如。几个动作跳下来以后，她便进入了舞蹈状态。动作奔放而稳重，舞姿妩媚而优雅，"一步一点"的轻盈飘逸，"三步一抬"的大起大落。为了营造欢乐气氛，侧身低腰旋转，随后拔背立腰，皮靴故意重重地蹬踏着地板"嗒嗒啪"！再一个旋转，又一声"嗒嗒啪"！"啪"！

老师看呆了！虽然往日时有人给他们送歌舞票，去看演出时坐在贵宾席被人们的眼光宠着敬着，但毕竟是观众，坐在台下看，看演员给全体观众演，他只是其中一个与任何一个演员都毫无相干的观众，看高兴了赏一个掌声，不满意了溜号走神。今天濛濛就在他眼前跳，亲切得触手可及，他甚至都可以听到她那重重的短促的呼吸声。她只为他一个人跳，跳得活泼优美，长发甩动，裙裾翻飞，流彩欲仙。他迷醉了！一曲终了再从头唱，她继续跳。她越跳越娴熟，越跳越兴奋，仿佛回到了那无忧无虑的少年时代，天高地远，一切都融化在这欢快激奋的舞中了。她一阵风似的旋转到他面前，做了一个"顺风旗"的动作：左手扶着脑后，右手举过头顶，身体稍后仰，目光闪闪地看着他。他被她欢快的情绪感染了，那重重的脚踏声似生命的鼓点唤醒了他青春的活力，那曾经涌荡在作家心底的激情澎湃了，情不自禁大喊一声："哈！亚克西！"就跑上场模仿濛濛的舞姿，生疏而认真地跳起来！他边唱边跳。毕竟不是舞伴配合不协调，他一转身，把她撞倒了，伸手把她拽起来，就拉着她的手跳。两个人跳疯了！一遍又一遍，唱着跳着，跳着唱着，如醉如痴。她看着他甜甜地笑，他看着她痴痴地唱……

直至他累得仰坐在长沙发上，两条腿平直脚跟支着地板，喘息着说："啊！累死我了。濛濛，给我倒杯水好吗？"他重重地呼吸着。

"嗯！您等着。"

濛濛转身给他倒了一杯水轻轻放到茶几上："老师，您先不要喝，稍微平息一会儿再喝。”

“我知道。”

他伸手刚要拿水杯，突然，捂着嘴跑向卫生间，只听见里面哗哗哗的冲水声。很长时间他出来，右边嘴角有一丝淡淡的模模糊糊的东西，挂在他雪白的脸上十分明显。

“老师，您嘴边是什么东西？”濛濛指着他的嘴角惊讶地问。

“啊，可能是牙齿的毛病。没关系。”他笑了笑，顺手在茶几上拿起一张餐巾纸拭去。

濛濛感觉那笑很凄凉。

他坐下来，招呼她：“濛濛，坐过来。”

濛濛挨着他在他的左边坐下。他把身体转向她，右腿架在左腿上，左胳膊搭在濛濛右边的肩膀上，头靠着濛濛的头，立时一股男人身上清新淡雅的气息向她袭来，她被包围在他高贵典雅的氛围中。猛一开始还不知所措，随即脸一阵热，心也一阵阵跳，本能地想抽身躲开，但老师身体重心已移向她的肩头，她一起身，他会倒。又一想老师一个文弱书生，不似我，跳这么剧烈的舞蹈，一定很累，我就做一次他的身体支柱，让他休息休息吧，便用尽力气努力挺住扛着。

“濛濛，你知道吗？你跳起舞来真美！跳芭蕾舞一定更好看，可惜我当年没能看你跳。”作家心里想这就像《魂断蓝桥》里罗伊去看玛拉跳芭蕾舞一样。

“嗨，我那时还是个小屁孩，有什么看的？练功苦得一边跳一边哭。”心里想，谁让你那时候还不认识我。

“如果当年能不怕苦坚持下来，也许，你就是‘喜儿’，就是‘吴清华’了。看你身材是标准的舞蹈‘黄金比例’，就像为舞而生。”作家心里想，天使一般的小女孩，好像我 20 多年前就认识了你，我现在也能想象得出如果你就是芭蕾舞剧里喜儿、吴清华的样子。

“可是，我……”濛濛低下了头，像个做错事的孩子等着大人惩罚。

“好了，啊，不说了。”他疼爱地看着她的脸，小心地把沾在她额头上的一根头发拿开搭到后面，轻轻为她捋顺跳乱的长发。

“老师，您做什么都成功，而且是出类拔萃。”

“出类拔萃我不敢说，但是我自信，我做什么就要成功。”他不经意间眉毛向上一挑，头微微扬起，一双大眼光芒如炬。在这一瞬间她看到也感受到了一个成功男人的豪气，即便是再文弱的文人，也不亚于运筹帷幄横扫千军如卷席的将军。

“为什么我做什么都不成功？”相比之下她感到沮丧。

“要想成功，就要用情！专心！”他又恢复了温雅谦和。

“用情专一？就四个字吗？”濛濛重复一遍，原想他会洋洋洒洒滔滔不绝，没想到就干巴巴的四个字，好像被抽取了水分的干果，味道没有那么浓。

他明白她的意思：“对！这是我这么多年经过凝聚提炼的精髓。别看只是四个字，但是做起来不容易。不要浮躁，不要流于形式，更不要为面子做给别人看。一定要扎扎实实，做什么只要自己认准了，就用心、用情去做，自然会有成效，当然是要吃苦的，没有捷径。其实你很聪明，只是不能吃苦。所以我严格要求你，只有这样你才会出成绩。你会不会不高兴？觉得我这个老师太吹毛求疵？”

“不，老师要求我严格，是爱护我，是对我抱有希望。老师不但教我知识也教我做人。”濛濛看到了老师成功背后的艰辛，也明白了老师对她的良苦用心。

“你能这样想就好。你的知识面比较广，有中文功底，能驾驭语言，而且有些词汇得心应手用得非常美。这说明你有丰富的情感，你适合搞文学创作，而最适合写散文。你看，你有多么好的条件，以后要用功，多写多练笔。我给你起个笔名吧。”

“好。”

“就叫高山流水吧。”

“老师怎么讲？”

“有几层寓意：女儿是水做的，要像水一样纯洁温柔；水从高高的山上流下来蜿蜒曲折姿态优美，我喜欢；《高山流水》是我国十大古典名曲之一，我喜欢；高山流水觅知音，我喜欢；最主要高山流水千姿百态，更有悬崖飞瀑，从巉岩上滚坠，在危石间震荡，幽谷轰鸣，气势磅礴，一泻千尺，不受任何阻拦，就像一个人的浩然正气。我更喜欢！”

“老师，您的言辞更美呀。”

“我人不美吗？”他看着她轻声问。

濛濛红着脸抿着嘴唇笑着点点头，没说话。

“好了，当不成舞蹈家，就当个作家吧。”

“我行吗？”心想作家那么好当啊？不是谁想当就能当的。她看着老师满柜子的书，不读完这些书，别想。

“行！你抓紧时间把那本书看完就开始写。先写中短篇，再写长篇。你只有3年的时间。”

“3年的时间？为什么只有3年的时间？”她不明白，心想时间不长着呢。

“是……”他欲言又止，眉头紧皱大眼眯缝头转向一边，表情极度痛苦。

濛濛不敢问了。

过了一会儿他低声说：“时间紧迫。争取第一年写两部短篇，一部中篇，第二年就开始写长篇，二年要写出二部长篇。”

“能写出来吗？要了命了！”濛濛还是不明白惊疑地看着他，为什么像拼命一样。

“你有这个能力。你现在已经具备写作的条件了，别怕吃苦！我就是这么苦出来的。‘盛年不重来，一日难再晨，及时当勉励，岁月不待人。’人生短暂珍惜年华。”

“嗯，可是……”经他一番教诲她信心倍增，可心里还是没底。

“不要怕，有我呢，我会全力以赴帮你。在我有生之年，我一定把你培养成作家。”

“有生之年？”濛濛笑了。心想你才多大呀，就有生之年了。真逗了，这作家，说话也没悬念，浑身都是戏，但还是感激地说：“太好了！老师，我怎么谢您呢？”

“是啊，你怎么谢我呀？”他意味深长地笑着问她。

“我给您买……”转头环视整个客厅，不缺什么，再说她那点工资能买什么呀？连一块端砚都买不来，一块徽墨？只能买一套湖笔。

“我什么都不缺，就缺……”他抿着嘴唇凝眸注视她，突然脸红了，站起来一把拉起她，拥到胸前，附在她的耳边轻声说：“濛濛，做我的情人吧。我爱你！”

濛濛听到他的心在怦怦狂跳，呼吸急促。她抬起头，看见他的大眼满含期待的光亮，眼白微红。她吓坏了，惊恐地从他手臂下钻出来。他见她如同一只受到惊吓的小鹿，便笑着拉她坐回到沙发上，深情地看着她。

说心里话，通过这么长时间的接触，她也喜欢他。他浪漫多情，他兴致高远，他温文儒雅，他博古通今，他多才多艺。他真的是一个才子！在他面前，被同事们称为“小才女”的濛濛感觉自己就是个小学生，而他总是耐心地教导她，不论多么深奥的道理，只用几句浅显的话语就可以阐释得明明白白，足以表明他学识的渊博。她敬重他爱戴他，愿意永远做他的学生，但是她沈濛濛绝不做任何人的情人！而且她还有几个问题不甚明白。

“您为什么不去找年轻的女孩，找我呢？”

“在我的心目中，你就是一个纯洁的女孩，清丽绝俗。像水样泠泠透彻，如玉般莹莹可人。”

“可是我不漂亮呀。”

“你还想要多漂亮？女人不是因为美丽才可爱，而是因为可爱才美丽。上天已经把你塑造得这样好了，还不满足？不要太贪心噢。”

“您一定认识很多的女人，为什么会喜欢我呢？”

“当然。是有些女人主动接近我，但我明白她们是有目的的，一个用尽心机企图达到某种目的的女人是可怕的。唯有你单纯可爱，与世无争，与人无所求。”

“我很傻嘛。”

“不！是纯真！”

“我太单纯了吗？”

“是！单纯的女人才可爱。”

“您为什么不喜欢成熟女人呢？“

“女人成熟了，就不可爱了。尤其是一个城府很深的女人，是陷阱，是深渊，是火海，是男人的坟墓。她有备而来，她坚信她能实现她的目标，她的聪明才智都用在这方面，如若最终达不到目的，就会疯狂报复，甚至要了男人的命。多么可怕的女人！我不会用我的生命去做赌注。”

“噢！”濛濛明白了，原来女人和女人之间还有这么大的差异。

“这世界，可怕的女人越来越多了，可爱的女人太少了。”

“可是我太傻了呀。”

“怎么说你自己傻呢？在我看来，那是清纯、真诚，是我所爱。我爱看你澄澈清纯的眼睛，感应你诚实善良的心灵，倾听你孩子般天真的话语，更喜爱观赏你不经意间流露出稚童般可爱的表情。和你在一起犹如回到了人之初，看到久违的一片净土，是一种精神上的享受。本来我的情感世界已是波澜不惊，只想静静地走我人生之路。但是我们相识了，凭一个作家的感觉，我知道我喜欢上了你，从第一次见面就喜欢上了你。看见你就开心，总想见到你，以至一发不可收坠入情网。濛濛，我知道你是父母的宝贝，我会爱你、疼你、宠你，就像你小时候在妈妈的怀抱里一样。我相信，你也是爱我的。对吗？”

言真意切、情深意浓，哪个女人不心动?！不认为这个男人情怀深厚？不想投入他温柔温暖温馨的怀抱里，去享受一份温情的呵护？濛濛被他的灼热融化了，就像从雪山融化了的水，绵绵而汹涌。从小娇生惯养衣食无忧的濛濛更是需要呵护了，她太需要男人的爱了，而且这个男人又是自己崇拜的喜欢的，又是这样的一个正人君子，这么长时间的接触不曾有过轻薄妄为。她也相信他说的话是真诚的，他的情感也是真实的。这样的男人哪个女人又会不爱呢！她激动得脸红红的，心狂跳不止，激动中又有几分惬意。在他认识的众多女人中，不乏年轻貌美的、富于学识与才华的，而他唯独钟情她！她为自己能获得大作家的赏识而高兴，更为能得到才子的爱恋而欣喜。这不仅仅只是一份爱，也是作为一个女人的成功，说明她还是优秀的。还说什么呢，她要扑入他的怀中，去尽情地享受他的柔情蜜意……但是，一道无形的枷锁束缚住了她的手脚，一盆冰水浇熄了她心头的热望，那就是她从小受到的教育，学校的家庭的，道德操守名誉……濛濛声音低低地对他说："可是，老师，我是受传统教育长大的，就是再谈，要的也是婚姻，我绝不做情人。"

没想到他的热情受到她的冷遇，令他始料不及，哪个女人会拒绝他？她们求之都不得。噢，好一个难得的贞洁闺秀，不但可爱更可贵，坚守自己的操守。这令他更看重她更爱她了。轻易得到的往往不是最好的，只有经过不懈努力获得的，才是最好的也是最珍贵的。他没有看错她，她就像一片纯洁曼妙的海岸，是最后也是唯一一个可以交付自己情感停靠身心的港湾。拥有了她，他的生活不会有缺失，人生不会留下遗憾。既然撩动搅扰起心底醇深的情意，更坚定了拥有她的决心。他靠近她，温柔地开启她："濛濛，婚姻不过是一张纸而言，那张纸就那么重要吗？"

"那不仅仅是一张纸，还是责任、义务和承诺。"濛濛瞪大了眼睛认真地说。

他被她认真的态度逗笑了，心想这可爱的纯真的小女孩。

"总笑什么？"濛濛撒娇似的打一下他的手。

他趁势把她的手抓住紧握在自己手里："是！但是有爱吗？正因为有了太多的责任和义务，就没有爱了。你也有过婚姻，为什么离婚？婚姻就能保证你幸福吗？承诺有用吗？"

濛濛不说话了。是啊，婚姻就能保证幸福吗？承诺有用吗？

他用手轻轻扶着她的腰："濛濛，情人和爱人不一样，爱人是责任，情人才是真正的情感。虽然我没有尝试过，但我想那是最美好、最难忘的，人生不会有第二次。不要把情人看作龌龊不堪，那些只是为了性欲淫乱的男女只能算野兽。可是古今中外有多少文人墨客写下了那么多歌咏爱情的诗文，他们其中不乏红颜知己，情深意切悱恻缠绵。人们并不轻视他们，反而称他们为风流才子，又有多少被传为佳话为后人传颂。因为人们承认纯真的爱情，并不因为他们没有婚约。知道‘薛涛笺’吧？现在还有‘薛涛井’，当然不好拿薛涛的身份和你相比。”

“我不在意这个，英雄不问出处。我自然知道‘薛涛笺’，也知道‘薛涛井’，还读过元稹给薛涛的诗：‘长教碧玉藏深处，总回红笺写自随。’可是他们的结局却是一个悲剧。”

“人生本来就是一场悲剧，每个人都在上演着不同的悲剧角色。最可悲的是身在其中不知悲。”他寓意深长地看着她。

濛濛低下了头，他说的不无道理，也是在暗示她，她不也是婚姻中的一个悲剧角色吗？

他用胳膊环着她的腰：“濛濛，我不是一个随便玩弄感情的人。说实话，我从一个普通大学生能走到今天这一步，很不容易，可以说付出了我的一切。我珍惜我的名誉，不会放纵。我只渴望一份真正的爱情，一生足矣。我以前努力工作、创作、拼搏，我累了，筋疲力尽。我现在什么都有了，就是没有一份真正的情感。当这份感情到来的时候，千军万马也抵挡不住，因为它是用了一生来等待的。濛濛，我是真心的，我除了不能给你一个婚姻，我什么都能给你，我会对你负责。你尽快把手头工作处理好交代一下，下个月就不要去上班了，累死累活一个月赚来一顿饭钱，还要每天挤公共汽车，我真的好心痛。我有办法把你从单位借出来，你有空就过来这里写作，我可以随时指导你。”

“你们家不会来人吗？”她相信，但又怕。

“这是我的书房，他们平时不过来，都住在那一边，有事打电话给我。”

“这里没来过别的女人吧？”她不知道自己怎么问起了这句话。

他笑出了声：“你这个小脑袋，肮脏。你怎么会想到这个问题？我告诉你吧，我从来没有和女人单独在一起过，除了工作和业务上的联系，你是第一个这么长时间的接触。知道吗？我对谁也没有像对你这样喜欢过。我虽然很喜欢你，但是你清纯得就像一杯水，又是一个不情愿宁可死的人。我不敢碰，就像玻璃杯一碰碎了，水流走了，你就永远消失了。你知道我有多爱你吗？”

濛濛的头低得更低，她相信这是他的心声，心里又不免难过。

“怎么啦？濛濛。”他见她一直低头不语，把脸贴近她，要吻她，她一转头避开了。

他马上起身坐到面对她这一边，哄着她：“濛濛乖，不要太任性，不要辜负我的情意，否则你以后会后悔的。我……”

濛濛依旧低着头不说话，好让人为难。

他见状回过头冷冷地说：“我不会勉强你，我尊重你。你可以回去考虑。你今天不答应我，说明现在你还不爱我，只是尊敬我。等到你答应我那一天，才证明你也爱我。爱是相互的，如果只是一方那不是爱，我也不要！”他一甩头起身走了，两手叉腰站在窗前凝视着天空。

濛濛心想：呀！老师也有小脾气呀。

濛濛彻夜未眠，辗转反侧想了很多很多。做他的情人，就会有爱，而且是多重的：兄长的、师尊的、情人的，一定会很浓、很甜，情意绵绵，多幸福啊！这不正是自己想要的吗？他还会帮助自己成为作家。想到这里，心剧烈地跳，脸也烧得滚烫。就做他的情人吧，投进他的怀抱。她翻了一个身，仰望着卧室朦胧温馨的灯光，带来无尽的遐想，乘着爱的微风自由飞翔，伴着情的海潮起伏跌宕。

可是，道德呢？名誉呢？自己自认为是一个好女人。一个好女人，品行最重要，怎么能做破坏人家婚姻家庭的事情呢？再者，没有不透风的墙，如果他的爱人知道了，到单位哭骂吵闹怎么办？别人会怎么说，看你沈濛濛一副清高的样子，还不是个第三者？以后怎么做人！自己家几代人都是清清白白，周围的亲戚们也没有这种事情，让父母怎么承受得了？以后就是当了作家，让人家在背后指指点点，多难听！儿子长大了，怎么能接受这个事实？父母是孩子的样板，自己的行为都不检点，怎么教育孩子？孩子会尊重你吗？尤其是男孩最在乎父母的名声，那是要传宗接代延续几代人的，难道几世的清名让自己给毁了吗？作家可以不当，那只不过是个称谓，也不是生存必需的，但是一个女人的名誉是最重要的，它跟随你一生，甚至你的家族。你不是一个人孤立地生活在这个世界上，你是父母的女儿，就不要丢父母的脸，你是儿子的母亲，就不要让儿子在众人面前抬不起头，你可以没有百万的钱财给家人，但是一定要给他们站在人前的尊严，端正庄重的人格……

最终她越不过这道底线。这道底线横在她的面前，就像一道鸿沟，又深又陡，深不见底，阴沉沉黑漆漆，一失足掉下去，就是粉身碎骨！

几次拿起电话，又放下，说什么？实在没有勇气说出那句绝情的话。老师啊，请您体谅我吧。沈濛濛不是无情之人，如果您还是我们初次相见时，您就是我心中天才的大作家，我对您是尊崇之情；如果您现在还是我的老师，那么我们就是光明磊落的师生情；如果您救我于水火之中，我报答您的救命之情；就是婚姻中分手以后再牵手也是正大光明的婚恋情。可是老师啊，您却要我做您的情人，这是濛濛最难为情的，那是一种什么日子，相见时偷偷摸摸，遇人时躲躲闪闪，欢乐时提心吊胆，让人觉得“丛林中到处都是猎人的眼睛”，随时还要遭受人们的白眼、鄙视和唾弃，因为这毕竟是不光彩的、不道德的，不能堂而皇之登大雅之堂的。一日寻欢落得一世骂名。这是濛濛不能接受的，也是无法忍受的。每个人都有自己的尊严，要维护自己的尊严。老师啊，就让濛濛留着这个尊严吧，您不也是一样吗？一世的英名难道毁于一旦吗？让我们守住这最后一道底线吧。

两个月以后老师来电话：“濛濛，单位有人吗？”

“没有，就我一个人，您有什么话就说吧。”即使下了多大的决心，听到老师的声音心也痛。

“濛濛，请你不要误解，我不是一个坏人。”他声音低沉，她想象得出他是经受了怎样的痛苦。

“我没说您是坏人，您是好人，是我的老师。”她的心更痛了，老师就是一个好人嘛。

“谢谢你能这样想。濛濛，那本书就送给你吧，留作纪念。你要好好保存啊！”

濛濛本来想还给他，拿人家的书算怎么回事？但去又怕尴尬，不似以前的师生，关系已然挑明便无法面对了。

“嗯，谢谢老师。”

“濛濛，我对你说的话，不要对别人讲，虽然我们之间只是师生关系没有什么，如果别人知道了，会想。”

“我知道，您爱惜您的名誉，我更爱惜我的名誉。您就放心吧。”

“濛濛，我不当心，玻璃杯碎了，水流走了……”

“……”真想哭。

“濛濛，以后遇到什么困难，就来找我。我会永远想着你。”

“谢谢老师，老师再见。”放下电话，她感觉失去了什么。这样决定，是对还是错？是不是太绝情？又是不是太不知道好歹？……

既然已经决定，就不要放弃自己的信念。那是怎样殚精竭虑痛下决心才做到的啊！

濛濛感觉脸上有些凉，用手一摸，是泪。

以后她没有跟老师联系过，两年以后去了北京工作。

12 悔恨

濛濛去北京工作以后，回过一次家乡，但她没有勇气去看看老师。这一年春节又回家乡探亲，她还是挂念老师，心里实在放不下去就去朋友余音家打听老师的情况。

哈尔滨的冬天真冷啊！这一年又是一个几年不遇的冷天气。一场一场的积雪覆盖着大地，白天阳光出来，把地表的雪融化了，可是晚上的寒冷又使它冻结，地上便冻结了厚厚的冰，人在上面走直打滑，不小心就摔一跤。背阴处的冰一冬天不化，孩子们就在冰上面打出溜滑（先奔跑几步，然后双脚站立在冰的上面，从这一头滑向那一头，滑出一个长长的冰道。滑到那一头再从冰道上下来。东北的孩子们小时候都玩过这种游戏）。

东北的冬天外面虽然冷，但有采暖设备，室内有暖气，进屋里就不觉得冷了。

到了余音家，姐妹两个寒暄了几句，濛濛就迫不及待地问起了老师。

“你不知道啊？”余音大睁着眼睛问她。

“知道什么？”看着余音的表情她有些怕，不觉浑身打了个冷战，难道……

“哎！他得癌症去世了，可惜呀！一代英才，硬是累死的。”余音惋惜地说。

“什么？你说什么?！”

犹如晴天霹雳，她震惊了！随即心像被利器划过，痛！眼泪噼里啪啦掉下来。濛濛明白了，这些年，不管她走到哪里，在心里一直是深爱着他的。又想：当年他向她表白时，他已然知道自己得了绝症。老师啊，你不知道濛濛傻吗？你为什么不对我说呢？让我陪你走完人生最后一程。还有什么比生命更重要！你爱我，我更爱你，如果有可能，我宁愿缩短我这个无用之人的寿命来延长你才子的生命，哪怕是替换，以我的死来换取你的生，我也心甘情愿！她又恨自己：枉像江南人，骨子里还是没有江南人的细腻。他明明说过“在我有生之年……你只有3年的时间……好好保存……”。我怎么就没往这方面想呢？她明白了，他为什么总是强调3年的时间，那是他在这个世界上只有3年的存活时间；在我有生之年，就是他生命的最后几年；那本书送给我并嘱咐好好保存，是作为遗物留给我的呀……

我是北方人，我不细腻。可老师啊，你是南北兼备，又为什么偏偏多了江南人的含蓄，而少了北方人的直率呢？

回想每次见面，他的话语无疑是向她传递一种信息，是他内心情感的表露。可是我为什么就体会不到呢？他心里痛苦，时有流露出的忧伤神情，我为什么就想不到这方面呢？沈濛濛，你这个大傻瓜，你这个混蛋！枉虐了他对你的一颗心，毁费了他对你的一片情。你欠他的！你这一辈子都欠他的。你欠他的情，一个老师对学生的教诲情，一个男人对自己心爱女儿的爱情。你欠他的命，如果你不离开他，他也许会留在世间的时间长一些……

想起他那苍白的脸色，满含泪水的目光，动情的歌声，诀别的歌舞，还有嘴角淡淡的痕，那是血迹呀！那时他就在轻微偶尔地吐血了。她的心像利刃在刳割！痛！彻骨的痛！！浑身战栗地抖动，头像炸裂一般，倚靠着墙慢慢地蹲下来，眼泪滴滴串串滚落下来，也不顾及什么秘密了，对余音说："你知道吗？他爱我，我也爱他。"

没想到余音说："知道啊，大家都知道。他爱人还说，如果他在生命的最后，能找到他的爱，她会为他祝福。"看来，这根本就不是秘密的秘密，她还天真地掖着藏着怕人知道似的有多么的神秘。

"既然那么痛苦，为什么不离婚？"她不明白他何以要忍受那般痛苦，不去追求自己的幸福，实在不解。

"他敢吗？他老婆厉害着呢！有背景，在省委担任要职，对他仕途的顺畅也起了一定作用。当年是他老婆看上他才貌双全主动出击，追得挺猛。可是他们婚后没有共同语言，一个温情浪漫，一个冷酷原则，两人经常吵架。他们的身份又不好离婚，最后只好变相分居，已经好多年了。他老婆手眼通天，他一举一动都在她掌控之中。你们的接触自然逃不过她的耳目，她没声张要把关，亲自去你们单位调查还见了你，最后看你口碑好人又单纯，对她构不成威胁才放你们一码。他还蒙在鼓里。哎！一介书生，遭遇一代政工。大家都很同情他。可是你们又为什么分手了呢？多不容易呀！听说他以后谁也不想见，最后那段时间很痛苦，一直吐血，拒绝和他爱人见面……"

这又是一个傻瓜的天真。濛濛已是泣不成声："别说了，余音，求求你，不要说了……"濛濛知道了他过的是怎样的生活，表面上看是那样的风光，其实只是个没戴枷锁的奴隶，要按着妻子的旨意规划去生活。他们夫妻的人生阅历理想追求本来是风马牛不相及的异类人，却偏要生活在一起。他研究文学，进行文学创作，为社会为人类奉献精神食粮；他妻子研究政工，就想怎样制人整人。他不服从，妻子就整治他，他要反抗摆脱就不惜毁灭他。濛濛也明白了，他为什么毫不珍惜自己的生命那么拼命地创作。虽然他的生命属于他，那是父母给的谁也不能取代，但是却掌控在他妻子的手中，他没有支配权，所以他就拼命地消耗它、挥霍它，既为自己留下更多的作品，也彻底结束了他妻子的掌控。那是用生命来反抗……

这是怎样的悲剧人生啊！老师，你好可怜！让我怎么能不心痛，可是我却在你需要我的时候那唯一的一线希望时逃跑了！我只想到我的名誉道德，却辜负了你的情意，违背了你的生命。我对不起你，对不起你呀！……

她心痛！彻骨的痛！她冷！透彻骨髓的冷！！上下牙齿打着冷战，两手紧紧地抱着肩膀，缩作了一团，还在往里缩往里缩，嘴里呢喃道："老师，我欠你的，我欠你的情，我欠你的命……我要还给你，我会还给你……"随即眼前一片黑，什么都消失了，一边就倒了下去……

"濛濛，你怎么啦？没事吧，你别吓我……"余音一步跨过去，抱住了她。

濛濛已失去了知觉。余音把她拖到床上，拨通了爱人的电话，问他怎么办，要不要叫救护车。

"不要紧，她只是一时悲痛，一会儿就好了。我马上回去。"

余音焦急地看着她。

许久，濛濛才清醒过来，一声悲恸："我悔！我好悔呀！为什么不能为爱堕落一次，就一次，为了真爱。用我的爱，给他一个柔曼逸美的温馨，给他一段崇高圣洁的感情，去抚慰他伤痕累累的神经，去滋润他干涸的心田，去弥补他人生的遗憾，去圆他一个完美的梦。老师，我爱你！我爱你呀，天地为见，真血作证，情洒江天。我恨，我恨人生不能重来，我恨呐，再也回不到我们的从前……"

第三章 永不放弃的信念

13 没当上书法家

沈濛濛心中有两个坚定的信念，也是她做人的准则：不做情人，不说谎。

做人要诚实本分，做女人要自尊自爱。她始终坚守着自己的信念，不动摇。那是从小受的教育使然，学校的、家庭的。可是这个世界不是为她一个人存在着，总是有一些她意想不到的事发生，令她始料不及。

濛濛很清楚地记得那个星期天。

下星期一有一项电信新业务开通。濛濛要在这个星期天把宣传稿子写好了给报社送去，星期一见报。这个星期天务必要把工程做完，工程人员都在工地上争分夺秒地抢时间做工程，濛濛也在工地现场，因为有一个重要数据还不能肯定，得等工程最后完工以后才能确定，她必须在工地等着。看来这个星期天的书法课就去不了了，她给书法老师打电话请假不能去他家上课了。

"那你什么时候能完工啊？"老师问。

"下午吧。"

"那就完工以后过来吧。"

"可是，您还得单独教我一个人。"濛濛觉得有点过意不去。

"少啰唆，让你来你就来。"老师是坏脾气，不照他说的办，就会发脾气，急了就骂人。

下午两三点钟工程完工了，她把那个数据填在已写好的稿子上，送到报社，然后马不停蹄往书法老师家赶，5点多钟才到老师家。老师教她几个字，她练了一会看看天快黑了，她说："老师，我走了。"

"着什么急？跟猴屁股似的坐不住板凳，你再练一会儿。等你师母做好饭，吃完晚饭再走。"老师不满地看着濛濛。

吃完晚饭天完全黑了。

“老师,我得走了,到家还得一个多小时呢。”

“我送送你。”

在路上,老师叫她“濛濛”,省略了她的姓。

“嗯。”

“你知道吗?为什么我对你的印象最深?那是因为第一天去你们学校,在那么多学生中,我一眼就看上了你。你的名字我一下就记住了。”

濛濛想起来了。当时学校请大书法家到学校做书法表演。那天书法家在弟子们的簇拥下到来,弟子们铺纸研磨拿笔一顿忙,一切就绪,书法家从弟子手中接过笔挥毫大书,同学们都围过来好奇羡慕地瞪大了眼睛看。书法家写完了潇洒地把笔一扔,抬起头,哇!神情自信又豪迈!在学生们的脸上扫了一圈,最后望定濛濛:“你叫什么名字?”这是书法家到来以后开口说的第一句话,声音洪亮,气定神清,立刻让这些忙忙碌碌得颠三倒四萎靡不振的学子们汗颜,仿佛被注入了一针强心剂,一个个都提起了精气神。

“沈濛濛。”受到书法家的感染,濛濛也精神抖擞地回答。

“想学书法吗?”

“想学!”在那种气氛下,大家都被大书法家的气势给镇住了,谁不想学呀。

“想学就报考中国书画大学吧,正招生呢。”

濛濛第二天就去报了名。书法家在书画大学任教,成了她的书法老师。可是刚上不久,单位不给那么多时间去听课了,还好老师收为弟子星期天到家里去学。

两人走在一条人行道上。这一段的路灯坏了,一片黑暗,老师一把拉过濛濛的手,攥在自己手里。濛濛感到很突然,脸一热赶紧往回抽,老师一用力往自己身边一拉“别动”!濛濛只好让老师拉着手走,心里怦怦直跳。

“濛濛,我喜欢你。”老师一反平日严肃的语调温柔地说。

“老师,师母多好啊,无微不至地照顾您,连我们弟子都沾光。”濛濛提醒他。

“她是对我照顾得好,可是我们没有共同语言,早晚有一天得离婚。”他暗示濛濛。

“哎呀!您千万不要和师母离婚,她多好啊。”

“好!看别人都好,那你为什么离婚?只有自己知道好不好。”

“我们和您不一样。”

“离婚的都一样，都是过不下去了。”

“是不是您现在是大书法家了，师母只是个普通工人？”濛濛想是不是地位变了，人就变了。

“这和干什么工作没有关系。”

“老师不要这样。”濛濛同情师母甚至可怜她，都是女人，师母为他生儿育女，最后遭抛弃。濛濛极力劝老师。

“不跟你说了！”老师上来脾气，摔了濛濛的手。

车来了，濛濛上了车回头对他说：“老师，您回去吧。”

没想到老师也跳上车：“这么晚了，你一个人走我不放心，我把你送家去。”

直到濛濛进了楼，在窗户里向他招手，他才转身离去。

从那天晚上以后，濛濛再去老师家，就不敢正眼看老师，还好有师哥师姐们在一起，但总觉得对不住师母，好像对她做了什么不光彩的事。以后濛濛就不是每个星期天都去老师家了，隔几个星期去一次，毕业考试成绩平平，勉强毕业了。以后因为不刻苦练习没有成就，最终也没当上书法家。

14 谁还能给你来个贞节牌坊

“看你表面又精又灵的，你怎么这么愚呀？”辛思南急得和濛濛嚷起来。

辛思南原来是濛濛的老邻居，心直口快又古道热肠，后来到环保局工作，没干几年最后下海经商了，见识多社交圈子也广，和濛濛成了最好的朋友，两人无话不说。

儿子上初中二年级了，濛濛想应该给儿子上大学铺路了，就把这个意思跟思南说了。

“我有个同学是大学校长，我带你去找他。”思南立刻热心地说。

这是一座重点大学，排名次在全国前几名。校长对濛濛很热情，详细地询问了儿子的情况后问：“你儿子智商怎么样？”

“我儿子智商是班里三个高智商孩子之一，可是学习成绩就是上不来，也就是个中等，我都急死了。”

“男孩都贪玩，只要智商高，等到他懂事知道用功就好了，你看小学女生学习都好，又听话当班干部的多。中学也是女生学习好，成绩排在前面，可是一到高中，男孩懂事用功了就蹭蹭上来，把女生都甩后面去了。放心吧，你儿子没问题。”

“但愿如此吧。”

“听见了吗？校长打包票了，到时候就报他们学校，找他就行了。”思南口齿伶俐不容推卸地给校长施压。

“报我们学校吧，只要分数过录取线，就没问题。”校长也颇豪爽地给濛濛吃了定心丸。

“谢谢校长了。”濛濛的心舒展了。

“不客气，都是朋友嘛。”

办完事，两个人往外走。校长看着她，好像想起来什么事：“你们俩办不办个图书证？我们学校藏书很多，有些书外面都没有。”

“我不办，没时间看。你给她办吧，她是书虫。”思南说。

“你就知道挣钱！挣几万啦？好好的国家干部不当去做什么生意。”看来还是老同学关系亲密，校长说话无拘无束 。

“还几万？哪儿那么好挣的？你给我呀？”思南也不拘谨。

“我说你要那么多钱干啥呀？够吃够喝就行呗。”

“那得够吃够喝呀，这一大家子人哪儿不得钱啊？女儿上大学，眼瞅几年以后儿子又上大学了，那不得钱呐？你给我免费呀？”

“我可没那么大权力。”

“走啦！回去还一大堆事儿呢。”思南拉起了濛濛。

“我说你一天猴儿赶集似的，到哪儿都不消停，干啥呀？”校长看着思南忍不住笑。

“回家做饭去，一大家子人等着吃呢，哪像你老婆那么舒坦。”思南是嘴一份手一份，无论在多少个女人中也不在之下。

“那你当初为什么不嫁给我？”校长翻起了旧账。

“谁知道你这黑小子后来这么有出息，还当了校长啦。”

“你当初就看人家李科长当年是部队转业干部，党员，我是穷学生看不起我。给你写信连看都不看就还给我，还好，没交给老师。”

“那时候才是初中，我们那么小，知道啥？谁知道你的鬼心眼那么多？”

“现在也不晚呐。”他把手放在她的手背上。

“去！拿一边去，爪子欠了？回家让你老婆修理修理去。”她“啪”的一下把他的手打掉。

濛濛赶紧把头转一边去，装作没看见。

“走！下去，领我们办图书证去。”思南命令校长。

“校长，办图书证需要什么证件呀？”濛濛问。

“有人介绍，拿身份证就行。带了吗？”

“啊呀！我换皮包了，放在那个包里了。”

校长看着濛濛想了一下：“那你下次来吧，我带你去办。”

“哎呀！你一个大校长，办个图书证还不容易吗？打个电话跟下面说一声不就行了嘛。你还溜她一趟干啥呀？”思南提示校长。

“不是我不去说，如果送她儿子上大学求他们一次值得，办个图书证去找他们这不是不值得嘛。”

“啊！掉你价了。校长是办大事的，不是办小事的。”

“你就嘴刁吧！你们家李处长也不收拾收拾你。”

“他收拾我？我不收拾他就不错了。没有我他连饭都吃不上。”

“看把你能的，好像离了你，地球都不转了。”

“地球转不转跟我没关系，反正我们家离了我就玩不转了。”

校长给濛濛一张名片：“下次来，到校长室找我，我带你去办。”

濛濛还给他一张名片，和思南一起走出去。

几天以后，濛濛去找校长办图书证。

“不急，先坐一会儿。”校长和她聊起来，两个人倒有话题。

“哎，我想起一件事，你想不想买钢琴？很便宜的，是外贸口的，俄罗斯欠咱们国家外贸一笔钱，用钢琴抵债，还算好牌子……柴可夫斯基。”

“多少钱？”

“4000元，是专门分配给文化部门的，我们大学才给一台。”

“那可真够便宜的了，外面要七八千，有的还上万元呢。”

“你要买，等哪天货来，我派人给你送家里去。你把地址给我写下来。”

“那太谢谢您了。”

钢琴运回电信局家属宿舍，从车上卸下来，打开包装，在大院里玩耍的女孩们都跑过来：“钢琴！”

“沈阿姨，你家买的？”

“哎呀！真漂亮。小宇真有福气。”女孩们手摸着钢琴羡慕地说。

“小沈，帮我们也买一台吧。”一个同事经不住女儿纠缠对她说。

“哎呀！对不起！这也是别人帮我买的，只有这一台。”

装卸工把琴抬到楼上安顿好，濛濛问：“师傅，运费多少钱？”

“已经付了。”几个人蹬蹬蹬跑下去。

这时儿子回来了。看见钢琴问：“妈妈，给谁买的？”

“给你买的。”濛濛高兴地说。

“妈妈，我是男孩。小女孩才弹钢琴呢。你成天让我学这个学那个，都累死了！又买个钢琴。”

“你这孩子真是身在福中不知福，楼下那些女孩都馋死了，一个劲地羡慕你呢。”

“谁馋你就给谁吧，反正我不学。你还让不让我活了？”儿子小声嘟囔着。

“我不是非要你将来当钢琴家，只是让你懂点音乐知识，陶冶情操。”

“你恨不得让我把全世界的知识都学了。我就长一个脑袋两只手。”

这时校长来电话：“小沈，钢琴送去了吗？”

“送来了。”

“怎么样？满意吗？”

“很满意。谢谢！运费多少钱？”

“你别管了。过两天给你找个调琴师。”

几天以后调琴师来了，调了很长时间：“调好了，你过来试试吧。”

濛濛试了试各个音区，都很好。

“谢谢师傅。多少钱？”

“回去算，不要你管。”

星期六濛濛不太忙了便给校长打电话：“校长，我现在有时间，把钢琴钱、运费和调琴费都给您送过去吧，您在吗？”

“你别跑了，明天礼拜天我去你那儿，再看看琴的效果怎么样。”

“太好了！礼拜天您来吧，在我家吃饭。”

星期天晚上，濛濛做了几个菜。儿子去他姥姥家玩，说晚上不回来了，星期一直接在那边上学离得近。

校长来了，兴致勃勃看着琴："不错，颜色挺漂亮。你儿子学得怎么样？"

"哎！别提了，他根本不学，说这不是男孩该学的东西，连动都没动。"

"别急，小男孩也是不能老老实实地坐在那儿弹琴。你也得让他出去跑一会儿。"

饭好了，濛濛摆桌子。

"喝酒吗？白酒？啤酒？葡萄酒？"濛濛问。

"啤酒吧。我这人不吸烟，就好喝一口儿。"

濛濛给他倒一杯酒。

"你也喝呀！"校长拿起一只杯子要给濛濛倒。

"我不会喝酒。"濛濛伸手制止了他。

"你搞宣传的，不会喝酒，出席场合怎么办？"

"是啊，就怕喝酒。这么多年，也没练出来，主要是不想喝。"濛濛想起了那次去一个县局的"历险记"，就笑着给他讲了个故事。

听说省会局来人了，县局热情款待，局长亲自作陪。席间办公室主任给每人斟上一大杯白酒。局长先致欢迎词，然后大家举杯相碰，每人喝了一大口坐下去。濛濛只是举杯在嘴唇上碰一碰便放下，她注意观察人们的酒都喝得剩下小半杯了，便故意把酒杯碰翻，局长赶紧让办公室主任又给倒满。她一看这招不行，便乘别人不注意时，掏出手帕，把酒杯拿到桌子底下往手帕里倒，最后手帕全润湿了，再也吸不进去了，便把剩下酒全倒在地上。

酒宴至高潮，局长喝得迷迷瞪瞪，把筷子碰掉到地上了，低头去捡筷子发现了地上的酒："谁把酒都给我倒地上了？这可是好酒哇！哦！"说着说着打了个酒嗝。大家眼睛一齐看着濛濛，心里明镜似的。

"这你就不对了，沈同志。是我招待不周吗？来！满上，哦，我陪省局领导喝一杯。"

"我不是领导，只是个小办事员，您可别这么抬举我，也别灌我。"濛濛急忙抵挡。

"我不管你大员、小员，省里下来的，就是省领导，来，喝！哦。"局长举起了杯。

下面的人也跟着起哄："喝！喝！省局领导喝。"

濛濛一看躲不过了，赶紧站起来用手盖住酒杯："局长先请教一个问题，再喝不迟。"

"你说！哦。"

"局长，三国时期，三英战吕布。吕布是不是英雄？"

“吕布一人打仨人？英雄！哦，不对呀？三加一等于四，应该两人，一伙，仨人打一个，那不是欺负人吗？哦。”

“所以吕布是英雄嘛。”

“对，吕布是英雄！我是吕布。哦。”

“那酒桌上也有英雄啊！曹操和刘备青梅煮酒论英雄。”

“那曹操和刘备，就都是英雄！哦。”

“英雄找英雄，方显英雄本色。可我是狗熊，你就是把我打败了，你还是英雄吗？”

“你是狗熊？我不找你，我找英雄。哦，小李子！你是英雄吗？”

小李子是他们局的秘书，也喝得晕晕乎乎：“我是英雄！”

“来！咱俩喝。哦，不对呀，我是吕布，我得打，仨人，你才一个。小杨子！老赵！你们仨一起上，我吕布战你们三个。”

小杨子、老赵喝得醉醺醺地站起来，酒壮英雄胆，四个人酒杯碰得叮当响。

“吕布，哪里跑！”

“呔！我杀，你们个片甲不留！”

濛濛乘机跑出去到外面去透透风。散席时，四个人都喝趴下了，好容易把他们拽出去。

校长听得哈哈大笑：“你可真聪明！”

“没办法呀！东北人喝酒是不醉不罢休，反正他们都能喝。再说男人醉了什么样都行，那女人怎么能在陌生人面前喝醉了？”

“也是，尤其是优雅的女人。”

“就算是一个笑话吧。”

“你一说笑话，我倒想起了一个笑话。”

“是吗？”

“我给你讲讲啊。”校长说，“故事叫《不值钱的》。”

夫妻俩吵起来了。

妻子翻旧账，唇枪舌剑，哪年哪月丈夫犯过什么错又翻腾出来一遍。

丈夫正在厨房洗碗。口讷，气急了：“你还没完啦！”顺手抄起一个盘子，摔在地上，“啪！”盘子碎成两半。

妻子一看，啊！你胆大包天，竟敢摔盘子？想摔一个碗回击。一想摔个碗还得花钱买，但也不能示弱，于是奔过去，捡起丈夫摔两半的一块盘子，再摔一下："就没完！错了还怕说？"半个盘子又碎成几块。

丈夫一看，更气了："有完没完啦？"但也舍不得摔别的了，于是也捡起剩下那半快盘子，"啪"一地碎片。

妻子一看，丈夫今天吃了豹子胆反了天了，这还了得？当然得回击。可是盘子全摔碎了，再也捡不起来了，眼睛在厨房里转一圈，看有什么不值钱的东西再摔一摔，一下看见一个洗菜的塑料筐。几块钱的东西不值钱，摔！拿起筐狠狠地摔在地上："你要反天啦？"

塑料筐骨碌碌滚到丈夫脚边。丈夫想你还摔起没完了："就反天啦！怎么样？今天就造反啦！"照筐踹一脚。塑料筐被一脚踹扁了。

这时，只听房间里"啪"一声响。

夫妻俩马上停止战斗，急忙跑到房门口。屋子里一片漆黑。

儿子冲出来："你们俩有完没完了？吵死人啦！"

妻子问："屋里怎么黑了？"

"你们不是能摔吗？我也摔！"

丈夫瞪大了眼睛："你摔啥啦？"

"台灯！"

妻子大呼："啊！你这浑小子！这台灯是600多元的多功能灯，我们摔的是不值钱的……"

濛濛哈哈大笑："逗死人了。"

"可笑吧，我们俩口子吵架从来不摔东西，当时痛快了，那摔完了还不得再去买？"

"就是。"

"我再给你讲个笑话啊，叫《穿着呢》。"

文化局的冯处长性格开朗，心宽体胖，大大咧咧，整天笑哈哈。他还有个习惯，晚上睡觉时，能脱的统统脱掉。

这一天，冯处长去北京出差回哈尔滨。他的座位是下铺，晚上舒舒服服钻进被窝就鼾声如雷了。第二天早晨起来一看，妈呀！羊绒大衣，高档西装，名牌衬衣,名牌皮鞋,连塞进鞋里的白袜子都不翼而飞了。

他立马给太太打电话:“老婆,马上到火车站来接我,进站台里面。给我拿一件大衣,一套外衣,一件衬衣,一双鞋,再拿一双袜子。”

“天哪!你被打劫啦!连衬衣袜子都扒去啦?”太太惊呼。

“没有,晚上在卧铺睡觉被人偷了。”

“你还像在家里一样啊?”

“没有,裤头背心没脱,还在身上穿着呢。”

“几号车厢几号铺?”

“7号车厢8号铺。”

“嘻里马哈。你什么时候能长记性啊!就差你没丢了。”

车进站停稳一打开车门,太太第一个冲上去,左拨右挡逆着人流往里闯。只见冯处长从头到脚裹着一床白被单,只露出两只眼睛,在卧铺上蹲着,冻得直打哆嗦。

太太赶紧帮他穿戴好。局里派接站的司机站在冰天雪地的站台上翘首以待,看见胖处长下来了。两个人护拥着他往外走。

“处长,被偷了?衣服全丢啦?”司机忍不住怪怪地笑。

“这损贼!连袜子都拿走了。不过,裤头背心没丢,还穿在身上呢。”

不几天,一传十,十传百,全局都知道了这件事,大家看见冯处长就忍不住抿嘴笑,他知道大家笑什么,急忙解释:“裤头背心没丢……”大家就乐出了声,接口说:“是!还在身上穿着呢。”

于是,胖处长背地里就有了绰号。无论是“没丢”,还是“穿着呢”,大家都知道是说冯处长。

两个人边吃边聊。这顿饭吃了很长时间。已经9点了,校长起身要回去。濛濛把早已准备好的两个信封给他:“校长,这个信封里是钢琴钱4000元。这个信封里500元是运费和调琴费。我也不知道多少,500元大概够了吧。”

“不要了。钢琴算我送给你儿子的。”

“不不不,这绝对不行!4000元呢。不是二三十元的。您一定得收下。”

“那好!钢琴钱我收下了。那些就算了。也没几个钱,你跟我算得这么清啊,还是朋友吗?”

“那好吧。”濛濛把500元的信封放下，把4000元的信封递给校长。

“我下次来拿吧。我今天也喝得晕晕乎乎了，身上带这么多钱，别让人抢去。”

“那好吧。”

两个星期以后。

星期六，校长来电话告诉濛濛，他明天星期天去她那。

“你给您准备饭，是中午还是晚上？”

“不吃饭了，我没时间，去说几句话就走。”

星期天校长来了，简单说了几句话起身告辞。濛濛把钱给他，一边往门口送他。他接钱的时候，突然拉住了濛濛的手。濛濛一脸的不悦，反感地抽回了手，他知趣地缩回了手，慢慢地走下楼梯。

濛濛站在门口，说了一句“不送了”！就关上了门。

以后校长来了两次电话说要去濛濛家里拜访，濛濛说没有时间，以后俩人不再联系了。

半年以后，思南来濛濛家，很关心地问起她儿子将来上大学准备报考文科还是理科？高中就要选文理科了，和校长怎么联系的。

“我和校长已经有半年没有联系了。”濛濛歉意地说。

思南看她一眼：“我知道为什么，他摸你手了？”

濛濛红着脸没说话。

“肯定是！我忘告诉你了。他就那德行，有贼心没贼胆，就摸个手那点小能耐，也不敢出大格。我和他是同学我还不知道，每次和女同学见面，都得挨两下打。可他人不错，很讲义气，哪个同学不管男生女生找他都帮忙。摸你一下怕啥？”

“那不行。”

“那你不和他联系了，你儿子考大学怎么办？”

“让他自己考去吧。校长不是说智商高的男孩只要知道用功考大学没问题吗？过录取线就行了。”

“过录取线就行了？你以为呢？那考大学千军万马过独木桥，才百分之几的录取率。过录取线的人多了，录取谁都行。你没人行吗？谁给你去调档？你知道我女儿考大学的时候，我找了多少个人？”

“那你怎么不给她报校长的学校？”

“他那是重点大学，我女儿成绩不行，只能报考二类学校，最后我都找到教育局的人了。好危险了，差一步就没上去。你儿子到时候没人能行吗？”

“那到时候让他找他爸去吧。他爸总会有办法的。”

“人家爸爸是总经理当然有办法。可是孩子这事找他爸，那事也找他爸，那你这个妈还有什么价值啦？儿子将来能和你亲吗？你当初为什么非要争这个抚养权？不就是为了体现你这个当妈的价值吗？人家孩子找他爸去了。你还有什么了？丈夫离了，孩子走了，到头来你不是一场空吗？”

“……”

“你以为抚养个孩子那么容易呀？那不是小猫小狗给点食吃就行了，经济方面、精力方面、教育成长方面，你得操多少心呐？我为什么好好的国家干部不当下海？我也知道那是铁饭碗，可是你需要钱呐？孩子越大需要钱的地方越多，我家还两个孩子。我们这点工资够吗？人家两口子两个人忙乎都焦头烂额，你可能耐，自己要抚养孩子。你知道一个女人抚养个孩子有多难？有人帮你还不用。人家校长说只要你儿子过了录取线，那就没问题啦，你儿子那么聪明，过录取线还难吗？你说这你多省心呐。”

“我不想让汪杰瞧不起我。闹了半天离婚，离婚以后使用这种手段过日子。”

“汪杰？你得了吧！那天我看见他了，我没跟你说怕你生气。和一个女的在一起走，大老远看见我赶紧躲起来。其实我都看见他了。那个女的还不知道怎么回事，转着圈喊他：‘汪杰，汪杰。’你以为他是个好东西？”

“离了婚谁都可以再找。我只是不想做第三者，去破坏人家的家庭。”

“人家校长又不会离婚再娶。就是摸你一下，哪次我去找他不是也被他摸了，打他两下就老实了。”

“你们是同学没说的，可我不一样，我是离婚的女人。我不想让人在背后指指点点。一个女人的名誉最重要。”

“名誉？什么是名誉？都是那些男人他们在外面花天酒地。又怕自己后院起火才给女人立的规矩。你就信以为真了？名誉，都什么年代了？名誉当啥？当吃？当喝？当钱花？当你儿子上大学？什么都不当！看你表面又精又灵的，怎么这么愚啊？你看社会上那些个手眼通天的女人，有几个是吃素的？”

“可那是不光彩的。”

“手段是不光彩。可是人家上来啦！还领导着你，在你头顶上指手画脚。谁敢不服？有人还得帮人家溜须。这就是现实。这点你都看不透！”

“我没那本事。”

“你？你本事大了。拿着金饭碗要饭吃。你不是没有文化没有品位的烂女人。你说你长的那小模样，别说男人，我都想啃你两口。”

“你胡说什么呀？”

“我知道，这话不好听，可话糙理不糙。咱俩是好朋友，我才跟你说这些掏心窝子的话。别人我才不管呢，她爱怎么着怎么着，跟我有什么关系。”

“我知道，你是为我好。

“知道就好。你为什么不充分利用自己的资源？这就是女人的资本。老天爷白给了你这么好的资源。当然，咱们也不是去胡乱来，只不过是在恰当的场合稍微地潇洒一把而已。”

濛濛被她说笑了。

“你还笑。你知道大老邢吧？”

“大老邢？”她摇摇头。

“你见过的。就是那天咱俩去找校长时，在商场门口遇见的那个人。”

“啊！她挺漂亮的呀。”濛濛想起来了。

“长的是行，可是素质太低啦。你看她那身穿戴，像不像个花母鸡？一个女人说话脏字不离口，走到哪儿吵吵巴火就搁不下她了，还一天走东家窜西家‘扯老婆舌’，隔几天就和人打起来了，再不就让人堵在家里找上门骂，气得他丈夫要和她离婚。现在她丈夫在外面有了，逼她离婚呢，她就不离不给他出手续，还赌气，说非要找个比她丈夫好的，让我给她介绍大学教授。那大学教授都长‘雀蒙儿眼’了，分不出白天黑夜了。总让我给她找没办法，给她介绍了两个机关的，人家见她长得还行谈吧，可是相处没几天她就露了原形，吓得人家赶紧跑，到现在也没找着。后来她说找不着对象找个情人也行。你以为情人就怎么了？情人才挑剔呢！你说哪个男人会找她？”

濛濛笑了。

“这就是女人的资本，不是谁都有的。可是有了得会用。你不要听那些宣传，你本身搞宣传的还不知道怎么回事啊？当然，你是搞业务宣传的，得有东西得有那个事，不能胡说八道。但是你说实话，里面有没有水分？那其他的宣传更不用说了。什么名誉呀，道德呀，有人就是两面派，当面一套，说得冠冕堂皇，那是说给别人听的，背地里自己做的又是另一套。就你实实在在地听信。”

“做人总得诚实讲诚信。”

“诚信？什么叫诚信？你还以为是古代呐，‘一诺千金’‘言必信行必果’。你对我讲诚信行，我们都是诚实人，知道诚实的可贵。可你诚心诚意掏心掏肺地对人家，人家还笑话你傻呢，没准还瞧不起你，甚至有人还想利用你获取实惠呢。”

“那还讲不讲人品了？”

“人品？人品是什么？前些日子地震，老百姓纷纷捐款赈灾。我还捐了500元，灾区人民多惨呐，能帮一把就帮一把。老艺术家王玉梅捐了1万元。1万元，对于一个月只有几百元退休金的老人来说，不是一辈子的积蓄也是一笔可观的数目了，毫不犹豫地拿出来捐给灾区人民，儿女也支持她这样做。这是怎样的人品！可是有一个绯闻缠身的当红影星，少说也是身家百万吧，却一分钱也没捐，照样四处招摇花天酒地，照样有人捧她，照样大红大紫。你说这些人是什么人品？我以前也是诚实得要命，现在看来就是傻得可以。这几年在社会上摸爬滚打，同各种各样的人打交道，吃过几次亏，悟出了一个理儿，人活着就是为自己，自己丰衣足食了，再去关照别人。你该得到就要得到，有时为了得到还要千方百计去争取，只要不杀人放火图财害命，就不亏心。你那些思想经是过去式了。眼下是现在式，你还是考虑考虑你儿子吧，人家校长可是诚心诚意的。”

“反正我坚守自己的信念：不做情人！要么谈婚论嫁，无论如何我是不做情人的。”

“情人？你是十七八的青春小少女呀？怕以后嫁不出去。30多岁孩子都生了的老娘们了，你怕啥？你看人家那些女人脑袋削个尖往里钻，因为有实惠。出色的男人能帮你实现你所要的。成功的女人背后一定离不开优秀男人的支撑。你可倒好，送上门来都不要。”

“……”

“你可别傻了，看重那一文不值的名声。谁还给你立个贞节牌坊啊？没人买你的账。你有好名声又怎么样？那不是你的通行证，照样行不通。哎！我说你，我也是这套号的。有一个大单就是自己放不开没签上。”

“那也没办法。我们就是这种人了。”

“行了，跟你这种不开窍的人说出大天来也是不开窍。你儿子考大学时，我去找校长吧，谁让咱俩是好朋友呢？他会给我这个面子。”

巧得很，几天以后，单位许姐给濛濛介绍了一个大学教授。

第四章　攻城

15 扭秧歌的大学教授

许姐给濛濛介绍了一个名校的数学教授。

第一次见面濛濛对他不满意。他也感觉到了，憨直中流露出一丝不易觉察的卑微。濛濛就生了恻隐之心，又一想不能光考虑自己，要考虑考虑儿子，她是学文科的理科不灵光，想给儿子请一个数学家教。这个人是数学教授，许姐还说他数理化都很棒，不正好辅导儿子理科吗？再说以后要组成一个新家庭，也可以借此机会让他和儿子建立感情，于是就勉强了自己。

“你明天下班请上我家去吧。”

“好。”他出乎意料，满心欢喜。

“请你和我儿子见见面。我正要给他请一个数学家教，请你帮我参考参考找什么样的好。”

“不用找家教了，我就可以教他。”有了展示自己能力的机会了，他不免有些小得意。

今天正好不忙，她提前下班，到菜场买了新鲜的蔬菜水果，一大堆食品，先到了约定地点等他。约定时间到了，他急急忙忙跑过来满脸通红，看着表：“没迟到。”气喘吁吁直擦汗，手里还拿着一把折叠扇子，扇子顶端沾着一块大红布，耷拉下来，红得刺眼。

看着他跑得满头大汗和手里的扇子，她好奇地问：“你干吗去了？”

“扭秧歌去了。”

“扭秧歌？”

她想扭秧歌不是那些退休的大叔大婶们消磨时光的活动吗？活动场所在公园的一角，或者在马路的立交桥底下，锣鼓一响就开始扭。有时他们还化妆，抹红脸蛋，穿大红大绿的秧歌服。可那些都是老人家们的乐趣，既锻炼了身体又找了乐子。一个大学教授扭秧歌是什么情景呢？濛濛的脑海里立刻就想象出：在一阵欢快的锣鼓声中，他举着大红扇子，踩着锣鼓点，走着十字步在场子里边扭来扭去，还不时地和那些老人们相互摇头摆脑挤眉弄眼地逗乐。想到这里，她忍不住笑起来。

看她乐，他以为她也高兴扭秧歌："你想扭秧歌吗？我带你去。"

"我不去。"

"可好了，扭起来满身大汗真舒服啊。"

"你经常去吗？"

"啊。要不然你试试去？"

她笑着摇摇头。

他看她对扭秧歌不感兴趣，就说："走哇，上你家去，给你儿子辅导数学。我那天晚上回去找了好长时间，把所有的东西都翻出来，才找到初中的数学课本，大概看了看作预习。细节可能和现在不一样，不过内容大同小异。没事，等看了你儿子的教科书就知道了。"

她原本就是勉强，现在一听他去扭秧歌再看看他手里的大红扇子，心想这人怎么这样？看来没什么好谈的了。

"谢谢！不用了，我儿子去我妈家，今天晚上不回来了。"

"那先去你家认认门，哪天再去辅导，这也不是一天两天的事。你放心吧，你儿子以后的数理化没问题。"他不解她意。

看来这个人心地倒是挺善良的，人也蛮实诚，但是他的作为实在令她不能接受。"我看，今天就不要去我家，以后我们也不要联系了。对不起！"她最后还是轻声说出来，虽有些不忍，但也不能太委屈了自己。

教授看了她片刻，随后明白了，转过身慢慢地走了。

几天以后，许姐见濛濛科里人都不在，进来坐在她对面的办公桌旁。

"濛濛，这两天你们谈得怎么样？"许姐笑嘻嘻地眨巴一下眼睛问，等着听好消息。

"没谈成。"她笑着摇摇头。

"又不行？哪儿不满意呀？"许姐皱起了眉头。

"其实教授挺好的，没什么不满意的。"

"敢情！他人好。我和他是初中高中同学，上大学才分开的。他妈妈也可好了，就他老婆不是东西，欺负他们娘儿俩，离婚了还把房子霸去。他和他妈现在住他妹妹家。你是不是嫌他没房子，咱们局还缺房子吗？”

“房子倒不成问题，我自己就有两套房子。”

“那为什么呀？”

她笑了，没说话。

“到底为什么啊？你得让我明白呀。”

“他去扭秧歌。”她只得说出来。

“什么？扭秧歌？”许姐怕听错了，又追问一句。

“他经常下班去扭秧歌。”

“大学教授去扭秧歌？真是！”许姐也不满，但是马上又替他辩解：“哎！寂寞呗。一个男人离婚了，上哪儿去呀？他是正派人又不能去胡搞，找乐子呗。再说娘儿俩都住他妹妹家，还有妹夫一家子人呢，老太太成天待在家里还行，他一个大男人也不能成天赖在人家里呀，吃饭睡觉是没办法的事必须得回来，平时总得出去躲躲吧。”

“也是的。”

“就因为这个呀？我告诉他别去扭了。以后下班就去你家辅导你儿子功课，你儿子数理化一准儿棒棒的，考大学你就给他报北大、清华吧。”

“可是……”

“又怎么啦？可是什么呀？”许姐又皱起了眉头

“可是，我觉得他不太像大学教授的样子。”她终于说出来了。

“大学教授还得有个样儿？啊，我明白了。是，他不戴眼镜，不是小白脸子。可你没听人说吗？‘小白脸子，没有好心眼子’。你呀，你是这个家那个家的见多了。一个个小白脸子嘴儿好，会哄人儿。可是他人本分老实，再说人家也不差啥，研究生毕业，重点大学教授，在学校数理化大拿，还是受学生好评的教授呢。女人嫁男人就得嫁这样的。你也别那么清高，过日子是实实在在的事，不是说书唱戏看个热闹。我看你还是考虑考虑。要不然再处处看看？”

“许姐，谢谢你。我看就算了吧，你别费心了。”

16 国宝“熊猫”

有人说：婚姻是爱情的坟墓。

钱锺书说:婚姻像城堡,里面的想冲出来,外面的想冲进去。

濛濛拼命从城堡里冲出来。自由了!天地无限宽。

可是风来了,雨来了,严寒逼近了。到哪里去栖息?再回头看看,原来那深恶痛绝的坟墓竟也是遮风避雨的小屋。没有家怎么行?于是又回头往城堡里冲。

她的舅舅和姨妈们是北京文化界、艺术界、医学界的,接触面广认识人多,亲戚们又都在北京。他们希望她再解决婚姻问题来北京。

人往高处走。我要进攻北京的婚姻城堡了!她在心里说。

这一天,小姨妈来信让她去北京,说要给她介绍一个男朋友,还说这个人是中国社会科学院外国文学研究所的一个研究员。

第一次见面姨妈安排在自己家。

"这是我外甥女沈濛濛,在哈尔滨电信局工作。这是溪涧,社科院研究员。"姨妈给他们介绍。

"您好!"濛濛笑着点点头看着他,个儿不高,五官平平,可谓其貌不扬。

他见濛濛,眼前一亮,好清新可爱!甜甜的笑,纯纯的眼神,一下子抓住了他的心!欣喜地向她伸出手:"幸会!幸会!"

"来!我们入座吧,边吃边聊。"姨妈已布好了酒席,招呼他们。

"您请!"濛濛伸手礼让。

"谢谢!这么丰盛啊!"他看着满桌的菜肴脸上溢满了笑。

"家常便饭不成敬意。您是南方人,我们北方的饭菜不知是否合您口味?"喜不喜欢?姨妈笑着说。

"喜欢喜欢。"他连连点头。

入座后,他掏出名片站起来双手递给濛濛和姨妈。她接过一看,呵!国内外这个委员那个会员的头衔上面都排满了,立即对他刮目相看。

席间基本上都是姨妈和他交谈,濛濛只是安静地听着时而温婉地一笑。

"你们社科院每年有进京名额吧?"姨妈问。

"有!不是年年有。各个单位要排队等国家给分配,几年轮回一次。"

"单位有名额家属就可以进京了吧?"

"单位内部个人还要排队等。像我们这种中央直属单位,人员大部分从全国各地调来北京的,家属全在外地都等着进京。除非单身的年轻人就在北京找了。"

“从国家等到单位，再从单位等到个人，等来等去多少年才能调来北京啊？”

“说不准。还得看北京这边请调人的工龄职务职称，对国家的贡献了。听说很难的，有的等了十几年呢。”

“你们这样的中直单位都这么难，其他单位就别想了，可能连名额都没有。”

“要想来北京最好找中直的。”

“是的。”

那时户口控制严格，尤其进京难，难于上青天！工作跟着户口走一干就是一辈子，想改变只能是国家调动。

听着姨妈关心的问话，看着濛濛那期盼的神情，他很兴奋，也有些得意，操着不熟练的普通话滔滔不绝。一直在谈研究中外文学而言是如何的重要，工作是怎样的忙，他们这些研究员又是多么高尖端的人才云云。

姨妈笑着说：“那这样看来，你们是‘国宝’了。”

“是的！别人都这么说。”他毫不谦逊地说，掩饰不住地得意。

国宝？濛濛马上想到了熊猫，不由得暗自端详起他来。个子不高，白而稍胖，戴个大眼镜，还真像熊猫。于是脱口而出：“熊猫！”

“哎！这孩子。”姨妈笑着斜她一眼。三个人全笑了。

“没关系啦！她爱怎么叫就怎么叫吧。”他倒乐意这个称呼。

临别，两人约定以后通信联系。

濛濛回到哈尔滨心里喜忧不定。她既自信自己还是比较优秀的，又自卑“二等公民”外地人的身份。焦虑中一星期后收到“熊猫”的信（那时电脑还没有普及）。好漂亮的字！既不像男人写得粗犷大方，也不像女人写得娟秀小巧，是一种中性的字体，说是男人写的可以，说是女人写的也可以。信很长一共三页纸，先夸赞濛濛一番，然后说他如何喜欢濛濛，最后大谈外国文学。字里行间文采飞扬，不止局限文学还涉及天文地理、古今中外，使用词汇量之大，用词之美，又不失幽默，足以称之为知识渊博。她想，难怪人家大言不惭地称自己为“国宝”，那是从多少万万个学子中脱颖而出的呀。

濛濛欣赏才子，喜欢上他了。她知道自己的文才比不上人家，用了两天的时间精心地给他回了一封信，也是三页。半个月以后，“熊猫”的第二封信来了，信一去一回加上看信写信是正常的往返时间。这次更长一共五页，言语更甜蜜，情感更炽热。

开篇就是:“我日夜思念的亲爱的可爱的爱不够的甜甜的乖乖的小濛濛。”漂亮的字体,飞扬的文采,浪漫的情怀,澎湃的激情,描绘的美好前景……看得她脸发烧,心狂跳!濛濛醉了!更喜欢他,爱上他了!倾情倾意地爱上了他。她抱着大辞典写了三天,给他回复了一封同样情意绵绵的信,那也是她进京的渴望和对未来婚姻的向往。然后濛濛痴痴地企盼他下一封信。

信发出去以后,半个月没有回信。两个星期应该来了?再等等吧。一个月也没有回音。他到下属单位去了?出国了?两个月了还没有回信,于是她给他写了一封简短的信,只问收没收到她的信?她心想,其中的万语千言让他自己去领会吧。

信回了只有一页也没有了热度:“濛濛,能认识你是我的荣幸,我也真的是非常爱你。但关山阻隔,别时容易见时难,我只能与你在梦中相会。我想你时看不见摸不着;我爱你时只能玩文字游戏。无论多么优美的言辞,只能换来一声叹息:亲爱的,你在哪里?!社科院虽然有进京名额,最终我也能把你调来北京,然日期遥遥,3年?5年?8年?10年?抑或一辈子?那我下半生就跑你的户口和工作吧。这使命太沉重!这游戏不好玩。我思前想后考虑再三:对不起!”

这该死的“熊猫”!热得快,热得炙手;凉得也快,凉得透心!濛濛气坏了!把信扔进垃圾箱,哭了好几天。

她不得不承认,人家是生活在天子脚下高高在上的“国宝”,自己是“二等公民”外地人。本身和人家就差一截呢?怪谁呢?怪只怪父母,当年爸爸在北京工作,单位同意家属来北京还给了房子。爸爸回哈尔滨搬家,可是奶奶当时住在他们家说北京热,不去。爸爸是孝子,妈妈也是好媳妇,既然老人不愿意去就留在东北吧。谁知道以后户口控制这么严,把我们儿女弄得都成了“外地人”,受人歧视。哎!

攻城的第一个战役就失败了,给她地打击是重大的!

17 “老大电影厂”导演

这次给濛濛介绍的是北京电影制片厂的一个导演。约定地点在导演家,时间导演下班之后。

舅舅陪濛濛去的。舅舅之所以去,是因为他的一个剧本。几年前舅舅写了一个剧本,濛濛有个朋友的亲戚是长春电影制片厂导演,朋友说看看长影能不能给拍电影。在一个假日,她和朋友拿着剧本去长春电影制片厂找了这个导演。几天以后导演打电话给她:“你舅舅这个剧本很好,只是战争场面太恢宏,耗资太大。我们厂没有这个经济能力,赞助又不好找。你们在北京问问‘八一’和‘北影’。八一厂最擅长拍战争片。北影厂也擅长拍大场面,你们不妨去找找他们。”所以舅舅今天也来了。

爷儿俩到了北影大门口,不一会儿那个导演骑着自行车急急忙忙出来接他们。

进入导演家。导演给他们发名片,她接过去看着,回想北影厂拍过的电影,这个导演也没拍过什么电影啊?

导演简单问了一下她的婚姻情况,也简单介绍了自己的。

聊了一会儿,趁空隙时间舅舅拿出剧本:“导演,我写了个剧本,麻烦请您看看。”“剧本啊?别人看过吗?”导演顺口问了一句。

“长影看过了。”舅舅很老实。

导演马上不高兴了:“你是文化界的,你应该明白呀!北影是全中国电影厂老大。你写了剧本不让北影看,别人看过了再拿来,还有什么必要?不用看了。”

舅舅手拿着剧本愣在了那儿,不知该怎么办好了。

她非常生气。你名气不大,脾气可挺大。写了剧本没给老大看,先给别人看了,就扫了你的威风了。瞧把你狂的!北影厂、长影厂,不都是电影厂吗?北影厂有什么了不起?不就是在北京吗?北京又不是你自己家的私有财产?你神气什么!

她从舅舅手里拿过剧本。

导演看出了濛濛不高兴的神情,就说:“那先放这儿吧,等我有空看看。”

“不用了。”她赌气把剧本塞进舅舅的包里。

聊了一会儿,天也晚了,她和舅舅告辞。

导演可能是实在喜欢濛濛。就问她:“你哪天回去啊?”

“下星期一。”

“那后天星期天你上午来吧,我们好好谈谈。”

星期天两人聊了一会儿,导演拿出几本《大众电影》,对她说:“你先看着,我去做饭。”

很快饭菜端上来。吃完饭她赶快收拾碗筷,去厨房洗碗。他站在旁边看了一会儿赞赏地说:“看你像个大小姐,干活还挺麻利。”

她赶紧表白:“其实我很能干,我们家都不请保姆的。”

“看出来了。”

他转到她背后，双手抱住她的腰，下巴抵住她头顶："窈窕淑女，君子好逑。哎！"

她明白他为什么叹气，就问："你们北影不是也有进京名额吗？"

"那是给演员的，特少，没几个，打破脑袋抢。"

她的心不由自主往下沉。

"为什么你家亲戚都在北京，就你们一家在外地呢？"他不解地问。

"本来当年我爸爸在北京工作，我们家要搬来北京的。我奶奶说北京热不去，就没来北京。其实，我奶奶也没在我家住几天就走了。谁知道后来户口控制这么严格？"

"哎！你奶奶一句话，更确切地说一个字'热'，就把你的一生改变了。"他的语气幽默又惋惜，说得她哭笑不得。

"是啊！如果早知道这样，我爸我妈一定会搬来北京。"濛濛不甘又无奈。

"别洗了，来，坐一会儿。"他拉着她的手坐在沙发上。"你要是在北京多好。像今天这样在一起天南海北地聊，吃完饭我们就出去玩，想去哪儿就去哪儿，玩完了就回家。下星期又见面了。哎！可是你为什么离我这么遥远哪！"

濛濛一听，得，没希望了，就说："我走了。回去收拾收拾，明天就回哈尔滨了。"

"你走了，以后怎么联系呀？"他有些不舍。

"你可以给我写信呀，这上面有地址。"她给他一张名片。

"写信？"他摇摇头，笑了，把名片漫不经心地放在了写字台上。

她走出北影大门，眼泪止也止不住。哎！第二个战役又失败了！看来这北京城不是那么好攻的。

18 "躲猫猫"的研究员

小姨妈的一个朋友是中国科学院的，她对小姨妈说："你外甥女条件挺好的不用发愁，中科院好几个研究所，我把适龄要择偶的男人都给她介绍一遍。

这个人叫刘协，是中科院一个研究所的研究员。小姨妈陪她去见。濛濛一看他马上皱起了眉头：土里土气，毫无气质，说话随随便便。如果事先不说，怎么也想不出来他是一个做学问的研究员。

回家以后姨妈对一路无语的濛濛说："你的优点外在的成分比较多，容貌啊、身材啊、气质啊、举止言谈，给人以好感，容易被人接受，也是文人喜欢的。这些正对他的缺点，刘协恰恰不具备这些外在的。但是从婚姻的角度看一个男人内在的成分是主要的。外在的是给别人看的，只有内在的才是实实在在给你的。不妨处处看。人家也没计较你是外地的。”

“好吧。”

刘协满意，马上第二天邀请她和小姨妈去他家，去了以后他张罗着做饭。吃饭的时候他热情至极，一个劲往她和小姨妈碗里夹菜。她一碗饭快吃完的时候，他殷勤地要给她添饭。她说：“不要填了，我每顿就是一碗饭。谢谢！”

他笑着一扬头说：“啥也别怕。跟我，你今后就敞开儿肚皮使劲儿吃。”

濛濛笑得喷了饭！姨妈碍着面子又是长辈身份拼命忍，终究还是控制不住一口饭喷了出来。刘协看着这娘儿俩，摸着脑袋莫名其妙她们笑什么？好像自己不计较你吃多少多么宽宏大量，又不怕你贪吃肥胖，上哪儿找这样的男人去。

刘协也说了实话：“你怎么会看上我？我明白了。你要是在北京，肯定不会找我。”所以他对她热情有加。她回去以后，他几天一封信，很快便和她提及了婚姻事宜。看他这样热情，就不要计较那些外在的了。

上个月他来信要她务必去北京，说要商量商量他们的事。她就千方百计想办法来了，到北京以后在姨妈家休息一下，抑制不住的喜悦给他打电话：“刘协，我来了！你知道吗，我费多大的劲才争取来到北京这个机会呀。”

想不到他说：“我现在很忙，暂时没有时间见面。”她没有多想，可能他真的很忙，就等等吧。

过几天就是春节了，姨妈边看报纸边对她说：“濛濛，告诉刘协，春节请他来家里吃饭。”

“刘协，我姨妈说春节请你来家里吃饭。”她想着姨妈准备好的丰盛食物，昨天就和她敲定的菜谱，还有她心中的美景。

刘协那边却支支吾吾：“哎呀！我哥哥来信说他有病了，我要回老家看我哥哥。春节就不去你姨妈家了吧。”声音低弱冰冷，如同一个陌生的人，又像闪着寒光的利剑，冷冷地刺透了她的心。

她慢慢地放下了电话。

姨妈放下报纸：“这人哎，追着让你来，你大老远地来了，他却躲起来连面都不见。什么看他哥哥？看他哥哥什么时候不能去，偏偏这几天？肯定有什么变化了。”

“算了！甭理他啦。”她赌气地说。这北京人，怎么说变就变？

“变,哼！那是他没福气。北京的男人多了,又不是他一个。”姨妈生气地说。

以后刘协土遁了一般,从她的听觉视觉中消失了,再也没有信息,就像没有在她的生活里出现过一样。

濛濛又打了个败仗！

19 恋爱“专业户”

濛濛隔一段时间跑一次北京,一年要去好几次。

同事们逗她:“沈濛濛,现在有养鱼专业户,养鸡专业户,种粮专业户,我看你也是专业户。”

“我是什么专业户？”

“‘恋爱专业户呀！’一天到晚打扮得漂漂亮亮的,隔一段时间去一次北京。相对象去啦！多潇洒呀。”

“是啊！我们好赖就这一个了。”

“哎呀！我们都羡慕死你了。”

“你们以为我愿意这样啊？我还羡慕你们呢。白头偕老,生死与共。”濛濛回击他们。“那你为什么离婚哪？”

“没听人说吗？婚姻是爱情的坟墓。”

“那你现在又为什么往坟墓里钻？”

“钱锺书不是说吗？婚姻像城堡,城堡里的人想冲出去,外面的人又想冲进去。在里面呆闷了就跑出来透透气呗,在外面冻透了再进去暖和暖和呗。”

“搞不懂你们年轻人的事。什么出去的,进来的,一天瞎折腾。我们那时候两个人行李往一块一搬就算结婚了,结了婚就是一辈子,死活也得跟他过。”老王在收拾立柜里的东西,准备移交给小刘,她要退休了。

大家都笑起来:“别提你们那时候了。”

“还是你们幸福呀,都可以休男人,南京北京都能找。”

濛濛要经常跑北京,给她介绍一个男朋友她就得去看。

“科长,我要去北京。”

“去相对象啊？你姨妈又给你介绍了,是让我给你找个差事呗？”科长笑着问。

“是啊。”她也毫不隐晦。

“走吧，和我去局长室。”进京需要局长批准。

汇报完了工作，科长对局长说：“局长，我想让小沈去北京中央电视台送一盘录影带。”

“什么录影带？”局长问。

“‘5·17’电信日的。这不是快到电信日了吗？送中央台新闻联播组。”科长给局长解释。

“寄去不行吗？一盒带还需要派一个专人去送吗？”局长提出质疑。

“局长，这可是母带，花费好长时间制作的，万一寄丢了呢？”科长强调录影带的重要性。

局长知道母带的价值，二话没说就签了字。

有送就有取。过一段时间，她又需要去北京了，“科长，我去中央电视台把录影带取回来吧？”

“去吧，找局长签字，但是你不能待的时间太长啊，不能超过10天，最好一个星期就回来。”

舅舅来电话了，催她去北京。

“科长，最近北京有事吗？”

“又去北京相对象呗？正好，邮电部过几天有一个‘质量管理交流会’，说是和日本交流？具体情况我就不知道了。部里要求去一个主管局长，一个质量管理科长。局里让业务宣传科去一个人，你去吧。先去质管科找蓝科长给他们准备开会材料。”

会议三天结束了，她的事还没结束，她请示局长可不可以晚几天回去？

“你有事啊？那你就晚几天回去吧，我们俩先走了。”局长说。

“你一个人回去可不能坐飞机了，我们来时是跟局长沾光。”质检科蓝科长嘱咐她。

“我知道。”她想我就那么不知道身份吗？

北京是中国的首都，户口控制更严。只有中央直属单位一年或者几年才能有一两个进京名额。这些部门的人都是中国的精英，那眼睛长在头顶上。北京的女人又多的是，越是大城市女人越多，偏远山区男人都找不着老婆。可想而知濛濛的竞争对手有多少？见过面的人，有喜欢她的舍不得放弃，但是怕不能把她调来北京，又怕过两地生活，所以犹犹豫豫，濛濛就成了鸡肋；有死心塌地爱她，可是她又不满意对方；有的人干脆告诉她：外地人不找。

她频繁去北京见人，一拨一拨的，见面一次以后，只能靠书信往来。她的信件不断，过一段时间她就得处理一批。她每天除了写业务宣传稿子送到各个媒体，就是写回信，有同事说："沈濛濛，这邮局可发了，都让你们给养肥肥了。"

那时电脑没有普及，全是手写信在邮局寄。有的人猴儿急寄平信嫌慢，一水儿的航空特快！局里还有专人给濛濛收信，倒不是如何关心她的信，对这份志愿者的工作多么尽力，而是他们要集邮。这可是最好的邮票来源，因为纪念邮票数量少，只有参加集邮协会才能买到，而中国的邮票总厂在北京，随便去北京一个邮局就可以买到。航空信邮资高，营业员愿意使用高额的纪念邮票，他们可不愿意给人一张一张地去撕普通邮票。有的寄信人也专门爱用漂亮的纪念邮票，以表达心中的某种意愿。那个时候文化生活比较少，有人是真正的集邮者，有人纯粹是闲极无聊凑热闹，所以产生一大批集邮爱好者。大家都眼盯着濛濛的信。

又有同事说："小沈，你集邮是最有条件了，一定有不少漂亮邮票吧？哪天拿给我们看看，也让我们见识见识。"

"我都见不到邮票的影儿是什么样的。"

"那咋回事？"

"信还没到我手里，邮票就被人收集走了。"

每一次一个"志愿者"把一封信恭恭敬敬地送到她手里，随后就满怀歉意地说："濛濛，邮票我要了，我就差这一张就成套了。谢谢啦啊。"

能说什么呢，她本来在同事们中就是个很随和的人。不就是一张邮票吗？她又不集邮，给谁不一样。

大家就说："哈哈！小沈，你给了集邮者多么美好的精神食粮，你为祖国的邮政事业作出了多么重大的贡献啊！"

20 要"感情孩儿"的公安

大队人马汇合了。那边是姨妈老同学的朋友带着公安去姨妈的朋友家；这边是姨妈带着濛濛又去了朋友家。

见面就是看看外表，问问简单情况，濛濛和姨妈交换一下眼色觉得这个人还过得去。最根本的是他好解决户口工作，其他的枝枝叶叶无关紧要了。姨妈就对他说："明天星期天，您上我家去吧，我请您吃饭。星期一濛濛就走了。"

"好。"公安满心欢喜。

吃过饭，他对濛濛说："沈小姐，我们出去走走啊。"

"走吧。"她穿上外衣。

"咱们去天坛吧。"

"好吧。"

"沈小姐，我对你很满意。你对我怎么样？"刚出家门在路上他就迫不及待地问。

"也很好啊。"

她了解到他只有一个女儿今年大学毕业，他已经给她联系好工作单位了。

"你不用担心，户口不成问题，好办。你儿子也可以调来。"

"我儿子不一定来，我得问他，还得问问他爸，他爸肯定不让。"

"那随你便吧，我怎么着都行。"

"你工作也好办。你喜欢什么工作？"他又问。

"当然是老本行了，轻车熟路。"

"你在电信局工作。那，就给你联系北京电信局吧。"

她想他虽然不是文人，没有风度，气质不佳，但他是吃社会这碗饭的，看来社会活动能力还真强。哎！人生存离不开社会。也行，就这么着吧。

"濛濛，"他亲切地叫她，"我很喜欢你。我看，我们也不用处很长时间，你回去我们通通信，下次来，我们就结婚。那你这次回去能不能开两个介绍信？"

她问："开介绍信？结婚哪？刚见两次面就结婚？"

"我不是说马上就结婚。是等你下次来。那现在不就得准备吗？"

"嗯。结婚介绍信，还有一个什么介绍信呐？"

"生育指标。"

"什么？"她以为听错了。

"要一个生育指标。"

"生育指标是生孩子的。你要那个干吗？"她觉得可笑。

"我们结婚以后得生个孩子呀。"

"你没有孩子呀？你不是有个女儿吗？"

"有啊。"

"我也有一个儿子。我们都有孩子,还要孩子干吗呀?"

"那不得生个'感情孩儿'吗?孩子是感情的纽带,能把两个人拴住。要不然,一打架你就跟我离婚走了,有孩子就离不了了。"

"以前你有孩子怎么没把你妻子拴住啊?我也有孩子,怎么没把我丈夫拴住啊?不是有没有孩子的问题,是感情问题。"

"不管能不能拴住,反正结婚以后得要个孩子。"看来这个人很固执。

"反正我不生孩子。"她也很坚决。

"哎呀!不用你管。你就生下来,我管还不行吗?"他让了一步。

"不行。"她一步不让。

两个人都不说话了,发生了根本的分歧。从天坛出来,她要回去,因为明天就走了。

"濛濛,你回去好好考虑考虑啊。"

"我好好考虑考虑?你好好考虑考虑吧。都一把年纪了,还要什么孩子?"

回去以后,小姨妈问他们谈得怎么样?

"他要生个孩子。有病啊?"

"要个孩子也行,你有个儿子,再生个小女孩,也挺好。看来他喜欢孩子,生了也不用你管,让他管去吧。"

"小姨,您不知道,我妊娠反应特厉害,躺在床上打吊瓶,生我儿子要了我半条命,再生一个孩子,还不要了我整条命?"

"不会,两个孩子反应一个样,再说男孩和女孩也不一样。"姨妈是医生。

"反正我是无论如何不会再生孩子了。"

第二天上午,濛濛在收拾东西,他打来电话:"濛濛,你干吗呢?"

"收拾东西,晚上就走了。"

"我不能送你去了。我们在开会,现在休息了,我给你打个电话。"

"不用你去送,我打个车就直接到火车站了。"

"濛濛,你考虑好了吗?"他还不死心。

"不用考虑,我昨天就说了我坚决不生孩子。你要同意我们就处,你要不同意,那你就找别人生去吧。"

那边沉默了一会儿,一声叹息:"哎!我是铁了心要孩子,我就喜欢孩子。这是国家不让生，要是让，我要十个八个孩子。看来不能找你们这样有孩子的女人。我去找没结过婚的老姑娘，她们要孩子，你不让她生都不行，哭着喊着要孩子。农村的我也不嫌，反正我能调户口。”

她想听他唠叨这些有什么用，就对他说：“对不起，再见！”放下了电话。

21 优柔寡断的总编

“丁零零……”黎明眼睛看着文件，伸出右手拿起电话机，“喂！”

是一个女人的声音：“您好！请问是黎总编吗？”

“是！哪一位？”

“我爱人姓田，是杜院长的同学也是好朋友，杜院长让我给您打个电话。”

“噢，您爱人是卫生局田局长吧，杜院长提起过。请问有什么事需要我帮忙吗？”

友谊医院的杜院长是黎明的朋友。

“杜院长说让我给您介绍一个女朋友。”

“啊！是这样，谢谢您！对不起，我现在很忙没有时间。”他从文件上抬起头。

“您忙可以到您单位见一眼就可以。她是特意从外地赶来的，就能在北京停留两天的时间。”

“啊……，那好吧。明天上午10点到我报社来吧。”他迟疑了一下，还是同意了。

濛濛找到报社，敲敲总编室的门。

“请进！”

她走进去，办公桌后面一个人站起来。

“您是黎总编吗？”

“是！”

“我是沈濛濛。”

他隔着办公桌和她握握手，上下打量着她，指着沙发：“请坐！”

濛濛轻轻坐下来，把皮包放在腿上，然后看着他。他高个子，浓眉大眼，鼻梁高高的，皮肤比较白，带着一副深褐色宽边眼镜，额角宽阔，额头隆起，一看就是那种特聪明类型的文人。

他微笑着抱歉对她说：“对不起，沈小姐您先坐，我马上把这份文件看完，等着处理。”他办公桌上放着一本翻开的文件，看来他刚才正在看文件。

“您忙您的,不用管我。”她顺手翻阅着面前茶几上的报纸。

他真的是忙。一会儿桌子上的电话响了,他马上接电话,回答着什么,指示着什么;一会儿有员工进来请示什么事,签字;一会儿又有外面的人来办事。

坐了一会儿,她想他这么忙,我没必要再坐了。反正见了一面,如果双方有意会再联系,于是站起来说:“您忙,我走了。”

“不要走,我忙我的,您坐您的,一会儿我就忙完了。您先看看杂志。”

他极力挽留她,指指她身后的书架。她想看来他是对我有好感,那就再坐一会儿吧。她站起来看看书架上的书,都不是新书了,肯定被人翻过很多次了。濛濛家有好几位学医的很讲究,经常告诫她不到公共场所看东西、动东西,那么多人摸过,谁知道会有什么传染病菌呢?就说:“我不喜欢看这些书。”

“噢,您是不愿意看旧书吧,我这里有两本新书,是杂志社一个朋友那天来送给我的,我还没来得及看,您先看吧。”他突然想起濛濛家人是医生,就拉开办公桌的抽屉,拿出两本杂志递给她。她接过来一看是新书,外面还有一层玻璃纸套没拿下来呢,于是濛濛坐在沙发上翻看着。

11点多钟时,他站起来把办公桌上的东西收拾收拾,对她说:“走,我们吃饭去。”

她说:“您忙,我回去了。”

“哎,中午了,怎么能走呢?再忙,也要吃了饭再走啊。”

到了一个饭店进到包间里,他拿过菜单对她说:“您点吧。”

她一摆手:“您点吧,您熟悉这家饭店。”

“我不知道您喜欢吃什么?”

“您喜欢吃什么就点什么,我不忌口的,也吃不多。”

他看一眼她苗条的身材说:“是不是保持体形啊?”

“不是,我从小就吃不多饭。”

于是他就把菜单翻来覆去看了几遍,很精心地点了几样菜。菜上来以后,他小心地问她:“喜欢吃吗?我是南方人,可能和你们北方人的口味不一样。我特意点了北方特色的。”

她一听就说:“喜欢!”

他笑了伸手给她夹菜:“喜欢,那就多吃一些。”

“谢谢!”濛濛想他肯定喜欢自己,又挽留又热情地步菜。她对他也有好感,确切地说也喜欢他，典型的文人气质，温情细腻。心想我要让他更喜欢我。她看过很多的书知道什么样的男人喜欢什么类型的女人：官、商喜欢妖冶艳丽的女人，他们需要刺激；文人才子喜欢文雅娇柔的女人，他们是欣赏觅知音。今天濛濛要把她全部的优势显示出来。她与生俱来修长挺拔的体型，苗条婀娜的身姿，紧绷细致的皮肤，精致小巧的五官，再加上后天学习陶冶的修养和情操，呈现给人的是一个文静雅致的女人。而她时不时还要耍撒娇发点小脾气，这样就不至于太平淡无味，也不至于锣鼓喧天。

他给她夹了一块海参放在她盘子里，她故意撒娇地说："我不要这个嘛，我不喜欢吃。"然后指着一个盘子里的鱼片怯生生地对她说："我要那个。"

他便笑着把海参拨到自己的盘子里，给她夹一块鱼片。她假装好吃，大口地吃，吃完了，又像孩子一样娇憨地指着盘子："我还要！"

他赶紧又给她夹了两三块，笑着看她吃。她发现他笑起来很优雅，但是有一丝丝忧郁。

他只简单地问问濛濛的工作情况，东北的气候。跟她说他知道哈尔滨有个太阳岛，说他去过哈尔滨，上大学的时候，有个同学家在哈尔滨，有一年放暑假邀请他一起回家乡玩。哈尔滨是一个美丽的城市，绿化好，马路宽且多石子路，还有许多俄罗斯风格的建筑物。他很喜欢那个城市，但很少说他自己，也不深问她的婚姻情况，她也不便多问，也不过多地说自己。

席间他很少吃东西，只是喜爱地看着她吃，也很少说话，满腹心事的样子。他总是有意无意地看她，当她的视线和他相遇时，他便微笑一下垂下眼睛避开，而当她的视线离开他时，他又看她。她便假装看着别处，而把自己最美好的部位留给他看。她感觉他忧心忡忡好像有话要对她说，但是又不说，几次都是这样。她就想：他是个什么样的人呢？既不是城府很深的狡诈之人，也不是直言直语的爽快之人，只能说他是个深沉之人。

吃完饭濛濛告辞。他说他很忙有一大堆事等着处理，不能再送她了，就站在饭店门口目送她离去。她走出一段路回头看看，他还站在那里，她向他摆摆手，他也向她摆摆手。她走出很远，再回头看看，他还站在那里看她，她向他摆摆手，他也向她摆摆手，直到她要转弯再回头向他摆手，然后转弯走了。

他肯定喜欢我。濛濛兴冲冲回到哈尔滨，等待明日的朝阳。

果然一个星期以后，她收到总编一封信，她心情激动地急忙打开。字写得非常漂亮！是男人那种豪放大方的字体，文笔也非常好。下面的署名龙飞凤舞又让人能看得懂，一看就是领导经常签字练出来的，但是一看内容却很失望，只有一页信纸，没有夸赞濛濛的话语，也没有言辞热烈的情感，只是口气淡淡的谈文学和写作。她不明白他是什么意思？如果不喜欢她，为什么还给她写信；如果喜欢她，又毫不涉及情感之事，难道千里迢迢给她寄信就为了谈写作与文学吗？真是不可思议，她便漫不经心把信丢在一边，想一想，给他回了一封信，也是只谈天气风光之类无关的话题。

又过了两个星期，是元旦前几天。大街上人们都在东跑西颠地准备年货，办公室的同事们都在电话联系走亲戚看朋友。总编又给濛濛寄来一封信。她这一次满怀期望地打开，一个大信封里装着一个小信封，小信封里装着一套非常漂亮精致的年历卡，一共六张，突兀的图案，精美的画面，文字是中英文的，镶着金边。她想，这套年历卡一定价格不菲，可能也很难买到，是在友谊商店买的吧。看来他是费了心思的。她又想有画片就会有信，翻遍了两个大小信封，最后在装画片的小信封的一角里倒出来一个折叠成很小的纸块，展开来是一张便笺。不大的信纸上只写了四个字："我结婚了。"

她的心一下子凉透了！失望，气恼，眼泪随之流了下来。

她想都没想，把画片连同信纸信封整个一堆一起扔到卫生间的大垃圾筒里。

22 对天起誓

濛濛回哈尔滨临走的前一天是个星期天，亲戚们聚在一起。

"哎！看来这户口是个难解决的问题呀。"姨妈叹口气。

舅舅说："你们知道吧，我们中国京剧院，院长是个延安时期的老革命干部，那级别不小了吧？他妈妈也是个老革命，还坐过国民党的监狱。新中国成立后他妈妈跟随院长的哥哥在上海定居，户口就落在了上海。后来他妈妈一直住在院长家，户口也调不来呀，直到去世在北京始终是临时户口。想一想，一个老革命，那么大年纪不需要安排工作了，只调一个户口，儿子又有一定的级别，还是上海直辖市，都调不来。何况我们小百姓呢？"

她低头不说话，她明白舅舅的意思，在心里对自己说："沈濛濛，你就认命吧！"

第二天，小姨妈一家人去火车站送她。出租车只能开到北京站广场停下。她跳下车拦住他们:“进不去了,天晚了,你们请回吧。”

她拖着行李箱脚步沉重地往前走,回头望望,姨妈一家还站在原地不动,向她用力挥着手,姨妈还不时地抹眼睛,哎!那是万般地不舍,千般地痛楚,百般地无奈呀!一路哭着一路往火车站里走,想想这几年,见过的人有记录有书信往来的就这么多,那些只是见一面的就无数了。哎!抬头看看天,满天乌云翻滚雷声隆隆,要下暴雨啦,好像老天也为她不公!本来嘛,凭本事呀,拉出来真才实学面对面地较量一番,凭什么他们仰仗天子脚下的皇城根就趾高气扬,连萝卜头子芥菜疙瘩也身价百倍,尾巴翘上了天,而我只有一个结局……败北!她仰望阴沉沉的天空,对天发誓:我既然决定了要来,就一定攻进北京城!我沈濛濛要做的事情没有做不到的。一个户口就把我挡住了?嘁!她不服气!不甘心!上天!帮我。我一定要攻进北京城!哼!你们?你们以为自己有多了不起?对我来讲,只不过是给我增加动力的一个砝码而已!焉知不是好事?有对手才有力量。你们先神气几天,后会有期。她气恨得用力咬住嘴唇,不一会儿一股腥热的液体流进嘴里,她狠狠地咽下去。我一定要攻进北京城!要让所有伤害过我的人看看!

这一年夏天学校放暑假,汪杰到濛濛这儿要接儿子去他那里住几天,她不让,怕他再把孩子丢了。他央求说:“就去住三天还不行吗?三天以后就送回来。”她说:“那好吧,你可看住了,三天以后一定送回来。”结果第二天,父子俩被歹人谋财害命杀害了!濛濛悔恨不已大病一场,父亲也因为承受不了痛失外孙子的打击而郁郁寡欢。

第五章　奔驰之恋

23 攻进北京城

哈尔滨的冬天好冷啊！

星期天的早上。濛濛懒懒地不愿起床，在被窝里赖了一会儿，打着哈欠伸着懒腰趿着拖鞋，跳到沙发前去穿衣服。怎么感觉今天屋里比往常冷，她摸摸暖气也挺热，拉开窗帘一看，啊！映入眼帘的是一个银白的世界，昨天晚上下了一场大雪，现在还在继续。那美丽的六角花瓣，烟一般地轻盈，云一般地白洁，玉一般地温润，悄悄地飘落，朦胧了天和地之间的界线，整个世界一片迷迷蒙蒙。晶莹的雪花就这样不知疲倦地飘飘洒洒，纷纷扬扬，落在高高低低的楼房上、纵横交错的街道上、挺立的电线杆上子、落光了叶子的枯树枝上，树上挂满了银条，随风飘荡婀娜多姿。濛濛不禁想起岑参的诗句："忽如一夜春风来，千树万树梨花开"。雪中的景色壮丽无比，天地之间浑然一色，只能看见一片银白，就像用银子装饰而成。须臾，雪停了。绵绵白雪覆盖下的城市美丽得耀眼，满眼的琼枝玉叶，粉妆玉砌，宛如一个晶莹剔透的童话王国。人人都是白雪公主和白马王子，不知又会演绎出多少个美丽动人的故事啊。

正在出神地看着想着，背后传来孩子们的嬉笑声，她来到北面房间，拉开窗帘往外看。后院是一块大空地，停车场里的车上落满了雪，像一座座绵延起伏的小山丘排列在院子的一侧。雪一停几个孩子就跑出来玩耍打闹，两个女孩在堆雪人，三个男孩打雪仗。一个女人牵着一条狗，主人在前面走，狗在后面跟着。女人牵着的是个小狗，半尺厚的雪没过腿，它就连滚带爬地顽强前行，主人不得不停下来等它。

雪装扮出一个一尘不染的世界，荡涤了尘埃，祛除了肮脏，抵御了杂乱，呈现给人们的是一个整洁纯净的天和地。

濛濛推开窗户，想呼吸一下这难得的新鲜空气，深吸一口气，立时一股清新流入肺腑，在五脏六腑里游走一趟，便带走了浊气与郁闷，立时身心感到无比的轻松与舒畅，接连贪婪地大口呼吸着，神清气爽。

突然，一股冷气裹挟着寒风袭来，针芒一样钻进她的鼻子里，酸辣冰冷，“阿嚏！”她打了一个大喷嚏，随后浑身打起冷战。她赶紧关上窗户，回到南屋。

濛濛病了。她懒得去医院，知道自己就是受了风寒，拿出小药盒子，找出几片感冒通吃。感冒是好了，可是过敏性鼻炎来光顾她了，“霹雳啪嚓”一个劲地打喷嚏。医生给她做了过敏试验，确定是过敏性鼻炎，病因是冷空气过敏，说东北的冬天冷，这是地方病也是多发病。好多患者一到冬天就犯，而且这种病得上就不容易好，经常反复发作，现在也没有什么特效药，除非换个生活环境。现在得上了就得自己注意，千万不能着凉。医生给她开了药，其中有氯苯那敏，吃了就犯困想睡觉，不吃就打喷嚏，打几个喷嚏之后，就流鼻涕淌眼泪。一天鼻涕眼泪不断，流得她头昏脑胀，揩鼻涕把鼻子尖都拧红了，过几天还肿了起来。照镜子吓一跳，妈呀！红眼睛肿眼泡，肿鼻子红鼻子头，整个一个“红眼鱼”“变形金刚”。整天戴个大口罩，一来抵挡寒气，二来遮遮丑。到哪儿都提心吊胆的，拼命控制自己就怕打喷嚏。可是这不服管教的鼻子，越到人多的地方，越是关键的时刻，它就越是来劲，恐怕人家不知道它存在似的霹雳啪嚓，吓得人家直皱眉头，躲也不是不躲也不是，害得她好尴尬。于是她决定休病假不上班了。她生气这该死的过敏性鼻炎，像魔鬼一样，粘上谁谁就倒了霉挣不脱也摆不掉；又气自己干吗那么贪心非得去呼吸那几口新鲜空气呀，结果把冷气吸进鼻子里招来事儿。

躺在床上这些天她想了很多。人生不也像这气候一样吗？一种现象掩盖着另一种现象，各种不同的因素在条件的作用下相互转换，多么美好的起始并不一定有期望的结局，辛勤的耕耘并不一定有丰硕的成果。人生就是这样如此吗？命运就是这样如此吗？

不要抱怨命运不公。如果人生都是按照事前规划好的按部就班地度过，那不一定生活得有意义，因为没有了追求，没有了奋斗，没有了拼搏，活着还有什么乐趣？如果人生只有快乐，也未免显得单调，就像只有甜的一种味道，来一点痛苦与失望，好比调味剂，会烹调出更有味道的人生。

是屈服于命运任其摆布？是放弃所追求的？不！要让生活更有乐趣，要让人生更有味道。

没有攻进北京的婚姻城堡，不是最终的结局，只是第一个战役没有取胜。要总结经验教训，知己知彼才能百战百胜。是不是自己的武器不够精良，战斗力不够强悍？可怎么能攻下城堡呢？看似户口是主要其实只是一方面，还是自己不是最好的。北京美女如云，北京才女济济。你沈濛濛算什么？人家才可取可舍，如果是求之若渴，就会死抓住不放。“欲穷千里目，更上一层楼”，只有提高自己，登上更高的台阶。等待时机成熟而一举获胜。

濛濛开始了又一轮更刻苦的学习，能找到的书，能涉猎的知识，绝不放过，拼死拼活，而越是在摄取过程中越觉得自己学识的浅薄，才思的贫乏，恨不学富五车。

说来奇怪，过敏性鼻炎在她不屑搭理它的情况下竟好了，这小东西也欺负人呢。

寒冬终于过去，春风吹拂，生机盎然。

两年后的一天，小姨妈突然来电话：“濛濛，赶快来北京，有一个报社招聘记者编辑，我给你报了名，过几天就考试。”

“可我不是北京户口啊。”

“我问了，他们说现在户口不要求那么严了，主要看能力。当然有北京户口更好，因为报社不提供食宿，要自己解决。你就住我家。”

这是一个国家级的大报社，很重视这次招聘，总编亲自监考，有近百人参加考试，大部分是刚出校门的大学生，少数几个像她这样的中年人，还有一位鬓发斑白的老者。

考试内容分两部分，中文知识和撰写一篇评论文章。试卷发下后只听见笔在考卷上的沙沙声，每个人都在埋头拼命书写。中文知识，凡是来报考者都具备相当水平的中文知识，但一会儿写字声参差不齐，那是在思考评论文章如何撰写。濛濛在哈尔滨时就是报社的特约记者，轻车熟路略微思索一下就笔走龙蛇了，第一个答完，交给门口的总编。

总编接过卷子问：“这么快就答完了？”迅速看一眼：“你的字写得挺漂亮啊。”

“谢谢您的夸奖。我做了20年的文字工作，已经是特约记者，速度练出来了，这类文章也经常写不是很难。”她趁机表白。她知道做记者首要具备的是速度，如果再有一手漂亮的字，走到哪里出示给人也是令人赏心悦目的。

“啊。”总编在她卷子的一角折叠一下。

“请问，什么时候发布结果。”她满怀信心地问。

“快，如果通过笔试，三天以后就可以接到面试通知。”

果然三天后她接到去报社面试的通知。

她立刻把这个好消息告诉大姨妈并请教:“姨妈，我应聘记者编辑，笔试通过了！接通知两天后去面试。那天穿什么衣服呀？”大姨妈是歌唱家、声乐教育家,中国音乐家协会理事,评审。国际性、国家级的大赛都来请姨妈评审。

“好啊！祝贺你,第一步取得成功。笔试通过了,就要观察外在的了,音容笑貌、气质风度、言谈举止,这很重要。这种国家级的大报社经常会有外事活动,选人的标准一定要求高,要档次的。要把自己的优势充分展示出来。嗯,我想,你那天去面试,穿一套黑色职业西装,黑色高跟鞋,白衬衣,系黑色丝绸小领带。”

“为什么系领带？”

“这样着装既有文人的高雅气质，又新颖独特与众不同。我经常参加国际大赛的评审活动,预感会有考官喜欢。这种场合可能也会有人穿职业装,但是不会想到系领带。去买一套高档的新西装,要两边开衩的那种,上衣越瘦越好,长一些,给人一种穿燕尾服的感觉,洋气又有品位。穿的时候,衬衣扎在裤子里,扎一条黑色女式名牌宽皮带,上衣不要扣纽扣,领带整个露出来。这样配你修长的身材和白皙的皮肤肯定漂亮、潇洒。”

“面试时怎么做呢？”

“举止要文雅大方，态度要不卑不亢。回答问题时面带微笑，眼睛不要东张西望,也不要直愣愣地盯着人家看,要微笑着平行地看着对方的眼睛,稍后垂下眼睛,几句话以后再看着对方的眼睛。说话时语速要慢,这样你有思考的余地。声调切忌平直要抑扬顿挫,但不要哇哩哇啦太张扬,也不要语气低低的没有自信。回答完毕站起来,不要马上转身出去,要慢慢倒退到门口点头致谢以示道别,而后转身离去。这些小节体现了一个人潜在的素质,而恰恰被人忽视,所以在国际场合有些人被视为素质不高还不知道原因在哪里。不是有钱了素质就随着高了。素质是从里到外,多少年甚至几代人潜移默化的熏陶,个人后天努力陶冶才能达到的。”

“姨妈,我记住了。”

“去吧,给人家一个良好的职业女性形象。我相信,你一定能成功！”

等待面试的有20来个人,都是年轻大学生,只有一个和濛濛年纪相仿的先生,穿着一套笔挺的西装,不时地调整一下领带,显示出内心的不自信。那些年轻人的着装就比较随便了,有少数几个着西装的。外面等候的人逐渐在减少,一个个被叫进去很快就放出来。

“沈濛濛。”

濛濛走进去，扫视一眼，屋里有6个考官，总编也在场。她一出现他们都为之一震，以审视的目光上下打量着她，随后露出满意的神情，尔后每个人都向她提问题：有采访方面的，新闻报道方面的，编辑方面的，还有一个人问了她排版方面的。她都面带微笑自信地一一回答。

最后是总编，考问了她几个问题，侧重待人接物礼仪礼节，问她：“作为记者，如果被派往国外去采访，他将怎样做？”

“如果这个记者是我，我要时刻注意自己的言谈举止，因为那不单纯是一个人，是代表一个国家的形象。要给外国人留下一个美好的印象，我们是来自礼仪之邦，有着良好文化修养和优秀品德的中国人，同时圆满地完成采访任务。”说完她自信而优雅地看着总编。

好聪明的回答！话里有话，言外之意是招聘我吧，我会做得很好。总编会意微笑了一下，“嗯！”身体靠向椅子后背，“你回去吧。”

她出来后长长地输出一口气，看看表，考了她30多分钟。慢慢地走在回家的路上，她想这可是个好兆头，别人都很快就出来了，查她这么长时间，问的都是业务上的事，刚出校门的大学生哪里会懂，只有做过新闻人才明白。看来报社要的是上班就得拿起一摊工作的熟手，不会给你培训和实践的过程。凭这一点她在这些应聘者中有优势，再从关键人物总编两次的话语和表情中，对她也是满意的，自己是大有希望了。她就度德量力，信心满满。几天以后，她接通知去报到上班。

这次报社一共招了3个人：濛濛是中文编辑、记者，另外一个英文编辑、记者，一个美术编辑、记者。另外两个分别是北京外语学院、中央美术学院毕业一女一男两个大学生。

几个月以后，报社派濛濛去德国参加奔驰汽车公司举办的一次大型庆典活动。没想到，濛濛际遇了一次异国之恋。

24 奔驰之恋

德国奔驰汽车公司举办大型活动，邀请了许多国家的新闻记者，中国方被邀请了三家媒体，濛濛被报社派往德国出席了这次活动。

中国媒体代表团是三家媒体的三个记者：濛濛，《金融时报》50多岁的凌主编，

《车业》20多岁的记者小宁，加上奔驰公司驻北京办事处一个30多岁中文女翻译叶璇，此行四人两男两女，在会议的前一天下午到达德国汽车城斯图加特。他们推举凌主编为记者团负责人。

他们入住在辛德芬根万豪酒店。

斯图加特是奔驰汽车公司和保时捷汽车公司所在地，也是世界著名的汽车城。位于德国西南部的巴登－符腾堡州中部河谷地，靠近黑森林和士瓦本，是州首府，也是州级管辖区及斯图加特地区首府。这个拥有60万人口的小城，因世界上第一辆汽车戴姆勒·奔驰汽车公司而闻名。

奔驰汽车公司是世界十大汽车公司之一，创立于1926年，创始人是卡尔·本茨和戈特利布·戴姆勒。奔驰车的全称叫“梅赛德斯－奔驰”，简称奔驰，是世界知名品牌，知名度最高、最高级豪华车，乘坐舒服，安全性能好，是一些国家政府礼宾车的常用车种之一。公司总部设在德国斯图加特，主要产品有轿车、载重汽车、大型客车及专用汽车和跑车等。

奔驰汽车经销全世界，它不仅在本国设有1000多个维修点，而且在国外20多个国家和地区设有5000多个维修点，所以世界上许多国家都有奔驰的合作伙伴。

傍晚，德国奔驰公司请中国记者团晚宴，三个记者一个翻译出席，奔驰公司有关负责人也出席了。席间宾主亲切交谈，气氛温和融洽。奔驰方给中国记者团派了一个部门业务经理，跟随他们左右，全方位负责他们的一系列活动，还身兼司机和导游。这个业务经理叫维克多，40多岁，个子高高的，典型的欧洲男人容貌，黄头发，蓝眼睛，雕刻般的脸部轮廓。他爱说爱笑，一看就知道是一个快乐的人。

席间濛濛和维克多坐对面，他不时地看濛濛，当和濛濛的目光相遇时，就愉快地笑一下，偶尔还做个鬼脸，逗得她发笑。

晚餐很丰盛，从下午4点一直到半夜12点，主人还在热情地布菜，谈笑风生，没有结束的意思。中国方的几个人却有些困意了。毕竟坐了15个小时的飞机，未待休息就被叫来进餐。濛濛低低地对凌主编说：“凌老师，12点了，明天还得开大会呢。”凌主编当然明白，他们明显睡眠不足，现在当务之急是回去睡觉。明天开大会，会场上中国记者总不能睡眼矇眬或哈欠连天吧，有失国格，丢中国人的脸。出国了，就不是你个人是谁了，也不是哪个媒体的了，你是代表国家，你就是中国人的符号，不容忽视。

维克多开车送他们回酒店，一路上摇晃着脑袋吹着口哨。到酒店他们下车后和他握手再见。他握住濛濛的手长时间才松开，翻译叶璇诡秘地冲濛濛一笑，她不由得脸红了。

第二天，他们早早起床简单用过早点，便回房换装。濛濛的房间和叶璇的房间挨着，321和323，凌主编和小宁就在他们的斜对面，不一会儿都出来了。凌主编和小宁西装革履，小宁还拎着大摄影包。濛濛和叶璇也换上了礼服，濛濛是一套乳白色的薄料子西装套裙，白色高筒皮靴，长发高高盘起在脑后，气质高贵典雅。他们从电梯出来来到大堂，却见维克多早来了，坐在长沙发上等他们呢。维可多见他们下来便满面春风地迎上去和他们打招呼，然后接过小宁手里的摄影包，偏着头一个劲地看濛濛。几个人说说笑笑往外走，到了汽车旁，维克多打开后备箱把他们的东西放进去。车要走了，大家上车，濛濛他们尊敬凌主编年纪大资格老，让他坐前面副驾驶位置。没想到维克多不让，让濛濛坐他旁边，几个人都看着她。她不好意思了，坚持让凌主编坐前面，自己就先钻进车坐在了后排座位上。凌主编只好坐前面了，维克多也耸耸肩笑了，发动了车。

傍晚开完会，维克多带他们参观了奔驰汽车博物馆、保时捷汽车博物馆和历史博物馆。

两天后活动结束。奔驰公司在市政府大厅举行盛大晚宴宴请全体与会人员，各国记者都出席了。宴会隆重而热烈，宴会期间，濛濛看见维克多把叶璇拉到一边，嘀嘀咕咕说着什么，叶璇一会儿点头，一会儿和维克多一起乐，还不时地往濛濛这边瞟一眼。

晚宴结束已是10点多钟，送他们回去时，维克多兴致勃勃："我带你们去兜风啊，看夜景，很美的。"他们都说："不看了，困啊，回去睡觉。"叶璇在两边翻译着。

维克多低下脑袋，左手捏着鼻子，"叽、叽、叽"学鸡叫，右手上下煽动着，身体在地上直转圈。叶璇忍不住笑："维克多说怎么能这么懒惰？小母鸡才成天睡大觉呢。"逗得他们都大笑起来。

老凌说："维克多，你这几天陪着我们，也够累的，早点回家休息吧，家里人还等着呢，不好再麻烦你了。"

他手一摊叽里咕噜说了一大堆。叶璇转述："维克多说，他没有家了，老婆不要他，跟他离婚了。他家里只有一条狗，是一条懒狗，老的都长白胡子了，回去多晚也不理他，只顾它自己睡大觉。"

逗得他们又笑起来，睡意也赶跑了："好吧，好吧，走吧。"维克多这么热心，盛情难却。

“斯图加特都有什么好玩的地方啊？”

“你们别看斯图加特城市不大，可是德国范围内最密集的科学、理论及调研机构，全德国约11%的科研成果出自这里，并且有多所大专院校，还有各种风格的城市建筑，哥特式的教堂、巴洛克风格的孤独城堡、文艺复兴式样的旧王宫和古典主义的新王宫，前现代、后现代和国际式建筑应有尽有。世界上第一个混凝土结构的电视塔也在斯图加特。”维克多如数家珍。

“嚯，真伟大。”

“斯图加特还出了好几位历史名人呢，哲学家黑格尔，诗人希勒，奔驰、保时捷汽车创始人，还有一个德国总统、一个柏林市长。”

“斯图加特，了不起。”

“你们如果在9月份来，还能参加一年一度的斯图加特酒村节。嘿！10天11夜，250多种葡萄酒配上本地小吃。嘿！世界各地的人都来喝，南部的市民也来喝。”

“250多种葡萄酒？10天11夜不停地喝？”他们惊奇而好奇地问。

“不停地喝。”

“那还不喝醉死啦！”小宁担心地问。

“死不了。”

“你喝醉过吗？”

“醉死过，又活啦。”维克多真是个开心果，逗得他们哈哈大笑。

“你今天带我们去哪儿玩啊？”

“你们想去哪儿？”

“我们也不知道哪儿好玩。客随主便，你带我们去哪儿就去哪儿。”

“去山上玩。“维克多欢喜地跳上车。

老凌对濛濛说：“小沈，这回你坐前面了啊。”

叶璇、小宁附和：“对，沈姐坐前面，挨着维克多。”

说着3个人就笑嘻嘻地钻进去，抢着坐满了后排座位，她只好坐在前面维克多的身边，维克多高兴地看着她又吹起了口哨。

走着走着，堵车了，前面上山的车不动，后面的车直按喇叭，对面还有车开过来，走不动就停下来，紧跟着后面便是一连串的车，上不去下不来，堵得一塌糊涂。维克多跳下车，问明了对面车一个司机，就比比划划吵吵嚷嚷当上了业余警察，大家倒还都听他的。一阵骚乱有些松动了，真警察赶到了，客客气气把维克多请了回来。

他们问维克多是怎么回事，他说："这条路是小路，上山下山各自只有一条车道，但是路途近。今天是周末，大家都去上山玩，所以车就多了。有一辆上山车发生故障，把后面的车都堵在路上。有人就占用了下山车道，下山的车又下不来了，结果上山下山的车就搅在了一起。"

路通顺车上道了，维克多又高兴地吹起了口哨。

小宁夸奖他："维克多，你真热心，怎么这么好。"

老凌问："维克多，你这么好，你太太为什么和你离婚？"

"我老婆说我成天吹口哨，打乱她思路，还说我是夜猫子，晚上不爱睡觉，影响她睡眠，上班老迟到。"

大家笑起来。

"你有孩子吗？"濛濛问。

"有女儿。我女儿是她妈的跟屁虫，跟去了。说我不会做饭，跟我会饿死的。"

大家又都笑起来。

到了山上，灯火辉煌。往下一看，美不胜收！山上的人也挺多。有几个人看着面熟，她记起来是在奔驰公司大会上参加会议的几个外国记者，可能是活动结束了都跑到山上来玩。

叶璇征求他们意见，"维克多说："人多在一起互相牵制行动不便，咱们分开两个组自由活动，两个小时以后到这儿集合。我领着凌老师、小宁是一伙，他带着沈姐是一伙。你们看好不好。"

老凌和小宁就一边说："好啊，好啊。"一边笑嘻嘻地看着濛濛。

维克多担心地看着濛濛问："我老婆不要我了，你要我吗？"那神情就像个孩子，大大的蓝眼睛里满是期待的光。

他们三个就起哄："要！要！"

濛濛不知道怎样回答了。说不要，他会伤心，说要，他们就会编排故事。她只好什么都不说。

叶璇说："大家没意见都同意，那就这样吧，两个小时以后到这儿集合。"然后转身领着老凌和小宁照相去了。

维克多兴奋地领着濛濛，指着前面不远处："go!"（走）

离开了叶璇，濛濛可就玩不转了，结结巴巴。她在国内也是断断续续学过几年英文的，中学、大学，当时还觉得学得不错，可是一到国外真枪实弹地过招，就稀里哗啦地败下阵来，才知道那只不过是纸上谈兵。维克多的英文虽好可他有德国口音，她听得似懂非懂，两个人就只好少说话，维克多拿过濛濛的照相机给她拍照。

换了一个景致，往前走。他问："我喜欢中国人，你喜欢德国人吗？"

她点点头。他很高兴，又进一步问："我喜欢你，你喜欢我吗？"

她笑了，又不好回答了，就不回答了。

他手一挥："噢！go！"以为她不说话，就是喜欢他了，别提兴致有多高了，殷勤地给她拍了一张又一张。有一张为了截取到理想的镜头，他竟两腿跪地，偏着脑袋，胳膊向前伸出去老远，上下左右调节着焦距，好一会儿时间，使得路过的人站在一边不敢过来。有一对年轻的伴侣，女的指着他和男的在说些什么，男的一会儿点头一会儿讨好地看着女的笑。濛濛猜想，肯定女的说你看人家，男的说以后我也这样好不好。

当他们回到集合地点时，那 3 个人早就已经等在那里了。

小宁说："沈姐，你们真是分秒不舍呀，准点到达。我们都等你好一会儿了。"

老凌说："玩得尽兴吧？小沈，回去可以写一篇文章了，多好的素材呀。"

叶璇说："文章的名字就叫'奔驰之恋'。"

濛濛笑着轻轻打了叶璇一下："胡说吧你就。"

"沈姐，就要维克多吧，真的，他多好啊。我告诉你啊，他喜欢你，说你优雅温柔，好可爱噢，就像东方神话故事里的女神。可是不知道你的婚姻情况，问我。我知道你是离婚的，告诉了他，他就情绪高涨激情喷涌了。看，今天就带你去照相。要他吧，他多好啊。"叶璇认真地说。

"他那么好，那你怎么不要他？"濛濛想起了吃饭时他们俩嘀嘀咕咕的，就故意逗她。

"我不是有老公嘛。再说，我老公那么爱我，怎么舍得换呢？"

回到酒店，已是凌晨 2 点多了。濛濛一头冲进浴室，简单快速冲了个澡，倒头便睡。

第二天早上，她醒来一睁眼，天啊！9 点了，11 点的飞机。她慌忙跳下地，把东西往两个旅行箱里胡乱一塞，擦把脸，简单地化了淡妆，推开房门，拖着两个旅行箱走出去。

那 3 个人也推门走出来，老凌和小宁还哈欠连天。反正眼前也没有外国人，打吧。好像打哈欠也传染似的，叶璇看着他们也打了一个哈欠，又传染了濛濛，她赶紧捂住了嘴。4 个人对着打起了哈欠。

“快走！”叶璇拖着行李箱跑向电梯，3 个人紧跟。

到了大堂，维克多焦急地望着电梯出口，急忙跑过去，从濛濛手里接过旅行箱，一手拖一个。叶璇和他说了一句什么，他一脸的歉意。濛濛猜想，肯定是叶璇和他逗闷子，说他重色轻友，他不好意思了就说那你先在这儿等着，我回来帮你拿。叶璇说，得了吧，等你回来帮我拿，飞机都起飞啦，快走吧。他抱歉地说对不起！

5 个人疾步来到汽车旁，维克多噼里啪啦打开后备箱快速装好物品，急驶向飞机场。

在车上，维克多拿出一包饼干回头递给叶璇，她接过去，打开大包装袋，从里面拿出小袋分给他们说：“维克多说知道你们早上来不及吃早点，他就准备了。”当她把两小袋饼干递给濛濛时说：“沈姐，欧洲男人就是这样，细心周到，看维克多多细心，想得多周到，你就要他吧，上哪儿找这样好的男人去。”

“小沈，要维克多了。结婚时，我就是你娘家大哥了，我来给你送亲。”老凌往嘴里塞一块饼干。

“我是你娘家小弟，我也来送亲。”小宁边吃边说，口齿不清。

“吃你们的吧，吃也堵不住你们的嘴。”她笑着说。

维克多支棱着耳朵听着，虽然听不懂，想肯定他们在说他，而且是好事，又乐得吹起了口哨。

还好，没耽误。安检完以后，他们要进去了，维克多和他们一一拥抱，当他拥抱濛濛时在她的额头轻轻吻了一下：“I love you.”（我爱你。）她脸一下就红了，笑着低下了头。

他们走进去以后，维克多还远远地向他们挥手……

他们到了登机大厅。不一会儿，广播里播报信息，叶璇赶紧向正在说话的老凌和小宁摆手，他俩马上住口。信息播了一遍又一遍。

“糟糕，我们走不了了。”叶璇说。

“为什么？”3 个人都瞪圆了眼睛。

“说临时有特殊情况，肯定是机场工人罢工了。”

“罢工？”他们赶紧跑向落地式大玻璃窗往外看，没看见有什么激烈冲突的场面呀。濛濛是在社会主义红旗下长大的，从她睁开眼睛看这个世界就没看见过罢工，她以为罢工是多么浩大血腥的事件。以前看电影，新中国成立前共产党领导工人闹罢工，声势排山倒海，场面波澜壮阔，工人们群情激昂，手持棍棒工具，口号震天，同镇压罢工的军警英勇搏斗，最后罢工胜利了。“有奋斗就会有牺牲”，有人英勇牺牲，背景就出现高山、大海或青松，伴随着庄严高亢的音乐，寓意为自由牺牲的人们重于泰山万古长青。看得她热泪盈眶。以后就是新社会共产党执政，罢工就绝迹了。她以为这辈子也不会看到罢工了，想不到今天却在德国遇上了。怎么罢工就这么随随便便简简单单的一句话，家常菜一样，而且看外面也正常，一架架飞机停在停机坪上，偶尔有人走动，给人感觉就像是双方轻松地谈一笔生意为各自争得更大的利益在讨价还价一样。

叶璇好像明白他们怎么想的说：“在资本主义社会，工人不满意就罢工，一罢工就什么问题都解决了。有时一点小事也罢工。”

“啊！”他们明白了，罢工的性质不一样：一个是为政治服务的，一个是为自己利益争取的。

“那飞机还飞不飞了？我们行李都拿上去了。”

“就得等罢工结束了。行李就不要咱们操心了，航空公司负责，丢不了。”

“什么时候能结束啊？”濛濛想起了电影里的大罢工，也得个 5 天、8 天，少说也得 2 天、3 天吧？

“那就看工人代表和公司谈判的结果了，工人满意了就上工。”

“我们回酒店吧。”老凌说，他想不一定什么时候的事呢，不如回去睡大觉。

“不能回酒店，太远。罢工随时结束，飞机就起飞了，得在这儿等。”

“就坐在登机大厅等啊？”

“也不要，机场外面有许多小店，可以在那里等，离得近，可以随时过来打听消息。”

他们走出候机大厅时，却惊奇地看见维克多还坐在大门外的石台上。看见他们出来，他飞一般奔过来，兴奋得近乎发狂：“啊！中国人不走啦，上帝呀！中国人留下来了。”

受到维克多的感染他们激情满怀地和他拥抱。

“维克多，你怎么还不回去，还在这里呀？”叶璇问。

“我要等你们的飞机起飞了，我再走。我祈祷上帝：不要让中国人走，让中国人留下来吧。哈！上帝！把他们留下来了。”

“维克多,原来是你,你让飞机飞不了了。”小宁逮住了这个“罪魁祸首”。

“维克多,你爱沈濛濛,你要留就留她吧,别留我们呀。”老凌抱怨维克多。

“她留下,你们也留下。我爱她,也爱你们。”维克多真诚而深情,令他们感动,都过来拉拉他的手以示感谢。

维克多把他们带到一个小店里,这里已经有几个人了,身旁放着物品,一看就是等飞机的。大概一罢工,班机都起飞不了了。有人还悠闲地喝着啤酒,听着音乐,看来这种事情经常发生,人们习以为常而安然处之。

老凌提议:“咱们和维克多照张相吧,留个纪念,维克多是我们的好朋友。”

“好啊！几个人一致同意,请人帮着照了一张合影。

“我要和梦梦照一张。”维克多的濛濛吐字不清,拉着濛濛的手对叶璇说。

“好啊！好啊！你们俩照一张。我来给你们照。”小宁抢过濛濛的照相机。

“站好了,1、2、3。”小宁举起了照相机。

维克多的大手伸过来,搂住了濛濛的纤纤细腰,手是湿热的,还有汗,一股暖流遍流她的全身。她脸一热,愣了一下。

“重来一张,你们俩看镜头,笑一个,沈姐,笑啊。好！”小宁大呼小叫。

“看,凌老师,怎么样,技术不错吧。”小宁得意地把照片效果预览给老凌看。

“嗯,照的不错。小沈,这次德国之行有收获。”

“你们也有收获呀,见证了这一段异国恋情,回去有谈资了,说不准还是个素材呢。这次德国之行也不乏味啊,没枉来一次。”叶璇点拔老凌:看着邻院的花开也饱眼福,也跟着沾香气。

“濛濛给你,这是我的地址,照片洗出来,给我寄一张,给我写信。”维克多把他的名片郑重地塞进她手里。她被感动了,点点头,把名片紧紧地攥在手里。

“等你照片洗出来,给我一张啊,别忘啦,我还是大红媒呢。”叶璇笑逗濛濛,濛濛笑着打了她一下。

在小店里,几个人简单地吃了午餐。叶璇去打探消息,濛濛、老凌、小宁还有维克多4个人玩扑克牌。一会儿叶璇跑回来告诉他们:“快准备好,走,飞机2点起飞。”

“这屁大功夫,两把牌还没玩上呢,罢工就结束了,怎么跟小孩子过家家一样。可把咱们好顿折腾。这资本主义国家呀,自由啊！”老凌从依靠的小手提包上坐起半倾斜的身体,摇着头嘟嘟囔囔。

“不过，也挺幸福的啊，心情不顺畅了，就罢罢工，释放释放。咱什么时候也体验体验。”小宁不谙世事地天真。

维克多又把他们送到机场。

没有行李，省去安检手续。他们就要进去了。

维克多急得把濛濛拉到一边，也不用叶璇翻译了，不管她能不能听懂叽里咕噜比比划划说了一大堆。意思是，别忘了给我写信，寄照片，我爱你。两只大眼睛深情地看着她，如火山的岩浆，濛濛被他烧灼得要融化了，拼命地点头答应着，让他止步。维克多还是紧跟着她走，没走了几步，机场工作人员伸手把他拦住。他眼巴巴地看着她走进去，一个劲“濛濛、濛濛”地叫。

濛濛也频频回头向他挥手，走出老远再回头看，他还在伸着脖子踮着脚拼命向她挥手。她便站下，最后向他挥一下手，转过去急急地走了。她怎能不为他的情怀深厚而感动，他那种渴望不舍欲随她去又不能的惆怅焦躁，令她心痛，内心的情感就像大西洋的浪潮，波涛滚滚，就觉得眼眶热热的，一股热水涌流出来。

濛濛下飞机刚到家，电话铃响，她拿起电话，是弟弟焦急哀伤的声音：“姐，你可回来了，我这几天往你家打了无数次电话。”

“发生什么事了吗？怎么不打我手机呀。”听弟弟的口气，她不安地问。

“没敢，怕影响你。爸得癌症了，做手术了。你要是早几天回来还能赶上爸手术，现在爸已经做完手术了。”

“我马上回去。”

她心急如焚，把在飞机上写好的稿子用快件寄去报社，给编辑部主任打电话请假，然后马不停蹄当天就登上了飞往哈尔滨的飞机。

父亲已出院了。她到家时看见父亲坐在床上，后背依着棉被和枕头。

“爸……”她跑过去，拉住了父亲的手，泪水就流了下来。

“别哭，爸爸不是好好的嘛。”父亲反而安慰她。

“回来能住今天？”父亲满怀期待地看着她。

“多住，陪爸爸。”

“爸看看你就行了，别耽误了工作。”父亲笑了，慈祥满意。

小时候，父亲工作忙，没有时间和孩子们在一起亲热亲热，长大了，孩子们又忙，有了自己的工作自己的家庭，整天疲于奔命，也很少有时间和父亲在一起亲热亲热。现在，她是完完全全地陪父亲，父女俩促膝而谈，南朝北国地聊，自己家的，别人家的，老祖儿的，亲属的，更多的是讲她小时候的事，有时候她自己都记不住了，就疑惑地问："真的吗？"父亲就笑着说："真的，我记得清清儿的。"脸上便有了拥有女儿又深切地关注女儿，而又给她美好回忆的自豪感。

这时她看着父亲就想：原来以为父亲威严，心里只有工作不爱儿女，其实父亲是爱儿女的，那些小事都记得清清楚楚。只是他的爱不是在外表而是深深地藏在心底里。这就是亲情。亲情真好！是任何东西也换不来的。

一个月以后，濛濛回到了北京，才想起了被忘却到一边的维克多，把照片洗出来，找到和维克多的合影。一个高大英俊的德国男人，在东方人眼中身材高挑的中国女人，在他的臂弯里显得娇小玲珑，又难免让人不生出对一只依人小鸟的疼爱与娇宠。一个笑得开心灿烂，一个笑得婉柔羞怯。她看着，浮想联翩又心神不定，心好像飘飞的风筝，忽上忽下，飘飘悠悠 。

她把照片装进信封，又提笔写了一封短信：

维克多：

你好！

谢谢你在德国对我的关心和照顾。我因家里有急事回了家乡，没有给你及时寄照片，对不起。现在把照片寄给你。

谢谢！

信寄走以后，她觉得完成了一项任务，一个人家再三嘱托的任务，这个任务就是维克多，并不去想他会不会回信。离开了德国，那种身临其境如火般情意也随着人的离去而降温，再经哈尔滨的冷风一吹，亲情的牵绊，已是热度不再，只剩燃烧后的余火般还有一丝温热，取向于保温还是凉彻之间。

一个月之后，收到维克多的回信，情意仍旧如火。她的英文水平只能明白个大意：

亲爱的濛濛：

终于收到了你的信。我天天盼望你的信，盼来盼去，总算盼来了你的信。

从你回中国的那一天起，我就在日历上画杠杠。画了15个杠杠你还没有来信，我就给叶小姐打电话。叶小姐问了你们报社的人，说你回家乡了，不一定什么时候回来，我就天天盼你回北京。

上帝呀！你回北京了，给我来信了。

濛濛，我想你，你什么时候再来德国呀？你再来德国就不要走了，我不会让你走了。快来吧！我马上给你发邀请函。

濛濛，我天天吻你的照片。好美！

濛濛，我爱你，爱你，爱你……

热恋中的人就是这么思绪飞扬，情感奔放。可此刻，维克多再炽热的情感，再热烈的言语，已打动不了濛濛，再也热不起来了。拖了几天，她给他写一封回信，不是出于情感，而是礼貌。

她找出过去学过的英文书，遇上不会的单词就得翻厚厚的英文词典，边写边想，这不是活受洋罪嘛，得心应手的母语不用，费心费力地去写生僻的外国语，英文已经够惨的了，再从字母开始去学德语，不是要命吗？如果是小女孩留学生，适应能力强能很快融入新的生活环境中，可是一个中年人，思想意识生活习性已然形成，很难适应一个陌生的生活环境，再说她又是一个传统的人。再继续下去？这偶然巧遇滋生催发的情感，可能成为一个美丽结局的传奇，怎么就不可能是一个荒唐的闹剧？无聊啊。不要再耗费感情精力与时间了，生命的积蓄已经不多了。于是她写道：

维克多：

你好！谢谢你对我的情意。可是抱歉的很，我不会德语，也不想再学德语，所以不能去德国。我考虑再三，我们不合适，还是结束吧。请不要给我来信了。对不起！

谢谢！

一个月后，维克多还是来信了：

亲爱的濛濛：

我天天盼，盼来了你的来信。噢！看了我好伤心！

你说你喜欢我，你要我。为什么又不喜欢我了，又不要我了。我没有做错什么呀！

你不喜欢学德语，不想来德国，那么我可以去中国，去北京。我们奔驰汽车公司在北京也有机构。我要申请去北京。我要学中文，你教我好吗？我学会了中文，就可以在中国生活了，就可以永远和你在一起了。

濛濛，我不要和你分开，我要和你在一起，永远不分开。

我爱你！我想你！

濛濛无奈，又给他回了一封信。

维克多：

我已经和你说得很清楚了。请不要给我来信了，我们不合适。

谢谢！

也许是上天没有给他们这个缘分。

濛濛住在小姨妈家。住家离上班的报社非常远，上班要乘三个路线的公车，中途要换两次车，时间要3个小时左右。早上9点上班，6点就要从家里出发，冬天日短夜长，出门时天还没亮。晚5点下班，到家都8点了，天就完全黑了。

这一天，她看见广告上一个杂志社招聘记者编辑，这个杂志社离家近，乘一线车，只需要半个小时。濛濛试着去应聘，结果顺利被录取了。

半年以后。奔驰公司有一个活动，许多媒体的记者都去了。叶璇看见了濛濛跑过来："你跑哪儿去了？维克多找你都找翻了天，给我打电话。我问你们报社的人，说你不在这个单位了，去哪儿了不知道，不告诉我。你怎么搞的，换单位不告诉我可以，可你得告诉维克多呀。"

"我告诉他，我们不合适，这是不可能的，不让他给我写信了。他干吗还找我？"

"干吗找你？喜欢你呗！你可别挑花了眼，上哪儿去找这样的好男人。"

"他是很好，我也没说他不好，可是我们不合适。"

"怎么不合适？"

"东西方的生活习惯不一样。最主要的我不像你，一句德语也不会，以后怎么在一起生活？再说，我也不想离开亲人孤零零地一个人跑到德国去。"

"可维克多说，他可以来中国，可以学中文。"

"学中文？40多岁的人你让他从人、口、手开始学中文，中文那么好学？就是学会了一两句，也是词不达意，两个人整天在一起比比划划，像聋哑人一样地生活，多乏味呀。不信你试试，几天你就烦了。能过长吗？"

"那你就这样决定了？我看你还是好好考虑考虑。"

"不这样决定又能怎么样？我已经考虑好了。"

"那维克多多可怜，他对你可是一心一意的。"

"那就请你好好劝劝他。我语言不通，意思也表达不出来。谢谢啦！"

“那好吧,哎!可怜的维克多。”

叶璇转身走了,突然又想起什么转回身:“给我一张新名片。”

是新名片惹的祸。糟糕!维克多又来信了:

亲爱的濛濛:

我又找到了你。

叶小姐已经对我说了好多。可是我还是爱你,还是想你。怎么办哪?

我还是要去北京,去找你……

濛濛就急急忙忙写了一封信,请叶璇帮忙翻译成德文,转寄给维克多。

维克多,好维克多:

谢谢你对我的情,谢谢你对我的爱,我终生都感谢你。

维克多,你千万不要来北京。如果是来北京玩,我欢迎,不但我欢迎,叶璇、老凌、小宁都会欢迎你,因为你是我们的好朋友。如果为了我,就不要。

维克多,好维克多,不要为了一时的感情冲动,就做出不明智的决定和行动。

我不希望你放弃你的亲人和你的母语,已经融入了生命的生活环境,而远涉重洋,到一个陌生的国度,一切从零开始,去学习适应过一个与自己截然不同的陌生生活,只是为了一个爱。

爱是人生中一个重要部分,但不是人生的全部。爱被恋爱中的人视为幸福,可是幸福不是圆满的实现,因为爱是依附于世间万物之中,一旦融为完全的一体也就达到了最高峰,就不再发展了。如能保持原状是最好的,可这是难以做到的。月满则亏,水满则溢,潮涨潮落,世间万物都在不断地变换。爱也不是永恒不变的,它会因为环境的变化,时间的流逝,甚至一个特殊的事件或偶然的变故而改变或消失。

人人都有理想和期望,期望值越高,达不到时失望越大,我不想做“罪人”。因为愿望与现实是有距离的,谁都愿意它们在一条平行线上,但是往往事与愿违,令人失望,甚至令人心痛。所以我不敢保证我会给你幸福,因为我们都是凡人。

维克多,打消这个念头吧,在你的祖国好好地生活。上帝会保佑你,也会让你找到一个意中人。

维克多,千万不要再来信了,好吗?再来信我会生气了,不理你了。

维克多,好维克多,我明白你的心意,也知道你是一个好男人。你爱我,我何尝不爱你?你是那样的快乐,到处都留下了你的口哨声;你是那样的纯真,从你的蓝眼睛里一下就看见了你的内心;你是那样的诚恳,情愿为了爱去改变自己的人生。只是上天没把我们安排在一起,而是把我们安放在迥然不同的两个生存世界,想得到和谐一致,是那样的遥不可及。

放弃吧,维克多,这不切实际的幻想,不要再折磨自己,给自己增加痛苦。否则,我会为你难过,为你心痛。如果你爱我,就要听我的话,就要乖乖地去做。

维克多,虽然我们以后不能生活在一起,但我会永远记住你:在地球的那一端,在大西洋的彼岸,在德国,在奔驰汽车公司,有一个——一个叫维克多的好男人。

好人有好报,愿上帝给你幸福!

再见了!

濛濛

维克多再也没有来信了。

濛濛想,难道这是天意?维克多叫她梦梦,那是上天给他们的一个梦,是幻觉,还是真实。是梦?却又是一段真真切切难忘的异国之恋,给他们的人生留下一个美好的回忆。是现实?却像梦一样的朦胧缥缈,梦醒了,一切都像梦一样地消失了。

哦!一个美丽的梦……奔驰之恋!

第六章 扬眉吐气

25 “熊猫”贬值

濛濛到了北京，待生活工作安定下来以后，她要实现自己的誓言，整治那些曾经伤害过他的人。

怎么整治他们呢？女人都是有报复心的，濛濛也不例外，她也是女人。她分析一些女人的报复方法。有的女人大哭大叫又打又骂想吓住男人，这样不但不解决问题，只能更重地伤害自己，反而让男人觉得她是个泼妇逃之夭夭；有的女人卑躬屈膝极力讨好，想感化男人再把男人从别的女人手里夺过来，却更让男人看低。她不用这些方法。

如果说世间一切都讲求平衡，婚姻双方的条件也要平衡：门当户对、家庭出身、社会地位、学识修养、工作岗位、经济收入、理想追求、年龄容貌，甚至身高体重、兴趣爱好等等，都是相互制衡的砝码，如果在哪一方面缺失，就要在其他方面突出以加重补足。就像两个人玩跷跷板一样。要双方平衡才能一上一下地玩下去，如果一方高一方低，则不能运行，最后只得停。婚姻也如同此理。是高是低，要仰视还是俯瞰？如果不平衡，就算热恋中的男女，被爱冲昏了头脑，海誓山盟，激情过后，就像大海的浪涛高潮过后就是退潮，是山？是岩？是坡？是沟？是坎？则泾渭分明。就算处于仰视的女人为了爱，为了烈火一般的爱豁出去了，什么都不顾了，什么都可以付出，如飞蛾扑火一样奋不顾身扑上去，火不会因为飞蛾扑来，就主动熄灭了，依旧燃烧。最后，在燃烧的大火中毁灭的是女人自己。

平衡就是女人与男人等同的身价。濛濛要整治他们，要用自己的才华和优势。

她是有优势的。俗话说“男人四十一朵花，女人四十豆腐渣”。男人 40 岁以后功成名就，成熟稳重深得女性的青睐。而女人年过 40 就发胖，皮肤松弛五官下垂，这个年岁的女人大多婆婆妈妈唠唠叨叨，不让人待见。她虽然已近 40 岁，依旧身材苗条杨柳细腰,姥姥说她是小骨架小脸人抗老,皮肤紧致,五官紧凑还在原位。

这些优势是她与生俱来的,已令有些女人望尘莫及了。现在她也来到了北京,北京也有了她的一席之地,何况她还是就职于一个国家级的大报社的无冕之王;她气质高雅,言行举止彬彬有礼;她有品位,衣着大方得体,既优雅又不失时尚;还有她有聪明的头脑,口若悬河的口才,彰显了她的与众不同。呈现给人的是一个大家闺秀,这样的女人谁会不接受呢?

北京的才子遍地,精英无数,那些当初伤害过她的人,只不过是这些人其中的一个。但是他们已过了意气风发的势头,有的已是年过半百的夕阳,虽然无限好但是近黄昏。在她的眼里,他们已然没有了优势就是一个普通人。

濛濛笑了,整治他们还不容易吗?首先她在心理上就占了上风,再在精神上去打败他们。

先整治谁呢?当然是"熊猫"!当年他是第一个伤害自己又是伤得最深的人。

她翻名片册找他的电话,还好一打就通了:"喂。"一听是他接的电话,声音和以前明显地有变化,气短微弱,无精打采。

"熊猫吗?"她甜甜地问。

"是谁?"他打起了精神,能这样称呼的人关系肯定很近,何况又是这样一个甜甜的声音。

"我是沈濛濛。"她柔柔地说。

"哎呀!濛濛。"他精神大振。

叫得亲切记得清楚,看来我还在他的记忆里。

"你在哪儿给我打电话?"他抑制不住地兴奋。

"北京。"

"你来北京啦?什么时候来的?"他坐不住了。

"一年多了。"

"来这么长时间了?为什么不来找我?"

"现在也不晚啊。"

"是的是的。我们见一面吧。"他迫不及待。

"好啊。"

"这个星期天11点吧,在国贸大门口见,我请你吃饭。"他雍容大度般。

“我请你。”

星期天濛濛睡足了觉养足了精神，然后精心地修饰自己。要上战场了！今天是这一次战役的第一场战斗，至关重要。大表妹从巴黎给她买的黑色连衣裙，质地优良做工精巧，瘦长及地穿在身上天衣无缝，挺起的胸脯，纤细的腰肢，两条修长的腿，把一个女人的身体凸凹有致地显现出来，这就是巴黎服装的过人之处。她又特意穿上后跟足有5寸的漆皮高跟鞋，娉娉婷婷去会熊猫。

她打车到国贸大门口的马路边刚下来。

“濛濛！”“熊猫”早到了朝她奔过来。

她一见“熊猫”，心里一愣！当年虽是其貌不扬，但正值中年还是文人气质，加上国宝级的身份和飞扬的文采也曾经打动过她的心，爱上过他。现在他是明显的老了，两边脸颊下垂面容臃肿；头发稀稀落落，像一圈衰草参差不齐围拢着“地中海”；身体发胖肚子鼓出来，个头却萎缩了。

濛濛依然是亭亭玉立优雅可人，又透出几分高贵。两人的反差如此之大，站在一起她竟比他高了。

“濛濛，你还是那么年轻漂亮。我老了。”他自惭形秽。现在他已经在心理上败给了她。

“我也老了。”她表面谦和地浅笑盈盈，心里不无得意。

“你没变，还是那么可爱。”两团灼火般的目光盯着她的脸。

两个人一直慢悠悠地往前走。

“我们进那里坐坐怎么样？”他指着路边一个中档的饭店。

“不，我们去那个。”她指着临近一个豪华的大饭店，径直走了进去。

两人找到一个僻静的位置坐下，小服务生欢快地跑过来呈上菜单，她接过来，也不问“熊猫”，指点着画面快速地点了几个菜，全都价格不菲。

“濛濛，这次来北京，能待多长时间？”他笑嘻嘻地看着她。

“这次来北京就不走了。”她给他一张名片，高傲地看着他。

“报社记者编辑？唔！很适合你。我当年曾经就想给你联系新闻界。”

哼，还提当年！她恨恨地想。

“贵夫人怎么样？你现在生活很幸福吧？”她想该进入主题了没工夫跟他闲聊。

“哪有什么夫人噢，我还是孑然一身。”他凄苦地说。

没结婚？好！看我怎么整治你。她故意惊讶地问：“怎么会呢？像你这国宝级的

‘熊猫’，女人还不是趋之若鹜，是你挑花眼了吧？”

“哪里，难找啊！你说我这个年纪了，也不能找太小的呀！可女人一到这个年纪就没法看了。那天我见了一人，脑袋就跟大西瓜那么大，脸像张发面饼。”他看着她皮肤紧绷绷的小脸蛋，小头小脑一头披肩长发说。

“哈哈哈！”她忍不住笑起来。这鬼“熊猫”，还真有想象力。

“你还笑？真的。那腰就像个水桶，走路连弯儿都不打。”他看着她迷人的腰身说。

濛濛想，这场战斗第一个回合我打胜了。我馋死你！

菜陆续上来，她优雅地一伸手说：“请！我们边吃边聊。”虽然只是随意地一伸手，在他看来却是那样的优美那样的自如，浑想片刻赶紧回过神来，奉迎地：“你也请。”他的眼就离不开她的脸了。

看着他魂不守舍的样子，她心中窃喜进一步刺激他：“这个不行，你再看别的呀。那北京的女人还不是一抓一大把？”

“是一抓一大把，可得有合适的呀？就像那商品都说琳琅满目，你去商店看也是琳琅满目。可是你要买时，选来选去也找不到你想要的呀。”

“那就看遍北京城，总能选到你满意的吧。”

“得有那功夫，也得有那心情。看得直窝心，还有心情了吗？哎！上哪找你这样的。”他深深地叹了一口气。

“我一外地人，跟我玩文字游戏，不是玩不起的浪漫吗？”她收起了笑容，眯着眼睛，头一摆身体靠向后面。

“哎！别说啦。都是当年刚离婚心高气傲，那介绍女朋友的排着队。可是看了一圈也没有满意的，心灰意冷，也没那心思了。哎！我后来想起你，真的很后悔！外地怕什么呀，就当是长途旅游呗，再说你还能经常来北京。”

她在心里笑了，第二个回合我又胜了！你后悔去吧！

“关山阻隔呀！谁不想长相守呢？”她又笑了，逗他。

“得了，守什么呀？你没看两人在一起的直打架，有的还闹离婚吗？两地的倒相安无事。”

“为什么呀？”

“小别还胜新婚呢，一年难得一见，亲热都恐不及会打架吗？那你说，我要是一年就那么几天拥着你，还不把你当宝贝宠着？舍得碰你一手指头吗？”

她妩媚地笑着。这个回合我又胜了！让你拥着？美得你！我让你连影子都抓不着。

快吃完饭时，她潇洒大方地一招手，小服务生跑过来："小姐。"

"埋单！"

"哎哎！我来买。"他慢慢腾腾从怀里掏出钱包打开。她斜眼一看，里面也没有多少钱。

"我来吧。"

小服务生送来账单，她一看一共是516元，从钱包里抽出六张100元的交给他，一会儿服务生送来找零的钱。她故意大度地说："不要找啦！送给你吧，辛辛苦苦地为我们服务。"

"谢谢小姐！"小服务生高兴得直道谢。

他傻了眼。呵！真时尚！连国外给小费都学来了，还出手这么大方。怪自己请客吃饭出来怎么就没想着多带些钱？丢人现眼。他就嗫嚅着说："那也好，这次就这样吧，下次我请你。你看我们下次什么时间见？"

"再说吧。"她心里想：下次？下辈子也排不到你！

两个人拿起东西往外走。

濛濛小时候学过芭蕾舞，工作以后学过礼仪，采访模特时又学了几招。此时她拿出最美的姿态，抬头挺胸，长发飘逸，高跟鞋故意重重地踏着大理石地面"嗒嗒"响，右手拿着小表妹从加拿大给她带回来的漂亮女士高级公文包。哇！整个大厅的人，头"唰"一下都转向这边，一个集模特舞蹈演员企业家于一身的女人吸引了所有人的目光。

"熊猫"跟在濛濛的后面，低垂着头。人们猜测，这个男人是这个女人的什么人呢？跟班的？不像，起码跟班的应该像保镖一样彪悍；父亲？也不像，两人丝毫没有相像之处；丈夫、情人？更不像，没有一点亲密感。人们的眼光和心中的疑云一起尾随着他们离去。

从离开座位到走出大门，她不曾回过头，一直往前走，走到马路边上还没站稳，立即有一辆出租车开过来，司机殷勤地右手推开车门："小姐，要车吗？"

"谢谢！"她微笑着坐进去，还是没回头连招呼也不和他打。乘关上车门的一瞬间用眼角的余光瞟一眼"熊猫"，他呆呆地立在饭店大门口，痴痴地望着。

她笑了。心想你望穿双眼吧！

“熊猫”被濛濛彻底打败了！无论是心理上还是精神上，“国宝”也贬值了。她回到家，进屋把包一扬，两只鞋甩到了空中，光着脚一头扑到床上：“耶！我胜利啦！”

以后熊猫来了几次电话邀请濛濛，她都说没时间不再理他。

26 刘协撞到了枪口上

这个战役的第一场战斗就大获全胜！她信心满满，准备第二场战斗，下一个该整治谁呢？

濛濛就职在隶属一个报社的编译部，经济实力雄厚。编译部主任嫌报社大楼办公室太小，便在外面租了一个二层小楼。一楼做客厅、会议室、广告部，整个二楼是编辑部，一个编辑一间办公室，最里面是正负两个主任的办公室。哇！好气派。她马上就喜欢上这个工作环境了，努力工作，受到两个主任的赏识。主任负责编译部总体事宜，副主任负责业务。副主任是女的，年龄比她小，但她总说濛濛看起来很年轻和自己年龄相仿，夸赞濛濛会穿衣服，看着典雅大气。有时濛濛去副主任办公室送稿子遇上她不忙就会和濛濛聊聊穿衣经，有一次还让濛濛陪她去买衣服。

“沈姐，我事先看好了这两套衣服，拿不定主意，现在穿给你看，帮我选一套。”

副主任皮肤白皙，长得也挺好看，就是稍稍有点胖。濛濛根据她的具体情况给她分析：“要这套黑颜色的，黑色显瘦；你皮肤又白，穿黑色衣服不会显得皮肤暗，反而会映衬皮肤更白更有光泽。”

她二话没说就采纳了。几天以后她高兴地告诉濛濛，别人看了她的衣服都说好。以后她要买衣服就都去问濛濛。

现在北京不像当年户口控制严格，编译部除了几个“老新闻”，几个青年人都是外地人。他们都维护濛濛，一来濛濛也是半个老新闻，在家乡时就是媒体的特约记者，做起正式记者那自然是轻轻松松，他们这些刚出校门的大学生不能比的；二来濛濛有教养，举止文雅，说话得体，见了人总是笑眯眯的，使人有一种亲切感，尤其是这些远离家乡的年轻人，太渴望亲情太需要温暖了，有空就往她的办公室跑，问这问那，一口一个“老师”。

这天上班她在走廊碰上了刘协，那个中科院研究员。当年在信中对她大谈婚后美景，还心急火燎地让她去北京商量他们的事情，她千方百计找机会到了北京，他却和她“躲猫猫”不见，从此销声匿迹，今天却在这里遇上了，真是冤家路窄呀。

“濛濛，你来北京啦？”刘协看见她惊喜地问。

“啊。”她微笑着。

“什么时候来的？你来报社干吗？办业务啊？什么事？没准我能给你办呢，我办不了，带你去找主任。”外协非常热情，又是一副主人的样子。她想，他一定在这里工作了，但是以前怎么没看见他呢。

“你在这里工作呀？”她问。

“是，也不是。我不是正式的，是兼职翻译，就是翻译稿件。因为我研究所还有工作。一个星期来两次，来了也不待，拿了稿子送来稿子就走。”濛濛知道刘协是研究所毕业有点才气，英语非常好。

“啊！哪个办公室是你的？”

“楼梯口下边那个最小的房间。主任说我也不常在，就给我那个房间了，我也不计较。走哇，到我办公间坐坐，一会儿我带你去办事。”

她笑了说：“我也在这个编译部工作。”

“是吗？太好了，那我们是同事了。你可是搞老本行了。你在这做多长时间了？我怎么没看见过你？”

“我来一两个月了，也没看见过你呀。”她觉得好笑，你算什么非得让你看见，难不成还得向你汇报不成。

“啊！对了，我上个月到研究所下属单位去了，没来，上个礼拜刚上来，来了在楼梯口看见副主任把稿子给她就回去了，也没过这边来，没看见你。你挺好吧？还那样，一点没变。”他歪着脑袋，睁大了眼睛。

“还行吧。”她敷衍着，心想，你可变了，本来就气质不佳，现在更甭提了，人明显见老不说，上门牙还掉了两颗，露个大豁口子说话直漏风，为了掩饰，不时伸着舌头舔一下。怎么混得这么惨！

“姨妈还好吗？哪天我去拜访她。”他套近乎。濛濛姨妈和他熟，他们第一次见面就是姨妈陪她去的。

“上班时间到了，哪天再说吧。”她推脱转身就走。

“好，不说了。你在哪个办公室？”他跟进一步。

“副主任旁边那个。”

她边走边想，哼！要想找你还找不到呢，你倒撞到我的枪口上来了！对不起，您呐，就整治你吧。

以后，刘协每周再来报社的两天时间不再是像猴儿赶集似的送来稿子就往家跑了，反而是一待就是一天，有时也到她的办公室坐一坐，但他绝对不敢提起他们以前的事。

有一天在会议厅开编委会，他坐到她对面的位置，她看见他的毛衣袖头破了，还拉出来一条线。他见她看他的破袖头，不好意思地把线头往里塞塞。她想，他经济条件不太好，两个孩子一个读高中，一个读大学，正是需要钱的时候，他工资也不高，来报社做兼职可能也为了赚点钱。于是在一个星期天逛街时给他买了一件毛衣，乘他不在办公室的时候放在抽屉里，想调调他的胃口就写上："刘老师，这件毛衣送给您。谢谢您以前对我的关照。"

他拿到了毛衣又看她提起了以前，以为她念旧情，胆子也大起来了，一天对她说："濛濛，明天礼拜天，我请你和姨妈来我家做客。"

"好啊！"她心想去你家看看就知道你家里的情况了。瞧你现在这副德行大概也好不到哪儿去。他没想到她这么痛快就答应了，高兴地把地址告诉了她，还详细地画了地形图又解释一番，唯恐她们不去了。她一看怎么不是原来的地址了？搬家了？这里面一定有蹊跷。

第二天，娘俩买了水果点心来到他家。他热情招待，非让她们留下吃午饭。她们盛情难却只好留下来吧，也好探个究竟。

"刘老师，您家房子怎么变两室了？您原来是三室啊。"她故意像年轻人按在报社的称呼叫他老师，别让他有非分只想，让他明白现在是以同事的身份和他交往。

"哎！别提了！我让两个骗子给骗了。"那表情既气愤又无奈。

"啊？被骗了？怎么回事？"姨妈惊奇地问。

"被骗了？可严重！"她想，也不妨听听他的"遭遇"吧。

"那一天我在小区大门口看见一个婚介所的广告，就走进去了。"

她想，那年的那一天，你不正跟我谈情说爱吗？又去了婚介所。你这个混蛋！

他看一眼濛濛，突然觉得自己说走了嘴，急忙解释："我去婚介所不是为了找对象，是好奇。想小区怎么还有婚介所？"

"没关系，在没有结婚之前，每个人都有选择的权利。"她怕他不说真话。

他见她不怪罪他，也不顾及了，或许太压抑太憋屈了，想找个人倾诉，毕竟没人听他那些破事。

“婚介所那个红娘听说我是独身又在中科院工作，就抓住我不放，说有个女的在这登记了，要找个素质高、工作单位好的男朋友，非要给我介绍，还武断的定了见面时间。”

她想，你要说不同意见，她敢吗?

“我们在婚介所见了面，她是一个街道小厂的工人，我觉得她长得还行，又是北京人，也没拒绝。她说明天上我家认认门。第二天她和她女儿一起来的。她女儿一看就是社会上的人，打扮得妖里妖气，说句难听的话像只‘鸡’。娘俩也不客气，不用让，就这屋进那屋出，把整个家看了个遍。第三天她说让我上她家去认认门。她家住在一个大杂院，娘俩就一个9平方米的小屋，吃、喝、住都在这个小屋里。院子里乱七八糟到处堆满了东西，都没处下脚，我赶紧出来了，这种地方怎么住呀?第四天，我晚上下班刚到家她又来了，买的鱼、肉、青菜，说给我做饭。吃完饭天黑了，我说你回去吧。她说她不回去，陪我，而且很主动一下就坐我大腿上了。当时我想，我那么喜欢濛濛，都不敢拉她的手，怕她说我轻佻，可是这个女人却主动投怀送抱，这是多么不同的两种女人啊。但是一个男人离婚这么长时间，跑来一个女人死活要陪我，我也是生理需要啊，抵挡不住诱惑，就让她陪了。”

姨妈忍不住笑了。

她心里直咬牙恨恨地想，你当时给我写信谈及婚后生活，这边却让另一个女人陪。脚踩两只船。混账东西!

“第五天，她跑到我家要结婚。我说：‘妈呀，这才认识几天呐?还没一个礼拜呢?就结婚啦’?她说：‘我不管几天，反正你把我睡了’。我说：‘是你非要这样的’。她说：‘你要不想，能吗?就得结婚’!第六天，她女儿来电话，说我把她妈强暴了，不结婚就闹到研究所，然后去法院告我，还不知羞耻地说：‘你和我妈结婚了要不满意我妈，将来我陪你’。”

“那你一次不就娶两个老婆了吗?”她讥讽他。

“那哪能呢?怎么说我也是个知识分子，正人君子，怎么能做那种事呢?”他受了委屈似的怪难为情地咧咧嘴。

“我相信。”姨妈宽慰地点点头。

听姨妈相信他，他便自我解嘲地说：“她不过是哄我，让我娶她妈，主要是为了她自己。按理说她要找对象，自己没条件，就凑合找一个呗，她不，还心高，一心想攀高枝儿。人家一看她的家境，没爸爸，妈妈是街道小厂的工人，住那种地方，她自己又是个临时工有一顿没一顿的，长得还一般，谈了几个没成。她想拿我做招牌，给她脸上争点光而已。我也真的怕她去单位闹，告到法庭，好说不好听。这种事你怎么能说得清？我被逼无奈只好结婚了。”

她一算正是那年春节前她来北京那几天，给他打电话，他说哥哥有病了要回老家看哥哥。原来已经和这个女人过上了。我好恨！看我怎么整治你！

“可是结婚不久我们就离婚了。”他沮丧地说。

“为什么？”姨妈问。

“她们太不像话，把我当快肉。结婚当天，她们娘俩就搬来我家住，她们可是鸟枪换炮了。三个大居室：我们俩一个房间，她女儿一个房间，我女儿一个房间，和前妻离婚以后我管一个女儿。结婚前她拉一个单子，上面写着要我给她买的东西，主要是衣服。我一看有的衣服大暴露根本不是她这个年纪穿的。就问她：‘这衣服你能穿吗？’她说：‘我女儿要的。’我问：‘我还得管你女儿啊？’她说：‘结婚了，你就是她爸，你不管谁管？’没办法买吧，不买她就闹，又哭又骂又喊又叫。把我几十年的积蓄花得差不多了。结婚以后日常生活、一切花销全是我管，她一分钱不拿，我得养着她们娘儿俩，而且隔几天就出一个幺蛾子。有一天，她说：‘再买一个冰箱。’我说：‘买那么多冰箱干什么？再说也没有地方搁。’她就说：‘那把冰箱隔开。’我想她又出什么幺蛾子了？照办吧，不照办她又闹。我就用纸板把冰箱隔开了。原来是她买一些零食放冰箱里，和她女儿俩吃。我买的东西她们随便吃，她买的东西我们一点不能动。我女儿问：‘爸，为什么她们可以随便吃我们的东西？我们不可以吃她们的东西呢？’我说：‘好女儿，我们不跟她们一般见识，你想吃什么，爸爸给你买。’我们根本不动她的东西。可是这样也不行。有一天，她打开冰箱说什么东西没有了，破口大骂说我们偷吃了她的东西，弄得左邻右舍都知道了。我出去一个大妈问我：‘你们家吃东西还分开呀？有你们这样过日子的吗？’更令人不能容忍是她女儿，今天往家领一个男的，过几天又换了一个男的。有一次竟然领回一个四五十岁的男人，进屋就把门关上了。我女儿都大了，她总往家里领男人，我真怕我女儿有个什么闪失。有一天，一个男的抱来一套音响给安装到客厅里，她女儿说是她男朋友给买的，她要当歌星练唱歌，就不管白天晚上想唱就唱，闹得左邻右舍不得安宁。我女儿上高中学习很紧张，她这样闹我女儿也看不下书，没办法就上她妈家我前妻那去了。我们结婚以后，她女儿就到处跟人吹嘘：‘我爸是中科院的研究员，会好儿国外语，特有本事，想出国就出国，想去哪个国家就去哪个国家。’一天，来个年轻的男人说是她女儿的男朋友，让我给他办出国，还提条件，首选美国，其次是加拿大、澳大利亚，去不了欧美日本也行，实在去不了这些地方东南亚几个小国也将就。让人哭笑不得。我说：‘我没这本事，你找有本事的人去吧。’他却吓唬我：‘你不给我办出国，我就不要你女儿。’我说：‘你爱要不要。她不是我女儿，你别听她瞎吹牛。’那个男的就把她女儿甩了。她就跟我大闹：‘为什么找你，不就沾这点光吗？你想不当他爸，不行！你就是他爸，你就得管我女儿。’我想，在我们研究所就是整个科学院也找不出一个这样的女人！我娶了个什么老婆？我实在忍受不了了，就提出离婚。开始她大哭大闹不离，她女儿也到处散风说我有外遇了要告我，但是邻居们知道底细，都站在我这一边，支持我离婚，有人还自告奋勇说真打上法庭给我出庭作证。她们一看闹不出什么花样，同意离婚了，但是要我的房子。我没有办法宁可给她们房子也要离婚。最后我把我原来三大居室的房子加上她们的小破房子，换成二套两居室的房子，给她们一套，我自己一套。就是现在的房子了。”

“你们结婚多长时间离婚？”姨妈问。

“从认识结婚到离婚统共还不到一个月的时间。”

“哎！”姨妈同情地叹了一口气。

濛濛想，活该！让你不识好歹。也罢！那个女人已经替我在根上整治你了，不用我再费力了。我只需修理修理枝枝杈杈就行了。

这以后，刘协总觉得做了对不起濛濛的事，但又想和她拉近关系，有事没事总爱在她的办公室门前过，但他不敢进来，有时别人进来他就跟在后面进来，因为她根本不理他。刘协就总是营造气氛让大家觉得他和她很熟。

有一天，濛濛去副主任的办公室送一篇稿子，刘协随后也进来了。不知道是他无意间进来的还是瞄着她跟进来的。副主任看完稿子，刘协借故和她搭话，还故意说了一句：“我们俩处朋友的时候……”副主任抬起头惊疑地看看她，又看看刘协。

她的脸一下就红了，说：“主任，我走了。”副主任点点头，她觉得脑后副主任的眼光一直盯着她看。

几天以后，她给副主任送稿子，副主任亲热地说：“沈姐，不忙，坐一会儿，咱姐俩聊聊。”她坐下了。

聊了一些业务上的事，副主任进入了正题：“沈姐，我也是受人之托。刘老师那天找我，说你们都是女人，好说话儿。他让我问问你，你们能否恢复？他不敢问。可是我想，你和他处过朋友，是真的吗？”

"是！我们处过朋友，而且他还在信里谈婚论嫁。"于是她就和副主任讲了事情的经过。

"他还不同意？他可是真有病了！我还以为你到北京就把他甩了呢？还挺同情他。他可没提他后来结婚那一段哎。要知道这样，我都不管他。我一开始就不相信，你们两个人处朋友，怎么可能呢？"

几天以后，她看见刘协低着头从副主任办公室走出来，到她的办公室门前也没抬头往里看，就走过去了。

她终于出了这口恶气！让他也知道知道自己的身价是半斤八两，皇城根的金粉也没有作用了。

刘协又恢复了原状，每次来编译部猴儿赶集似的，拿了稿子送来稿子就跑。她想两人在一个单位，抬头不见低头见终究别扭。于是一天看见另外一个报社招编辑，她便去应试。

副主任很惋惜，大家也依依不舍。两个主任给她开了欢送会。主任说："小沈，这里就是你的娘家，以后有时间常回来看看我们大家。遇到困难就回来找我们，这里都是你的亲人。"她感动得哭了，副主任和几个女孩也哭了。刘协坐在最后一排也直抹眼泪。

以后她再也没有见到过刘协。

27 浓妆淡抹会总编

这次战斗虽然胜利了，也很解气，可她高兴不起来，整治了这种没有趣味的人自己也没有兴致。得找一个"战斗力"强的，打一个"大胜仗"，方显"英雄本色"。对！整治那个玩深沉的总编！

濛濛和总编联系上以后，总编约她在一个饭店见面。

濛濛换上了一条高级纱料连衣裙。豆绿赫混合浅灰色调，淡雅洋气，一厘米宽的柠檬黄色条纹，一条条从左肩上方斜向右下方裙角。这条裙子只有前后裙片两条缝线，简洁流畅，裙身上部长长瘦瘦，下部逐步松散开来呈鱼尾状，几乎曳地，搭在白色高跟鞋的脚面上。紧裹在裙体里的腰身纤细，似乎不经心间人就能断裂。她对镜旋转一圈，就像一条轻盈欢快的美人鱼。一会儿美人鱼就游到了总编面前。

他惊异地看着她，想 40 多岁的女人居然还会有这样苗条美丽的身材，又会选择衣饰，颜色样式恰到好处。不用说从面料做工式样就知道这是件巴黎长裙，把她身体的优势百分之百地展现出来。再看那丝绸般顺滑的一头披肩发瀑布一样倾泻在肩头，映衬着五官小巧，皮肤紧致，小小的脸白皙温婉。看一眼那真是心灵的享受。

看着他欣赏欣慰充满了爱意的目光，她在心里说：他心理的战线崩溃了。乘胜打倒他！

他为她把椅子拖出来放好。“谢谢！”她微笑着坐下来。他走到她对面拖出椅子也坐下了。

她微笑着给他一张名片，尽在不言中。他拿过来仔细认真地看着，然后小心地放进名片夹里。几年不见，他更深沉了，人也瘦了一些。

“濛濛，你还好吗？”他抬起头温柔地问。

一句轻轻的问候，宛如多年的老朋友关心关爱，令她心头震颤，满心的杀气消去了一半。“还好。”她也温柔地答。

“工作忙吗？”他声音柔和。

“挺忙的。”她也柔和地答。

“累吗？”他柔软中又有爱怜痛惜。

“还行。”她感激地看了他一眼。几句话，如清风细雨，她心中的怨恨已荡然无存。

“你那个社会版随意性很大，不受约束，比较好做。”他看了她的名片说。

“是，不会开天窗，捡个稿子来就贴上去了。”她眨了一下眼睛。

他笑了：“调皮！还像个孩子。我总记得你用手指着鱼片娇憨地说：我要吃那个。好可爱！我就知道你爱吃鱼片了，所以今天我又给你要了鱼片。我也知道了你不爱吃海参。”

她历时感觉眼睛里有了一层雾气弥漫，对这样的人你忍心整治他吗？当年不过为了“演戏”随意那么一说他都记住了。如果不对你上心会这样吗？可是他为什么又对我那么无情？那两封信又是怎么回事？

“谁像你那么深沉？”她娇嗔地说。

“是吗？我深沉吗？”他笑了，柔柔的，第一次听她到对他的评价。

“是！给人家来一封信，你又莫名其妙说些什么？”她知道，像他这样深沉的人，你不点破主题他是不会说的。

他笑而不答。

“告诉我嘛。”她又撒娇。

“你知道吗？当初在我们见面之前，我有了一个女朋友，而且已经谈婚论嫁了。你姨妈打电话来，我说很忙是不想见你、但听她说你是特意从外地来见面的，不见情理上说不过去，而且还是我朋友引见的，也得给他这个面子。心想，敷衍一下吧。”

“所以你就见了？”

“但是没想到，见面以后我就喜欢上了你。”

“你不喜欢我。”她故意撅起了嘴，心里却很高兴。

“我怎么不喜欢你？要是不喜欢你，说两句话就告辞了，为什么挽留你吃午饭？还不是为了多看你几眼。你不像我见过的那些你这个年龄的成熟女人，感觉她们对男人，像猎人看猎物一样，只想从你身上得到些什么，即使不能马上兑现，也得在心里掂量掂量，以后她能获取些什么，令人不寒而栗。你就像一个纯真可爱的小女孩，那么单纯那么率直，让人喜欢，让人信任，也让人心疼，甚至想像一个大男人一样豪爽地为你做点什么，而心甘情愿。”

“谢谢你有这份心，可是多看几眼有什么用？你是不是也考虑外地户口呀？”

“户口问题，对我来说不是很难。我们也是中直单位，有一个名额还不是我的。我的工龄、职务、职称、贡献，在报社也应该排第一。就是户口马上调不来，我也可以让你先过来。北京许多媒体的社长、总编不是我的同学、师兄弟师姐妹，就是我的朋友，随便安排你到哪一个单位做个记者编辑不是很容易的吗？”

“但是你还是选择了她，她是什么样的人？”

“她是我在众多人选中挑选出来的。”

“一定特漂亮，特优秀。”

“恰恰相反。”

她惊奇地瞪大了眼睛。

“为什么选择她，我有我的苦衷，你不知道。和你见面以后，我进行了激烈的思想斗争：我以前的想法是不是错了？我为什么不能和自己喜爱的女人在一起？于是我就给你写了第一封信。但是我不敢答应你，因为我要把这边的事情处理好。”

她想起了他的第一封信：只谈文学谈写作不谈感情。

“我就试探着对她说：‘我们分手吧’。她哭了，给我跪下了。我很惊慌，自古都是男人跪女人，哪有女人跪男人的？就拉她起来：‘你不要这样，站起来说。’她不起来：‘你不答应我，我就不起来。’我说：‘我答应你，你站起来说吧。’她说：‘我知道，你找我不是爱我，是你心里有苦。但是我爱你，死心塌地地爱你。我求求你娶了我。你不喜欢我,结婚以后找情人我也不拦你。我明白我配不上你,我只是一个私企小公司的服务员,能找到你,是我和我家人的荣耀。大家都知道我找了一个好男人。而且,而且我们不是已经那样了吗?'"

他脸红了,看她一眼,不好意思地说:"不要瞧不起我。"

"不会。"她摇摇头。

"谢谢!"他喝下一大口酒,叹了一口气。

"哎!那天,我心情特不好。最近和社长的关系越来越僵,我看不惯他,一个文人越来越市侩。下午由于一个合作项目两人分歧很大,我们俩吵了起来。我说他:'卑鄙。'"

社长气疯了!说出了心里话:"我们都是做学问的。我不想高尚愿意卑鄙?你以为我愿意使用那些方法赚钱?但是没钱能行吗?这么大个报社哪儿不需要钱?国家是给大部分,剩下的小部分你不得自己去赚?你是总编管业务你不知道,都来找我社长要钱,恨不得把我吃了!你知道吗?有时拿不出钱来可事情又非得办,我都想去上吊!我不得去想办法吗?我们又不是工厂有产品,从生产线上下来几辆车开出去卖了,从车间里装几箱鞋拿出去销售。报纸不就得在版面上动脑筋吗?得了!我也干够了,要不然打报告,咱俩换!你当社长,我当总编,我也高尚高尚。你卑鄙去吧!怎么样?换不换?我马上写报告!"

"得得得,我可干不了。我天生就不是赚钱的人。"

"那就别说我!一天想着法儿给你们赚钱,还得挨你们的骂。我屈不屈呀?"

我一听心里酸酸的。我才知道,他也不容易,以前错怪他了。哎!人活在世上怎么那么难!我就走过去,用手拍着他的肩以示歉意。想不到,他竟抓住我的肩膀,伏在我的肩头上像个孩子一样抽抽噎噎地哭起来,让他哭得我心里也难过陪他流泪。两个大男人就这样抱着头哭。

社长和总编吵架可是大新闻!全社的人都围过来看,看得一个个直吐舌头:"妈呀!以后咱们少找社长要钱吧,别再把社长给逼死了!"

女同事一个个泪眼扑簌。

编辑部主任老李眼含泪水:"社长,我这个月的奖金不要了,您别为难了。"

"我也不要了。"

"我也是。"

"社长,要不然把奖金取消吧。"办公室主任刘大姐说。她是报社几个元老之一,人勤奋又直性，当着报社半个家，我们都很尊重她。

社长摘下眼镜擦擦眼泪："谢谢大家能体谅我。先不要，本来我们的所得已经很少了。大家都是拖家带口的人，我以后会尽力而为的。"

我心头一热，拍拍他的肩头："兄弟，我不会让你一个人挑这副担子。明天我就去找找我的老关系，争取多开几个收费的栏目。"

他捏捏我的手感激地说："谢谢！"然后问刘主任："刘大姐，我们报社最大的花销是什么？"

"交通费，哪个月都得几万块钱。"

刘主任回头对大家说："你们年轻的小记者编辑听着，以后出去坐点公车，别出门就招手。"

"主任，您怎么和我们干上了？"记者部主任小杨笑嘻嘻地问。

"报社的钱可不都让你们花啦。"刘主任理直气壮。

"那不都得我们去采访吗？您不出去，当然不花钱了。"

"就是，不采访，不写文章，还叫报社吗？"记者部另一个女孩轻声嘟囔着。

"采访就非得打车呀？我们年轻时骑着自行车去采访，文章不照样获奖？你们可倒好，年纪轻轻的就想着享受，有汽车都不坐。从六里桥到八王坟坐公车才一元钱，可是打车就得五六十元，再加上堵车，司机再给你绕吧绕吧百来元进去了。你说，你们记者部哪个人每月不都是报销一两千元的交通费，再加上餐费、招待费，报社的钱，不都让你们花了吗？以后，不是紧急采访、刮风下雨、半夜三更，就坐公车去，少打车。"

"主任，您那是什么时代呀？大街上还没几个人呢。现在，您出去看看，坐车像打仗，千军万马抢一辆车拳打脚踢 。我们想坐公车，可是你拿着照相机、录影机、三脚架、摄影包，你能挤上车吗？就是拼老命挤上去了，那照相机、录影机还要不要了？不给你挤个稀巴烂？再说了，你是个记者，出去不得注意着装仪表吗？大夏天的汽车里像蒸笼，到了人家那儿灯火辉煌，一个个西装革履，我们经过了汽车的洗礼，一身臭汗，满身大褶吧，人家还以为哪来一个通下水道的呢？大门都不让你进！那女记者出席场合不得化化妆穿双高跟鞋呀？从车上挤下来，得，高跟鞋也踩掉了，光着一只脚，满脸大汗，进去吓人一跳：妈呀！来个瘸腿大花瓜！"

人们破涕为笑！

"不是没有这样的先例。咪咪，上次派她去采访外贸部一个重要会议，中途哭着跑回来了，光着脚，拎着一只高跟鞋：‘主任！……’”

“你怎么这德行啊？怎么不打车去呀？”

“我没钱啦。出租车司机还在外面等着拿车钱呢。”

“我给她200元钱：‘换双鞋，快去！让他再把你拉回去！’是200元车钱重要？还是新闻重要？第二天新闻不就出来了吗？要不然新闻版开天窗啊？可是不出去跑新闻，净炒人家的冷饭，那报纸还有什么存在的意义了？”

小杨好像也有满肚子的苦水，也想诉一诉：“咪咪一个外地的小女孩，租房子、吃饭，工资就用去差不多了，再买点化妆品、衣服，哪还有钱了？她住的房子还是我帮她找的。一个单纯的小女孩总不能和社会上那些复杂人员在一起睡大通间吧？再说她还得写稿子，怎么着也得找个小单间儿。在报社附近我一个同学家，他妈开口每月1800元，我好说歹说1500，但是得有条件，他爸爱看《车王》杂志，我每个月还得找在《车王》的同学，杂志出来赶紧就拿去孝敬他爹，寄都怕来不及。这些我跟领导说过吗？自己解决就得了。”

大家沉默不语。记者部一个女孩小声哭起来。

“您问问记者部这些人，家在外地的哪个爹妈不给寄钱来？想一想，都二三十岁的人了，爹妈省吃俭用辛辛苦苦把我们一个个的大学生、研究生、博士生地培养出来了，结果不但不能孝敬爹妈，还得花老爹老妈的退休金，于心能忍吗？咪咪是家里寄钱最多的一个。那个月，她妈一下给她寄来3000元。那是她爸她妈两个人的退休金呐，两个老人还活不活了？咪咪接到钱哭了，第二天就回江西老家了。咪咪的文笔多好啊！那是一个好记者苗子。哎！北京不养她，容不下她，自古以来北京就养庸人、闲人，懒人。我对北京没有好感！要不是我家在北京，我也走。可是话说回来，我离开爹妈也活不了，我现在住的房子就是爹妈一辈子的积蓄给买的，我一个月几千元的工资能买得起房子吗？现在国家又没有福利分房了。孩子岳母给带着顺便也就给养着了。我都后悔学新闻，一米八几的大小伙子怎么不去上军校？起码练就一身好武艺，实在活不下去了，抢银行去！世上几百行，百无一用就是书生。大家面面相觑。老穷酸面对一批小穷酸。”

“就是那天晚上，她来我家给我做晚饭。我想着白天的事，又思前想后心情愁苦郁闷，喝了很多的酒昏昏沉沉，不知今日是何年，就做了一件不该做的事。但是在婚前就只有那一次，因为我和她在一起没有激情，我才知道我并不爱她。但是一个男人要对自己的行为负责，尤其是像我们这样的人。自认为还是一个正人君子，就只好和她结婚了。结婚那天我对她说:“我既然和你结了婚,我以后就会爱你,尊重你,对你负责。你放心吧,我不会找情人。”

“我就给你写了第二封信。”他低下了头。

濛濛想起了他的第二封信,只有四个字:我结婚了。

一切都明白了。濛濛的心沉沉的,是该恨他、怨他,还是同情他、怜悯他。

两个人不再说什么了沉默无语。为了打破尴尬的局面,她向他请教了一些编辑方面的问题,毕竟人家是老编辑了。

“吃完饭去我家吧,我就住在附近,给你找本书,那里面比较详尽。”他说。

“好呀!”她心想,我巴不得看看你老婆什么样。

到他家里。他给她找了一本书。

这时房门响,一个中年女人走进来。个子又矮又胖,但是与身材不对称的是脸却瘦小枯干,皮肤黑黑;两只小眼睛像两颗小绿豆,挤在满是核桃纹的皱褶里,滴溜溜地放着光;短头发,前头顶一撮头发硬撅撅地翘起来,好像一只扎抢时刻准备着与来犯者决一死战。

女人一愣,看见这样一个优雅娇媚的女人在家里,脸上露出惊疑惶惑的表情。

“这是我过去单位的同事,路过这儿到家里看看。”总编向女人介绍。

濛濛微笑着站起来向她伸出手:“您好!沈濛濛。”

女人也伸出手,两个人轻微快速地碰一下手。女人咧咧嘴,前排上面一颗龅牙拧歪着露出来,她赶紧闭上嘴。

她在心里笑了,随即是一阵悲哀。

濛濛告辞,总编出来送她。她低头不语。

“濛濛,我知道你在想什么。”

“我相信你的聪明。”

“你一定在想:我为什么不选择你?你一定笑我怎么选择这样一个女人?确实,我妻子没法和你比,学历、才华、气质、容貌什么都没有。”

“那你为什么不选择我?”她不无委屈与幽怨。

“你想听听我的故事吗?”

“说吧。”

“哎!”他深深地叹了一口气,低沉而缓慢地说。

“我在事业上是成功的，但在婚姻上是失败的。我20多岁就成为主编，30多岁就当上了总编，仕途一帆风顺。我前妻不但非常美丽，还是一个非常有能力的优秀女人。我们是在一个大学生颁奖晚会上认识的，获奖的都是本学校最优秀的人才。当我第一眼见到她就被她深深地迷住了。当时追求她的人有一个‘加强排’，我也是其中的一个追求者。哪个年轻人不以找一个漂亮优秀的妻子为荣。出于这种心态，我当初为了追求她，没少给她下跪向她求婚，而且我也很自信，我英俊，我有才华，我有头脑，还有对她的爱。我也真的是爱她，甚至想我都可以为她去死。也许是这样感动了她，在众多的追求者中选择了我。我高兴地都要发了疯！感觉到我是全世界最幸福的男人！事业如日中天，妻子美丽无比。还有谁能比得上我？自然我对她宠爱有加、言听计从。婚后我们有一段幸福美满的生活，又生了一儿一女。正因为我对她的娇惯迁就，使她变得飞扬跋扈，霸道专横，从来不把我放在眼里。人生不是一条坦途时有不顺时有矛盾，她就拿我出气，不是抱怨就是指责。我在她面前不能有自己的观点，不能对她的决定有不同的意见，更不能与她相驳，还动不动拿我当年给她下跪说事儿。有一次我被逼急了就说：‘我给你下跪是表示爱你。’她就说：‘那你现在不爱我了吗？怎么不下跪啦？跪呀！’为了让她高兴，为了表示我还爱她，就屈辱的一条腿跪了下去。不想这一幕被刚刚回家的儿子看到了，大声对她说：‘妈！您太过分啦！’我赶紧爬起来走了。儿子过来问我：‘爸，您为什么老是这样迁就妈，一点没有男子汉的阳刚之气！’我叹了一口气说：‘儿子，你是少年不知愁滋味，你哪知道男人的艰难？男人，难人也呀！哎！以后你就知道了’。儿子说：‘要是这样，我一辈子不结婚’。‘你可不能。这是我们俩之间的事情，不要影响你，你不会这样。’她说什么要做什么如果我稍微反驳，就说我是骗子，把她骗到手就变了。我是总编，在单位领导着百十号人，回家却受老婆如此的欺压，心有不甘！你也知道，像你我这样的大单位都是住家属楼的，邻居就是同事，我家里的气氛搞得这么紧张，一有动静楼上楼下的人都支愣着耳朵听，可想而知很快就传播开了，弄得我很尴尬。我和她说过多少次不要这样，她也不改，依旧我行我素。有一次我实在压抑不住了，心中多少年的怒火爆发了，和她大吵了一架。我是出了气了，其结果她大哭大闹提出和我离婚。我想离就离！大丈夫何惧无妻！离婚以后很快她就结婚了。女儿告诉我，她是和当年‘加强排’里追求过她的一个人结婚了。那个人一直没结婚，不知道是在等她，还是有别的原因。那个人下海经商很有钱，好像向我示威似的。结婚以后马上给她买了高级别墅、豪华汽车，服装首饰更不要说了。据别人说，我前妻欢喜异常，后悔当初嫁给我这个穷酸。结婚不久就跟着那个人出国了，听女儿说是投资移民去了美利坚。我也下决心，以后再找老婆，绝不找漂亮优秀的女人。”

“我知道了你为什么选择她。”

“濛濛，不是我不喜欢你。如果在20年前我绝对不会选择她，肯定会选择你。带着心爱的人出席各种场合，春风得意，那才是男人的人生。但是现在我实在是怕了，我过得那种日子不是人过的，就想找一个普普通通甚至最平庸的女人，只要她能听我的话跟我好好过日子，回到家能看到个笑脸，吃碗舒心的饭就行了，什么学历、气质、容貌都不重要了。”

还说什么呢？还能说什么呢？

“濛濛，你是一个可爱的女人，如果我没有这次婚姻，我一定会不顾一切地追求你……我相信，你会找到你的幸福。”

“……”

他把她送到大马路边上，一辆出租车开过来，她准备上车，回头向他招手。

他突然走过来拉着他的手，在她额头重重地吻了一下：“濛濛，我喜欢你，我不会忘记我人生中那些个美好的片段。我会永远记住你，希望你也不要忘了我。”她被深深地感动了望向他，只见他的眼里有迷蒙的泪光。说完他毅然转过身低着头慢慢地、拖着沉重的脚步走了。

她的眼泪刷的一下就流了下来。我错了吗？不该整治他？望着他不稳定的背影，看着他沉重的脚步似艰辛的步履重重地踏在她的心上，顿生恻隐之心，觉得他好可怜！

她不由思忖。在人生的道路上世上有两种人：前一种人边走别忘，只为一个目标活着直奔目的地，一直唱着歌向前走，这种人是快乐洒脱的；后一种人是边走边回头看，总是放不下过去。总编的深沉注定了他就是后一种人。他不会忘记过去，那些美好幸福的，那些忧伤痛苦的，将会伴随他的一生。哎！他会活得很累。

她又问自己。是我错了吗？不该整治他们？他们也有他们的难处，谁都不好过。看看这些人活得都够“惨”的。独身的形单影只，结了婚的也不幸福。

人的本性是自私的，都是有私心的。沈濛濛你为什么要来北京？是为了人向高处走，是为了和亲人团聚。不是也有私心吗？为什么自己有私心，却不容许别人有私心？每个人都有自己的活法。如果和他们换了位置，你就是他们，你会怎样做？你会找个外地人吗？己所不欲勿施于人。

沈濛濛，你不是国色天香的美人儿，也不是腰缠亿万的富婆，更不是名人。人家为什么喜欢你？爱你？一个女人因为可爱温柔、善良大度才招人喜欢；如果心胸狭窄，每天只想着整治谁，甚至恶作剧般地捉弄人……代人受过，谁还会喜欢你？爱你？

他们不是曾经爱过你吗？现在不是也有人还爱着你吗？为什么还要折磨他们？

正因为曾经有过这些人的情爱，正因为你和他们之间的情感纠葛，使你的婚姻生活不单调，如果只有糖的一种甜味，那不是也乏味吗？有了酸甜苦辣的调剂，就演绎出了那么多的故事，使你的人生多姿多彩。回头展望，你的人生有过精彩、有过甜蜜、有过留恋、有过经历，才有回忆。起码有这么多男人爱过你，至今还有人为你难过、为你后悔、为你流泪、向你乞求，想见你一面，想看你一眼，想和你再续前缘。你还要求什么呢？你还要让他们怎么样呢？

得不到的往往认为是最好的。当真嫁给了他们其中的一个就会幸福吗？

与人为善吧，你本来就是个善良之人。更要学会给予，给别人就是给自己，给别人一个笑脸就会得到一个微笑，给别人一句吉祥话就会得到一个祝福，看似一个微不足道的善举就会得到人家衷心的感谢。放过他们吧，不要再想整治谁，做回善良的你。

既然你不愿意再重复过去，那么就把它当做过去的一页，就让这一页翻过去，生活重新开始吧。

汽车一路走，她一路想一路自责一路哭。正值阴历十五，抬头遥望天空澄净幽明，一轮圆月高挂天上，洒下朦胧的光亮，像缥缈的诗境，委婉清丽，就像人生有太多的向往与期待。既然能与他们见面相识甚至短暂的交往，就是缘分，缘聚则成缘灭则散，没有婚姻的缘分也是人际的缘分，茫茫人海为什么单单与他们相遇？这难道不是上天的安排与眷顾吗？也许，这就是她人生的一份财富，任何人都不会拥有的宝贵财富。眼望着明月她在心里为他们祈祷：愿上天保佑你们吧，让你们每个人都有一个幸福美好的人生！

第七章 丈夫乎？保姆乎？

28 好大一个院子

沈濛濛在心平气和中度过了一段安静的日子。

“濛濛，我一个朋友要给你介绍一个大学教授。”这一天姨妈下班回来对她说并定好了见面的日子和方式。晚上姨妈带濛濛到天坛去见这个人，但是姨妈临时值夜班，怕她一个人晚上出去不安全，就和介绍人商量把见面地点改到一个联谊会，这里人多安全。

这个联谊会场是一个机关的大礼堂。人们陆续到来了。男人们凑到一块儿，女人们聚在一起，相互谈论着。男人的眼光不时地飘向女人这边，有的男人大胆地走到事先瞄好的女人跟前。

一会儿，主持人走到台前，“女士们、先生们，时间不早了，已经过了 10 分钟，差不多都到了，没到的我们不等了。最后面那位先生，请您把后面的大门关上。”

“好，我们现在开始了。”主持人宣布。

突然，后面的大门“吱呀！嘎嘎嘎……”，听声音大门太沉重门轴也不油滑，被推开了。人们一起回头望着后面。

一个女人站在大门外。她身穿一件薄羊绒法国宽松式大衣，长及脚跟，藏蓝色，衣领高高竖起，高贵典雅。头戴一顶白帽子，一条白围巾一撇搭拉到胸前。她站在门口迟疑了一下，然后踮着脚尖轻轻的似燕子点水般轻盈地飘进来。她左手拎起大衣的一角以免踩到脚底下，右手笼着围巾不让它滑落下来，走到礼堂最后一排座位前，摘下帽子，立即一头披肩长发滑落下来。她把围巾拿下来折叠好，放进帽子里，再从容地脱掉大衣，把大衣搭在座椅背上，转过身看着大家，大家也看着她。只见她上身穿一件雪白色的细毛线紧身小毛衣(这是她自己织的，因为买不到她要的式样)，半尺长的上下针正好紧紧地卡住细腰。下面是一条藕荷色细毛线的长裙子，说是裙子其实就是一块长方形的片片，紧紧地裹在身上，在右侧面从上到下一排纽扣，形状细长细长，像傣族人的筒裙。毛线的伸缩性使整个身体凸凹有致，婀娜多姿。脚上是一双黑色羊皮及膝长筒皮靴，鞋跟有5寸高，宛如一株出水芙蓉，漫过大礼堂中央。

人们看着她。女人一个个瞪大了眼睛，羡慕中又不无妒忌。男人一个个张大了嘴傻愣着，突然有几个男人醒过神来："小姐，可以请您跳个舞吗？"

"小姐，跳个舞吧。"

"小姐，请吧。"

几个男人围过来，都要请她跳舞，还有人往她手里塞名片。

主持人在前面大声说："大家不要乱，这次联谊会是我们给大家事先安排好的，每个人都有自己的舞伴。"

一个男人不高兴了，小声嘟囔："为什么你们给安排？多此一举。"

主持人对女人喊："小姐，请到前面来。您叫什么名字？"

"沈濛濛。"

主持人翻着名单："沈濛濛，沈濛濛。啊！力书群！力书群先生来了没有？力书群请到前面来。"

"来啦！来啦！"一个穿着蓝色呢子大衣的男人快步如飞地跑到前面。他看着濛濛笑得眼睛眯成一条线，嘴巴咧到耳朵跟。

她打量他一眼，50来岁，个儿不高，相貌大众化，但很健壮，戴着一副黑色宽边眼镜，一看就是个知识分子。

"大家注意听，我现在念每两个人的名字，听到名字的两个人到前面来。今天你们就是舞伴。"主持人继续说。

一个男人把名片递给濛濛。

"干吗？你没听主持人说吗？今天的舞伴是安排好的。找你们自己的去呀！"力书群皱着眉头提醒男人。

"安排只是认识方便，不等于订婚，谁都有权利认识别人。再说，这位小姐也不一定非得嫁给你呀！她也有选择的权利。"男人争辩。

"就是！"另外一个男人附和，还有两个人把名片递给她。

"小姐，这是我的电话号码，请和我联系。"

她有生以来第一次到联谊会，没见过这种阵势，也不知道这里面的规矩，不知所措地站在那里,不知该不该接名片。 男人坚持给,硬塞到她的手里。她只好接过来,但她今天穿的这一套毛裙浑身上下没有一个口袋,名片只好拿在手里。

这时主持人在前面念着名单,大家都到前面等自己分派的舞伴去了,那几个围着濛濛的男人不情愿往前面走还不时地向这边张望。

“我们出去吧,这里面太热,空气也不好。”力书群提议。

“出去?”她想跟他出去,安全吗?又一想,姨妈和介绍人这样安排,肯定不是坏人,怕什么?

“走吧。”她说。力书群殷勤地帮她穿好大衣,两个人走出去。

“给我,我给你拿着。”他看着她手里的名片说。

她把名片递给他,他放进大衣口袋里,路过一个垃圾箱,悄悄地把几张名片扔进垃圾箱。他心里想,做你们的春秋大梦去吧。想从我手里抢?没门!还好,她以后一直没跟他问起名片的事,不知道是忘了,还是压根就没当回事。

“我们说好了,今天我们就算认识了,以后谁也不要来这里了。你经常来这里吗?”他看着她不放心地问。

“我从来没来过,这是第一次来就把我闹蒙了。为什么来这里见面?我不喜欢这里的气氛。”

“原来说好到天坛见面,我也是今天下午才知道,你姨妈临时值夜班才改到这里。卢阿姨还一个劲地嘱咐我,结束以后一定把你送回家去。”他想,这沈濛濛可真是个娇宝贝。娇气的女人好,他喜欢娇媚的女人,那才能体现出男子汉的威猛。他可不愿意找个女强人,在外面叱咤风云,回到家继续行使权力,对丈夫吆三喝四。男人就是男人!男人的作用是一棵大树,一把保护伞,护卫着心仪的女人,那多惬意,多骄傲,多有成就感……

两个人各自介绍了自己的情况。她知道了他是一个军事院校的大学教授,离异,只有一个女儿在他们大学读书,明年就毕业了。

天完全黑了小风凛凛,她打了个寒噤要回家。他打车把她送到大门口,记下了她姨妈家的电话号码。

第二天他打来电话:“沈小姐,明天礼拜天,我请你和姨妈来我家做客。上午 10 点我去接你们。”他故意不说你姨妈,而说姨妈,他知道讨好姨妈的重要性。

“去吧!看看他家什么样。”姨妈说。昨天她回来姨妈就问了他们见面的情况。姨妈很满意,喜欢学医的和她同行。

第二天10点钟门铃响，濛濛去开门。力书群穿着军装进来了。军装穿在他身上，既有学者的文雅又有军人的威武。她想，这军装不管穿在谁身上都精神。

“您可真准时啊。”姨妈笑着说。

“军人嘛。分秒不差！”他笑眯眯地看着濛濛说。

坐了一会儿他着急走，三个人下楼。到马路边他一招手，一辆出租车开过来。他赶紧跑过去，拉开后面的车门请姨妈和她坐进去，然后自己坐进副驾驶座位。

“其实，我家离您家很近，以后走动很方便。”他回头对姨妈说。

“是吗？那好啊。”姨妈回应，没提以后。

车到一个挂着大牌子的军队大门口停下了。他先打开车门下来，赶紧跑到后面拉开车门请下姨妈和濛濛，领着她们往大门里进。

“首长好！”卫兵向他敬礼。

“你好！”他还礼。

哇！好大的院子。院子里绿树成荫，他一边走一边介绍：“这一片是教学楼，后面那一片是教研室，那个是实验大楼，那一大块地是停车场，前一半是军用停车场，后一半是民用停车场，中间有条白线隔开。停车场后面是家属区，很大，职工几乎都在院里住。最后面是学生宿舍，不过这个学校高干子弟多，星期天都回家了，平时也有回家的。就是不在北京城住，住周边的家里也派车来接。一到星期六晚上和星期一早上您看吧，小轿车一片，交通都堵塞了。”

她小时候住小院子，结婚以后，单位院子虽说大了，也就是个家属院，几十栋楼，外面有个围墙，大门口有门卫室，收发信件看家护院。信件一般都寄到单位也很少寄家里来。电信局的家属区是位于市里最好的地段，周围的居民也都是效益不错的大单位职工，相对其他居民区还是安全的，但她没有见过这么大的院子。

大院子要走十几分钟。院子中间是一个大运动场，一侧沙子铺地，是篮球场，另一侧绿草茵茵是足球场，既可以打篮球，又可以踢足球。运动场外面是一道用大石块垒起来的矮墙，如果有人嫌绕过运动场太远，可以登上矮墙跳下去，从运动场直线穿过去。力书群看看姨妈和濛濛的高跟鞋，笑着说：“我们绕过去吧，又没有着急的事情，还能看看院里的布局。”

“好。”濛濛赞同。

“这么多部门，不乱吗？”姨妈问。

"不乱！各负其责，各尽其职，各自有自己的生活范围。"

"安全吗？"濛濛最在意安全了，她胆儿小。

"安全！夏天晚上睡觉都不用关窗户，夜里有战士巡逻。这么多年没听说谁家失过窃，哪个部门出过事。"

一路走一路观看说说笑笑也不觉得时间长就到了。他打开房门，请她们进去。然后打开每个房间的门让她们看，边看边介绍："这是客厅，这是主卧室，这两个是副卧室，靠外面这个小房间一般是给保姆准备的，或者是家里来客人用。"

这是一套四居室的房子。他说："我是正师级。这是团职楼，我暂时住这里。因为师职楼还没建好，一建好马上就搬。师职楼是四个大居室，面积比这大多了。"

"其实这么多房间足够。两个人住富富有余了。"姨妈说。

"部队住房不是按人口，是按级别。人口少不想要也不行，人口多想争也不行。"他笑着说，得意之情溢于言表。

屋子里里外外很整洁，东西也样样摆放得整整齐齐。

"您这家可真干净利落，不像一个男人住的。"姨妈满意地说。

"学医的嘛，讲卫生是最起码的。"

"是的。"姨妈就是以干净出名的，看来对他第一印象很好。

他把她们娘俩让到客厅，茶几上已经事先摆放好几盘水果，他为她们削水果。一会儿他抱过来一大堆东西。他先从一个大信封里倒出来几个小本子："姨妈，您看。这是我的工作证，也就是我的职称证明，这是我的军人证，这是我的离婚证。证件齐全，证明了我的身份，职业职称，婚姻状况。"说完装起来，又翻开一本本书和杂志，介绍他哪一年出了哪本书，在什么刊物上发表了什么论文、学术报告、教学试验成果等等。

"姨妈您看，这都是国家一级，军队最高一级的刊物，最差的也是北京一级的。文章很不容易上的。没几个人能上，而我只要投稿就上，有的还跟我约稿。"

"是的，是的，我知道，国家级的刊物很难上的。别说这么多文章，一两篇就可以晋职称了。"姨妈一边翻看一边啧啧称赞，她也是凭论文进的主任医师职称。

"就凭我这些文章，学校谁也比不过我，我早就进教授升师职了，是学校最年轻的教授和正师职。"

"你的文笔是真好啊，而且很有建树。你要是学文也是出类拔萃的。"姨妈赞不绝口。

“其实我也喜欢文学，当年考大学时就犹豫是学文还是学医，后来一想学了医以后可以自学文科，可不能自学医，谁让你当试验品呐？是不是？濛濛。”他笑着逗濛濛，她也笑起来。

“再说爹妈也愿意我学医，将来好给他们看病啊。”

姨妈笑了，说：“我也是，喜欢文科又喜欢学医，最后选择了学医。起码家里人能沾光，小病小灾在家就给看了，不用上医院排队。”

“可是我一直没有放弃文学。单位也知道我文笔好，还差一点就搞了文呢。”

“怎么回事？”姨妈问。

“我大学毕业直接分到 301 医院脑外科。办公室主任林大姐见我是单身过年过节不回家去，就让我帮她写材料，结果谁都夸文章写得好，字写得漂亮。她就打报告给院里调我去办公室当秘书。我想，分到 301 医院多不容易呀，全国一年也没有几个，我们学校就我一个人，我是品学兼优的好学生，好几个医院要我，最后被 301 抢来了。我要是搞文就直接学文科了，干吗还绕一大圈呢？最后，我坚持不去办公室，院领导也说我是个外科医生的好苗子，没同意。”

“你这个人聪明，干什么都错不了。你后来怎么到学校去了呢？”姨妈问。

“医大成立了，需要一批师资。医学院当然愿意要有临床经验的老师，就把我调来了。我也是当医生干够了，尤其是外科，到了这个级别大手术都要你上，一站几个小时，累不说还担风险。人命关天呐！干什么职业都有差错率，工厂可以有次品，黄金还容许 99.99% 的纯度，可是人行吗？就是万分之一的差错，对那个一而言就是百分之百。一条命啊！而且要是出一个医疗事故，这一辈子全完了。”

“是！这医院呐就是要认真仔细。内科也是一样啊！诊断啊，用药啊，一点不注意就出错，尤其兢兢业业都快干一辈子了，不能晚节不保千万别出错，真是如履薄冰啊。外人不知道，指责医生这了吧那了吧。医生也是人哪，又不是神仙。哎！”

“所以呀，我就来学校了。还自己找乐子，干吗活得那么累？”

“还是我们学文的轻松，看电影、看电视就是工作，写小说算业余，一旦成功了，名利双收。不成功，自己写着玩，也是自我欣赏自我陶醉自得其乐。”她听着他们俩相互诉苦，觉得自己当初没去卫校学医真是对了。尤其卫校那种学历和人家这些名牌大学的怎么能比？

“所以呀，我喜欢濛濛这个人，也喜欢濛濛的职业。茶余饭后两个人谈谈文学呀、电影啊、戏剧呀、音乐呀、艺术呀，多好啊！是不是？濛濛。”他伸过脑袋逗她。

她被他逗笑了。

“喜欢音乐艺术，那你可找对了。我们家好几个文艺界的，中央电视台的、中国京剧院的、中央戏剧学院的、总政文工团的，我和我嫂子学医的也是文艺爱好者。当年在大学里，每年春节联欢我都要唱刘三姐，被同学们誉为‘金嗓子’，都说我是歌唱家的材料。多高的音我都能唱上去。”

“是吗？那你们家可是文艺之家呀。”

“是啊，过年过节聚会时，我们就是一个家庭音乐会。唱歌的、唱戏的、跳舞的，全是专业的，那叫一个棒。”

濛濛说：“是，有一次我们在饭店聚会，在包间里又唱歌又唱戏。我到外面去卫生间。哇！外面大厅里的人鸦雀无声，一个个都在静静地听。我出来后一个人问我：‘你们哪儿的呀？’我说：‘你想象我们是哪儿的就是哪儿的。’‘唱杨子荣的莫非是中国京剧院的？’‘对了，刘长渝那个团的。’‘哇噻！好厉害！这一流的就是不一样啊。’‘那唱《我爱你，中国》的女高音呢？’‘总政的花腔女高音。’‘哇！我算领教了。’我从卫生间回来，有人对我说：‘你们多唱几个啊！让我们这些上不去大雅之堂的也享受享受。’我逗他：‘你得付费呀，不能白听啊。’‘找饭店要去呀！我们在这儿消费啦。’我想，对呀！算账的时候，账单602元。我说：‘经理，我们给您业余演出，招来那么多人，您总得优惠优惠我们吧？’他说：‘行，优惠！您就交600吧。下次还来啊！’我想，真抠门儿，下次不来了。”

“我也愿意唱。以后，我也可以加入你们家庭音乐会了。”他有如孤雁归群般。

“那还说什么。”姨妈说。

“姨妈，您看，我这一堆一块儿都在这儿摆着，从学校到单位，从家庭到个人，明明白白，清清楚楚。您还有什么不清楚的？还有什么要问的吗？”

“我没有什么要问的了。濛濛，你还有什么吗？”姨妈问她。

“没有了。”她摇摇头，心想，姨妈那么细致，已经什么都想到了。

“那就定下来了？”

“您也太急了，”

“军人嘛，雷厉风行！”

“那得看你们今后相处得怎么样？”

“我一定会对濛濛好。把她当宝贝。”他看着她说。

姨妈乐了:“但愿您能这样。”

“您放心吧。”

“我们该走了。”姨妈看看表,站起来。

“哎!别走。我已经订好饭菜,马上就送来。”他站起来阻拦,把姨妈和濛濛让到饭厅,坐好。

这时电话响,他拿起电话:“好!可以,马上送过来吧。”

一会儿,几个小战士笑嘻嘻地端着饭菜进来。他接过来摆着桌子上。

“你们学校还有饭店啊?”姨妈问。

“我们学校有一个大食堂,是职工食堂,主要是为单身汉,一般家庭不愿意做饭了也到食堂去买饭。一个小食堂也是饭店,去吃也可以,送到家里也可以。家里如果来客人就要事前预定了。来,我们一边吃一边聊。”

“怎么要怎么多菜啊?哪里吃得下?”姨妈说。

“哎,我也不知道您喜欢吃什么?就随便定几个,也不知道合不合您口味?尝尝这个红烧鱼怎么样?我想,大家都会爱吃鱼,就要了。”他站起来给姨妈和濛濛每个人夹了一大块鱼。“

“嗯!味道不错。”姨妈夸奖说。

“尝尝这个手抓排骨,说是真正蒙古风味的。”他给她们每人拿一根长排骨放在盘子里。吃完饭,聊了一会儿,她们告辞回家。他把她们送到大门口,伸手招来一辆出租车,跑过去拉开门。她们上去以后,他给司机50元钱,告诉到哪里停车。车启动了,姨妈把钱丢出来。他把钱捡起来又追着车丢进去。

回到家以后,姨父回来了问她们:“他家怎么样啊?”

“挺好的。”姨妈说。

“濛濛,见过的几个人,我认为这个是不错的。我给你分析啊:第一,他是军人有纪律约束,不会错到那里去;第二,他是知识分子文明,万一以后闹矛盾起冲突不会犯浑打人;第三,他是学医的,一般的小病小灾他就给你看了,不要上医院;第四,他这个人整洁利落,不像一般男人邋里邋遢你又看不上;第五,他只有一个女儿,在他们学校也快毕业了,没有经济负担,再说一般女孩都希望父母幸福,不会捣乱出难题刁难你;第六:那个大院多好啊!多安全!”

“嗯!我喜欢那个大院。”

力书群着实喜欢濛濛，优雅高贵，又娇滴滴小鸟依人般，凡是见过濛濛的人都对他夸赞一番，他心里乐滋滋。还有她不追问他赚多少钱，也没有结婚后要掌管经济的欲望，看来她不像一般女人计较钱财。

但最担心的是怕濛濛和女儿相处不来。自己就一个宝贝女儿，夫妻离婚对孩子来讲已经够不幸的了，再给孩子找个后妈，让孩子不开心。所以有一天他把女儿叫回来，看女儿对濛濛是什么反应。看女儿也喜欢濛濛的样子，看濛濛也不嫌弃女儿，两人有说有笑都挺开心，他一颗悬着的心放下了。

这一天女儿回来竟神秘兮兮地对他说："爸，你可要把这个阿姨抓住，别让别人抢去。"

女儿过生日，他一心想在家里给女儿过，也是让女儿看看，爸爸有女朋友了也不会减少对你的爱，可又怕濛濛不高兴，就试探着说："娜娜 16 日过生日，正好是礼拜天……"

"让娜娜回来吧，我们给她过。"她想都没想接口说。

他欣喜急忙问："怎么过呀？"

"你甭管了，星期六我下班过来再说。"

星期六晚上她很晚才来，他做好饭菜等。她来了，拿着一个大手提袋。他接过去问："什么？"

"给娜娜买的连衣裙，你看看。"

他打开一看，真漂亮，再一看价位，贵！就问："这么多钱，我给你。"

"嗨，我给娜娜买的，为什么要你给钱？"她大大方方地说。

他很高兴，一件衣服钱多少不要紧，关键是濛濛对女儿的一颗爱心。

吃过晚饭以后，他送她回去，又问"明天怎么过呀？"

"我明天上午就过来。"

第二天上午 10 点多，她来了，买了一个大蛋糕。

他接过来，高兴地说："哎呀！这么大，这么漂亮，还是定做的呢。"然后两个人就摆好了酒席，等女儿过来。

11 点多女儿来了，看见大蛋糕，高兴地跳起来。濛濛又让她试连衣裙，女儿穿上高兴地在地上直转圈。"真漂亮！阿姨真会买。我太喜欢了！我爸一点也不会买衣服，难看死了，还挺贵。"

"你喜欢就好。"濛濛也高兴地说。

女儿过了一个高高兴兴的生日。过几天,女儿催促他:"爸,你们快结婚吧。以后我就有漂亮衣服穿了。嘻嘻!"

他想,女儿真容易收买,一件衣服一盒蛋糕就被拉过去了;又一想,还是濛濛善良大度,一件事就能体现一个人的内心,濛濛一定是个心胸豁达的大家闺秀,绝不是斤斤计较小肚鸡肠的小女人。

女儿毕业以后分配到军事科学院一个研究所。不久,女儿有了一个男朋友。男方家对女儿满意,要来拜访女家父母定下来。他叫她也过来。她在男方家父母面前一个劲地夸他女儿好。他很高兴,他是不好意思夸自己女儿。娜娜也是脸红红的,又高兴又难为情,她知道自己没有那么好。但是她感谢濛濛在外人面前,尤其是男方的父母面前夸自己好,又无疑是让男方的父母知道了自己大度可爱和后妈的关系这么好,以后和婆婆的关系会不好吗?

所以濛濛结婚以后,娜娜马上改口叫她"妈",就像亲妈一样,这可真不容易,这么大的女儿,何况娜娜的亲妈还健在呢?

看来,濛濛真是个"宝",人人都喜欢的"宝贝",他想。

恰逢濛濛的表妹要去香港工作,她欣喜表姐有了个好归宿,但她要亲眼见表姐穿上婚纱,于是就对妈妈说在她去香港之前参加表姐的婚礼。姨妈就把这个想法对力书群讲了,他就开始积极准备结婚了。濛濛也想不能总住在姨妈的家里,结婚就结婚吧。

姨妈又告诉了濛濛的妈妈,叫妈妈过来看看力书群,最后定度夺。

妈妈来以后,看了他也很满意。几个月以后,他们就结婚了。

29 甜宝贝儿

结婚以后,力书群真的像他对姨妈承诺的这样,拿濛濛当宝贝疙瘩。

濛濛的头脑中找哥哥的思想根深蒂固,他既是丈夫,又是哥哥,甚至还潜藏着某种父亲的成分。他也想自己现在是有两个"女儿"的人了,不觉感到自己很富有!忙累也高兴。

结婚以后第一天,濛濛下班回来,进大门时,收发室的人问她:"同志,您找谁?"

她笑着说:“我回家。力教授家的。”

“噢!力教授家。对不起!”

“没关系,一回生二回熟。”

进到大院往里走时,她的心不由自主地慌乱起来,心想,以后这里就是我的家了。家?会是怎么样呢?是冷?是暖?是苦?是乐?越走近家门心情越复杂,逐渐脚步慢了下来。走近居住的楼下面,抬头一看,力书群正伸头往外看,看见她赶紧缩了回去,她想这人真逗啊,看见我不叫我,缩回去了。

此时气候虽是春天却过早地热起来,她从单位折腾回来也是两个多小时了,换两次公共汽车又热又累。走进楼里,突然听到一阵优美的乐曲,她一听是古筝独奏,我国古典名曲的《渔舟唱晚》。不似往常现在听来又轻松又凉爽,就像站在岸边一样,微风拂来,水波荡漾,柳绿花红。好美!她本来最是爱幻想的,谁家这么有情调?她往楼上走,音乐声渐大,走到三楼自己家楼层时,力书群一下把房门打开了。呀!音乐是从自己家里飘出来的。她历时感到浑身的烦躁闷热顿时消失了,心情好舒畅。

“‘甜宝贝儿’回来了!”他笑眯了眼。

“嗯!”她好喜欢这个称呼,就撒娇地应了一声。

“快把鞋换下来,松快松快。”他把一双漂亮的小白皮拖鞋放到她脚边,那是他精心为她挑选的小拖鞋。他想她一定会喜欢。

穿着高跟鞋在外面奔波一天,也真是够累的了,可是她又是很注意衣着打扮,做这个工作的,什么样的正规服装都得高跟鞋配呀!除非节假日出去玩,随随便便穿套休闲装穿双休闲鞋。她换完鞋,他顺手把她的鞋放到鞋架子上,然后就站在她的旁边等着,她把上衣脱下来,他赶紧接过去,挂到墙上的衣架上,然后把一套家居服递给她。她想,可能是第一天,他怕我不知道什么东西放在哪里,给我做示范吧。

“你先到屋里休息一会,饭已经做好了,菜也切好了,就等你回来下锅烧了。”

她也真是累了,就到沙发上坐下来休息。很快饭菜端上来,两荤一素,红烧带鱼块、肉片炒蒜薹、炒黄豆芽、一个紫菜汤。

“甜宝贝儿,你爱吃哪个?”

“黄豆芽。”她平时不做黄豆芽的,吃一口挺好吃。

他把黄豆芽放到她面前。她不客气,汪杰从来都是这样的。他又挑出一块最大肉最厚的带鱼放在她碗里的饭上面:“我做红烧带鱼可是最好吃的。”

“哎呀!我不愿意饭菜混在一起吃的。”她看着鱼块下面的汤汁渗到米饭里,皱着眉头不高兴地说。她吃饭也是干干净净的，饭是饭，菜是菜，不能有一点混淆，否则她觉得脏，就没有食欲了。

"来，这碗饭给我，我再给你换一碗。"他把饭拿到自己面前重新给她盛了一碗饭。

他吃饭很快，好像是一边吃一边等她。

吃完饭，她站起来要收拾碗筷，他伸手阻拦："不用你管，这点活，我一转身就干完了，你在外面跑一天累了，休息去吧。"

说完他两只手满满地拿着碗碟快步走了，只两次就把桌子上的东西收走了，回来带快抹布一转身就把桌子擦干净。她好奇一个男人竟如此麻利能干，跟进厨房看他干活。只见他一会儿工夫就洗好碗筷、刷好锅、擦拭好炉台，收拾好厨房，都没看见他怎么操作的。真是一眨眼的工夫就做完了。

"你干活可真快呀！"她赞叹。

"脑外科大夫嘛。病人开颅在那等着呢！不快能行吗？练出来了。"

早上她睡得香甜着呢，"甜宝贝儿，醒醒啦！起床啦！哎！"鼻子被人揪起来。她睁眼一看，5 点多钟，天蒙蒙亮。北京黑天晚，亮天也晚。可是也得起来呀，8 点上班，路上就得两个多小时，不到 6 点就得从家走，最晚也不能超过 6 点。

她起床去洗漱间，他就进来收拾卧室。她从洗漱间出来早餐已经摆在桌子上，一杯牛奶、两片面包、一小碟香肠、几片青菜，一个油煎鸡蛋、一根香蕉、一个橘子。

"把这些都吃了。"

"啊！我哪能吃这么多？我不吃这个鸡蛋，我从小就不爱吃鸡蛋。"

"不吃不行！早晨不吃饱，这一上午你怎么能坚持下来？你要不爱吃煎鸡蛋，明天我给你煮鸡蛋或者做荷包蛋，今天就将就吃了吧。乖宝贝，听话啊。把牛奶喝了，面包鸡蛋香肠青菜都吃了，香蕉和橘子你就任选一样吧，拿着坐车上吃。"

"哎！"濛濛勉强把这些东西都吃了，拿个橘子走了，不是她愿意吃橘子，是橘子小。车来了，她坐在车上迷迷糊糊，边打瞌睡边吃橘子。橘子的清香味弥漫了整个车厢，有人眼馋地回头看。她座位对面的一个女孩儿说："这样好啊，又吃了橘子又不浪费时间，要不然早上哪有时间吃啊。明天我也拿橘子在车上吃。"

"我先生教我的。"她笑着对女孩儿说，心想还是找个大夫好啊，怪不得姨妈同意他呢。

下午4点，桌子上的电话响了，她伸手抓起电话："喂！"

"请找沈濛濛。"

"我就是。"

"甜宝贝儿，晚上想吃什么饭？"

"什么都行。"

"什么都行是什么呀？最难做的就是什么都行。"

"嗯，我想吃饺子，你会做吗？"

"你就瞧好吧。什么馅的？"

"嗯，你说哪，什么馅的好吃？"

"当然是白菜猪肉馅了，这是北京人最爱吃的。"

"那好吧。就吃白菜猪肉馅。"

到家以后，像昨天一样，依旧是音乐迎接她，今天换了琵琶独奏，古典名曲《春江花月夜》。他依旧是洞开房门站在门口迎接她，依旧是放好拖鞋收好衣服，依旧是坐等饭菜端上来，依旧是吃完饭就优哉乐哉去吧。她想，这就是我以后的生活了，立马所有的担心都跑到九霄云外去了，心情无比爽快。这几天每天晚上她下班回来都有音乐迎接她，一天换一首曲子。这天，还未走近楼前远远地竟听到了一首笛子独奏曲《骏马奔驰保边疆》，高亢响亮又欢快奔放的乐曲，立即赶跑了一天的疲劳，神清气爽，仿佛被带到了广褒美丽的原野，战士们骑马持枪驰骋在大草原上，蓝天白云，万马奔腾，骏马美景，心儿也飞驰起来，同时也感受身居军营里的安全与幸福，笛声之美又令人陶醉。此时路过楼前的两个小战士，情不自禁随着音乐的节拍摇头晃脑欢快地哼唱着，端着骑马的架势，伸胳膊撂腿地舞动着，美得犹如骑马保边疆的就是他们自己。一个舞得由于太夸张，左腿抬得过高右腿没站住一趔趄，把另一个也单腿站立的碰倒了，一屁股蹲坐地下，帽子也滚掉了。他爬起来捡起帽子随便往头上一扣，就帽子拧歪着又伸胳膊撂腿舞起来，可笑又可爱，逗得几个家属指着他俩大笑不止，笑声又引得家属楼里伸出几个脑袋。濛濛进到屋里力书群得意地看着濛濛，非常满意自己制造的气氛。

星期六，吃过晚饭，她坐在沙发上看电视。

"甜宝贝儿，洗衣服啦！把你所有要洗的东西都拿来，什么手绢啦，袜子啦，头绳、发带啦，是凡要洗的统统拿过来。"

"哎！"她想他用洗衣机洗呗，也不客气，叽里咕噜把一大堆扔给他，就进屋去了。半天没见他进来，浴池里哗啦哗啦响，干吗呢？她跑出去看。原来他在浴池的洗脸盆里洗衣服。

"你怎么不用洗衣机呀？"她不解地问。

"洗衣机能洗干净吗？不给你搅个乱七八糟？这还不给你染了？"他拎起她一件白泡泡纱的小衣服说。

"嗯！"她点点头。

"我就是咱们家的洗衣机。放心吧，保证给你洗得干干净净。"

"我帮你洗吧。"

"不用！这几件衣服，一个大男人还当回事了？跟玩儿似的，一会儿就洗完了。"然后他把洗完的衣服晾到阳台里。早晨干了以后一件件收好，该挂的挂上，该折叠的折叠好，濛濛的放她衣柜里，他的放他自己的衣柜里。

星期天晚上，他从仓库里拿出烫衣板、熨斗，先把他自己的衣服熨好，然后叫她："甜宝贝儿，你明天上班穿哪件衣服呀？"

"明天多少度啊？"

"28℃。热！"

"那就穿白色连衣裙吧。"

他拉开她的衣柜，拿出几件白色的连衣裙，问："哪一件？长的？短的？"

"短的。"她走过去看他熨衣服，心想还挺内行，比我熨的都好。他一边熨一边对她说："穿衣服要整洁板正，尤其是女人，不能出去一身大褶吧。"

熨完衣服问她："你明天穿那双鞋啊？"

"穿白衣服，当然是白皮鞋了。"

"高跟的？平跟的？还是半高跟的？"他从鞋柜里拿出她的几双白皮鞋问。

"半高跟的，旁边挂扣袢那双。"

他坐在小凳子上，拿出一个盒子，打开里面是一套擦皮鞋的用品，各种颜色的鞋油，几个不同颜色的刷子，擦鞋布，应有尽有。她就站在旁边看他打鞋油。噌噌噌，一会儿就打好了。

"想不到大教授，你什么都会干哪！"

"我跟你说吧，我除了一样干不了的，什么都能干。"

"你哪干不了？"她心想，他这么能干，还有什么不能干的？

“生孩子！我除了不能生孩子，什么都能干。”

“哈哈哈哈！你怎么这么逗啊！”她笑翻了天。

“我告诉你吧，你嫁给我，我让你天天乐。”

“那还不得乐死了！哈哈哈！”

“乐总比哭强吧？”

“那也不能这么强烈地乐呀，要解颐一笑，最好是微笑。”

“那这个度可不好掌握，像天气预报似的，什么是大笑？什么是中笑？什么是微笑？”

星期一早上，她起床一看，白色连衣裙挂在门口的衣架上，白皮鞋摆在门口。她穿上就走。

“甜宝贝儿，你明天穿哪件衣服？”

“那套咖啡色的套裙。”

“深咖啡色还是浅咖啡色？明天有点冷，15℃。”

“深色的。”

“鞋呢？咖啡色瓢鞋呀？”

“不，黑色靴子。”

“高腰矮靴的？”

“矮靴的。”

“好咧！”

以后每天晚上，他都把她第二天要穿的衣服熨好，擦好鞋油，第二天她穿上就走。天天如此。

“沈姐，瞧您一天，皮鞋锃亮，裤线绷直，身上衣服一个细纹都没有。您家是不是有保姆啊？每天都给您熨衣服？”同事小盖问。

她还真被问住了。保姆吗？分明是丈夫，却真的像保姆一样对她照顾备至，什么都不要她做。从结婚以来，她没洗过一个碗，没扫过一次地，没擦过一次灰尘，连菜都没摘过一棵，更不要说烧过饭，干过家务活了。一双手伸出来像十只嫩藕。

吃饭呢，没结婚时他去食堂吃，结婚以后中午有时去食堂，头天如果有剩饭就在家吃。晚上她回来就作为主餐，全做新饭菜，她是不吃剩饭菜的。每天不是两荤一素，就是两素一荤，一个汤。吃饭时，他问她：“你爱吃哪个菜？”

“这个。”她一般吃饭就吃一个自己爱吃的菜，再多的菜也不喜欢吃。她饭量小，胃里装不下那么多东西，只能选自己爱吃的。

他便把她爱吃的菜放到她面前，极力吃别的菜，偶尔吃几口。开始他吃饭很快，她吃得慢，有时边吃边想稿子的事，想起什么起身去写稿子去了。他已经吃完了，把她爱吃的菜留给她，但有时她吃不完，他收拾桌子时拿起盘子全吃掉了。几次以后他对她说："你先吃吧，你吃完了我再吃。爱吃什么就吃什么，你吃剩了我再吃。"

于是每次吃饭她先吃，剩下的他再吃，有时等她吃完了，饭菜都凉了，她说："你再热热吧。"

"不用，我这人，凉的热的都能吃，什么都能克服。"

他很节俭，从来不倒饭菜，有时从冰箱里拿出剩菜，她说："倒了吧，都好几天了。"

"别倒！我吃。"

濛濛的父母来北京住几天，很喜欢他。夸他干活麻利、手脚勤快、干净利落、会过日子。他也会讨好两个老人，"爸、妈"叫得甜。临走时，父母给濛濛10000元钱，"你爱买什么，就买什么吧。算我们送给你的结婚礼物。"

他们学校放学早，下午4点就下班了。每天下班直接去菜场买菜，他说新鲜。每天4点以后电话就给她打过去："甜宝贝儿，晚上吃什么呀？"同事们一个个直竖着耳朵听着。

"吃春饼卷豆芽吧。"

"好嘞，我去买豆芽，黄豆芽？还是绿豆芽？"

"黄豆芽。"

"放不放肉？"

"放一点吧，别太多了。"

"沈姐，真幸福。"小柳羡慕地说。

"小沈呐，女人活到你这个份上，那可真叫一个爽！在我们家，我就没吃过我们老郭给我做的一顿饭。我这也叫女人一辈子。"王姐委屈地说。

这天气温骤然下降，在外面等了50分钟公车也没来。她觉得全身都冻透了，头还有些痛，于是就叫了一辆出租车。我的天呐，从北京城东头到西头，加上堵车到家100元钱，一个月报社才给报销200元的出租车票，这一次就进去一半。

"甜宝贝儿，怎么才回来？"

"老公，我头痛。"她身体哆嗦着说。他伸手摸摸她的头："怎么？有点热！来，试个体温。”他把体温计给她，几分钟以后拿出体温计：“37.6℃，低烧，感冒了。”

“老公，我要睡觉。”

“吃片药再睡。先少吃一点饭，空肚子吃感冒药刺激胃。”她吃了点东西，吃了药就睡下了。睡醒一觉她头不痛了，却饿了，翻个身。

“你醒了？退烧了。”他摸摸她的头。她一看他还没睡，点着床头灯在看书。

“饿了吧？我就知道你退烧后会饿，没敢睡，给你弄吃的去。”

“我想吃黑芝麻汤圆。”

“不能吃汤圆。汤圆是黏食，不容易消化。你肚子里空空没有食物，会刺激胃的。最好吃点小米粥就点小菜。”一会儿他给她做了一大碗小米粥，一碟小菜，她真是饿了都吃了，吃得很香甜。

很快师职楼建好，他们搬新居了。“你只管上你的班。我一点点搬，一天搬一点。不用你管就等着住新楼吧。”整个搬家一个月的时间，没用她搬一件东西，他自己全搬过去整理好了，她就享受住大四室的房子就行了。

结婚以后，她的户口很快就调到北京。从申请请调那一天，到户口落到北京，紧紧16天的时间，真所谓神速。由于他是部队大户口，濛濛就成了户主。以前在家从父，结婚从夫，现在自己是户主，他是她的夫。感觉真好。

30 六棵大白菜

秋风起，天气凉。11月正是北京人购买冬储大白菜的时候。

这一天，濛濛没去报社在家里赶写一篇稿子。下午忽然听见外面车响人叫闹闹嚷嚷，也写不下去了，便趴在面对大门通道的窗户往外看。啊！原来是学校后勤部给家属楼送冬储大白菜。小战士们把菜从车上卸下来车就开走了，各家都出去买。一家家买好了自己的菜，一堆堆地堆在院子里。这时力书群回来了，穿着白大褂，可能正在做实验。只见他把门厅一角收拾收拾，靠墙边放两块长木板。

“你干吗呀？”她问。

“放白菜。要不然白菜直接放地下还不烂啦！门开着不用关，我下去抱白菜。”他嘱咐她。

“我帮你抱吧。”

“不用，咱们家就两口人，我就买了200斤，一般冬储菜都是一口人买100斤，还得吃别的菜呢,200 斤足够了。”

既然不让她去,就趴在窗台上看热闹,反正也写不下去了。他抱几棵菜噔噔噔跑上来放到木板上,又噔噔噔跑下去了。

真是全体出动啊,家家穿梭似的往家抱白菜,大人小孩能走路的都出来了。院里的职工自然都放假回来了。濛濛家头顶上四层老吴家是个八口人的大家庭,母系氏族社会结构,老吴、吴太太两口子,吴太太的父母老两口,老吴女儿小两口,小两口又生个小女儿,老吴还有个上高中的儿子。这一家八口人把四个房间塞得满满的。现在又买了一大堆菜,如果按一口人 100 斤算,他们家可能买 800 斤左右吧,是院里最大的菜堆。可是抱菜的人就不行了,壮劳力儿子、女儿、女婿不在家,老吴和吴太太就成了主力,汗流浃背地往家抱,80 多岁的老两口颤巍巍也出来了,老先生体弱点坐着看堆儿,老太太相对壮实点给递菜。最小的小女孩有三四岁吧,也热爱劳动非要抱菜,姥姥不让她抱,太姥姥说:“孩子爱劳动,就让她抱吧。”递给她一棵菜。可她抱在怀里嫌少非得还要一棵,太姥姥又给她加一棵。她高高兴兴地往前走,可是个子矮把视线挡住了,“吧唧”摔个跟头,菜甩出去老远,嫩胳膊嫩腿的摔痛了哇哇大哭。气得姥姥大叫:“啊!你这孩子,不让你抱非要抱。你这不填乱吗?走!回家去!”太姥姥又呵斥姥姥:“孩子爱劳动,你怎么还骂她。”小女孩见有人给撑腰哭得更响了。濛濛忍不住“哈哈”一声笑出来。吴太太又累又心焦抬头看见她在那儿乐,狠狠地瞪她一眼!这一眼,给她瞪醒了,千军万马出去抱白菜,可能这个楼就她是个袖手旁观的闲人了。这么小的孩子都去抱白菜,又看看力书群噔噔噔一趟一趟楼上楼下跑,自己不出去也实在不像话,于是换上一双平跟鞋,扭搭扭搭下楼,来到自己家菜堆前。先生见她出来了,爱惜地说:“你怎么出来了?不用你,就这点菜,我一会儿就抱完了。你回去吧,啊。”

吴太太正对濛濛不满,或许还有嫉妒,又被母亲抢白,又对外孙女满肚子气呢,就挖苦先生说:“哎呀!力教授,您可真是个模范丈夫呀!要是评选模范非您莫属啦!”所有在场的人都偷偷地乐。

先生急忙表白:“她赶写稿子,明天上班得交差呢。”她为了自己也为了先生,故意大声地要让所有在场的人都听见:“老公,我来帮你抱菜啦!”

旁边一个家属“扑哧”一声笑出声。她立即意识到用词不当了,不应该说“我来帮你抱菜了,应该说我也来抱菜了”,好像自己不是这家人似的。她怎么就没注意用词啊,成天说我帮你干这个,我帮你干那个,说顺嘴了。

先生递给她一棵菜:“行了,别累着,走吧。”

吴太太又斜过来一眼。她把这棵菜夹在左腋下,心想,这么大个人就拿一棵菜太不像话,也不好看呐。人家三四岁的小孩还争着抱两棵呢,就对先生说:“再给我一棵。”先生又把一棵菜塞到她右腋下:“走吧。”她就一边腋下夹一棵菜上楼了。先生也噔噔噔上来了。

“你别去了,别把衣服弄脏了,别把手弄糙了。”

“我去!”她想,哼!我干给你们这些邻居们看看。看我能不能干?让你们再讽刺我先生。她又抱了两趟,加上第一趟,一共抱上来6棵大白菜,可把力书群乐坏了:“哎呀!我的甜宝贝儿真能干呐,给老公抱上来6棵大白菜。累坏了吧?快歇一会儿。”以后每次提起来,他都会难忘地摸着她的头说:“还给老公抱上来6棵大白菜呢。哈!”

6棵大白菜,是她自结婚以来第一次干的活,也是她在这个家唯一干的活,将永远留在力书群的记忆里,也将写入他们的婚姻史册。

31 两张舞票

今年的夏天真叫热。星期天,力书群说学校有事一大早就出去了。濛濛午睡,可是热得怎么也睡不着坐起来。怎么样能不热呢?只有凉东西可以解热了,拉开冰箱拿出一根冰棍吃,吃完了又热。打开电风扇又吹得难受,关上。对了!凉水呀。接一盆凉水放在地上,把手伸进去,真凉快!就坐在地上玩水。玩着玩着,心想,别白玩呀,洗点什么东西。可是他天天晚上洗,家里什么都是干干净净的。她把早上去菜市场穿了一次的衣服扔进盆里边玩边洗,洗完了还没玩够,转着脑袋寻找有什么东西可以洗的,突然看见他挂在衣架上的黄军装衬衣,她想起了姨妈对她说的“别总让人家伺候你,你也给他干点什么”,于是从墙上把衣服拿下来。她每次洗衣服前都要掏掏衣袋裤袋,万一有什么东西忘拿出来洗坏了吗?一掏掏出两张舞票。她不是个城府很深、有心计的女人,也不会去联想,顺手把舞票放在桌子上,根本没当回事,连看看是哪天的,哪个舞场的都没有,也没看看是用过作废的还是没用过的。拿起衣服看看,他昨天刚洗的非常干净,就又挂墙上了。

晚上他回来,她漫不经心地说:“两张舞票啊。”

“哪儿来的舞票?”他问她。

“我洗衣服,在你兜里发现的。”

先生的神情马上不自然了："啊，是我们教研室一个人说：'我有两张舞票，你和你爱人去吧'。"

"那你也没告诉我呀。"她还是没当回事，顺口说一句。

"咱们不去那种地方。"

"不去你要人家的舞票干什么？不是浪费了吗？"她也不屑那种地方，真让她去她也不会去。

"啊！过期没用了。"他拿过去撕碎扔进垃圾桶。

她也没往心里去。

32 一个电话

濛濛如果出去采访或者有什么活动，有时就会提前回家。力书群的生活特有规律，每天必须睡午觉，也是人家有这个条件，在院里上班，中午 12 点下班，午休后下午 2 点上班。吃完饭就睡一觉，她可不敢养成这个习惯，一天不一定走到哪儿困了怎么办？

有几次她回来正赶上他午睡时间。她懒得去包底下掏钥匙，就按门铃。他睡得迷迷瞪瞪，起来给他开门："甜宝贝儿，怎么回来这么早？"

"采访去了，结束早。"

"你睡觉吧。"

"我可不敢大白天睡觉，万一养成习惯怎么办？"

"那我睡去了。"

几次以后他不高兴了："你能不能自己开门哪？人家正睡着你就给弄醒了。"

这是他们结婚半年以后的一天。她又是在他午睡时间回来了。她刚要按门铃，一想，别讨厌。如果自己睡得香甜别人给你弄醒了，不是什么特殊情况，只是对方不愿意掏钥匙开门，你会高兴吗？于是掏出钥匙开开门，轻手轻脚进去，也没有进卧室里，只是在最外面的屋子里躺下歇歇脚，穿高跟鞋太累脚了。

这时她听见客厅里电话铃声响，她怕影响他睡觉，电话是连线的，家里好几部电话，就爬起来进客厅里去接电话。她的手刚拿起电话，还没来得及说话，他在卧室里也拿起来了电话。她在电话局工作过，她明白，如果先拿起电话，后面的人再拿起电话会有声音，先前的人会发现，如果是同时拿起来，双方都不会发觉。他说话了，对方是个女人。开始她没理会听了两句想放下，后来一听女人说话语气不对劲，她刚入局时做过长途话务员，接过千百万个电话，一听说话语调就知道是什么关系。那时她们年轻好奇心强，如果有一个谈恋爱的电话，她们就会相互告知然后一起搬倒监听电键偷听，尤其是那种不正当男女关系的电话。由于是特殊监听设备偷听时用户没感觉。只是听的人太多了，电话声音就变小了，用户就会说'怎么声音这么小了'，她们就会赶快把电键立起来。但是她一般不会去偷听，她傻乎乎对这些不感兴趣，只是在正常接续时要随时遛线，听哪条线上的电话讲完了好通知人家分钟，那时长途话费很贵，有的地方一分钟好几块钱，通知不及时，用户自己看时间呢，你多算一分钟他都不干。急了他会告你。所以有时你不想也得听。她主要抓话尾，听哪个电话要讲完了，赶紧通知分钟撤线，而越是话尾越缠绵。长途台还有强拆设备，不但谁讲话都能偷听，还能把市内电话抢过来，电键往里面一掰市内电话就掉线让长途抢过来。那时各大机关的人都说：'哎呀，你们长途台的小姐厉害呀，就怕你们强拆我们的电话。'有时来长途了对正在使用的市内电话说：'来长途啦！别讲了。'有人就会喊：'长途台，我正讲重要的电话，千万不要给我掐断。'但她们也管不了那么多，千里万里的长途电话有的用户等一两天才来，吃饭睡觉都不敢离开电话，不管你市内电话多么重要也要先讲长途。

濛濛听这个女人的语气不是夫妻之间那种亲昵的语调，也不是同学同事朋友之间正常交往的语调。女人说："这几天我感冒了，不想动弹。"

他马上变调为那种轻浮挑逗："是吗？那我看看你去啊，想吃点什么？"

"你可千万别来，也别给我来电话。"

"为什么？"

"让他知道呢。"

"你这么怕他呀？"

"你傻屄呀？少给我惹事儿。你养我一辈子呀？"

"那我怎么见你呀？"

"等我找你。"

"那好，我等你电话了。"

他放下电话走出来，1:50 到点要上班了，马上看见了客厅里放下电话的濛濛。

"哎呀！甜宝贝儿回来了。"他神情非常不自然。

这时他在她心中的位置一落千丈，什么教授啊，论文啊，才学呀，首长啊，现在什么都不是了！

“谁给你来的电话？”她冷冷地问。

“我们同学。”

“同学用那种口气说话吗？”

“就是同学嘛。”

“你不知道我以前是干什么的吧？我告诉你吧，我当过长途台的话务员，每天和形形色色的人，各种各样的电话打交道，我听你说一句话就知道你多大年纪，听你的语调就知道你是什么人。那个女人40多岁会是你同学吗？她是个混迹社会上的人，你有这种档次的同学吗？那你的素质也成问题了。学校周围也没有这样的人，一定是在舞会上认识的，她不是个有夫之妇就是和人姘居在一起，和你交往不能让那个男人知道，因为得靠哪个男人养活她，又不安分，招蜂引蝶。所以你不能找她，只能她找你。”

“你瞎说什么呀？”他心虚可极力辩解。

“你还不承认?！那走，上她家去，同学嘛，有病应该去看看呀，我和你一起去。正大光明的怕什么呀？问问他丈夫，为什么不关心妻子，有病了也不管，还得去找同学。你老家又不在北京，你北京没有中小学同学，你的同学自然都是医科大学的了。可是你又说你们学校就你一个人分到北京，她是你什么同学？就算她是你同学不也是学医的吗？这点小病自己就可以治啊，干吗不嫌麻烦找你呀？”

“甜宝贝儿，别胡思乱想了，啊。”

“是我胡思乱想还是你行为不检？”

“生气了？别生气了啊。”他过来搂她。

“去！一边去。”她进到另一房间“砰”一声关上门。

他开始做饭。饭好了叫她：“甜宝贝儿，吃饭了。”

她想，他不会承认的，先吃饭再从长计议。晚上，他铺好床，她抱起一床被褥到另一个房间“咔嚓”销上了门。

33 徘徊

一石激起千层浪。一个电话使她想起了在这以前发生的很多事情。

那两张舞票看来不是偶然，也不是第一次和最后一次。他能交往这种女人肯定在舞场认识的，说明他经常去。舞场什么人都去，走马灯一样，也不需审查，交钱就让进。那两张舞票他没有处理，也许他做梦也没想到，她会去洗他的衣服。也许从舞场出来就忘了。她后悔没详细看看日期和地址。

濛濛又想起，从来没看见过他的工资条。人家发工资都有工资条。结婚的时候，她也没有像其他女人那样把丈夫的工资都要过来，她不太看重钱，也要给丈夫自由，所以发了工资两个人都放到抽屉里，谁用谁拿。她发了工资连工资条一起扔进抽屉里，但是她就没看见他的工资条，只是用笔在一张小纸条上面写着总数多少钱，觉得很奇怪，有一次无意中一句："你们没有工资条啊？"

"你们地方有，我们部队没有。"

现在想起来觉得奇怪。她有亲戚是部队的，就打电话问，亲戚说："有工资条啊。上面清清楚楚写着，一项一项多少钱，部队怎么会没有工资条呢。"

这说明两点：第一他明摆着说谎！第二说明他的工资不可能像他说的那个数目，他藏钱干什么？她是把所有的钱都放在抽屉里，用多少拿多少，甚至连去参加活动，人家给的红包也顺手扔到抽屉里，没有一点隐瞒，结婚了夫妻就应该真诚以待。他隐瞒什么？

她又想起来：有一次，刚发工资两三天，她去抽屉拿钱，发现少了300多元钱，那是他用了。她当时只是纳闷，这两天也没买什么东西啊，就买一点菜10元8元的也用不了300多元钱呐？但是她根本没往心里去。以后有一个月，不到月底钱就用没了，她也没往心里去。现在想起来，那300元钱他干什么了？那个月钱怎么花的那么多？

结婚以后最让她不解的是：他每个星期天单位都有事，吃完早饭就走了，晚上才回来，一走一天。当时她还觉得这单位怎么这么忙，星期天也不休息。现在她突然想起来，有一个星期天他说单位有事走了。好半天来个电话，是个女的找他，她说他去单位了。那个女人还挺奇怪问："去单位了？"她说："啊，已经走了。"那个女人问："已经走了？走多长时间了？"她说："走好长时间了。你是他们单位的吗？他还没到吗？"那个女人支支吾吾也没说什么就放下电话了。她想，单位那么近，早该到了，怎么还来电话家里找？晚上他回来她对他说了这件事，他非常不高兴，埋怨那个女人说："真烦人，往家里打电话找什么？说去就去呗。"

还有一次，他也是说单位有事，走了好半天，一个女人来电话找他。她说："走了，去单位了。"女人问："走多半天了？""早走了。""啊？"电话放下。她分析，肯定他和那些女人约会，路上堵车或时间长了女人等不及就来电话询问。现在明白了每个星期天去单位全是假的，全是和那些女人约会去了。

今天是星期天他又故伎重演，吃过早饭收拾完："甜宝贝儿，我去单位了。"

"干吗去？"以往她都不问干什么去，因为她相信他，今天故意问。

他没想到她会问他，一愣神，想一想说："啊，考完试了。今天我们老师都去阶梯教室判卷子。"

"啊。"

他走了以后，她锁上门去教学楼。她不认识"阶梯教室"在哪里，看见一个学生走过来就问："咱们学校阶梯教室在哪儿？"

"那个就是。"学生指着一座楼。她过去一看，里面黑黑的，一推锁着门。为了保险起见，她又问一个学生："咱们学校几个阶梯教室？"

"就一个呀！"

"有老师在这里判卷子吗？"

"判卷子？早就考完试了，成绩都公布了，过几天就放暑假了。"

晚上他回来她问："卷子判完了吗？"

"判完了，累死我们了，你想那么多学生，多少卷子啊。甜宝贝儿，饿了吧？我做饭去啊，想吃什么？"

她想，说谎都不脸红，张口就来，看来是个"惯骗"！

这个星期天，他说去溜达溜达，她故意说："别去了，在家睡觉吧。"他不好说什么，翻来覆去睡不着，坐起来非要出去溜达。

她说："咱俩一起去。"

"你别去了，外面可热了。"

"热你不在家往外跑什么？"

"我心里闷得慌，出去溜达溜达。"

"那走吧，甜宝贝儿陪你去。"她想，我今天就要看看你有什么鬼花招？

"走吧。"他不情愿地说。

走出去一段路，有五六分钟的光景，他故意说："外面真热，哪有家里舒服啊，我们回去吧。"

"不回去。"心想你想去赴约会，今天就让你不顺利。

"哎呀！甜宝贝儿，太热了，回去吧，啊！"硬把她拉了回去。

进屋以后，她换上居家的衣服，打开录音机，舒舒服服地靠在沙发上听歌曲，看他下一步怎么表演。他也不换衣服，在屋里坐立不安，急的只转圈。她想，那边等着约会呢。待了一会儿，他实在忍不住了："不行，屋里也热，我还得出去溜达溜达。"开开门走了。

她想，今天耽误这么长时间，一会儿又该来电话了。果然一会儿一个女人来电话找他。这完全证明了，他星期天都是出去和那女人约会了。

她就到他的衣柜里去翻，看看有什么赃证，在衣柜的最里面翻出来一个礼品板，里面镶着一条黄金项链，下面带个黄金项链坠，价格700多元。一看就是那种低俗的东西，街上好多女人脖子上、手腕上甚至脚腕上戴着丁零当啷，还觉得挺美。她看完又给他放回去了。结婚他没给她买过金银首饰。她也不要，她什么项链都有，黄金、白金、玉石、宝石、珍珠、玛瑙的，因为她不愿意戴这些东西，只是有活动时应付场面戴一会儿，回来就摘下来。他没跟她说过项链的事，肯定不是给她买的，也不是给他女儿买的，他女儿和濛濛的关系相处得很好，每次他女儿过生日，特殊日子买礼物都是她给买，根本不用他买。再说他女儿也不喜欢戴这些东西嫌土气。女人用的东西，不是给老婆，不是给女儿，那还用说吗？几天以后项链不见了。

她开始在婚姻城堡的大门口徘徊：要不要出去？

到现在为止，从她掌握分析的情况看，这个人的品质完全暴露无遗了，说谎，使手段弄钱，而这些都是为了找女人。

她气坏了！这种人还能和他生活下去吗？离婚！

可是结婚还不到一年就离婚，人家会怎样看？他会不会反咬一口，说她是利用他。因为濛濛的户口是他给调来北京的。他是正师职军龄20多年又是教授，她户口调得非常快，从申报请调开始到户口落定只用了16天的时间，可谓神速。也是因为她在北京有工作，不用安排工作所以就快。她就考虑这一点无法开口，一是感谢他；二是要知恩图报；三是他对自己确实好。

但是她又实在是心不甘。她一生做人有信条：诚实不说谎！所以她毕生最恨说谎的人！而他，她的丈夫就偏偏是个说谎大王，而且在事实面前还瞪着眼睛说瞎话。

她说："我们家亲戚说了部队也有工资条。"

"那是他们单位，一个单位一个样。"他狡辩。

"都是部队还能有两样吗？"于是她就问他们学校的人，人家说有工资条，但是她是偷偷问的，没给他揭穿还给他留个面子，他还狡辩。气不气人！

“我问你工资条的事，并不是要你的钱。难道一个妻子还没有权利知道丈夫每个月的工资多少吗？”

每个星期天都出去，她问他去哪儿，就说有事出去。“你去哪里？就是去杀人放火也有个去处呀！你要万一出了什么事，人家问我我不知道，我是怎么做妻子的？人家会说我不关心你，不会相信你没告诉我。到时候，我怎么向你女儿交代？向公安局说明？”他就是不说去哪儿，气不气人！

不知道丈夫一个月赚多少钱，不知道丈夫各个星期天出去的去向，这叫什么妻子？整天面对着一个满嘴谎言的人，一个出去寻欢作乐的人。不离婚行吗？她最后决定分手！只是时间，再忍耐几年吧。

他们分居了。

34 分手

结婚5年以后，也是濛濛咬牙忍耐的几年。

“我们离婚吧。”

“离婚？你翅膀硬了？”他眼睛瞪起来。

“我翅膀从来就是硬的。我独立自主。”

“户口给你调北京来了。哈！”

“我感谢你。我也做了你5年的妻子。”

“你当了5年的大小姐。”

“我感谢你对我的关爱，但是我实在不能忍受你说谎找女人。”

“你说我找女人拿出证据来。”

“用我拿证据吗？你的所作所为就是最好的证据！你自己心里最清楚。逼着人家要证据，那是无赖的做法。”

“拿不出来就是无中生有。我们军人在前方流血牺牲给你们保家卫国，你们在后方闹离婚？”

“你和军人有什么关系？”

“我是国家堂堂正正的军人。你看看，这是军装，不是你们穿的乱七八糟的衣服，这上面有领章帽徽。”他从墙上摘下帽子戴在头上，拿下军装穿在身上。“我们军人肩负着国家和民族的使命。”他说得大义凛然。

“那是在前方冲锋陷阵的军人，你这连枪都没摸过也叫军人，都不如女儿，女儿还军训打过靶。”

“这能怪我吗？我毕业就到301医院做医生，我摸枪干什么？但我就是军人，我们是文职。这与会不会打枪没有关系。”

“那离婚和军人不军人也没有关系。”

“怎么没有关系？我是现役军人！想离婚？上军事法庭吧。”

“为什么上军事法庭，又不是什么军情大事，涉及国防的大案要案，不就是离婚吗？”

“因为我是军人，不受你们地方政府管辖。明白吗？小样，想离婚，你问问军事法庭允许不允许？我犯什么大罪了？我通敌卖国了？我盗窃国家机密了？我杀人放火了？我吃喝嫖赌了？我虐待打骂你了？你一样都说不出来。离婚？没门儿！我告诉你，国家是保护军人利益的，绝不会允许你们胡闹？你是记者你不明白，做什么不要证据摆事实？”

“你不要强词夺理。不要讲这些大道理来混淆事情的本质，这本来就是两码事。你当然没有犯那些罪，那是危害国家和民族利益的。你要触犯了自然有人管你，我管不着，也不是我应该关注的范围，但是，你危害我个人利益了，我就要保护我自己的利益。”

“我怎么危害你了？”

“你现在的所作所为就是危害了我。我们过不下去了，所以我就要离婚！”

“你离吧，我不拦你。我不是说了吗，上军事法庭，我在那等着你。”

他说要离婚就去军事法庭！她想，上军事法庭，有我的好果子吃吗？怎么办呐？她想起来她认识一个律师，听听律师怎么说。就约这个律师请教他。

“你为什么离婚？他虐待你了吗？”

“没有。他找女人。”

“你有证据吗？”

“我在他衣服口袋里发现两张舞票。他说是别人送给他让我们夫妻去的，但是他根本没跟我说。”

“我看看什么样的舞票？”

“没有了。当时也没想到有今天留证据。”

“还有别的证据吗？”

“有几个女人给他来电话。”

"有录音吗？"

"没有。"她说了几次女人来电话找他的事。

"就这些吗？"

"这就说明他是在舞厅认识的这些女人，每个星期天都出去和她们约会。"

"证据不足。那是你的猜测，他完全可以说舞票就是别人给的，来电话的就是同学，而且你现在连这不足的证据都没有。舞票没留，电话没录音，他完全可以否认。"

"他还买个金项链，不是给我和他女儿的，而且项链几天以后就没有了，肯定是给那些女人了。"

"项链你照相了吗？"

"没有。"

"你什么证据都没有。到法庭上他矢口否认你怎么反驳他？"

"他得讲道德，说话得凭良心呀。"她急了。

"法庭上不讲道德和良心，就要证据。而且证据要确凿，无论从哪个方面哪个角度都是推不翻打不倒的。听说'铁证如山'这句话吗？即便是铁证如山，对方还极力狡辩，有时被对方钻个口子官司还打输了呢。"

"那怎么办呐？"

"你考虑考虑吧。军事法庭可是保护军人利益的。"

哎！还说什么呢？

濛濛心情很郁闷。一天一个朋友约她出去吃饭。她就请教这个朋友该这么办。听了她的叙述朋友说："他还是爱你的。一个男人如果不爱他的妻子不会这样关爱她的。他要是看见了就烦，还能这么精心地照顾她吗？我可以这样说，在北京城也很难找到他这样伺候老婆的人了。"

"可是他为什么出去找女人呢？"

"你看见他找女人了？

"他有迹象，我怀疑他外面有情人。"濛濛跟她说了他的几件事。

"是值得怀疑，可是你又没有证据只是怀疑。为什么不跟着他呢？"

"我们大院大得走十几分钟才能出去，他骑着自行车跑出去，等我出去早没影儿了。"

"你也骑个自行车跟着。"

"那还不一回头就看见我了。"

"让你们家亲戚跟着他。"

“我们家亲戚都是文人专家艺术家,也不会干这种事啊。”

“找个侦探。”

“谁敢找侦探呐?到时候再回头敲诈你一把。你没看报纸上刊登的吗?再说,我也犯不上和他浪费这精力、时间,就离婚得了呗。”

“可是你不是离不了吗?”

“帮我想个法怎么办?”

“哎呀!这事真不好办。可话又说回啦,他出去不一定是找女人。就算是他有情人,那你也找一个情人啊!这不扯平了吗?”

“我人生有信条,不找情人!要找情人也不会等到今天。再说两口子都在外面有情人,那还是夫妻吗?还叫婚姻吗?夫妻就应该恩恩爱爱,生死与共。”

“哎呀!你可真天真,够纯情。现在哪有那种生死不渝的爱情啦?现在哪还有梁山伯似的男人了?大家不都闭着眼睛顺水推舟的过吗?这社会上你还没见吗?没本事的倒老实,可你得跟着他吃一辈子苦受一辈子穷,有点本事的你就得提防他有外遇。你也不能全怪他们哪,有些个女人就是不要脸哪,投怀送抱,苍蝇似的往上扑,打都打不掉。既然有不要脸的女人送上门来,那男人还管什么呀?这不都是女人自己害自己吗?关人家男人什么事啊?”

“你倒替他开脱。”

“那怎么办哪?事情发生了,不得自己安慰自己吗?我看你别离啦!”

“可是不离,我又忍不下这口气!”

“那,这样吧。你别把他当丈夫,就把他当个保姆。”

“保姆?”

“是啊!他不离,你又不找情人,那还不得在一起过吗?你看着他又憋气,就别把他当丈夫,当保姆。一天把你伺候得舒舒服服的,你就享福去吧。”她苦笑。怎么婚姻还出来个保姆,那还叫婚姻吗?

“哎呀!你想想,你雇个保姆得花多少钱?付工钱,供吃供喝供住,一个月没有两三千你能下来?这多好啊!一个带工资的大保姆。还两用,出去了一个风风光光的大教授陪着你,回家了给我干活去!多滋润呐!我要是你我就不离。”

“行了,别说了,我头都痛了。你先生怎么样啊?我们好长时间没聚了。”

“我们家那个没本事,你打都打不走他。”

“你也别那么说,人家也是研究所毕业呀。”

“那有什么用？公司倒闭了，现在去一个私人小公司，一个月赚不到多少钱，连给人家买一杯咖啡都买不起，哪个女人跟他？就得天天回家守着不花钱的老婆呗。”

“你就别要求那么高了啊。是人家有情义不走，不是没本事不走。哪个男人没有本事啊？没有这方面还有那方面的。现在能在社会上立足养家糊口就是本事。”

“哎！都看着别人好，以前我还羡慕你呢，谁能想到你要离婚啊。家家都有一本难念的经啊。过吧，不死就得过吧。行了，别那么较真了啊，世界上没有完美的！回去吧。别想不愉快的。啊！有事来电话。”

他依旧是对她关怀有加，依旧不见工资条，依旧星期天照走不误。

这天星期天他中午就回来了。吃饭的时候两个人又因为他的去向口角起来。她气愤地两手把桌子掀翻了！“哗啦”一声巨响！盘子、碗，噼里啪啦摔到地上，摔碎的裂为几瓣，没碎的叽里咕噜滚满地，饭菜泼洒了一地，汤汁溅得墙上都是。她两眼瞪视着他，心想，你骂我，打我才好呢，借机就和你大打一仗，告到你们学校去。可是他一点不生气，还哄她：“别生气了啊。”她气得拿起皮包就走，也打不起来。她真的不想闹到学校去，还是要给他留脸面的，怎么说这种事情对一个受学生尊敬的教授、战士们敬重首长来说是不光彩的。毕竟夫妻一场，人家又把户口给她调来北京，又是这样娇宠她。她无目的在西单大街上逛。从来没这么空闲，每次出来都是有目标地一跑一天，现在见着商店就进有用没用的买了一堆。她逛到太阳落了，回去吧，垂头丧气地往回走，心想，回去能打一仗也好。

进到楼道依旧是音乐迎接，依旧是洞开房门，依旧是拖鞋递过来衣服收起来。

“甜宝贝儿，回来啦！饿了吧？我知道你爱吃饺子，我包饺子了。累了吧，快进屋歇歇。我马上煮饺子啊。一会儿就好。 她逛了一天确实也累了饿了，就赌气直挺挺地躺在沙发上听音乐。一会儿饺子端上来拿起就吃，吃完就回自己房间插上门睡觉。

她跟姨妈哭诉。姨妈知道这情况很生气："我找他谈一谈。”

“姨妈，您听濛濛说。她是任性说怎么着就怎么着根本就不听人解释，我没有理由不爱她呀。您看，她比我年轻比我漂亮，气质好有修养。我带她到哪去都赢来一片赞誉声。她给我增光是‘争光牌’的，有这么好老婆我还有什么不满足的？”

“既然这样，那你得珍惜她。”

“我怎么会不珍惜她。我当宝贝一样地宠着她，娇惯着她。跟您说实话吧，我现在是有两个女儿：我把濛濛当大女儿，我女儿是小女儿。我女儿 4 岁上幼儿园就自立了，到现在工作了完全独立，什么都不用我管。可是濛濛呢，从家到外面，从上到下，从吃到穿哪一样我不得管她？”

“是，你对濛濛好这一点有目共睹。我们做长辈的也感谢你。但是你每个星期天都出去干什么呢？”

“我能上哪去？就是出去散散心呗。濛濛一天在外面跑，回家就想休息，星期天也想睡个懒觉放松放松。我就不一样了，上班下班、上课试验全在院里，一个大男人在大院里圈了一个星期，星期天不得出去放放风啊。”

“可是你去哪应该告诉她呀。否则万一出什么事情，她怎么向你女儿交代？”

“怎么告诉她？我自己都没有目的，走到哪儿算哪儿。看见电影院就进去看电影，看见图书馆就进去看书，看见市场就进去逛一逛，甚至连打仗斗殴都想看两眼。不就是这么回事吗？”

“你们能走到一起也是你们的缘分，要珍惜。”

“我当然珍惜啦！可濛濛一个劲地闹离婚呐。”

“她是怀疑你有外遇。你以后星期天不出去了，开资把工资条拿回来，她不就没事了嘛。她也不是要你的钱，就认为没有工资条你这样做不诚实。我们当长辈的也希望你们好好的过日子，别今天打明天闹的。”

“姨妈，我们确实没有工资条。我以后尽量少出去。可是不能一年到头都圈在大院里啊。”

姨妈想，这小子，不愧是教授，噼里啪啦说不住他，可是作为长辈又不能说得太深。像他这种精明的人，话不要说得太直白一点就透，可是他死不认错，一点没有诚意，反而全是濛濛的错。

她听了姨妈和他的谈话结果，最终明白了：她不是他的爱，只是他的招牌。他是两面人，他正面讲究体面，要知识分子的脸面，他需要尊严。他要找一个体面的妻子，能带得出去给他争光的。他在濛濛面前是正面的、道貌岸然，是学者教授，正人君子。背后，他就是阴暗的、放纵的，专门去舞厅找那些烂女人，打情骂俏寻求刺激。这些人给她们买一件首饰，一件衣服，甚至一顿饭就打发了。所以他必须想方设法弄钱，就编造谎话。濛濛又是他的挡箭牌。找那些烂女人只是去调情，绝不会要她们做妻子，如果有人怀疑指责他时就会说“我有这么好的妻子，我怎么会出去胡搞乱来呢”！

想到此，更使她下定了决心，坚决离婚！我不再做你的招牌，做你的挡箭牌！刘邦说过，妻子如衣服。自古以来都是男人主宰女人的命运？今天我就说：，夫如衣服！我就把你当做一件衣服，不管自己以前多么喜欢的，曾经是多么温暖的。当了解了衣服的材质，就毫不犹豫地脱下来，把它丢掉。也不要怕别人怎么说。自己的路自己走。可是她又不能见了谁就跟谁说，我要离婚，请大家帮我。因为不管什么时代，离婚终究不是一件光彩的事情。

一次在朋友生日宴会上，另一个朋友无意中说她有一个朋友是法院民庭厅长，她急忙问："民庭管离婚吗？"。

"正管呀？谁要离婚呐？"

"一会儿我跟你说。"散会以后，濛濛对她说了自己的事情。

"你怎么这么不幸？原来我还因为你很幸福，很羡慕你。我也最恨说谎的人。我支持你！你找我朋友去吧。她一定能给你办成。"

"你把她电话告诉我。你先和她打个招呼，我再自己找她详细谈。"

"好。"

她找到了法院民庭厅长，厅长详细地问了她的情况，又问她有没有子女抚养权和抚养费的问题，房子的问题，财产的问题。她说什么都没有离婚就行了。

"一般军婚地方法院没权过问，但是你可以在我们地方法院告他，我们传唤他，他不来我们就有权拘捕他。你这婚好离，不牵扯任何利益问题。传票给他寄到哪里？"

"还是寄到家里吧。怎么着他也是大学教授、首长，寄到单位影响不好。"

"你真善良。有的人恐怕事情闹不大，恨不得全世界都知道。"

"哎！夫妻一场。怎么着他对我也有恩，如果他没有那些事我也不会离婚。"

几天以后，他去信箱取信，高高兴兴地拿回来一沓信，看着看着："哎？怎么有法院来的一封信？"

她说："去法院吧。"

"濛濛，你就这么恨我吗？我可是拿你当宝贝一样。难道你就一点不念我们的感情吗？即便我做错了一些事，但我还是爱你的。你为什么非要离婚呢？还去法院告我？"

"也许是有爱，但你的作为只不过把我当做你的招牌，以向外人证明你的身价，把我当做你的挡箭牌，以掩饰你那不可告人的行径。但我也谢谢你这些年对我的爱护和关照。可是我不想做一个不知道自己丈夫一个月赚多少钱，每个星期天都出去却不知道上哪去了的妻子。你到现在都不说。你连这最起码的诚信都没有，每天在谎言和演戏中生活，你不感觉累吗？我可以不离婚，像你一样出去找一个情人，或者是几个情人，那叫婚姻吗？那我们还是夫妻吗？而且我沈濛濛一生绝不做两件事情：不做情人，不说谎。我以为在你这里能实现。我是那样信任你，把你想的那样的高尚，你让我领教了。在你这里我彻底地失败了。我好伤心，好失望，我不离婚干什么？继续做你的招牌、挡箭牌？

他被她说得脸一阵红一阵白，自知理亏便胡搅："你是记者，我说不过你，不跟你说了。"

"你背过课吗？写过教案吗？"她问他。

"怎么问起这个了？我从来不备课不写教案，因为用不着，所有的知识都在我脑袋里装着呢，上讲台就讲。而且学生都选我的课。别的老师上课学生寥寥无几，我的课还得加座位。"说起这些，他又掩饰不住地骄傲起来。

"那是你不能说吗？站在讲台上口若悬河，谁能比得过你？"他马上明白了她话中有话。

"是你说不过我吗？是你没有理，说不出来。你说呀！"她不说话了。

最终他们离婚了。

35 领略风雨

离婚以后，姨妈让濛濛搬到她家住，一幢三层大别墅依山傍水，就住老两口，平时表弟也不回来。可是她想姨妈家住郊区离报社远，而且她想买套自己的房子。

他说："我这儿离你们报社近，你还先住这吧，就是买房子也不能一下买来，总得看一看挑一挑。我们还像以前那样，互不干扰，再说，我们单位的人也不知道我们离婚了。"

她想也是，买房子也不能拿过来就买，得多看几家各方面进行比较。上班又忙能天天跑去看房子吗？只有等星期天，北京那么大一天只能看个一两家。

在这期间，他做好饭就叫："甜宝贝儿，吃饭了。"

"我不吃，不饿。"开始她想，都离婚了，还怎么好意思吃人家的饭？

"哎呀！别客气了。哪能不饿呢？快来吧。"硬把她拉过去，还像以前一样："你喜欢吃什么？"

"我喜欢吃这个。"她笑了。

“吃吧。”他把盘子放到她面前,还像以前一样对她无微不至关的关爱和照顾。

濛濛终于买了自己的房子。四层小两居75平方米。

第一天下班回家,楼道静悄悄。上到四楼打开房门,没有音乐没有笑脸迎接,没有人送上拖鞋收挂衣服,进屋自己找双拖鞋换上。天已经暗下来了,打开灯,屋子里面冷冷清清,没有了往日的温馨。看着这个陌生的家,这么大这么空旷,以后就自己一个人住了。她哭了。

饿了,想去做饭。做什么呢?本来吃的就少,一个人怎么做啊?饭还好说剩了放冰箱里下顿吃。菜呢?就烧那么一小口,也得油渍麻花地做,吃完刷锅洗碗收拾厨房,还不够忙活的。不吃了!可是饿呀,半夜起来吃点饼干喝瓶饮料接着睡,却怎么也睡不着,总听见外面有声音,是小偷还是强盗?吓得她爬起来门窗再检查一遍,床底下伸进小棍捅一捅,把客厅的大沙发床推到门口堵上门,再把几箱子书都抱到沙发上。一夜不敢关灯。好不容易迷迷糊糊睡着了,睁开眼睛一看,天大亮,再一看表8点多了,妈呀!这不是上班的时间了吗?赶紧给单位打电话:“我今天上午去采访,下午过去。”又躺下补睡昨天晚上的觉,快中午了才起来,到门口饭店对付吃一点去上班。

星期天打扫卫生。擦桌子扫地,收拾房间、卫生间、小仓库,洗衣服,干了一上午累得躺在沙发上休息一会,一抬头看见衣柜上面有灰,又爬起来踩个凳子上去擦衣柜,收拾完已是中午又该做饭了。吃完饭,收拾厨房,把锅碗瓢盆整个洗刷了一遍,天就黑了。拿出熨衣板熨衣服,打皮鞋油,准备明天上班的衣服。

早上怕睡过头,把闹钟拨到5点30分,起来进洗漱间洗漱化妆,出来一看到点了,来不及吃早点,拿个面包坐在车上边打瞌睡边啃,吃了几口噎,塞进皮包里。皮包小,硬塞进去面包屑掉了一皮包,气得她拿出来扔了。上午才10点肚子就开始抗议,原先他给她调剂得有荤有素,有稀有干,营养丰富,能支持一上午。现在就盼快到中午。好容易盼到中午盒饭送来了,她第一个跳起来,拿起一盒饭,也不管里面是什么打开就吃。同事们都很奇怪,以前盒饭送来大家都拿完了,她才最后一个拿,吃几口就得了,每次都扔一大半,今天一扫光。

这些天下午,他也不电话请示做什么晚饭了。同事们猜测,沈濛濛的先生没在北京出差了吧?她当然没告诉同事们她已离婚。开始她还坚持天天晚上熨衣服,打皮鞋油。两个星期以后没有精力了。皮鞋也不铮亮了,裤线也不绷直了,衣服上面也不是一个细纹没有了。同事们纳闷,沈濛濛家的保姆辞退了?

这家里家外,洗衣做饭,打扫卫生,上班下班,挤车赶路,不到一个月就把她折腾病了。没有人给她试体温吃药半夜起来给她做饭了。她躺在床上又冷又饿。第二天胃里搅翻了天,爬起来扒开饼干桶拿出来两块饼干,根本咽不下去,吃两口就扔一边去了。晚上姨妈来电话,她拿起电话,有气无力:“姨妈。”

“濛濛,你怎么了?”姨妈听出她的声音不对。

她的眼泪一下子流下来:“我有病了。”

“你这孩子,有病怎么不告诉我呀?你等着啊。”

一会儿,姨父和姨妈开着车过来。“走,上我家去。”姨妈把她接走了。

两个月以后,濛濛基本适应了现在的生活,回到家换上衣服就干活,伸出手,已不再是十个嫩藕,变得又粗又糙,像十根胡萝卜;再照镜子看看,披头散发、汗流满面。一天忙得脚打后脑勺,累得前胸贴后背,连听个音乐的时间都没有了。

当静下来的时候想一想:哎!这漫漫人生路,风霜雪雨,以后一个人走去吧。是不是不该离婚哪?难道我错了吗?他对我那么好。为什么非要离婚呢?我是不是冤枉了他?沈濛濛,你还留恋他吗?是留恋对他的感情还是留恋他对你的照顾?如果只是留恋他对你的照顾,那就真的找一个保姆吧。但是他如果不爱我,会对我那么精心吗?保姆也做不到那样啊。可是他要爱我,为什么还去找别的女人。

究竟是对还是错?谁能告诉我?哎!分手了,就不要再去想了。

令她欣慰的是,她和娜娜的关系一直相处得很好。

离婚以后,有一天她把娜娜约出来对她说:“娜娜,我们俩一直相处得挺好。我对不起你,你刚有一个家又散了。我也是不得已。如果你不介意,就做我的干女儿吧。”

娜娜说:“什么干女儿,就是女儿。你们大人的事我也管不了,但是我明白是非。我一直把你当妈看,现在还是。”

濛濛感动得都要哭了。

“娜娜,好女儿。”

她感到欣慰,在这个世界上,她还有一个“女儿”。

第八章 进入美国婚姻城堡

36 都是照片惹的事

大家终究知道了沈濛濛离婚的事情。有人不解,有人惋惜,也有人赞同。

濛濛买的房子离报社太远,她就换了一个离家比较近的杂志社工作。这天一个报社过去的朋友问她:"沈濛濛,你以后打算怎么办哪?"

"还没想呢。"

"你得想。"

"自己过呗。"

"不想找了?"

"哪有理想的人哪?不是这毛病就是那毛病。"

"这人哪有十全十美的?"

"我明白,自己本身也不是十全十美。要是有孩子我就不找了,和孩子过呗,可是孩子也没了。"

"所以呀,你还得找。"

"我是真怕了。"

"这中国的男人就这德行,要不然找国外的。"

濛濛马上想到了两个表妹,说:"我大表妹在法国巴黎,可是得学法语呀。这么大年纪了,英语还没学好呢,再学法语?我小表妹在加拿大渥太华,太冷了,我小时候在东北长大的,冷怕了,不想再冷了。"

"那就不去法国和加拿大,去别的国家。"

"别的国家?十几年前我一个在外贸工作的朋友去了非洲一个小国考查,准备在那做生意。没去几天那个国家发生政变了,幸亏中国大使馆帮忙买张机票,连滚带爬跑回国。回来后吓得病了半个月,做梦都喊'快跑啊'!另一个朋友几年前去了东南亚一个国家做生意，前期把钱投进去该回报赚钱了，得，这个国家两派打起来了。机票几倍地翻番还只要美元现金，连他们本国的钱都不要，什么支票银行卡一律不好使，幸亏她手里有些美元，才捡条命，可是投资的钱全扔那儿了。这国外你敢去吗？”

“嗨，出国也不去那些国家呀！今天打明天闹的。要出国就去世界最好的国家，咱是什么人。美国怎么样？我给你找美国的，让那些中国男人歇菜去吧。”

“你说来还真来了。”

“你还不信？回去给我发几张照片过来。这事就交给我了，你瞧好儿吧。”

“你要干吗呀？”

“我告诉你吧。我们报纸新开了一个交友栏目，有好几个国家，你就去美国吧。把你的电话、电子信箱、家庭地址给我写下来。我给你找。”

“这能行吗？，怎么了解呀？”

“嗨，联系上了，不就可以慢慢了解了吗？”

“那也好，试试吧。收费吗？”

“当然收了。不过不收你钱，在你们杂志给我们登两篇小文章就行了，都是国外生活方面的，我看过你们杂志，是你负责的版面，也丰富了你版面的内容。”

“那好吧。国内我真的是够了。不过，我想还是先和你联系，你联系好了再找我。”

“行。邮箱、电子信箱用我们报社的，来了信和邮件我转给你。可是电话得你自己接呀，我不能替你说吧。”

“好，电话打给我，信和电子邮件你再转给我。我总觉得说着玩儿似的。”

“你回去赶快把照片给我发过来。我给你选一张，多发几张啊。”回家以后，濛濛给她发了几张照片。

两天以后。突然，半夜电话铃响！在寂静的夜晚声音格外响，让人心惊胆战！濛濛一下子跳起来。完了！家里出事了！要不然不会半夜三更来电话。她战战兢兢拿起电话机哆哆嗦嗦“喂……”

“喂！是北京吗？”一个男人的声音。

她一听，不是自己家里人，悬着的心放下了，可是纳闷谁半夜三更打来电话啊。就问：“您是哪儿啊？”

“我是美国。”

"您美国怎么打这儿来啦？错了！"她没好气地说。真是的，半夜三更怪吓人。

"你是不是登报了？"她刚想放下电话，对方又说话了。

"登什么报？"她莫名其妙。

"找男朋友。"

"半夜三更找什么男朋友？对不起啦！"啪，把电话撂了。她心想，真气人！这美国人有病啊！躺回去，让他闹得也睡不着了。她想起来了，朋友不是给她登报找男朋友了吗？可能是这么回事吧。可是也不能半夜三更地打电话呀？

第二天晚上，她写完稿子将近11点，躺下刚睡着，"铃……"电话又响起来。这次她不怕是家里出事了，心想，可能又是美国吧？拿起电话："喂！您哪儿啊？"

"我是美国。"

"您怎么这个时间来电话？"又一想，是两个国家的时间差吧，要不然他们怎么都半夜三更来电话？就问："您那边是什么时间啊？"

"上午，北京是什么时间？"

"半夜12点。"

"对不起啊。我不知道是半夜，把你吵醒了。那我什么时间给你去电话呀？"

"晚上8点以后。"

第二天早上，她背起皮包，换上鞋正要锁门出去。"铃……"电话响起来，她急忙甩掉鞋也来不及穿拖鞋光着脚跑回去拿起电话："喂！"

电话里一个男人的声音慢慢腾腾："喂，是北京吗？"

"是！"

"啊，是这么回事，我看报上呀，登的你要找男朋友，就想啊，问问你呀，是这样……"

"先生，我要上班赶时间呢，您有话请快讲。"她急得直看表。

"你现在没有时间，我就换个时间给你打吧，那你什么时候有时间？"

"晚上8点以后。"

"耶。"

"喂！喂！先生，是中国时间晚上8点以后，不是美国时间。"她赶紧叮嘱他一句，别再黑白颠倒了。

"耶，我记住了，是中国的晚上8点以后，不是美国的。那我……"

"对不起了……"没等他说完她放下电话急忙跑了。

哎呀！这些天电话，也不管是白天黑夜闹得她不得安宁。

一个星期以后，那个朋友来电话："濛濛，你快来吧。拿你的电子信。你可是创纪录了，清一色的高科技人才，全是40多岁的，其中还有一个37岁的，特浪漫，还给你写一首诗呢。"

她到了那儿，朋友已经把电子信给她打印出来了，笑着说："沈小姐，自开栏目以来你是最抢眼的。瞧！你的人选。"她拿过来一看，一共6个人7封电子信，有中国人，还有美国人。有的还有照片，有两个非常帅气。这些人学历全是硕士生、博士生，还有一个博士后。有电脑工程师、网路工程师、在科研所工作的、还有一个大学老师。工作单位在旧金山或纽约。年龄40至45岁，还有一个37岁。那年濛濛已经46岁了。

"简直开玩笑！这么小，我说不能当真嘛。"她说。

"哎！不能这么说。他们既然给你写信就证明他们喜欢你。要不然报纸上那么多人，他们干吗不给别人写信，给你写呀？你看这个37岁的，给你写两封信了，还有一首诗呢。你快回去给他写封信吧。"朋友哈哈笑了。

"回什么信呐，这都是不可能的事。哪有女的比男的大的？"

"怎么没有？谁规定男人就得比女人大？咱姐妹就不信这个邪，就找个年龄小的给他们男人看看。"

"哎！你跟谁赌气呀？别拿我当试验呐。我可没工夫玩浪漫。"

"我告诉你啊，必须给人家回信。我们刚开这个栏目没多久，得讲诚信。不管你同不同意，都要给人家一个回复，要不然人家还以为我们是骗人的没有这个人呢。"

"那好吧。我给他们回复就行了呗。"

她回去，给每个人回了一句话："承蒙您关爱。只是我们年龄相差太大。谢谢您！对不起！"

自登报家里就有电话打过来。大多是餐馆，70%是自己开餐馆的老板，30%是在餐馆打工的。她想，这中国人到美国就知道吃啊？不知道干别的呀？

两个星期以后，朋友告诉她："濛濛。过来取信。报纸登出以后两个星期，从美国的手写信就该来了，你又是好几封信。一大把！另外还有电子信，有新的，还有上次你回复以后又给你回信的。哎呀！真是痴情啊！"

濛濛过来拿信，对她说："雅文，把我电话取消吧，受不了！这也不管什么时间就来电话，闹死人了。"

"你可想好了。"

“想好了，赶快取消吧。”

“好。明天通知那边把你电话取消。你可真是，有人巴不得多来电话呢，可是没有。你却嫌多。有人的信和电子信寥寥无几，你却一把一把的。哎！真是苦乐不均呐。我都替这些人眼红。如果要评选最有魅力的女人，那是非你莫属了。”

她回去拆开信一看，年龄都是60多岁以上的。什么职业的都有，有大学老师、有科技人员、有职员、有老中医，还有退休人员。登报一个月结束以后，濛濛算一算，信件、电子信、来电话加起来有100多个了。总结一下，来电子邮件的是都是三四十岁的；写信的都是60多岁以上的；打电话的都是生意场上人，没时间也没有雅致上来就进入主题。哎呀！真是应了“熊猫”曾经说过的话：“这么多人也没有一个合适的呀。就像商品，说是琳琅满目，可是你真要去买，也没有你想要的呀！100多人来应选是很多了。可是要仔细分析，打电话的这些人不用说了，除了餐馆就是做生意的。她不喜欢，不懂生意经没有共同语言，马上回绝了；写信的都是60、70岁的，他嫌年龄太大；可是来电子邮件的全是30、40多岁的，又太小。这50岁的人都跑哪儿去了呢？世界真奇妙！

按照朋友的嘱咐必须回复。她开始善后处理，那些年龄太大的，职业她不喜欢的，或者觉得其他方面不合适的都妥善处理完了，而令她不解的是，那些年龄比她小的人，倒不好处理。有几个人给她回复电子信，好像这些人都统一了口径，年龄不是主要问题，感情不受年龄限制，只要自己喜欢。

“请问，报纸上那么多年轻的女人，您为什么会选择我呢？您喜欢我什么？”她问他们，也想知道人们对她的评价，尤其是异性。

有人说：“我喜欢你高雅的气质。”

有人说：“我喜欢你舞蹈家一样的身材。”

有人说：“我喜欢你无冕之王的职业。好神秘，好令人向往。”

有人说：“我喜欢你的容貌，小巧古典像个娃娃。怎么会相信你的年龄？”

那位只有37岁的数学博士电脑工程师白先生最是独特，居然说看了她的照片就喜欢上了她，还写诗赞美她是优雅的女人，自然那诗写得毫无文采，可人家是学理工的，怎么能和学文科的相比？让你玩电脑你玩得转吗？但无论她怎么说这是不可能的事，他就是坚持己见，两天就给她来一封电子信，还说：“我一定要去北京看你。”

她调侃他说：“我不是美女，我不漂亮；我不是富婆，我没有钱；我不是名人，我没有名望。你喜欢我哪一点？”

“我并不追求那些，就是喜欢你，因为你是优雅的，我真的要去北京看你。”

“承蒙你这么抬爱我。如果你真的来北京，我可以提供你一些人民币作为你来北京的开销，虽然我不是富婆，但我是作为友情的。”

一个月以后的一天，她下班到家，刚换上衣服躺在沙发上想休息一下，白先生突然来电话：“沈小姐，我到北京了，住在北京国都大饭店，请你马上来一下好吗？”

“你来北京啦！怎么突然来北京了？来北京干吗？”

“见面再说吧。快来！你什么时候能到？”

“好吧！我最快也要一个小时以后能到，北京就这样，天天堵车。大堂见！”

她想，既然他来了，她就一定得去让他见了！于是刻意修饰了一番，倒不是有什么妄想，只是想别吓着他，让人觉得这么老这么难看！令他太失望。

今天打车很顺没堵车，40 分钟就到了国都大饭店。她走进去，好几个人在大堂里晃，可能都是等人的，也不知道哪一位是白先生，也不好随便问人家。她等了一会，就去服务台：“请问，哪一位是从美国来的白先生？”

“那位先生！”服务员一指站在转弯处的一位先生，向他招手。

那位先生马上走过来了，出乎她的意料，原以为他一定是其貌不扬，没想到他个子高高的，一表人才。

“我看见你进来了。我还不相信，你说一个小时以后到，我怕认错人。没想到你这么年轻。好漂亮！”他欢喜地说。

“你太夸奖了。谢谢！”她心想，你还不是把我想象成又老又丑的老太婆。

“到我房间去吧。”他喜冲冲。

“不用了，就在大堂坐一坐吧。”

“好吧。”两个人找了一处僻静的位置坐下。

“你这么说来就来，也不打个招呼？”她问。

“我也是临时决定的。我们公司派我去日本。我没坐直飞，在北京转机，就为了下来看看你，只能在北京住一夜，明天就得走。”

“你还没吃晚饭吧？我也没吃。我们去吃饭吧，边吃边聊。”她说。

“好吧。”

席间，他拿出她的照片说：“我好喜欢这张照片。”然后在照片上吻了一下。

“哎？你手里这么会有我的照片？”她问。

“我从网上洗印下来的。我可是电脑高手啊。看！这照片处理得多好。”他拿着照片炫耀般给她看。

她笑了，拿出两本杂志：“这是我们的杂志，送给你。”

“好啊！里面有你的文章吗？”

“当然有了。这篇，这篇，采访刘德华的还是本期要目呢。”她指着封面上的标题给他看。

快吃完饭的时候，她把一个信封递给他：“这是3000元人民币，足够你今天开销的了。”然后一招手：“埋单！”

“不不不，我来。”他一只胳膊挡住她的手，一只手从裤子后袋掏出钱包。

“我这是人民币。”她说。

“我已经兑换人民币了。”

付了饭费，他把信封还给她，笑着说：“我不是吃软饭的。谢谢！”然后把手放在她的手背上，笑着看着她柔声地说：“去我房间坐一坐吧。好吗？”他很深情。

她思想一闪念，他很帅，很多情，也很讨人喜欢，只要把手翻过来……，随即骂自己：沈濛濛，你要死啦？这么会有这种想法？

“一夜情吗？”她把手抽出来，笑着问他。

他脸红了：“不是啊，我真的喜欢你。”

“这是不可能的。你这么小。”

“既然做不成男女朋友，那我就做你的小弟弟吧。”

“我不要小弟弟，我要大哥哥。”

“为什么？”

“因为我小时候，我们班有一个男生专门欺负没有哥哥的女生，我没有哥哥他就打我。我被打怕了，那时我就想要哥哥。”

“所以你就要找比你大的，不找比你小的。我要是比现在大20岁多好，你就会找我啦。”

“那你就57岁了。你愿意那么老吗？”

“不愿意。”他笑着摇摇头。

“看，这就是自然规律，谁也不能抗拒，总有一天我会老，可你还年轻。这就是为什么。”

“那你可以答应我一个要求吗？”

“只要是合理的。”

“你再给我发几张照片，好吗？我要全身的，穿裙子的。就像这张这样。”他又拿起照片端详着欣赏着。

“好吧！”

“谢谢你！”他又吻一下照片。

“我走了，天太晚了。”她告辞。

“我送你。”

两个人同时站起来。他走过来搂住了她的腰，胳膊用力向里收缩，大概想体会她细腰的感觉，并且在她的额头轻轻地吻了一下。

她脸红了，笑了，没有生气，心想就作为他千里万里跑来看自己的回报吧。

他也脸红了，却得意地笑了，左边嘴角显现出一个小小的浅浅的笑窝，很动人。

她的心猛地一颤动，天真地想，如果我再年轻10年，我一定会选择他，哎！上天就是这样捉弄人，不属于你的，偏偏跑来逗弄你，是考验你的意志和耐力？沈濛濛，千万不要玩火！有这样的先例呀。她认识一个女人，今年47岁独自艰难地带着一个6岁的女儿生活。圈内的人都知道，她有一个浪漫而心酸的婚姻史。在她38岁时，有一个30岁的大男孩拼命地追求她，在遭到拒绝以后竟然跑到6层楼顶以死表白：“你要不接受我的爱，我就跳下去！”她被感动得泪流满面，与他结为伉俪。她在体味爱情的甜蜜时更像个大姐姐一样处处体贴照顾他，为了拴住他的心她生了一个孩子，他们着实过了几年幸福快乐的生活。8年以后，38岁的男孩成熟了，觉得自己今生做了一件最大的荒唐事，真是昏了头，清醒过来就和她离了婚，补偿般地找了一个比他小8岁的女孩，抛下他们母女远走高飞了。

他一直把她送到大马路边上，一辆出租车开过来，她坐进去向他招手告别。车走出去，她从后视镜看见他还站在路边。“哎！”她深深地叹了一口气。回去以后，她给他发了几张全身穿裙装的照片。他马上回复：“太好了！我天天看。”

她回复：“你快找个女朋友吧。要不然，我在北京给你介绍一个呀？你不是喜欢记者吗？我认识很多新闻界的女孩，有的是很优秀的。”

“我不要别人介绍的，没有感觉。你有妹妹吗？如果有，像你吗？”

“我没有妹妹，只有两个弟弟，所以我就不要弟弟，弟弟太多了。我以后不给你回信了。请你自己多保重！再见吧！”

几天以后他回信：“好的。我天天看你的照片，我会永远记住你的。再见！再吻一下。”

以后他就再也没有来信了。

97 异国情缘

柳亦思住在美国洛杉矶，来美国近40年了，是一个自由画家。这些年美国经济不景气，绘画市场暮气沉沉。他办过画廊，考了建筑师执照，也考取了电气工程师，开过建筑公司，办过影视公司，甚至投资做生意。但是他除了画画玩得转，做什么都不成功，干什么赔什么，还受过骗，连房子都赔进去了，最后落个溜溜光，妻离子散。他心灰意冷，垂头丧气，对生活失去了信心，想结束自己的生命，但是他想，临死之前再去一次北京，去一次北海。北京有过我青春的梦。

到了北京妹妹家，休息了两天。第三天他拿着录影机往外走。

"哥哥，你去哪儿？"妹妹问。

"北海。"

"带一把伞吧，天气预报有雨。"

漫步北海，思绪万千，这里有他青春的足迹。当年新中国刚刚成立，他放弃了国外富裕的生活，决心以艺术报效国家。回国考取了中央美术学院。那一年他读大一，《人民画报》的一位记者找到他，要他再约几个归国华侨同学去北海写生。他们6个华侨同学坐在北海的岸边上，背景是美丽的白塔，记者安排他坐在最中间稍前的位置，他阳光灿烂般地笑着，于是在历史的瞬间，留下了他们青春的痕迹，6个人中唯独标注上了他的名字。《人民画报》在世界一些地区流传，国外华侨领袖的儿子，英俊的大学生，他一夜之间成了名人。

今天，他又来到了北海，"往事已成空，还如一梦中。"一样的景致两样的心情。现在是临死前的诀别！

他拿着录影机贪婪地照着走着，突然一个曼妙的景象映入他的镜头。在万条垂下绿丝绦的岸上，在碧波荡漾的水边，有一个白色的身影忽隐忽现。万绿丛中一点白！是凌波仙子还是月中嫦娥？他把镜头推进，是一个女人在照相。从背后看，她身材修长婀娜，一头披肩长发，一袭白色紧身连衣裙，脚上是一双休闲白皮鞋，脚边放着一个中型白皮包，连手腕上的表带都是白色。他的镜头一直往前推往前推，好身材！艺术家是爱美的，世间一切美好的都是他们捕捉的对象，当然他也不能放过眼前的景象。她容貌如何呢？就举着录影机等待着。好久女人转过身来。他看见了，一张小巧的脸，鸭蛋形。小鼻子，小眼睛，小嘴巴，一个古典的小人儿。看年龄能有30多岁。看着她的容貌怎么似曾相识？她是谁呢？调动头脑中所有的记忆想，拼命地想，想起来了，林妹妹！在梦里，曾经在梦里见过她。而此刻，这不是从天上掉下来的林妹妹吗？他一下子傻了！呆立在那里，直愣愣地看着。女人收起照相机慢慢走过来，渐渐走近了，中高等个儿，体态轻盈，像似受过某种专业训练。女人从他身边走过时他情不自禁朝她挥挥手说了一句："hello!"

女人嫣然一笑轻轻说了一句："您好！"走过去了，飘过来一股淡淡的幽香。好有品位！是模特？又不尽然，她身上明明有一股书卷气。这个天上掉下来的林妹妹，是个什么人呢？姓甚名谁？家住哪里？从哪里来？又到哪里去？他鬼使神差般身不由己地跟在女人后面走了几步。

这时从远处飘来一片乌云，顷刻间噼里啪啦落下来几个大雨点。前后左右没有避雨的地方，女人举起皮包挡在头上快步疾走。他一下想起手里的雨伞，也紧走几步："前面的小姐，请留步！我这里有雨伞"。女人回头看了他一眼停下了。他走上去，"小姐，我这里有一把伞，你用吧 。"他把伞递给她。她抬头看看天犹疑一下还是接了过去问："那您怎么办呢？"

"我是男人没关系，女人是要注意形象的。"他真诚地说。

她笑了，心想这个人可能是个会体贴人的好丈夫、好父亲，这样的人不会有恶意，便说："我们用一把伞吧。"

听她这么说，他虽然很高兴，但还是谨慎地连连摆手："没关系，我不用，两个人没办法用一把伞，你不用考虑我。"她见他走在雨里，心里很不过意，也对他有了好感。

"小姐，是模特吗？"他终于忍不住问。

"不是！模特没有我这么矮的。"

"那，是舞蹈家？"

"也不是，我是搞媒体的。"

"啊！记者。"

"先生是艺术家吧？"她问他。

"你怎么知道？"

"您的气质和风度告诉我的。"

"我是个画家。"

沉默了一会儿他又问："小姐，我能知道怎么称呼你吗？"他朝她靠近了一步。

“啊，我叫沈濛濛。”她从皮包里拿出一张名片递给他。他接过来用手挡住雨，匆匆看了一眼，《风雅》杂志社，编辑部、记者编辑、沈濛濛，小心把名片地放进上衣口袋里，心跳不止。

这时雨停了，她收拢了雨伞，还给他，轻轻说了一句“谢谢”！

“我姓柳，叫柳亦思，住在美国洛杉矶，沈小姐以后有机会去美国，请一定找我联系，我随时恭候大驾。”他不失时机地留下了自己的通讯地址。

“好！谢谢！柳先生，我还有点事，先走了。再见！”她快步走了。

他看着她的背影心里有些惆怅。

雨过天晴。空气中弥漫着一股清新的甜润味道。阳光又恢复了明媚，经过了雨水的洗刷，北海的水更清，白塔更白，周围的树木更绿。他突然感觉到，人生不只是灰暗，还有亮丽。置身于这美丽的山水之间，能看到这样优雅的女人，还有什么放不下的呢？竟然想结束自己宝贵的生命！不是傻吗？

他沿着堤岸慢慢地走着。这时从一条小船上飘过来一阵欢快优美的歌声：“让我们荡起双桨，小船儿推开波浪，水面倒映着美丽的白塔，四周环绕着绿树红墙……”这歌声把他带回到那个久远了的梦一般的年华。那时他们这些华侨青年刚刚从国外回来，祖国幅员辽阔、天高地广、山清水秀、风景如画，他们又得天独厚生活在这五朝国都的北京，星期天便携手各处去游玩：故宫、北海、颐和园、天坛、香山、长城，游遍了北京城。去得最多的地方就是北海，北海有山有水，有树木有花草，更有美丽的白塔。他们嬉笑着在塔里钻来钻去，在山上跑上跑下，跑累了就躺在草地里。来了兴致就到水上荡舟，几条小船齐头并进，唱歌、打水仗，间或有人被对方打进水里，最后一个个水鸭子似的，在夕阳的余晖里迈着大步吼着歌儿往回走。啊！北海，你又给了我重新生存下去的勇气：活着真好！不为别的，也为着再来看北海。

吃过晚饭，柳亦思回到自己的房间，闭目回味，白天的经历像一幕幕影视在脑子里闪现回放。青山碧水、绿柳堤岸，天上掉下来的林妹妹。他兴奋地掏出名片正反面反复翻转着看，轻言细语：“沈濛濛，沈濛濛，林妹妹”，突然就有了冲动，就有了想和沈濛濛交往下去的念头。她是编辑，我写一篇文章投稿，于是提笔撰写，很快洋洋洒洒一篇 2000 字的游记一挥而就。他还洗出两张照片，故意挑选有沈濛濛的镜头。

第二天他打电话给沈濛濛。

铃声响过,一个好听的职业性声音:"您好,《风雅》杂志,沈濛濛。"

哇!真是她!他喜上眉梢:"沈小姐,你好。我姓柳,昨天在北海遇见你的那个人。"他心跳在加快。

"噢,柳先生,有什么事需要我帮忙的吗?"他依旧是好听的职业用语。

"沈小姐,我不知道你们杂志社要不要稿子,我写了一篇文章。"

"噢,很好啊,请您给我发过来吧。名片上面有我的电子信箱地址。"

"我,我想给您送过去,因为我还有,有点事情想请教您。"他吞吞吐吐地说。

"嗯,好吧,您明天下午 4 点钟以后过来吧,名片上有地址。"

吃过午饭,他专门去美发厅吹了头发,回来郑重地穿戴好。一条质地优良的白色西装裤,白皮鞋,白色的衬衣,海蓝色的领带,手臂上潇洒地搭着一件白色西装上衣。他看着镜子自己也笑了,多少年都没有心境这么刻意地修饰了。

《风雅》编辑部房间很大,两面墙是书架,上面摆满了书和杂志。电话声不断,一片繁忙景象。每个人的桌子上放着一台电脑,一部电话。

沈濛濛今天换了一套职业装,黑色及膝西装裙,黑色高跟鞋,黑色西装外衣敞开着,里面是雪白的衬衣,映衬着她的脸白皙柔嫩。他注意到,今天她手腕上的表带是黑色的,放在桌子一角的皮包也换成了黑色。她着装简洁而雅致,举止成熟而稳重。

她拿过他的稿件看着。他坐在一边看着她的表情。

"嗯,柳先生,你的文笔不错啊。"她笑着肯定地说。

"我从小就喜爱文学,当年在海口侨中一年级的时候,就是《海南日报》的专栏小作者了"。他为找到了两个人的共同点而欣喜。

"如果有一张照片就更好了。"

"有,我带来两张。"他赶紧把照片递过去。

"怎么里面有我?"她惊奇地看着问。

"啊!我在拍录影,不小心就把你拍进去了。"他心里想,要的就是这个效果。

"不过没关系,让排版室把我去掉就可以了。"

"多可惜,游记照片里没有人了。"他很失望。

"可以找一张您自己的照片,排版室给您合成进去。"

“好！我家里还有别的照片，明天送过来。”他高兴坏事变好事又可以来了。

“何必又麻烦您再跑一趟呢？给我发过来就行了。”

“没关系，我回国正想到处转一转，也是顺路嘛。”他想怎么能放弃这好机会。

“好吧，那就麻烦您还是这个时间送过来吧。”

“不麻烦，不麻烦。”他心里乐开了花。

第二天，他把照片送过来。

“这一期您的文章就可以上了。”她说。

“那我怎么样能看到呢？很快我就回美国了。”

“下月初杂志出版以后，我们会把杂志寄给您。”

他欢喜地从钱包里拿出100美元：“这是邮费，给你。”

她笑了：“我们杂志社有发行部，会给每个作者寄两本。如果不够用，作者再自己买。”

“那我就用这钱再买几本吧。”他想，钱拿出来，怎么好再拿回去，别让沈濛濛看自己是个小气鬼。

“买100美元的杂志？这100美元换算人民币是八九百元，《风雅》杂志20元一本，您买四五十本？送人吗？”

“没有几个人送。”他摇摇头。

“那您买那么多书干吗？这样吧，我请发行部多寄3本，算是照顾海外华侨。5本够了吧？”

“够了，够了。谢谢！”

“那这100美元给你吧。”他把钱递给了她。

“我要您这100美元干吗？”她瞪大了眼睛吃惊地问。

“你为我帮了这么大的忙。”

“应该的，我是编辑，这是我分内的工作，您千万不要客气。”

“那就给你们杂志社吧。”他干脆把钱放在了桌子上。

“也好，就算你赞助我们杂志社的吧。”她拿起电话，“财会室吗？请你拿收据本过来一下，有位先生赞助我们。”

不一会儿会计过来，收下钱给他开了一张收据。

要下班了，编辑们也都放下手里的工作，过来和他聊聊表示感谢。他今天心里非常高兴，临走问沈濛濛：“我回美国以后，还可以给你们杂志社写稿子吗？”

“当然可以。”

这个关系算搭上了。他无比兴奋地想。

回到美国以后,他又写了几篇文章,给沈濛濛发过去。这几个月,每期《风雅》杂志都刊登他的一篇文章。除了寄稿子,他还把以前画的画,拍摄的那些漂亮的世界风光扫描下来给她发过去。她每次从打印机上取下照片时回复只有四个字:“收到,谢谢!”或者是:“谢谢!收到。”

这一天,柳亦思下了几次决心,大着胆子给沈濛濛写了一封信,向她叙述了他的事业,他的婚姻,他的家庭,他的人生,他的悲苦,他的哀怨,最后他写道:“沈濛濛,我是把你当做我的好朋友,向你倾诉一切。如果你也把我当做好朋友的话,我能否也能知道你的家庭情况?”他的心里冥冥之中好像有一种期盼。

几天以后,他收到她的回复:“谢谢你对我的信任。我并不比你幸福,我现在已经没有家了。我的丈夫和孩子在一次灾难中丧生。我‘家’只我一个人。”

他看了以后悲喜而泣。同情她的遭遇,欢喜她也是独身。想我现在可以放心大胆地追求她了。难道这就是“缘分”吗?

他立马给沈濛濛写了一封信。

沈濛濛:

你好!看了你的信,知道了你的遭遇,我很同情也为你难过。

沈濛濛,人生是一条长长的路,不要停留在某一处驻足不前,不管那是怎样的,都要往前看。走过去,前面又是一重天。我们不妨再来一次。

沈濛濛,我喜欢你。从我第一次在北海看见您的那一天就喜欢上了你。

沈濛濛,不要骂我是个“臭不要脸”的男人,看见女人就说喜欢。其实,我一生中除了我的初恋以外,从来没有主动说过喜欢哪个女人,也没有主动地追求过哪个女人。可是今天,我却说出来了:“沈濛濛,我喜欢你!”

沈濛濛,不管我的美梦是否能成真,不管将来结局如何。我现在只想知道,你对我的印象如何?你能否接受我?

等你的回音。

柳亦思

2000.11.20

看了他的信，濛濛的心情也很不平静，因为不可能永远一个人生活下去，终归要组成一个家庭。几次接触她对他的印象还算不错。柳亦思频频地来稿，寄画、寄图片，在同事们中间也荡起一阵小小的波澜。

“濛濛，那个柳先生是不是对你有意呀？怎么给你发这么多东西？”

“哎呀，你们想哪儿去了，我是编辑好不好？”

“我们大家都是编辑呀，怎么没有人给我们发？”

“对呀！怎么没有人给我们发？”

“那你们说，他这个人怎么样？”她想看看别人对柳亦思的评价如何。

“濛濛，柳先生是不是对你提什么要求了吧？”蓝姐敏感地问。

“沈姐，他向你求爱了吧？哎呀，他好帅！好有风度噢。嫁吧，沈姐，我要是你我就嫁。”小李丽的一声喊，同事们全凑了过来。大家都见过柳亦思的。

“沈濛濛，他真的不错哎，气质非常好，一看就是个艺术家。”主任说。

“人也不错呀！大大方方的，不是说给我们赞助就好，但是从一点小事就能折射出一个人的内心世界，绝不是自私抠门儿的那种人。”蓝姐说。

“沈姐，以我男人的眼光看，柳先生错不了。”刘亚光坚定地说。

“对，对，对，不会错。”几个男同事应声附和。

下班以后同事们都走了蓝姐叫住她说：“濛濛，我比你大几岁，一直拿你当妹妹看。你也快50岁了不好再拖了。难得碰上一个好人，你就不要再犹豫了。”

柳亦思真有好人缘。在大家的一致好评声中，濛濛给他回复。

柳先生：

您好！

看了您的信，我感觉你说得对。人生的路是要向前走的。

我们就不妨试一试吧。

沈濛濛

2000.12.29

柳亦思接到濛濛的邮件高兴异常，马上手写一封信：

沈濛濛：

你好！

林妹妹，我爱你！

林妹妹，你不会笑我这么大年纪还这么酸吧？不要笑我。你就是我心中的林妹妹。在我的梦中，在我的生命里。知道吗？那一天我是怀着什么样的心情去北海的吗？我是想在临死之前去一次北京去看一次北海。因为北京有我年轻时的梦，北海有我青春的足迹。我要把北海照下来，陪伴在我身边去另一个世界。就在我录影的时候，录到了你，就像从天上掉下来一个林妹妹，掉到我的世界里来。你是上帝送给我的礼物！我又有了活下去的勇气。

林妹妹，不要说试一试，救人救到底！要永远，我们要永远好下去。

林妹妹，我以后会一天给你发一封电子信，一个星期给你手写一封信，一个星期给你打一个长途电话。我会持之以恒，直到你答应嫁给我的那一天。

爱你的情哥哥

2000.12.30

以后，他真的每天给濛濛发一封电子信。每天早晨她打开电脑，就会看到他情意绵绵的信。每个星期六的晚上他就会给她家里打来一个长途电话，而每个星期都会收到他寄自美国的信。信纸是他自己制作的，图案有时是他画的画，有时是濛濛的照片，有时是世界风光。他先把这些画、照片、风光扫描进电脑，然后设计图案，制作成信纸，再打印出来，最后在上面写信。一封信要五六道工序。每封信的图案都不一样。一封信变换一种图案。每一封信都是十几页，一笔一画字迹工工整整，令她感动。

每一年东、西方的节假日和濛濛的生日，柳亦思都会给她寄一张他自己制作的贺卡，根据不同节日设计不同的内容，图案非常精美。封面题一首小诗，用几根线条勾勒出一幅小景，清新淡雅又寓意深远。打开贺卡里面是缠绵的情话、关怀的问候、美好的祝愿。在她每次收到节日贺卡的同时也会收到200美元的礼金，他告诉她，喜欢什么就买什么。

每次贺卡寄来，几个年轻人就抢着看："哇！这贺卡好漂亮，好精致耶。"

"这柳先生也忒浪漫了，艺术家就跟别人不一样，连谈恋爱也是诗情画意。"

"多情才子情悠悠啊。"

一天主任笑呵呵地说："沈濛濛呀，你那个柳先生整天不用干别的了，光给你写这两种信，一天就够他忙活的了。节假日还得给你制作贺卡，这东方的节日，西方的节日，一年加起来也得有一二十个吧？还不把他累个好歹的。"

"沈姐，你的爱情价真高啊！一个大艺术家为你效劳，全天候全方位，简直享受国家元首级待遇了。"

"小沈呀，什么时候结婚哪？还谈个几年的，我这把年纪能不能赶上了？"老梁问。

"濛濛，你快结婚吧！要不然，柳先生让你折腾死了。你一天不结婚，他就折腾一天，你要把他折腾到什么时候啊？"蓝姐怜悯地说。可是要彻底了解一个人是那么容易的吗？这些不过都是表象，再看看吧。她还是下不了决心。

2004年5月，她回家乡看望母亲。在一次购物中被公共汽车严重颠伤，住进了骨科医院。那一年整顿市容大兴城市改造，道路挖掘得坑坑洼洼也没人管，交通事故特多，受伤者全部住进了这家医院。医生诊断她是脊椎爆裂性骨折，要卧床三个月，她躺在病床上痛哭流涕。大夏天一动不动躺在床上，几天就长了褥疮，疼得要命。受苦受罪是必然的了，她最担心以后瘫痪了怎么办，饭也不进药也不吃，大哭不止，要死要活。吓得看护把刀、剪子、绳子全藏起来，还到各个病房游说，先进来的病友都被看护给发动起来了。一个个拄拐的、吊膀子的、脖子上打石膏的、头上缠绷带的，反正能下地的都龇牙咧嘴地过来安慰她，对她现身说法："不能残废，你放心吧，过几个月就好了。"

"你看我，比你重不重，骨盆粉碎性骨折，现在不也下地了吗？再过几个月就可以出院了。"

这一天，柳亦思打来了长途电话，她哭着说："我现在医院里呢，我要死了！"

"你怎么会在医院里？怎么回事？"他吃惊地问。

她告诉了他事情的经过最后说："我们分手吧，以后我瘫痪了，不能连累你。"

"不要胡思乱想，你不会瘫痪的。你就是瘫痪了，我也到中国用轮椅把你推到美国来,伺候你一辈子。”

“你不用怜悯我,我们只是朋友关系,没有任何法律约束,你不用对我负责任。”她感激地说。

“我爱你!就是一生一世,死心塌地!不管你是健康的,还是残废的。我心永远不变! 非你不娶! ”

“呜呜呜,我也非你不嫁! ”濛濛感动地放声大哭。

3个月以后她伤好下床了,5个月基本恢复出院了。这期间,他天天来电话安慰她,并告诉给她寄来一副带后背式的宽腰带,说要买一辆轮椅,即便是伤好了,也不能长久站立,要随时坐在轮椅上休息。她告诉他,不用买轮椅,没有那么严重。

2004年年底柳亦思终于再次来到北京,和濛濛确定了关系,欢天喜地回美国给她办移民,一年以后拿到签证,他第三次来到北京,在2005年如愿以偿把他的林妹妹带到美国。

他们走进了婚姻的殿堂。

第九章 居美生活

38 美丽的加州，了不起的好莱坞

濛濛到了美国洛杉矶，昏天黑地睡了两天两夜，睡醒了，从浴室出来用毛巾擦着头发。

“老婆，今天带你出去玩啊。”柳亦思见濛濛睡醒了，高兴地说。

“好啊！去哪里玩儿？”

“加州好玩的地方多了。洛杉矶本身就是一个美丽的城市，号称美国西海岸的明珠，Los Angeles（天使之城）”。

“还有呢？”

“还有好多呐。你看啊，好莱坞大道、奥斯卡金像奖典礼会场音乐中心、环球影城、迪尼斯乐园、海洋世界、加州探险，还可以到圣地亚哥军港看航空母舰、优胜美地国家公园、旧金山金门桥……哎呀，多多了，数不过来。你说今天先去哪里吧？”

“当然是好莱坞了。我在中国就想看看这个世界最有名的好莱坞。你知道吗？当年我写的一篇文章《世界文化品牌……好莱坞》还获过奖呢。”

“你没去过好莱坞，怎么能写出来好莱坞的文章还获奖了呢？”

“是的，我没去过，我当时只能查资料，查找了大量的资料，关于这个世界著名的电影城，电影的梦工厂，全世界影迷朝圣的圣地。我先把这些资料归纳总结上升为理论，再从文化品牌的角度分析好莱坞的经济价值。好莱坞无愧于世界之最，因此我获奖。今天，我终于可以亲自去实地看看了。我好高兴！”

“走！”

洛杉矶是个美丽的城市。一望无际的海滩和明媚的阳光，千千万万栋一家一户的小住宅楼，掩映在街道两旁的绿树丛中。遍布整个城市的平地山丘，山峰秀美的比弗利山庄，四通八达的高速路纵横交错，通向全美国各个地方。路上奔跑着的汽车也是全美国城市拥有量最多的，所以也称为“汽车轮子上的城市”，而让洛杉矶最闻名遐迩的是电影娱乐事业。

先生一路开车一路给她介绍，这是哪里那是哪里，一路到西北郊的好莱坞。快到好莱坞时，远远就看见山上有“HOLLY WOOD”的英文字母，意为“好莱坞”。她顿时激动起来。这幻想中的好莱坞呀，就在眼前了。

“好莱坞”英文的意思是“冬青树”。早在1853年，房地产商哈维·威尔考克斯在洛杉矶郊区买了一块0.6平方千米的地，栽上冬青树，称为“好莱坞”，由此诞生了好莱坞。

好莱坞位于美国加利福尼亚州的西北郊，是一个依山傍水、景色诱人的美丽之地。当年一些摄影师在四处寻找外景时地发现，而后一些小公司和独立制片商为了逃避大专利公司的控制纷纷涌来。聪明的威尔考克斯就把他的土地分成一小块一小块地分租出去给这些人，这里就逐渐形成了一个电影中心。随着电影大师格里菲斯和卓别林的到来，美国大财团投资电影业，洛杉矶郊外的小村庄最终成为了一个举世闻名的电影城，好莱坞也在无形中成为美国电影的代名词。于是好莱坞拥有好多家电影公司。20世纪福克斯、华特迪尼斯、哥伦比亚、狮门影业、新线影业、派拉蒙、环球、华纳兄弟、梦工厂、米高扬等，拍摄出了许多世界知名老电影，如《乱世佳人》《魂断蓝桥》《一夜风流》《39级台阶》《蝴蝶梦》《出水芙蓉》《傲慢与偏见》《卡萨布兰卡》《呼啸山庄》《孤星血泪》《雾都孤儿》《王子复仇记》《罗马假日》《宾虚》《出埃及记》《斯巴达克斯》《埃及艳后》；音乐片有《音乐之声》《绿野仙踪》等，还有《人猿泰山》《最后一滴血》《未来世界》等，以及大片《变形金刚》系列，《蝙蝠侠》系列，《哈特·波利》系列，《阿凡达》和《泰坦尼克号》等。

“这就是好莱坞大道。”先生对濛濛说。

好莱坞大道位于洛杉矶好莱坞。建于1958年，是一条沿好莱坞大道与藤街伸展的人行道，上面有2000多颗镶有名人姓名的星形奖章，以纪念他们对娱乐业的贡献，其中一段因为有很多影视明星在大道上留有手印、脚印和签名而出名，被称为好莱坞大道。

进入好莱坞大道，把车停在一个停车场，先生便拉着她的手走进去。

“这是好莱坞蜡像馆。一些电影，尤其是早期老电影，虽然没看过，但是走进这里能够看到和某部影片中真人一般大小的蜡像。”先生买了门票，边往里走边向她介绍。

蜡像馆是蜡制雕塑家杜莎夫人所建，在全世界有十几个，好莱坞蜡像馆是第八个，位于游客聚集的好莱坞大道上，自1965年开放以来，馆内有180个影视人物蜡像，其中有：性感女神玛丽莲·梦露，笑匠卓别林，荧屏铁汉约翰·韦恩，《绿野仙踪》的主角茱蒂·嘉兰等。还有孩子们喜爱的卡通人物忍者神龟、玛丽兄弟等。蜡像馆还展示多部电影的情节，包括《大金刚》《不可能的任务》《泰坦尼克号》《魔鬼终结者》《蜘蛛侠》和《阿甘正传》等。另外在恐怖馆内有影片中恐怖情节的再现。

蜡像馆除了影视明星以外，还有体育明星、名人和政要，游人可以随意和总统、名流、明星合影留念。

好莱坞大道有中国大剧院。剧院前方的水泥地上印有玛丽莲·梦露、史泰龙等238位不同时期不同风格的著名演员的手印和脚印。

好莱坞大道还有魔术城堡、日落大道、奥尔森姐妹等等。

好莱坞大道上有许多男人、女人扮饰某个影片中的人物，穿着那个影片中人物的服装。如海盗、武士、国王、公主、女神、天使、魔鬼，还有卡通片里的唐老鸭、米老鼠、白雪公主、小矮人。他们争先恐后地同游人合影。濛濛就和他们照了好几张。不过和他们合影要付费的，照一张一美元，有的要两美元。

大道上北部高地还有露天剧场，最初是音乐表演场地，从启用开始就成为暑期表演场地。同时也是当地小型乐团好莱坞露天剧场管弦乐团的表演场地。

沿着大道两旁，一溜儿的商场，里面大多是销售有好莱坞字样的纪念品，从服装、鞋帽到书籍画册明信片、烟酒打火机、装饰品、玩具，以及各种各样的纪念品，琳琅满目，令人大饱眼福又应接不暇。她买了好多的小东西，有漂亮的钥匙链、墙上的小挂盘、摆在桌子上的小镜框，还有一些小玩意儿，看似不起眼的小东西，可是一打包就是一大堆，先生手上拎着，肩上背着，胳膊肘挎着，她还在一边看一边点货。先生就劝她："老婆，行了，拿不了了，下次再买吧。想来随时随地都可以来。好吗？"她才恋恋不舍地离去，边走边回头看。

好莱坞大道去一次是看不够的，以后她去了几次，直到玩够了为止。

39 驾车旅游

这段时间，濛濛已经把洛杉矶玩遍了，现在要游加州了。游玩最好的方法是自己开车出去，美国人叫自驾游。

这一天,先生说:“老婆,我们开车去旧金山啊。”

“自己开车去,那得走几天呀?”她来了这多天,也听说了旧金山离洛杉矶可不近。

“不远,这才多远呐,也就是两天的时间。快的话开一天就到了。我以前开着大房车办画展,走遍了美国 50 个州,游历整个欧洲,长年累月在路上奔波,那才叫远呐。”

“去旧金山你一个人开,多累呀。”

“没关系,为老婆效劳。我们边走边玩,一点都不会感觉累。”

“去吧,我们去超市买点吃的吧。”

“不用,路上有卖的。”

“那多麻烦呐,还得下车去买,你不想吃的时候有卖的,等你想吃的时候,又没卖的了,而且卖什么你就得吃什么,还是自己准备吧,想吃什么买什么。”

他们就去超市买了水、点心和水果,一切都准备好了,第二天早早就起来,6 点钟就从洛杉矶出发了。

“老婆,去旧金山有两条路,走那条路?走 5 号高速近,一天就能到,可是风景不好看,路上还有饲养场不好闻的气味。走 1 号公路远,中途要在汽车旅馆住一夜,但是沿着太平洋岸边走,风景美。”

“当然要看美丽风光啦,住一夜就住一夜呗,我们不就是出去玩嘛,又不赶时间。”

“不过,去的时候,太平洋在左手边,有什么景致你只能看看不能下车玩,回来太平洋在右手边可以随时停车下来玩。”

“那走 5 号公路?”

“走 5 号公路,你可以看看美国广袤的土地,蔚蓝的天空,享受顺畅发达的公路网。我们这么早出发,路上就是慢慢开,下午两三点钟也到达了。到了先去看金门桥,晚上去‘渔人码头’,很好玩的,再去吃海鲜。”先生给她讲解。

“好,那就走 5 号看路景,回来走 1 号看海景。”

汽车上路了,翻过两座山就进入了一马平川的高速路。一边是太平洋,一边就是平地。美国真是土地广袤,放眼几十里一马平川,田野里的庄稼有的已经收割了,有的还在地里长着,也是一片金黄。还有果园,树上的果子大部分已经采摘下来,少部分还在树上挂着,着实好看。令人最舒畅的是清新的空气,天空蔚蓝蔚蓝,像蓝宝石一样地清澈干净,时而飘过几朵白云。云也是绵白干净的。她按下车窗,尽情地深深地呼吸着。

先生看她一眼："美国空气好吧。"

"好！"

可是走了一段路，他说："老婆，快关上窗户，前面就到养牛场了。"

她急忙关上窗户，一会儿她就闻到一股怪怪的味道，这时她看见右面道路旁边的山坡上是一望无边的草地，一排一排的牛栏，草地上有一处一处的牛群，还有几处羊群，还看见一两个马群。走了十几公里，味道渐渐没有了。

一路上还闻到大蒜味和酒厂酸酸的味，都不怎么好闻。先生抱歉地说："等回来走 1 号公路就好了，先委屈一会儿吧，对不起了。"直到过了这些地方才好些，越往前开气味就渐渐地好了，直到湾区。下午 2 点多到达旧金山，他们就赶紧去看 Golden Gate Bridge（金门大桥）。

一见金门大桥，濛濛就震惊了！好雄伟壮观的大吊桥啊！雄峙于金门海峡之上。这座由约瑟夫设计的悬吊桥与钢桁架拱桥，据说耗时 4 年，耗费 10 万多吨钢材，耗资 3550 万美元。这一天有风，虽然不强烈，但在海上就是风起浪涌啦！哗哗的海浪掀起几尺的浪花，冲击着大桥，大桥岿然不动！桥上的游人不多，他们从容地从桥的这头走向那头，可是桥太长了，她没有走到头就累了，照了几张照片，天也逐渐暗了下来，他们便下桥往回走。

当天将近黑时，他们到了"渔人码头"，老远就看见大螃蟹标志。

"老婆，知道吗，来'渔人码头'最大的问题是什么？"

"我怎么会知道？"

"停车问题。"先生老到地说。

"你还能没有办法？"她知道先生是老"美国"了，这难不倒他。

"那当然。"先生得意地说。

"怎么办？"

"先不要找停车场，那是要收费的，而且还很高。找一家饭店去吃饭，在饭店里用餐两个小时之内是不收费的。知道吗？"

"噢。"

他们来到位于 39 号码头的螃蟹屋。螃蟹屋不是很大，却很有特色，装潢别致，屋顶上吊着和墙壁上挂着的满是大大小小的螃蟹，千姿百态。窗外就是码头，在品尝美味的同时还可以观赏海景。来螃蟹屋就餐的人很多，几乎爆满。他们在侍者的引领下来到一个狭小的空位坐下，在这种情况下有座位就不错了，最开心的是毗邻海岸，能看到海景，够美的了。

“老婆，吃什么？”先生把菜单放到她面前。

“当然是螃蟹了，丹金尼斯蟹是这里的特产。”她还点了几样海鲜。

“你知道一个螃蟹有多重吗？”

“不知道。有半磅？”她摇摇头，但想起小时候在大连老家吃的螃蟹，拣最大个儿的说。

“半磅？”先生笑了，“告诉你吧，两磅。”

“哇！一个螃蟹就二磅。好重啊！那得多少钱呐？我们两个人吃一个就够了。”

“哎呀！那能花多少钱？没关系！你尽管吃。”先生大度地说。

“两个人吃一个行了，还有别的菜呢，再说我们俩的食量又不大，够了。”她来了会过日子的劲。

“行，就要一只吧。”

菜陆续上来了，他们吃得饱也吃得舒服，没吃完还打了包。吃完饭一算账，这顿饭可不便宜，加上小费一共100美元。

“这么贵呀？”走出去时她心疼地说。

“其实，在街头小摊上吃，一个人也就十几美元。”先生说了实话。

“那你为什么要去螃蟹屋？”

“哎，我不是让你享受享受‘渔人码头’的美景佳肴嘛。哪能让老婆站在外面风餐路饮的，那多没档次。”

“有档次了，可是多花好几十元，能买两个大螃蟹了。”

“行了行了啊，你老公一幅画就赚回来了。”

天完全黑了。他们在“渔人码头”连玩带逛，直到累了，才来到在洛杉矶出发前预订下来的雷迪森酒店。一个双人床的单间加上税金，一共160多美元。

洗漱完毕以后，先生催促她快点就寝，明天还得早起赶路呢。旧金山与洛杉矶的区别就是冷，那种冷是阴冷阴冷的，冷到骨子里，他们把所有能取暖的东西都拿来穿到身上，还是冷。没有经受过这种冷的人无法理解什么叫冷。还好，累了一天倒床便睡，也许睡着了就不感觉冷了。他们睡了个好觉，早晨不到5点就起床了，5点准时出发，天还没完全亮。

“老婆，你可以看日出了。”

“能看到日出？耶！”她别提有多高兴了，虽然冻得哆哆嗦嗦，心里却燃着一团火。中学时学过刘白羽的散文《日出》，觉得特美震撼心灵，一直想在广袤的天地间看一次日出，但总是没有机会，今天终于可以实现了。

车开出旧金山，天还黑着，而且也还是冷的。旧金山在北面，洛杉矶在南面，车从北向南开。越往南走，越光亮，但还是冷。直到东方出现一丝光亮，渐渐变得微明，须臾，此处便出现一条暗红色的光带，渐渐地光带越来越宽，越来越亮。突然，太阳露头了，先是一条窄窄的细边，渐渐地这条边在变宽、变亮，现出了小半个圆、半个圆、大半个圆，最后，整个一个大圆球的太阳抖了抖，一下子跳出来了！好像在用力挣脱掉周身的羁绊，燃亮了周围的云，云变成了橘黄色，慢慢变成了金红色，最后像火一样染红了天空。这时太阳升出了云海，照亮了天地，空气也被燃热了，逐渐地变暖、变暖，直到整个世界暖和起来。啊！太阳真好！有太阳就有光明，就有温暖，就有希望，就有奔头。车就这样，一直朝着太阳升起的地方开。

从旧金山回洛杉矶走 1 号公路，一路上的风光非常美，因为太平洋就在右边，可以随时下车玩，而且每个观景点都标明哪个景点能看到什么。

沿着 1 号高速往南开。几百公里蜿蜒于整个美国西海岸，沿途风景怡人。路上有一些农场，有好多的南瓜出售，还有一些水果。据说淘金热过去以后，从世界各地来旧金山淘金的人，除发了财的，没有淘到金的人们就留了下来，开垦这片肥沃的土地，成为农场主。

再往前开，就到了有名的 17 英里……位于美国加州海岸的 Monterey（蒙特利尔）半岛。住在这里的人都是权贵名人，美景如画，一路上看不见什么醒目的路标，完全是一个私密的场所。

“这里好美，我们下来看。”她提议。

“好。下去走走，休息休息。”先生停下车，摇晃着两只胳膊。

她顺手拿起两听可乐，递给先生一听，自己拉开扣环喝了一口。

“你知道吗？当年美国修建这些道路时，我们的祖先也有贡献。在 19 世纪的中下叶，美国要修一条纵贯东西的大铁路，由于西部多高山峻岭，地势复杂，气候恶劣，施工条件异常艰苦，白人工人都吓跑了，美国的商人就雇佣了华工。中国人吃苦耐劳，不惧风险，身系一条绳子，悬吊半空，凿石眼放炸药，挖地基铺路面，用他们的汗水和血泪完成了一个个大工程，修成了一条条的铁路公路。在那样凶险的条件下，可想而知，死伤的工人也不会在少数。”先生神情严肃地对她说。

“真想不到，华人在美国还有这样一段历史？”她伤感地说。

“那时候，我们中国贫穷落后，谁都瞧不起中国人。来美国的中国人只能给人家当奴工、力工，活儿又累工资又低，赚点血汗钱活命。所以我就想，我们开车走在这些路上也心安理得，为建设美国我们中国人也出过力流过血汗。”

“是啊！前人栽树后人乘凉，怀念我们的祖先。”

“现在不同了，我们中国人在世界上也有了一席之地。所以有时走在这崇山峻岭的路上，就会想起他们。”

两人走到一棵大树下，先生手扶着树干说：“没准在这棵树下，就有一个为修路而捐躯的祖先呢。”

她也手扶着这棵大树，把手里的可乐缓缓地倒在树底下：“祖先们，请喝可乐，你们那时候还没有可乐，请接受子孙的孝敬。我们怀念你们，也感谢你们为后世做出的伟大贡献。衷心地祝愿你们在那边生活得好。如果你们在天有灵，就请保佑这些在美国生活的子孙们吧。谢谢啦！”

先生也躬下身把可乐围着树根倒下去：“请保佑您的子孙们出入平平安安！”

一路上，他们沉默无语。

车驶出 28 千米，就到了卡梅尔小镇。这里居住着许多的艺术家。小镇不大，居民也不多，但是非常安静整洁。先生对这里是感兴趣的，每次路过这里都要下去看看。他们下车走出来，在小镇上转了转，还拍了几张照片。

再往前走，就是 1 号公路最窄也是最美的一段……大苏尔(Big Sur)。大苏尔全长大约 190 千米，一路上山坡高低起伏，曲折盘旋，有 200 多处大大小小的弯道，平均宽度只有 6 米，最窄处只有 4 米，高低起伏落差有 60 米，而且风速很大，常年在 30 千米 / 秒以上。她有些担心，先生说：“怕什么，我们经常走，没事的，放心吧！有祖先保佑着我们呢。”

过了大苏尔，开着开着，传说中的古堡……赫氏城堡到了。这是由 3 个不同风格的城堡组成的，周围一大片土地都属于赫氏家族的私有财产，但现在已捐献给了加州政府。城堡在山上坐游览车才能上去，先生说如果从城堡上望出去，远近的绵绵海岸线尽收眼底，美景无限，而现在他们只能站这里远远地看一看了。

太阳逐渐西斜，渐渐驶进洛杉矶。沿途他们又看到了马里布(MALIBU)海滩。人们在岸边尽情地嬉戏玩耍。她看得眼热，也下去在沙滩上踩出几行脚印……

旧金山之旅就这样愉快地结束了。

先生看濛濛驾车游玩得快活，就对她说："老婆，再开车去玩啊。"

"好啊！好啊！"她无不欢喜。

"去哪儿啊？"

"去拉斯维加斯。"她知道这是有名的赌场。

"去拉斯维加斯，那就顺路把大峡谷也看了，再到黄石国家公园，路途接近。"

"好啊。"

"去拉斯维加斯可得自己带吃的，一路上没有好玩的，也没有几个饭店。"

"是吗？"

"你想啊，那是沙漠地区。"

"远吗？"

"不远，几个小时就到赌场，玩一下午晚上住在那，晚上有好节目。第二天去大峡谷，下午到达，晚上住大峡谷，第三天去黄石公园，晚上住黄石公园，第四天玩一天，晚上还住哪儿，第五天早上回洛杉矶。这样时间绰绰有余，不用起大早赶路了，7点出发就行。"

从洛杉矶到大峡谷是从西往东北开，真的没有什么好景观，一路上都是沙漠，偶尔有几簇矮矮的树丛也是没精打采的，没有去旧金山好看。他们11点到达赌场，吃了午饭，稍事休息下午去赌场。她从来没有赌博过，不知道怎样玩，先生让她买了20元钱的Token（代币筹码）学着玩，开始赢了一点，后来全输进去了。她总结一下明白了，开始都会让你赢一点，诱发起你的兴趣然后让你输。她又买30元钱的，这一次先小心翼翼的，赢几元钱，就把Token换成现金，小赢几次就把30元本钱赢回来了，然后就放手玩，赢了几元钱又输回去，反反复复。她想反正赢的也白赢，输了也没输她的钱。如果就此撒手撤了，还能保住30元本钱，可是人一进了赌场都有瘾吧，她也玩上了瘾，把30元钱又买了Token，结果把30元钱也输进去了。至此她明白了，去赌城玩，是不会让你赢的，偶尔赢也是极少数，就是让你输。不玩了，玩了一下午也玩够了。

先生问："怎么不玩了，再玩啊。"

"玩多少，就是一个输，不玩了。"

"输多少？"

"两次50元。"

“上赌场50元还算钱？玩呗，再买100元钱的。”

“不玩了，就是买1000元钱的，也是输，输不起。知道赌城是怎么回事就得了，还真上这儿赌博来啦，那你不找了个赌鬼老婆，还不得让你倾家荡产？再说你也没有财产让我荡的。”

天黑了，他们吃过晚饭，去参加夜游拉斯维加斯，去著名的几个酒店看喷泉和火山表演，看脱衣舞，观赏空中飞人，玩遍了赌场一条街，一直玩到后半夜。

第三天他们去大峡谷，见证了大自然的鬼斧神工，傍晚看大峡谷的日落，很是美观奇异，第四天他们去黄石公园，观赏了奇特的温泉、喷泉美景，第五天就返回洛杉矶了。

以后他们又去了加州几个好玩的地方。洛杉矶娱乐之都好莱坞环球影城，体验惊心动魄的电影之旅；加州梦幻：世界上第一个现代意义上的主题乐园迪斯尼乐园去重温儿时的快乐与幸福；加州仙境：优胜美地国家公园，是美国三大国家公园之一，这个名字是国画大师张大千巧妙地把英文名字和这里的景色结合在一起，翻译为“优胜美地”；加州沙漠绿洲：棕榈泉，这里不但是沙漠绿洲，更是一处休闲度假天堂，豪宅、餐厅、酒吧、饭店、商场以及高尔夫球场遍布其间；加州乐活之源：温泉SPA。无论南加州还是北加州，众多天然温泉星罗棋布，给人带来大自然的健康享受，美国第一间完美服务的SPA度假村就诞生在加州这里；加州佳酿：葡萄酒。Napa Valley Vineyard（纳帕谷葡萄园）因为有加州最充分的阳光，是美国第一个跻身世界级的葡萄酒产地，和索诺玛、圣芭芭拉是加州的三大葡萄酒乡，加州的葡萄酒产量占美国葡萄酒的九成；加州的购物天堂：Beverly Hills（比弗利山庄）。这是一个高级住宅区，汇集了世界的明星富豪，这里也是他们最爱的购物天堂，诸多名牌精品店，让人任意选购；去（Sea Word San Diego）圣地亚哥海洋世界看动物表演，到（San Diego）圣地亚哥看以12位美国总统名字命名的美国航空母舰。

开车出去几次以后，她觉得累，玩遍了加州及加州附近的地方，再不想开车出去了。于是他们就乘游轮、坐飞机去游玩了纽约、芝加哥、费城、华盛顿、夏威夷。

最让濛濛欢欣的是美国除了空气清新环境好，蓝天白云，青山绿水，就是人少，到哪里都是松松宽宽的，公车平时人少座位都坐不满，开车出去路上也是畅行无阻。这些使她觉得她在美国生活得很快活。

40 好便宜的大龙虾

在中国饭店吃一只龙虾要好几千元人民币。到美国，她第一次看见超市卖活的龙虾 9.99 美元一磅(磅相当于 9 市两左右)，一只有两三磅重，小点的一磅左右才 6.99 美元，她不相信，亲口问服务员是这个价钱吗？得到证实以后，她换算人民币后发现买一只大龙虾才 100 多人民币，小的只要几十元人民币，觉得太便宜了。她赶紧买了一只小的，1 磅多一点花了 7 美元。可是她不会做，旁边一个大姐买了一只大龙虾。她过去请教。

“请问大姐，龙虾怎样做呢？”

那个大姐很耐心地告诉她烹调的先后程序，使用什么佐料。她回家以后就学着做，开始做不好，练习几次以后就会做了，而且还做得很好吃。她就经常买龙虾，葱姜龙虾、椒盐龙虾做得有滋有味。有请朋友来家里吃饭，她必做龙虾，大家都夸她的龙虾做得好，成了她的保留菜。

美国不止大龙虾便宜，所有的海产品都便宜。美国因为临近大西洋和太平洋，本国有绵长的海岸线，盛产各式各样的海产品，如鱼、蚌、虾、海参。鱼类一般都是海鱼，便宜的两三美元一磅，贵的也就四五美元一磅，最贵的 10 美元左右。还有从日本、越南、墨西哥、菲律宾等沿海国家进口海产品，所以海产品种类齐全又便宜。蚌类有像鲍鱼、象牙蚌、海虹、大蚝(海蛎子)、海螺、青蛤、白蛤、花蛤，而且都是活的。新鲜大鲍鱼才 12.99 元一磅，一只大鲍鱼也就两三美元。虾类有大龙虾、青皮大海虾、白皮大海鲜，活的珊瑚虾。仅蟹类就有大帝王蟹、小海蟹、石斑蟹、海青蟹、越南膏蟹、菲律宾蟹。除了帝王蟹、越南膏蟹贵一些，其他的才三四美元一磅。海参更多，有美国海参、茄参、刺参、花刺参以及北极海参、秘鲁海参、北海道海参、加拿大海参、韩国海参、墨西哥海参等等。而最令人心仪的是这些海参都是野生的，不是人工养殖的，既有营养价值，又是天然无污染的。一般 100 美元左右一磅，如果批发 5 磅以上八九十元一磅就可以买到。到了商场的海产品部，应有尽有，真正是琳琅满目，应接不暇，好多海产品她都没见过。三文鱼肉是粉红色的，中国只有黑龙江出产，仅仅在一个季节，三文鱼产子经过黑龙江时，中国渔民才能捕到，数量很少也很贵。外国人喜欢生吃，她不敢，总觉得有细菌或寄生虫。人家说，河鱼有寄生虫，海鱼一般没有，海水本身就有消毒作用，但她也害怕，只能熟吃，熟吃也有好多方法：买一条三文鱼,鱼身做剁椒三文鱼或红烧三文鱼,鱼头炖豆腐。她还见到了十几磅甚至几十磅的大海鱼,她以前都没看见过。商场就把它们切割开,一个部位一个部位地卖。

美国除了海鱼,还有好多品种的人工养殖鱼,都是活的,最适于清蒸。她就买回家做清蒸鲈鱼、清蒸红立鱼(加吉鱼)还做一些其他的海味像、红烧海参、爆炒象牙蚌、爆炒鱿鱼卷、爆炒花蛤、煲鲍鱼汤、鲨鱼翅汤等等。哎呀!在美国真是让人吃遍海鲜,今生不遗憾。

美国的牛奶也便宜。加维生素 D 的新鲜牛奶,一桶一加仑一加仑美制大约 3.79 千克,英制大约 4.54 千克)才 3 美元多,买两桶还会便宜几毛钱。其他的奶制品也很便宜,并且种类繁多。

加州位于美国的西南部,气候温暖,适宜水果生长,盛产水果。盛产就意味着价钱便宜。加州的水果品种比较齐全,还有一些进口的水果补充进来,商场里几乎囊括了世界上所有的水果。仅梨就有 20 世纪梨、黄金梨、大黄梨、水梨、白梨、韩国新高梨、日本水晶梨、中国库尔勒香梨等。加州盛产葡萄,有无籽红葡萄、无籽绿葡萄、无籽黑葡萄都很好吃,甜润爽口。濛濛最喜欢吃的是美国特产,美国大红提子和美国大樱桃,红红的、甜甜的,又是非常新鲜的,价钱也就是几美元一磅。温暖的气候也适宜蔬菜生长,蔬菜也是品种齐全,价格便宜。

41 初涉美国生活

"老婆,你的英文不行啊。"一天,先生小心翼翼地对她说。

"可是我在中国初中、大学都学过呀。"她小声嘟囔说。

"你那是中国式的英文,美国人听不懂。"

"英文就是英文,还有中国式的和美国式的?"

"你学的是英式英文,美国用的是美式英文。你说的别人听不懂,所以别人说的你也听不懂。"

濛濛没话说了。是的,先生带她出去办事,她按照在中国学的英文,主语、谓语、宾语正正规规地讲,人家瞪着眼睛看着她,她再说一遍,人家还没有反应,先生只好走上去讲。人家说的叽里咕噜她也听不懂,再说一遍还是听不懂。先生只好给她当翻译。

"你听力差,口语也不行。"先生指出她的不足所在。

她知道了：虽然她也学过英文，但是20世纪60年代学的，是完全英式的，而现在的中国孩子学的却是美式的，所以同样是学习，年轻人就比中老年人学得好，很快适应美国的语言环境。尤其是美国人都爱说口语，简单明了。以后她再出去，就拿一张纸，用一支笔写。看了她写的，人家才懂了，别人说她听不懂时，也让人家给写下来，她一看也明白了。可是这样也不行啊，不能走哪儿都拎着一支笔和一张纸啊。真够烦的。

“这美国，说话还分什么英式的美式的。”这一天她烦了，把笔和纸扔了，对美国开始有成见了。

“老婆，你上成人学校再去学学吧。”先生支支吾吾地说。

“好吧。”只能这样了。她想，谁让自己早出生20年，生在那个年代了。

先生带她来到了艾尔蒙地成人学校。这是个初级成人学校，相当于中学的文化水平，从一年级到六年级。工作人员很热情接待了他们，拿出纸和笔，测试她的英文水平。她一看乐了，这么简单呀，很快答完了。工作人员告诉她第二天来分班上课。

“我主要是听力差，口语不行，我想从一年级开始学。”走在回家的路上她对先生说。

“行，你觉得怎样好，就怎样做。”

第二天，去成人学校，工作人员告诉她，根据她的测试成绩，给她分配到了六年级。

“我要上一年级。”她说。

“为什么？”工作人员瞪着眼睛不解地看着她。

“我就想从一年级开始学。”

“你的测试成绩很好啊，应该上六年级。”

“可是我听力和口语差”

“你测试成绩这么好，怎么会呢？”

“不好，不行，你让我上一年级吧。”

“我没有这个权利。你只能上六年级。”工作人员耸耸肩。

“那请找你们校长吧。”先生对工作人员说。

工作人员把校长找来了，说明了情况。校长拿过她的测试卷看了说：“你的英文水平很高啊。实际上，你都不应该上我们这个学校，应该去社区大学，所以你要上六年级。”

“可是，她是在中国大陆60年代的英文，虽然在文字上一样，语法上也差不多，但是发音读法不一样，所以她的听力和口语非常差，因此想上一年级从头学。”先生极力说服校长。

“噢，是这样。很可惜。”校长耸耸肩摊开双手笑着说。

濛濛和先生相互对看一眼，有门。

“那你们明天来吧，我安排一下。”校长说。

“谢谢！”

第二天，他们到成人学校，工作人员告诉她，一年级没有位置，只能上二年级。

成人学校主要教授英文，学生都是外籍人，墨西哥人最多，其次是中国人。中国人里有年轻人，大部分是农村来的没学过英文或学得很少，他们是为了找工作来突击补习英文的，还有一部分是六七十岁的老年人，他们有的没学过英文真想学，有的是为了消磨时光来混日子。学校开学上课就测试，濛濛成绩最好，老师让她当班长。她可不想当就推辞，正好有个墨西哥女生非常活跃，她想当，老师就让她当了。这个女生很高兴，以后总对濛濛示好。

二年级的课程简单，主要学语法，和在中国学的出入不大，可能语法都一样，她觉得很轻松。可是老师讲课她就听不懂了，嘀嘀咕咕的也听不出个个数。她发现，美国人讲英文，在一句话中，是把前面一个单词的尾音和后面一个单词的首音连起来发一个音，她没学过。有时一句话中还省略一两个单词的发音，读法当然就不一样了，所以她就听不出来他们说什么了，又觉得很难。

不久，班上又来了两个中国学生，是一对夫妻。男的是北京一个大学的老师，女的是北京一个中学的老师，50 多岁，和她是一个年代的人。她想，可能他们的情况和她类似。果然，几天以后他们熟识了，得知大学老师是研究生毕业，中学老师是大学本科毕业。

“你们怎么上二年级？”濛濛知道，他们的英文水平不会比她差只会比她好。

“我们是故意的，测试的时候装傻，不好好答。”大学老师诡秘地说。

“我们听力和口语差，想从头学，怕答好了分到高年级，这也是别人告诉我们这样做的。”中学老师实实在在。

她笑了，想彼此彼此，只可惜怎么没有人提前告诉她这样做，结果费了一番周折。

他们三个人真是一个模子刻出来的。老师经常测试学生的学习情况，两三个星期就来一次。一测试，大学老师成绩总是全班第一名，有时是中学老师第二名，濛濛第三名，有时是濛濛第二名，中学老师第三名。一、二、三名让他们三个包了，谁也抢不去。可是听老师讲课就嘀里嘟噜听不懂。而那六七十岁老年人能听懂老师说什么,可是他们不会语法不会拼写只会说,测试时笔答总是最后几名。他们来得早,好多是老移民,年轻时没文化,靠打工糊口,学校的这些中国学生就是这么个状况。

一天下课了,他们三个到教室外面休息,又谈起了听力和口语。

大学老师说:"为什么我们的听力和口语差？学的版本不一样是一回事,主要的是我们在国内学的是哑巴英语,只注重写而忽略了说。"

"也是没有那个环境,虽然我们都学过英文,可是不是外语专科学校,跟谁说去呀。"中学老师说。

濛濛说:"是这样。我还发现,我们的单词量太少,在国内学英文,就是那么几个单词,翻来覆去地用,可是来美国,所有的东西都是单词,都是陌生的,都得背,多大的单词量啊,谁又能记得住这么多单词,如果有一个单词你不会,就不知道这句话是什么了。"

"而且发音和咱们学的又不一样,就是相同的单词,你会写,可读法不一样,还不是不知道说什么。哎！"大学老师摇着头。

"哎！难呐。"中学老师夫唱妇随。

成人学校的英文,濛濛就这样不冷不热不死不活地推着日子往前走。

洛杉矶是汽车轮子上的城市,在洛杉矶不会开车就等于没有腿。

"我要去学开车。"濛濛对先生说。她每天上学放学都要先生接送。

"去吧。"

经班上有个中国同学介绍，她找到一个中国驾校教练。这个教练是天津人,来美国20多年了,还说一口天津话。

第一天教练来接濛濛,把她带到一条僻静的小胡同,先给她讲了开车必知基本功,然后让她开试试,濛濛坐上驾驶座,很坦然地发动车,然后轻松地开走了。

"哎,你学过车呀？"教练很高兴问她。

"嗯。"她心想,我何止学过,我还有北京的驾驶证,开过两天车呢。

转了几条小胡同,教练说:"你可以上大马路了。"

她就驾着车开上了大马路。开始教练还不放心眼睛盯着她，后来看她开得挺好,就放心了,心想这个学员挺好教,不像一般女人笨。可是开着开着,教练就发现了她的毛病。

"左边并线。"教练吩咐。

她回头看看,后面的车还远,就把车头拐向左驶上了左车道,可是一看后视镜,后面的车紧跟上来,心里有点怕脚不由自主踩了刹车。后面的车直鸣喇叭。教练一脚踩上教练车的油门,车一下冲向前。

"你干嘛？并线不踩油门踩刹车？"

"我,我看见后面的车离那么近,就害怕了,就不由自主地踩刹车了。"

"记住,并线踩油门,快开！要不后面的车正常行驶,你突然刹车就撞上了。"

"那……"

"那嘛？"

教练哪里知道。濛濛在北京还有一段惊心动魄又不能忘怀的开车经历呢。在北京驾校毕业拿到驾驶证时,他们驾友六个哥们姐们别提多兴奋了,恨不得明天就开车上路。几个人一商量把教练撺掇到饭店,好饭好菜摆了一桌子哄教练开心,又说又笑掀起一个个小高潮,教练兴奋呐。老大使个眼色,小六子便期期艾艾往教练跟前凑:"教练,您看,从明天开始您就不管我们了,没人护着我们啦,我们成了没妈的孩子啦。教练,教给我们个绝招吧。"

教练也明白他们的用意笑眯了小眼:"教给你们个绝招？好！"

六颗脑袋一齐凑向前:"啥绝招？"

"你们这些'二把刀'哇,就是未来的马路杀手。可得小心！记住,刚上路,遇见特殊紧急情况把握不准,就踩刹车。上车就把脚放在刹车位置上,保命啊！记住啦？"

"记住啦！"六个人齐声喊。

濛濛别的记不住,这句话可是牢牢地记住啦:"上车就把脚放在刹车位置上,遇见紧急情况就踩刹车。"绝招啊,保命啊！而且还真是保住了她一条小命。

拿了本子自然想开车,她兴冲冲地对前夫说:"老公,咱们买一辆车啊。"

"买车？谁开呀？我可不愿意开那玩意儿啊。"他眼睛从报纸上移开。

"我开。"她巴不得他不开,她好开。

他看了她半天,眼睛瞪老大:"你开？妈呀！那谁敢坐呀？"

"你不坐拉倒,谁还请你坐。"

没想到他泼了这么大一盆冷水,志不同道不合不相为谋也。于是自己张罗买车,去找北京汽车销售市场的老总。

"任总,请帮我选辆车。"

"沈老师，想买车？"

"啊！"她兴奋地说。

"我劝您甭买，开车不是好玩的。"

"不买？"她疑惑地看着他，心想：这是什么逻辑，卖车的劝顾客别买车。

"按理说，我卖车，应该动员您买车，可咱们是朋友，我得跟您说实话。看我们开车？那是没办法。没听人说吗，买车不如租车，租车不如打车，上车一招手，下车一关门，又省心又省力，您听我的甭买了。"

既然卖车的都不赞成买车就别买了，可是有了本子又手痒痒。

她学车的驾校校长是她的朋友也是好姐妹，学车自然是不收费的，这个朋友年轻有为，除了其他生意做得红火还开着一个出租车公司和一个汽车修理厂，听说她要买车也不赞成。

"沈姐，是不是拿了本子手痒痒？去我出租公司拿辆车玩儿去，不收你钱。我敢说，三天你就玩儿够了。"

朋友陪她一起去出租车公司，让她随便挑，她一看都是捷达、桑塔纳，她嫌车大，一转头看见有一辆小云雀。就选它了，车小行动方便进出车位灵活。

"沈姐，是你自己开回去，还是我派个司机给你送回去？"

"就请你给我送回去吧，我这水平哪能自己开回去呀。"

"张师傅，您给沈姐送回去吧。"朋友对一个50多岁的老司机说。

张师傅开了一会儿对她说："沈小姐，您开。"

"我不敢。"

"没关系，我坐在您旁边看着您，您不学着自己开，永远也不会开。"

"好吧。"她想：有老司机在旁边看着也是个好机会。

车开出去没走多远，进了一条小胡同。北京的小胡同本来就窄，右手边上还在建高楼，大的水泥框架已经完成，还没有上门窗。她小心地慢慢开。这时从对面开过来一辆中巴车，开得还挺快。她害怕啦，看一眼张师傅。

"停车，让他先过去。"张师傅吩咐。

可是一紧张，她懵里懵懂竟然踩了油门，车便向中巴冲过去。张师傅不愧为老司机，一把拽住方向盘往右一拉，嘴里喊着："快踩刹车！"车一头钻进右边的一座废墟里，她清醒了急忙踩刹车，车停住了。中巴呼的一声开过去，司机还伸头骂一句："你找死啊！"

车祸是避免了,可是车头卡在废墟里,好容易退出来,一看,车头上面的顶盖撞坏了,高高地翘起来。车还没开出去多远就撞坏了,真是不好意思!

张师傅把车开到一个修理厂,花了600元钱,她要付款,张师傅说:“这修理厂是校长开的,您先别付钱,我问问校长怎么办。”张师傅打电话问完校长对她说:“您甭交了。”。

“谁开的,修车也得要开销呀。”她拿出600元钱给修理厂的人。

“您先甭给我,您交给校长吧。”修理厂的人听张师傅这么说,也不收钱。她只好把钱收起来。

张师傅把车给她送回家。第二天,正好是星期六,她想恰逢大礼拜休两天,可以请人练车了。打电话给她曾经采访过的一个女司机小白,请小白帮她练车,小白痛快答应了。

她过了两天车瘾。这两天可不容易,没少挨骂,“你找死啊!”“你眼瞎啦!”“你怎么开的车呀?‘二把刀’,回家抱孩子去!”因为刚上路太紧张,北京的路况复杂,车多人也多,到了繁华地段,车和人就搅在了一起。遇到情况一紧张手忙脚乱交规上怎么说的也忘了,不是转弯忘打灯突然转过去,就是抢道,犯了几个错误又不敢走了,后面的车直按喇叭。第二天练车回家过一个路口,这个路口中间是一个大转盘,八条路通过这个转盘,又是下班高峰时间,简直就是一片汽车的海洋。她要转过转盘开到马路对面,可是就进不去转盘,不管她怎样打手势谁也不给她让路。小白都急了:“沈姐,甭指望谁给您让路,往前一点一点地顾雍,有个空就插进去了”

看着围着转盘边一辆一辆紧跟的车流,她的车不敢动了。她这条线后面的车直按喇叭,她急得都要哭了。一个大个子男司机从后面车里出来,敲着她的车窗急赤白脸:“你会不会开车呀?走哇!”

“我来开!”小白和濛濛换了位置,方向盘向右一拐硬把车头插进转盘边一辆车头前。一个男司机脑袋伸出车窗大吼:“你着急地抢死去啊?硬往里挤!”

“老娘愿意!”小白也来了泼辣劲回头回击他。

“呵,小娘们儿,给老子当孙女,都怕你嫩,晚上尿炕。”男司机脸上的怒气消了想拿小白开开心。

“就尿你家炕啦。哎!”小白笑嘻嘻地气他。

“得!进来吧。”男司机捡了便宜也不计较了,还大度地把车稍稍往后退了退。

“好!”

“爽！”

旁边几辆车里的男司机跟着起哄。

小白真有本事，左转右转就进了转盘，三转两转就转过转盘开到马路对面的车道上了。

“小白，真对不起，让你跟着挨骂。”上了车道心情平静了，她歉意地对小白说。

“沈姐，没什么。哪个新司机不挨几句骂，我们是在骂声中成长起来的。软硬不怕！你们文化人没见过这阵势吧？”

“男司机都爱骂人吗？”她回想这两天练车的遭遇，不解也不满。

“嗨，逗闷子呗。您想，司机成天胳膊架在方向盘上一跑一天，多累呀。整天对着不会说话的大马路和汽车，生活多单调啊。就愿意有个人气儿逗逗乐子。您哪，甭当真，他们爱说什么说什么，都是有口无心。”小白给她解释也是安慰她。

她想，不开车不知道，司机的确辛苦，这也是他们缓解劳累摆脱寂寞的途径。各个群体都有各自的生存环境和生活方式，也正因为有了这些不同，才构成了多元的社会和多彩的生活。感谢生活，也感谢小白让她明白这些。

“真谢谢您啦！”她由衷地说。

“不值得一提。以后有事请说话。”

星期一，她就打电话给朋友：“给你车吧。谢谢你！”

“玩没玩够？没玩够再给你玩儿几天。”校长笑嘻嘻地问。

“不玩儿了，不好玩儿，快给你吧。”

“你送来，还是我派人去取？”

“你派人来取吧，我可开不过去。”星期一小白上班了不能陪她去送车。

这以后她再也不提开车的事了，更不提买车的事了。

这就是她在国内的开车史。她是牢牢地记住了教练的话：“遇着紧急情况就踩刹车。”这可是经过生命验证的真理呀！可是现在这个美国国家的教练却让她改正，她从心里不情愿，但是入乡随俗就得遵守美国的规矩。

几天以后教练说：“可以上高速啦！”

第一次上高速，看见左车道车流呼啸而过，她胆小，不敢走了。教练说：“看嘛，走啊，看哪一辆车距离远就插进去。后面那辆车离得远，快进去。”她小心地慢慢插进去，看着后视镜后面的车上来了，她害怕了又情不自禁地踩了刹车，后面的车马上减了速。

“嘛！上高速进车道怎么踩刹车？加速！”教练边说边踩油门，车立即提速。

“你这毛病能不能改了吗？幸亏后面的车机灵。”

“我，我害怕……”

“害怕就踩刹车？什么毛病嘛！”

高速上的车那么快，她能不害怕吗？就像有的人一害怕就尿裤子，她是一害怕就踩刹车。

还好，驾校总算毕业了，路考第二次就拿了驾驶证。

一年很快就过去了，成人学校升入了三年级。大学老师、中学老师、濛濛轻轻松松升上去了，有一些人没升上去，其中有几个中国老年人，他们考试笔试不及格，继续留在二年级，他们也不在乎，对他们来讲反正就是消遣，在哪个班级都能打发时光。

三年级上了不长时间。一天下课休息时，大学老师说：“我看这样读没什么意义，我们不是英文水平低，就这课程我都能当老师，我们就是听力差口语不行。这样学下去，我看，学几年也是这样，我不想学了，想去找工作。”

几天以后，他们夫妻就不来上课了。两个星期以后，中学老师给濛濛打电话：“Amy（濛濛的英文名字：艾咪），我们工作了。我先生考了政府工（在政府机关做工），我在 Wal-mart（沃尔玛）当营业员了。这里需要好多营业员，你要不要来？”

“你当营业员啦？我也去。”

“你要来我今天就帮你要个表格，你明天过来填上吧。”

“还测试啊？难吗？”她想起了进成人学校时的测试。

“不难，你一看就会。好多没什么文化的都要了，就站柜台卖货呗。”

“我口语不好行吗？”

“哎呀，有的人就认识个 ABC，不会说练一练就会了。你看咱们在学校英文不行，在这儿我们还是最好的呢。”

“好，你先给我要一个表格，我明天就过去。”

“老公，我不念了，我去沃尔玛当营业员去。”她对先生说。

“当营业员？一天站 8 个小时，你受得了啊？到时候还不得哭鼻子。”

她一想，自己腰受过伤，真的不能站 8 个小时，站两个小时，再坐一会儿，总坐着也不行，坐两个小时再站一会儿，要时常变换体位，就问中学老师：“当营业员可不可以坐着？”

“一听你就没干过什么活，沃尔玛是大公司，很严格的，当营业员怎么能坐着？”

“那就别去了。”

正和先生意。

她继续在成人学校读书，可是她觉得自己的英文水平还是提高不了，因为如果只是现在老师讲的那些语法过去她都学过，根本不用再学了，但是老师讲课她听了一年了还是叽里咕噜地听不懂。难道像大学老师说的那样，再这样下去几年也是这样？她又学了两年，听力和口语真的没什么提高，只是巩固学过的语法了。

她决定不学了，和一位她喜欢的女老师照了几张照片留念，又请三位教过她的老师吃饭，可是那天有两位老师临时有事情没来，只来了一位老师。但是也给她留下了珍贵的照片，让她永远记住美国成人学校的老师和在学校学习时的美好时光。

42 寒冬惊魂

她拿到了驾驶证，先生陪她去练车。

她第一天开车上路，就连闯了三个红灯！

她不知道东南西北。学地理时知道上北下南左西右东，可是一上马路就找不着北。

“往哪儿开呀？”她不认识路，也不知道哪个单位在哪条路上。

“你就顺着 WALLEY 这条大道往前开吧。这条路长着呢，一个弯都不用拐。”先生坐在她旁边指挥。

“好嘞！”

“记住啊，不能随便踩刹车。别把脚放在刹车上，放在刹车和离合器中间，两边移动，控制刹车和离合器。”

从家里小胡同出来时她还特当心，一上了 WALLEY 大道，车少路顺心情特舒畅，她一边开车一边唱。

突然前面一个十字路口，是红灯。她习惯地往下一踩，但是忘了脚没在刹车上，车已冲了出去。

“红灯！停！”先生在旁边喊。

她赶紧踩刹车，车停在了马路中间，正横向行驶的车直按喇叭。

“快开走！车不能停在马路中间，影响交通。”先生又喊。

等她把车开过十字路口，先生教导她：“记住，如果不小心闯了红灯，中途就不要停，一直开过去。”

“知道了，将错就错，一错到底。”

“还有啊……”

先生操着半生不熟的普通话，车可不等他，等他慢条斯理地没说完，车又冲到了一个十字路口。

“红灯！”先生喊。

她的习惯愣是给改了过来，脚不让放在刹车上，放在中间了，但一紧张忘了应该踩左边还是踩右边，一眨眼，车又冲了过去！幸亏这是一条小马路，没有车也没有人。

“老婆，你已经闯了两个红灯，下次可要注意了。”

“这能怪我吗？你们美国两个路口之间距离也太短了，一眨眼儿就是一个，刚发动还没等提速呢，又是一个。你看我们北京的多长，能走一上午。”

“警察局！”先生突然在旁边大喊。

她只为了和他争辩，一眨眼又是一个红灯路口，车已经冲出了白线。她向右转头一看，“ELMONTE POLICE DEPARTMENT”（艾尔蒙地警察局）就在WALLEY大道边上，警察局几个大字就在大门上方，天呐！一辆警车正从警察局开出来。完了！等着挨罚吧！胆大包天竟敢在警察局大门口闯红灯！可是上帝呀！这次运气这么好?！这个警察左手开车，右手打电话，眼睛看着前面，不看她。她一脚油门冲了过去。

先生吓得瞠目结舌，“哎，哎……”半天才缓过气来，对她是又可气又好笑：“我来美国这么多年，开了一辈子车，也不敢闯红灯啊。老婆第一天开车上路，就勇往直前连闯三个红灯。真是巾帼不让须眉！”

“你少讽刺我。”

“更厉害的是，我老婆居然敢在警察局大门口，当着警察老爷的面闯红灯，我想，整个洛杉矶也没有第二个。”

“你老婆傻帽呗。”

“‘英雄’啊！老婆，‘英雄’也！”

就这“二把刀”，先生怎么敢让她一个人开车上路，到哪儿都跟着她，再说她也不认识路。

"老婆,这是哪啊?"

"不知道。"

"那右边不是大华超市吗?昨天还来了呢。"

"昨天来,我今天就得记住啊?"

"老婆,前面是哪啊?"

"不知道。"

"你好好看看。"

她一看,哎,怎么这么熟悉呀?可是想不起来了,车嗖的一下过去了。

"停车!这是咱们家。哎,过去了。到前面路口转弯再开回去!"先生大喊。

啊!她才想起来,我说怎么这么熟悉呢,原来是自己家。

"人家大禹是三过家门而不入,你是到了家门而不进。"

"这能怪我呀?你们美国的房子都一个颜色,路都一个样,路上也没有明显标记,我初来乍到,当然就不认识了。"

从她开车那一天起,先生就没敢放她"单飞",一直跟着她。他是个慢性子,文质彬彬,中文又不好,话一出口颠三倒四,说话慢条斯理,车速永远比他语速快。

"老婆,左转弯。"

"左转弯?你怎么早不说,应该提前两个路口告诉我,我好并线。得,过去了。怎么办呐?"

"别转了,开过去,到前面再转回来。"

"老婆,下面要左转弯了,我想想第几个路口啊,嗯,第一个还是第二个……"

"快说呀!第几个?"车轮飞转。

"到了!就这个。"

"得,又过去了。你说话能不能快点?"

"我想快说,可是又不知道怎么说,这路名有时中文翻译不出来,说英文你又听不懂……"

"得得得,少啰唆。下面怎么走?"

每次出去,两个人都要拌几句嘴。她反感不让他跟着,他偏跟着说不放心。这一天天气比较冷,还是个阴天,10月末冬天就来临了。今天不知道他犯哪根神经了一路上唠唠叨叨,说中文磕磕绊绊感觉意思没表达清楚,就夹杂着几句英文。她今天本来心情不好，特烦，心想，该说的你吭吭哧哧说不出来，不该说的唠唠叨叨没个完，说些什么乱七八糟的？火起！一脚刹车，把车停在路边。

"下去！"她命令他。

"你说什么？"先生正说得起劲呢，以为她开玩笑，笑嘻嘻问。

"我让你下去，不愿意听你唠叨。"她上来了小脾气。

"老婆……"

"你下不下去？"她急了用手指着他。

"那我上哪儿去呀？"他意识到了事情的严重性。

"蹲马路牙子去！"

先生看她真生气了就说："好好，我下去。"打开车门下车，又不放心把着车门问"我坐车就回家了，你怎么办？能找着家吗？"

"不要你管！"她探身伸胳膊把右手车门"砰"一关，"呼"一下把车开走了。

"哎……"先生边追边喊，跑出去几步见追不上了，站在路边发呆。

她想，这下自由了，没人管我了，开吧，随心所欲地开吧。有什么难的，就顺这条大道一直往前开呗，开到头再转回来。哼！看我离了你行不行。她就顺着大道一直往前开。可是开出去几个路口，前面竖着一个金黄色的牌子，上面写着 ROAD WORK AHEAD(前方修路)，几个金黄色的墩子挡在路上，她只好右转。也该着她今天不顺，开了两个路口，前面又有一个金黄色的牌子，上面写着 ROAD CLOSED AHEAD(前方道路关闭)，好些人在牌子那边又唱又跳，牌子这边有两个警察把着，不让车过，可能是有什么活动路就被挡上了，她又右转，转来转去地开，真过瘾。

这时，包里的手机响，她想肯定是先生，不理他！

就这样转来转去开了几个小时过足了瘾，也累了想回家，可是不知道怎么走，她也不知道东西南北，回想来时的路线，转了这么多个弯也不知道弯到哪儿去了，硬着头皮往前开吧。她眼睛一撇路边，妈呀！一副大骷髅架子，像真人一般大小，挂在一个人家的门上，风一吹直晃荡，胳膊腿还会动，原来是个塑料骷髅模型。她吓得汗毛都竖立起来，赶紧往前开，前面没有路了，糟糕，是个死胡同，她又赶紧调转车头往回开。刚才光顾了找路，她也没好好看看，不知道怎么昏头昏脑闯了进来。这是一个僻静的小胡同，她看看两边的人家，都关着门，门前布置着各式各样的装饰，有水果、蔬菜，还有黑布做成的鬼怪，树上挂着白色的丝丝网，大部分是龇牙咧嘴的鬼魂。有一家门前的草地上布置了一个坟场，完全是电气化装备，中间立着几个墓碑，墓碑上面还写有文字，树上吊着一个骷髅，手舞足蹈，眼睛里的灯泡放着红光，嘴里还发出“嘎嘎嘎”的叫声，树底下是一条圆形的小轨道，轨道上面还跑着小汽车，草地上的大鬼小鬼们做出各种姿势，真是群魔乱舞。她想起来了，明天就是 Halloween（万圣节……鬼节）了。

转头看看周围，静悄悄的，一股冷风吹过，她浑身打起了冷战。她从小胆儿就小，最怕鬼怪了，天黑就不敢出屋。她认为鬼怪是地狱里的东西，可怕又可恶，代表着邪恶，可是美国却把它们当玩意儿供奉着。这美国人，真是不可思议。她加快速度开出这条小街。

天渐渐暗下来，一阵冷似一阵。她再一看，油箱里的油也不多了，也不知道哪儿有加油站，怎么加油。她有些怕！单凭自己这么乱闯今天是回不了家了，还是找先生吧，把车开到一条宽些的路边，拿出手机拨通了家里的电话。

电话刚响了一声，先生就接起：“Hello！”

“老公。”她可怜巴巴。

“老婆，你在哪里？”是先生焦急的声音。

“不知道。”她颤颤巍巍。

“你走丢啦？现在在哪里？”

“不知道！”

“那你在什么地方？”

“不知道。”

“看看路牌子叫什么名字？”

“没有路牌子，我在这条马路中间。”

“把车开出去，开到路口，不管哪个路口。到了路口给我打电话，我去接你。”

“哎！”

她一直往前开，到了一个路口告诉他：“老公，到路口了。”

“你先找个停车位，停好车再给我打电话。要是找不到停车位，就换个路口再给我打电话。”

“哎。”

她把车停靠在路边上：“老公，我停好车了。”

“哪个路口？什么路名？你就告诉我横的、竖的两条路名就行了。”

“我不知道怎么念？”

"给我读英文字母。"

"是 Colima。"

"啊,可利马。那条呢?"

"Nogales。"

"挪哥利。怎么跑出去这么远?"

"我也不知道,转来转去,开糊涂了,也不知道往哪边开了。

"行了,你就坐在车里,千万别下来,有黑人抢劫。把车门车窗都锁好了,谁叫你也别开,困了就睡觉。"

"哎。"此时世上任何人都没有濛濛乖。

这是一条不宽不窄的街,比较安静,家家户户关着门,偶尔有人家有车有人进来出去,路上偶尔过往一辆车。她哪里敢睡觉,两只眼睛大睁着,前后左右看看,没什么危险的迹象,才放下心,自己安慰自己不会有事的,这是居民区,眼睛盯着手表秒针一下一下地蹦。人说度日如年,此时她是最理解这句话的含义了。20 分钟过去了,先生没有来,30 分钟过去了,先生还没有来。有一辆车过来,她就瞪大了眼睛看,不是,再过来一辆车,满怀着希望,还不是。40 分钟过去了,先生该来了吧?眼睛的功能不够,耳朵也加进来,支棱着耳朵听,有一点动静就兴奋一下。哎!还不来。天渐渐黑了,她害怕了,真的害怕了!直往座位底下缩。先生怎么还不来呀?49 分 36 秒时,一辆车从路口进来,亮着车灯,慢慢地开过来。她立即精神起来,伸着脖子瞪大眼睛往外看。近了一看,哇!是先生!她看清楚了,坐在右边副驾驶座位上,司机是一个陌生的男人。车向她开过来,停在她的车前,先生从车上下来。

"老公!"她大喊一声,推开车门,像一个丢失的孩子看见父母一样向先生奔过去。

右边车门打开,男人走出来。先生把濛濛给他介绍:"这是我太太。"

"啊,柳太太,你好。"男人向她伸出手。

"这是我朋友,陆先生。我打电话给陆先生,他先去咱们家接我,然后我们俩一块过来接你。"

"谢谢陆先生!"她也向男人伸出手。

"行了,我回去了。"陆先生对他们说。

"谢谢您啊,陆先生,去家里坐坐吧。"她感激地说。

"改日吧。再见!"陆先生开着车走了。

"再见!"他们向他招手。

回去是先生开车。坐进车里后她偷偷地看着先生,心想,骂我一顿吧,也好受些。但是先生什么也没说,只是看着她抿嘴笑了笑。无声胜有声,那仿佛在说:“看你下次还敢不敢再耍小脾气?”

“老公……”她哇的一声哭出来。是吓的,也是感动。

“好啦好啦!别哭了啊,以后不要耍小脾气啦。”先生伸出右手拍拍她,是安慰,也是潜在地谴责。

“嗯。”她用力地点着头,乖极了。

从这次以后,濛濛就真的再也没有任性和耍小脾气了。

先生给她买了一个GPS(全球位置测定系统),是高级性能好的那种,还买了一个高级的底座,是一种里面装着沙砾的东西,很沉重的布袋夹式的,把GPS放上去,可以拖着到处移动随便放在哪个位置,不像插座式只能插上固定在一个地方不能移动位置。这个底座还有个好处,因为是布袋夹式的,不用GPS了,往夹子里一放拿走。

GPS刚买来时濛濛挺高兴,可是用了一段时间它的弊病就显现出来了,有三点:

一是一路上不停地说,而且就那两句话翻来覆去地说。太吵人,先生不唠叨了,它唠叨;二是它只认识一条路,净让你走高速走大道,你要想走LOCAL(本地的地方线)或是走捷径,它就乱了系统了,给你胡说八道,乱指七八指;三是招祸。有人专门偷GPS,撬不开锁就砸玻璃。下车时一定要把它拿下来藏好。

还好了,GPS可以装在底座夹子里,下车拎着走,上车时再放上去。可是有时候从家里出来匆忙忘记拿,坐进车里才想起来,还得回去取,也够烦的了。

GPS有这么多弊病,她能用吗?用一段时间就丢一边不用了。最主要是先生看报纸,说有一对小夫妻去旅游,GPS把他们指引到一条绝路走不出来了,几经周折才脱险。他就坚决不让她开车了。她想,不让开更好,谁还愿意开?猴儿累的,还担惊受怕。有人效劳还不好,只管享受吧。

43 一顿大餐

濛濛这些天又因为吃饭和先生生气。

先生爱吃西餐,什么麦当劳、肯德基、汉堡、烤牛排、意大利面、法国蜗牛,还有什么越南米线、鸡饭、粉肠。什么乱七八糟的,濛濛不爱吃。唯有烤牛排,她还能接受，其他的一概不感冒。这些东西吃一次还行，吃二次也将就，再吃就吐了。

"你爱吃你上饭店去吃，我不吃。"她对他说。

"老婆不去，我一个人吃有什么意思？"他就和她怄气。

这一天先生问她："老婆，明天晚上我要请两个朋友吃饭。去哪个饭店好？是中餐馆还是西餐馆？"

"你这两个朋友是中国人还是美国人？"

"中国人。"

"中国人当然吃中国饭啦。在家吧，我给你们做好吃的。"

"你能做出什么好吃的？"

"不信？"

"不信。"

"好。明天瞧。"

第二天上午两人去超市，先生在后面推着购物车，她在前面点货，买了大龙虾、鱿鱼、新鲜鲈鱼、五花肉、二磅鸡脚、韭菜、小油菜、小黄瓜、西红柿、青椒、嫩豆腐、松花蛋、咸鸭蛋。

先生一边往车里放，一边不相信地问她："老婆，你真会做吗？要是不行，现在订饭店还来得及。"

"你就瞧好儿吧。"

回到家，她收拾这些东西，该洗的洗该切的切。吃过午饭，她对先生说："我下午要做饭了，你去你朋友那儿吧，晚上6点带他们准时回来吃饭就行了。"

先生还半信半疑："那我走了，要是不行，立刻给我打电话，我马上定饭店，然后回来接你。"

"哎呀，你快走吧，平时不爱说话，今天怎么啰哩啰唆没个完。"

晚上6点钟，先生带着两个朋友回来，其中有一位是接濛濛回家的陆先生。他们推开屋门，香气扑鼻，再往桌上看，眼睛就盯住桌子不会动了。满满的一桌子菜肴，四个热菜：红烧肉、葱姜大龙虾、爆炒鱿鱼鲜韭菜、清蒸鲈鱼；四个冷盘：香菇趴油菜、咖喱鸡脚、红油小黄瓜、豆腐松花蛋，而且颜色搭配得非常漂亮，金红色红烧肉盘子边上围着一圈小圆绿黄瓜片；清蒸鲈鱼身上洒满黄黄的姜丝和白白的葱丝，盘子边上摆一圈绿绿的香菜；红红的大龙虾盘子边上围着一圈青椒快；鱿鱼韭菜更是红绿相间。绿油菜上面趴着几朵褐色的香菇，小绿黄瓜条滚满红红的辣椒油，黑色的松花蛋切成长条摆在白白的豆腐上，盘子边围着一圈西红柿。两个朋友也看傻了眼，好半天才叫出来："哇！简直是艺术品嘛！"

"真是美味佳肴啊！色香味俱全呐！"

"哎呀！我怎么没把照相机带来？"

"我有！"先生着实一个大大的惊喜，乐颠颠把照相机拿来，噼里啪啦一通照，心想，老婆还会这一手。

"多照几张，给我们发过去，让我老婆看看。这盘，这盘。这是怎么做的呢，真神啦。"

濛濛把最后一道甜食"拔丝地瓜"左手端上来，右手还端来一碗凉水。大家入座。先生斟上葡萄酒，大家一起举杯。

"感谢柳先生盛情款待！感谢柳夫人妙手佳肴。"

"请！"濛濛伸手礼让。

"这么漂亮的菜真舍不得吃哎。"

"柳夫人，真是上得厅堂下得厨房。钦佩钦佩！女中精品呀！"

"多谢夸奖。来来来，先趁热吃拔丝地瓜，要不然凉了就黏连了。"

"这叫拔丝地瓜呀？怎么吃啊？"路先生问，看来他没吃过。

濛濛做示范，先夹起一块地瓜，在盘子里一转，然后在凉水碗里一沾，放进嘴里吃。

路先生学样，夹起一块地瓜没转，沾在地瓜上的糖浆丝被拉得长长的。他叫起来："哎呀哎呀！"站起来拉，丝还没有断，最后胳膊举起老高，丝才断了。

"妙哇！简直像耍杂技。"萧先生也夹起一块，比路先生的丝拉得还长，因为他个子比路高。

吃完地瓜，一双双筷子伸向另外一个个盘子。大家吃得嘴巴山响，大汗淋漓。酒足饭饱后几个盘子空空如也，只剩下一碗凉水、一堆龙虾皮、一根鱼刺，连鱼头都让路先生嘬了。

"柳夫人，你是怎么学的做这么一手好饭菜？"路先生问。

"这可是秘密呦。"

"讲讲。让我老婆也学学。"萧先生说。

“我是在大饭店跟大厨学的。”

“跟大厨学的。”两人一头雾水 。

“我在北京的时候，在一个杂志社做编辑，开了一个栏目《饮食文化》，可是不会烹调怎么写文章，我就去大饭店吃饭。北京的大饭店每道菜都有标签，上面写着是几号厨师做的。我选中几个好吃又有档次的菜，去找老总请厨师教我做。开始他说这是人家厨师的拿手菜不能轻易教人，我说我不是学会了抢他的饭碗，我就是想知道怎么做菜，这样好写文章。他说那我也得问问人家愿不愿意。过两天他告诉我可以来了，但是不能录像拍照也不能说话只能站在旁边看。我去了他给我一件白大褂、一顶白帽子和一个口罩，我就站在旁边，先看每道菜都用什么原料，搭配什么佐料，赶紧用笔记下来，再看厨师操作时是什么程序。当然他们操作时动作飞快，一般人根本记不下来，我们做记者的速度都快，我平时采访时还用速记方法，所以不管对方说得多么快，动作多么迅速都能记下来。学会了后回家就实践，可是总做不出人家的味道，我就多做几次，一边做一边琢磨。有时有的菜还根据自己喜欢的口味改一下，经过几次的实践改进，我的菜就做得有模有样有滋有味了，像红烧肉、清蒸鱼、爆炒油焖海鲜、拔丝类，还有凉菜拼盘都是那时候学的，而且还不止一家饭店，去好几家大饭店学的呢。这点儿手艺来之不易呀。当时我只想写文章用，没想到以后的生活里这么有用。”

“那我老婆是没有这个条件学喽。”

“柳先生，好福气呀！”先生美美地得意地笑。

“柳夫人，谢谢！这顿饭真是难忘啊。希望以后还能吃到这么好吃的佳肴。”

“想吃就来。”

“那可是说定啦！哈哈！”

送走了客人，先生可高兴啦：“老婆，以后可以给我做大餐吃啦。”

“那也不能经常做这样的大餐，还不把人累死。从采购到洗切然后再做，整整一天的时间，除非有客人来。”

“得有客人来才做大餐呐？”

“对，我平时没工夫。”

于是以后先生隔一段就告诉濛濛：“老婆，明天有个朋友来。”

“明天早上我们去超市吧。”

“哎！”

有一次,先生领回家一个人,在饭桌上一个劲地给她说一种化妆品。他走了以后她问先生:“他是谁呀?”

“我也不认识他。”

“不认识你往家领,还让我做好吃的。”

“我去家庭医生诊所,他也去看病,见了我就一个劲地说什么化妆品好,我说你给我说,我也不懂,我老婆爱美,你上我家自己跟我老婆说去,就让他今天来了。不是好长时间没吃大餐了吗?”先生笑嘻嘻地说,好像为濛濛做了一件大好事似的还捞着一顿大餐吃。

“你傻不傻呀?以后少弄这事,再有朋友来家吃饭,得事先告诉我是什么交情,随随便便领回来一个人就给他做大餐?没门。你也少往家领朋友。”

“知道啦。那以后不让往家领人了,我要想吃,不做大餐,做一样行不行,比如红烧肉?我就爱吃红烧肉。”

“行吧。那也不能总吃,也得做半天呢,加上买肉前期准备,怎么也是一天啦。”

“行行行,给我做就行,那就两个星期吃一次?”

“不行,你那样吃脂肪太多,两个月做一次。”

“行。”

44 20美元

濛濛从成人学校放学回家,见茶几上放的《世界日报》便顺手翻看着,一则广告吸引了她的视线,是一家中文报社招聘编辑。

“老公,我去应聘编辑。”

“去吧。你行吗?”

“嗨,我在北京国家级的大报社大杂志社都做过,这个报社没问题。”她拿着她的一大本子资料,信心满满。先生开车送她到报社,她进去应试,先生坐在外面大厅等她。

“看你报道的新闻和撰写的文章,你的中文没问题,有功底有水平。”报社主考人翻看着她的资料夸奖着。

“你英文怎么样啊?”他合上大本子满怀期待地看着她问。

“还行。”

“还行不行,得精通。”

“精通?什么程度算精通啊?”

“听得明白、说得流利、写得顺畅。”

“我会看,听不懂,不会说。行吗?”

“那不行。听和说还很重要。”

“您不是中文报纸吗?”她言外之意是要说中文好就行了呗。

“小姐,这是在美国哎,要采访的是外国人,所以听和说就尤其重要了。”

看来肯定不行了,她很沮丧。

看着她的表情,他又说:“这样吧,你中文这么好,如果不介意的话,就做个特约记者吧,有时间给我们写点通讯之类的,用中文写就行。像你周围的人和事,社区、单位、学校有什么活动啊,发生什么特殊的事件啊,人们的生活有什么大的变化啊,出现了什么有影响的事情啊,有什么感人的人和事啊。总之,你做过媒体工作,你认为可写的都可以写。”

“好吧。”

“不过,没有工资,也没有稿费。”

“嗯……要求稿件的数量吗?有什么规定吗?”

“没有,你随便,有时间就写,没时间也不勉强。”

“那好吧。”

她出来后先生问她:“怎么样?录取了吗?”

“我英文不好。没正式录取,让我当特约记者。”

“特约的?有工资吗?”

“没有。”

“那你为什么要做?”

“嗨,不是正式的,也没有要求啊,高兴了就写,不高兴就不写呗。”

“我不管啦,你自己拿主意。”

“让你管,你也不懂啊。”

回去以后,她写了一篇报道,就得了几句夸奖,什么也没有,后来几次想写,可是又一想,没有工资连稿费也没有,就没有动力了。以后她就不再写了,可能人家给她除名了,她也不管了,本来就不是正式的嘛,再以后就完全把这事丢一边去了。

这天看广告，一个公司招秘书。她想，去试试看。

这家公司是个销售公司，一对夫妻办的。不大点个小屋，还一分为二有两个公司，一个公司的位置只能放两张小桌子。

"请问，您有什么要求吗？"她想是不是也要求英文精通啊，就先问。

"精通中英文，还要会广东话，越南话。"

她发现家公司要求更高，就说"对不起！我就会说普通话。"

"那不行。"

出来以后她对先生说："要求还挺高，还得会说广东话、越南话。干吗要会广东话越南话啊？这不是美国吗？"

"来美国的中国人大部分是广东人，都说广东话，美国还有好多越南人说越南话。他们要拉这些人的生意。"先生给她解释。

"在美国开公司可真容易，丁点儿大的半间小屋放两张桌子，一对夫妻就是一个公司。"

"这已经不错了，两个人，还有半间屋子，两张桌子。没有屋子，没有桌子，就一个人照样开公司。"

"那不谁都可以开公司啦？"

"可以呀，你也可以开公司。花一两百元钱，起个名字就可以注册一个公司。"

"这么容易？

"所以呀，中国人都到美国来开公司了，而且名头一个比一个大，世界什么公司、国际什么公司。这就叫商机。"

她想，这就是美国的生意场。

一天她去上课，课堂上老师正讲课，吴颖拿出手机往外跑，一会儿回来把她叫出去说："Amy，我妈病危了，我妹妹来电话，我得马上回国。"

"那你快回去吧。"

"可是有一件事，你能帮我个忙吗？"

"行，你说吧，干什么？"吴颖也是北方人，善良耿直，所以濛濛和她好。

"我晚上有一份工，如果我走了，主家就会另找人了。可是我非常需要这份工，你能替我几天吗？"

"行，干什么。"

“家政。”

“我能做。”濛濛想，不就是打扫卫生和做饭吗。

“你能干吗？打扫卫生也挺累的。你会做饭吗？”

“会。”

“真的？太好啦！原来我还想，看你那样，你老公还不得找两个保姆伺候你。”吴颖高兴地说。

“我就是我们家的保姆。”

“那我把地址告诉你，再跟主家打好招呼，你今天晚上就直接去吧。我很快就会回来，你替我几天的工钱给你。”

“我不要，就帮几天忙呗，哪能要钱。”吴颖在美国生活挺难的，先生身体不好，干不了什么活，儿子上大学，全靠她赚钱养家。

“别的呀，你能替我几天，保住这份工我已经够感谢的了，怎么能不给你钱。就这么说定了，咱们朋友归朋友，钱归钱。”

“那好吧。”

吴颖回教室和老师请了假，就急急忙忙收拾东西跑了。

中午放学了，先生接她回到家，她故意逗先生：“老公，我有工作了。”

“干什么？”

“家政。”

“家政？”先生乐了，“你知道家政是干什么的吗？”

“知道，不就是打扫卫生做饭呗。”

“你不能去。”

“为什么？”

“你们家还请保姆呢，你来美国当保姆去，我怎么跟你妈交代？”

“哎呀，又不是我去当，是替我们同学做。”

“那她怎么不做了，让你做？”

“她妈病危今天回国了，让我替她做几天。”

“啊！那还行。替几天哪？别没完没了。”

“她说很快就回来。”

按照吴颖交代的，晚上6点夫妻俩来到主人家门前。先生把车停在马路边上。濛濛下车，先生也跟下去。她说：“你别下来了，就在车里等我。”

"不行,我得进去看看,他们家都是什么人,如果不三不四的马上走。"

这是一个占地面积很大的大豪宅,三层楼,浅米色的,门前一个大花园,两边的草坪有一簇一簇的花,整洁干净又漂亮。中间一条小路,她在前先生在后,他们顺着小路走上前按响了门铃,有人来开门,是一个优雅和善的老夫人,问她:"你找谁?"

濛濛和她说明了情况,她上下打量了濛濛一眼,客气地把他们夫妻让进屋,请他们坐在客厅的沙发上。一会儿,一位高大绅士的老先生从屋里走出来,老夫人把老先生叫到一边,两个人在说着什么,期间老先生回头看看她,摇摇头。她心里慌了,想人家没看上她,肯定嫌她不健壮,怕她干不了活。一会儿老夫人和老先生过来,坐在他们对面的沙发上,老夫人很客气地给他们削水果,然后老两口就和他们亲切地聊起来。先生见状就放心地出去了。

聊了大约有一个小时,她得知老夫妻俩住在台湾,80 多岁了。老先生是国民党的一个中将,老夫人是台湾一家大公司的总裁。他们又问了她从哪里来,在国内是做什么工作的。7 点钟时,外面门响,老夫人对她说:"我女儿回来了。"

一位中年妇女走进来,过来和她打招呼,她赶紧站起来。

"你就是沈小姐吧,吴颖给我打电话了。"

"是,您是项律师吧。"

"坐坐,别客气。"老夫人笑眯眯地看着她说,然后,他们三个人就进到房间里了。她想,人家估计是不用她了,商量怎么打发她呢。

好半天女儿出来了,老夫妻没有出来。

"沈小姐,可能吴颖跟你说了。她的工作是做家务,做饭和打扫卫生,最主要是照顾我爸我妈晚上洗浴,怕他们年纪大不小心滑倒了。工作时间 3 个小时。我看你这么单薄,可能都没有 100 磅,弄不动我爸我妈,再说可能你也没做过,不会做。就不麻烦你了,我们再找一个人吧。

她想,完了,人家不用她,这不把吴颖的工给丢了,就急忙说:"我能……"

项律师摆摆手又说:"我妈说:'人家沈小姐是个文化人, 怎么好意思让人家做这些事。'不过,我妈妈很喜欢你,说你文质彬彬的,知识面又广,如果你不介意的话,可以陪我爸爸我妈妈聊聊天。他们一直生活在台湾,来美国生活不习惯,总吵着要回去,可是台湾那边又没有亲人了,我又是一个独生女,这边工作也离不开,也不能陪他们回去。他们就觉得在美国生活寂寞无聊。如果你同意的话,你就晚上过来,陪他们聊聊,随便聊什么。时间看你方便,3 个小时更好,2 个小时也可以,1 小时 10

元钱。你考虑考虑。”

“好！我来。”她高兴地说，想干什么无所谓，不就是几天吗，最主要能把吴颖的工作保住。

这时，老夫妻从房间里出来。老夫人笑眯眯地说：“我一看见沈小姐，就有一种亲切感，好像我们有缘分。沈小姐能来陪我们，真是太好了。”

“沈小姐，那你今天就回去吧。我看门口有辆车，可能是你先生在等你吧。现在是7点半，算你今天2个小时，给你20元钱。明天晚上你6点来就行了。”项律师看看表对她说。

“今天1个半小时，给我15元就行了。”她说，心想不能占人家的便宜。

“别的，就算2个小时。20元。给沈小姐20元，有没有零钱？没有我这儿有。”老夫人欢喜地看着她对女儿说。老夫人心想，这样的人诚实品德好。

项律师拿出20元钱给她：“明天见。”

“明天见。”

“沈小姐，你明天一定过来呀。”一直未开口说话的老先生叮嘱一句。

“哎！我明天一定过来。再见！”她心里别提多高兴了，看来她是受欢迎的，一家人都对她满意。

来到路边的汽车前，先生坐在里面打瞌睡，她敲敲车窗。

先生打开门，她一下跳进去：“老公，我发工资啦！”

“发工资？谁给你发工资了？”先生懵懵懂懂。

“主家。”

“刚去就给你发工资啦？让你干什么？”

“陪聊。”

“什么什么？陪聊？”

“哎呀，就是陪着聊天。亏你还是‘美国人’，连陪聊都不懂。”

“还有让人陪着聊天的？真是有钱人什么事都想得出来。”

“这是社会发展需要，寂寞呗。”

“呵，他们倒美，让人家的老婆陪他们聊不寂寞了，老公撇在外面寂寞。”

“别心里不平衡啦啊，你画裸体美女，不也是成天画人家的老婆嘛。人家老公高兴吗？”

“那是艺术。她们乐不得让我画呐，千古流芳。他们那是什么？”

“行了，他们都老了，儿女没时间陪他们，就想找个人说说话呗。你跟老人家计较什么。”

“让你陪他们聊什么呀？”

“随便什么都行。”

“别牵扯政治啊，少惹麻烦。”

“哎呀，我知道啊。古今中外，天南地北，天文地理，名人明星，逸闻趣事多了，几天几夜都说不完，谁去谈什么政治。你以为我喜欢那玩意儿，我向来跟它都不沾边，不是那块料。”

“那还行。”

“20 元钱耶。”濛濛的心思现在都在手里 20 元钱上，喜滋滋地前后翻转着看。

“20 元钱就把你乐那样。”先生看着她直乐。

“这可是我来美国第一次赚的钱。”

“是！第一次赚的钱，20 大元。”

“20 元怎么啦？20 元也是钱呐。哎，老公，你说，我这第一次发工资，这钱怎么用呢？能用得非常有意义，永生难忘？”她兴致勃勃又满怀期待。

“不知道。”他语气淡淡的。

“你帮我想想嘛。”她兴致依旧不减。

“想不出来，20 元钱干什么能永生难忘。”先生觉得好笑。

“哎，老公，我请你吃 dinner（正式晚餐）。”她想起，今晚两个人赶时间匆匆忙忙来不及吃晚饭，只喝了一杯咖啡。

“20 元钱请我吃 dinner？”先生笑起来。

“对，dinner。”她语气坚定。

“好，dinner。”先生顺着她，心想只要她高兴。

没走多远，路边有几个饭店，两个人把车停在路边走进一家饭店坐下，服务生把菜单拿上来，她一看：“Sorry！”（对不起！）起身往外走，先生跟出去：“怎么走啦？”

“你看看价钱，没有 40 元下不来。”

“40 元就 40 元吧。”

“我就 20 元。”

“哎呀，20 元不够再加点嘛。”

“那不行，我请你吃饭，就吃 20 元的，不能添钱，那就没意义了。要不然，就请你吃 Supper(随意晚餐)吧？”

“好吧。20 元，Supper。”先生苦着脸。

他们又进了另外两个饭店，看了菜单后两个人又出去。最后在一个路口转弯处，见一个小小的饭店，进去一看里面只有四张小桌子。一个中年妇女，可能既是老板又是服务生了。她一看菜单乐了，杂碎汤 8 元钱一碗，油饼 3 元钱一张。

她就坐下来点：“两张油饼，一碗杂碎汤。”老板写下来。

她一算价钱才 14 元，还剩 6 元，又点了一个小菜，3 元钱，加上小费 3 元正好 20 元。

先上小菜，不丁点的一个小碟子，里面几根海带丝，两个人几口就没了。一会儿，杂碎汤上来，碗到蛮大，两个汤勺两双筷子。她对老板说：“请给我们再拿两个小碗。”

老板拿来两个小碗，她把汤分到两个碗里。油饼上来了，以为多大的油饼呢，丁点大又小又薄。

两个人吃完了坐进车里，她高兴得又笑又唱：“老公，今天老婆请你吃饭，高兴不高兴？”

“老婆请我吃饭，高兴！”先生忍不住乐。

“吃得好吗？”

“好！”

“有没有意义？”

“有！20 元，Supper。”

“是不是终生难忘？”

“终生难忘，一张小油饼，半碗杂碎汤。”

两个人哈哈大笑。

第二天，先生送濛濛去律师家。

“就两个小时啊，别没完没了。”下车后先生嘱咐她，他坐在车里等。

她按门铃，是一个高大健壮的墨西哥女人来开的门。老夫妻俩坐在沙发上，老先生正襟危坐，像个守纪律的小学生，她在心里乐了，这对老夫妻倒是蛮有趣的。老妇人示意她在沙发上坐下，墨西哥女人转身去厨房洗碗，她想，这是新来的家政工人吧，可真壮，胳膊都快有我的大腿粗了，怪不得人家不用我，是比不了，不服气不行。

茶几上摆满了水果，老妇人热情地让濛濛，见她不动手就剥了个香蕉给她：

“吃,别客气,我们也吃不了这么多,帮我们吃一个。”

“谢谢！”她只好接过来。

老妇人给老先生剥一个香蕉,然后自己剥一个。三个人吃过香蕉,老妇人抱来一大摞相册,大大小小有十几本,一本一本地翻给她看,一边看一边讲,这是什么时间在什么地方照的,当时做什么去了。老先生也随时插话进来,老两口兴致盎然,可找到可以倾诉的人了。这些照片有老先生年轻时威武雄健的军装照,有老妇人貌美端庄的青春照,有他们随意浪漫的休闲照,也有温馨悠然的生活照,更多的是项律师乖乖女照。老妇人把相册翻到一张照片,久久地看着。濛濛一看,好温馨的一张家庭照:在夕阳西下的海滩上,三个人背对大海,父亲在这边,母亲在右边,项律师在中间,当然她那时才是个四五岁的小女孩,牵着父母的手,歪歪斜斜地走在海滩上,张嘴大笑,父母也幸福快乐地笑着。

“我最喜欢这张照片,娇娇好乖哦。时间过得多快呀,娇娇都40多岁了,我们能不老吗?”老妇人不无留恋地说。

“娇娇好乖哦,就像在昨天。”老先生也无限感叹地说。

然后老两口就一边一个,深情地看着照片,好半天也不翻过去。濛濛感动得都要落泪。啊!可怜天下父母心,而又有多少个儿女能体会到父母的爱心呢,不是嫌他们唠叨就是怕他们过问,翅膀硬了就跑得远远的,去享受自己成长中的快乐去了,不是缺钱不是遇到困难就想不起父母,想不到回家,哪里知道父母无时无刻不在为儿女牵肠挂肚呢。

她便对这一对老夫妻有了好感,善良的老人都会得到人们的敬重与爱戴。

不知不觉,两个小时到了。

她临走时问:“老伯,请问你们喜欢听哪方面的内容?”

“我喜欢听诗歌、小说,我年轻时爱好文学,要不是日本鬼子侵略中国,我不会参军,我在大学是学机械的。”老先生说。

她想,老先生是个儒将,又笑着说:“那您现在是将军啦。”她言外之意是说你不参军能当将军吗。

“那时候, 根本就没想过当不当将军, 就是抱着必死的决心, 把日本鬼子赶出去,穿上军装就上前线了,热血青年呐。”她想,老先生打开话匣子也是个健谈之人。

“您呢,伯母,喜欢听什么?”

“我喜欢服饰,女人嘛。我也注重保健,老了。”老妇人说。

濛濛是个认真有时甚至是个认死理的人，陪聊，就要给人家聊出点东西来，让人家满意。回到家她就翻她那堆书。他们爱听什么呢？老先生说喜欢文学，那就是诗歌、小说、戏剧呗；老妇人注重保健、衣饰，那就是医疗、饮食、服装、衣食住行那些家常事呗。她把手头所有的书都大概翻了翻，温故而知新，半夜了还没睡，就觉得从国内带来的书少了，知道有今天多带点过来呀。还好有一套 24 本的《中国文学精粹》，内容自中国最早的汉族文学史西周的《诗经》，到“中华民国”时期的文学作品，囊括了汉赋唐诗宋词元曲明清小说，诗歌、散文、小说、戏曲，应有尽有，而且全是名著。她庆幸把这套书带来了。当时先生接她来美国时还说：“你拿这么重的一套中文书去美国干吗？美国说英文，不说中文。”她笑了，得意自己的有远见。

先生几次醒来见她还在翻书就说：“哎呀，老婆，行啦，快睡觉吧，别为了 10 元钱，再把命搭上。”

“哎呀！你不懂啦，睡你的吧。”她想，难道我是见钱不要命的人嘛，我是为了帮吴颖保住她的这份工。

早上她醒来迷迷糊糊都爬不起来，又睡了一觉，睡醒起来已是下午了，晚上 6 点，先生准时把她送去就开车回去了，告诉她：“我 8 点来接你。”

她进去，见桌子上已摆好了几样水果，老妇人照样还是那么热情。濛濛就吃了一根香蕉。

她对老先生说：“大伯，您喜欢文学。中国文学概括起来，按时间分类是古代文学、现代文学和当代文学；按类别分类是散文、诗歌、小说、戏曲，而文学类别主要体现在作品上，例如汉赋、唐诗、宋词、元曲、明清小说。

老先生听得好像挺吃力，她就说：“这些理论太抽象了，不好懂，我给您讲一讲具体的作品吧。”

“好。”

“你知道中国四大名著是什么吗？”

“这我知道，《三国演义》《水浒传》《西游记》《红楼梦》。”老先生乐了。

“您知道中国四大古典喜剧吗？”

“四大喜剧？不知道。都是什么？”

《墙头马上》《西厢记》《拜月亭》《倩女离魂》。”

“啊，这几个呀。”

“其实是十大喜剧，不过人们喜闻乐见的爱说四大喜剧。同样也有十大古典悲剧,不说这么多了,您知道四大古典悲剧吗？”

“四大悲剧？是不是有一个《窦娥冤》啊？”

“对。那几个呢？”

“那我就不知道了。还有哪个？”

“《赵氏孤儿》《汉宫秋》,《梧桐雨》也叫《长生殿》。戏剧一般的人不太清楚,以后我给您讲解内容。”

“那太好了。”

“您知道世界著名戏剧大师莎士比亚的四大悲剧吗？”

“莎士比亚的？好像《哈姆雷特》是吧？”

“是,那三个呢？”

“不知道。”

“是《奥赛罗》《李尔王》《麦克白》。”

“啊。”

“莎士比亚的四大喜剧呢？”

“这我就不知道了。”

“《威尼斯商人》《无事生非》《皆大欢喜》《第十二夜》。”

“这些你都看过吗。”

“看过。有的是小时候看的,那时候字都认不全,更不懂什么意思了,囫囵半片的,长大也没工夫看了,不过小时候记忆力好,情节倒是记住了。”

“那你可得给我讲一讲。”

“好。除了这几部名著,中国还有好多对后世有影响的作品,像明清小说《金瓶梅》《镜花缘》《聊斋志异》,清末民初小说《孽海花》《儒林外史》《啼笑姻缘》《金粉世家》,近代小说《京华烟云》、张爱玲的《倾城之恋》《十八春》、巴金的《家》《春》《秋》等等,另外还有许多的世界名著,像《飘》《静静的顿河》《荒原狼》《麦田里的守候》《老人与海》,您是军人,肯定对军事题材的作品感兴趣,像《第 22 条军规》《别了,武器》《西线无战事》,我都会给您讲。”

“那可太好了。”老先生高兴地说。

“我也愿意听。”老妇人高兴地说。

“好,我就给你们讲这些。”濛濛也高兴地说。

两个小时到了。濛濛准备回去，老妇人把女儿叫过去，和女儿说了几句什么。项律师给了濛濛 30 元钱："沈小姐，我妈说一个小时 10 元太少了，再增加 5 元吧。你让他们知道这么多的知识，我们真的好高兴。"

"谢谢！"她接过钱高兴，这不止是增加 5 元钱的问题，是对她的肯定。

第二天，濛濛来对他们说："我给你们讲中国的古典四大喜剧，听着心情愉快。今天先给您讲《墙头马上》吧。"

"墙头马上？哈哈，一听名字就是搞笑的。"老先生笑着说。

"讲吧。"老妇人也笑着说。

"这是一个喜剧，也是一个爱情故事。爱情是永恒的主题，无论是过去还是现在，人们都渴望幸福美好的爱情。这个剧里的故事也许有这件事，也许没有这件事，没有的只是人们美好的期望。"

"是的。"老妇人有同感。

"我先给您解释一下这个剧名，墙头马上。这是一个成语，不是骑马过墙，意思是，姑娘从墙头望，正好小伙子骑马路过看见她了，一见钟情。讲这个剧还要知道唐朝白居易写的一首《井底引银瓶》诗，伯父喜欢诗，可能知道这首诗吧。"

"不知道，我喜欢诗，只是喜欢听，觉得合辙押韵好听，没读过多少，更不会写，你给我说说吧。"

"好，我先给您读白居易这首诗，《井底引银瓶》。不过诗挺长的。"

"没关系，你就给我读，我愿意听。"

"这首《井底引银瓶》还有序《止淫奔也》。止是禁止的止。淫奔就是古代的女子没有举行正式的婚礼，与男子结合私奔。这种行为被认为是淫荡的，当时社会不容，舆论不许。白居易在诗里既没有否定封建礼教对男女自由恋爱的束缚，又同情他们遭受的迫害。这首诗比较长。原诗是：'井底引银瓶，银瓶欲上丝绳绝。石上磨玉簪，玉簪欲成中央折。瓶沉簪折知奈何？似妾今朝与君别。忆昔在家为女时，人言举动有殊姿。婵娟两鬓秋蝉翼，宛转双蛾远山色。笑随戏伴后园中，此时与君未相识。妾弄青梅凭短墙，君骑白马傍垂杨，墙头马上遥相顾，一见知君即断肠。知君断肠共君语，君指南山松柏树。感君松柏化为心，暗合双鬟逐君去。到君家舍五六年，君家大人频有言。聘则为妻奔是妾，不堪主祀奉苹蘩。终知君家不可住，其奈出门无去处。岂无父母在高堂，亦有亲情满故乡。潜来更不通消息，今日悲羞归不得。为君一日恩，误妾百年身。寄言痴小人家女，慎勿将身轻许人！’”

“你给我讲讲这诗是什么意思。”老先生来了兴致。

“诗的形式是一个女子在诉说，大意是：用丝线系银瓶去井里打水，线断瓶沉水底，把玉簪在石头上磨成针，玉簪折了。瓶沉簪折是必然的，就像我今天被迫离开相公一样。这就是成语‘瓶沉簪断’的出处。”

“啊。还有一个成语呢。”老妇人说。

“还有个成语呢，听我继续讲：回想当年在娘家做女儿时，有那么一天，和同伴去后花园玩。在矮墙内耍弄青梅时，远远看见一个风度翩翩的公子骑着白马傍立在垂柳之下。这就是‘墙头马上’的成语。”

“成语‘墙头马上’这么来的。真有趣。”老先生说。

濛濛继续讲解：“我们一见钟情。相公手指南山树林，我去了。相公指树表心，山盟海誓，我被感动与你私奔。到你家五六年了，你父母也不承认我，说什么：‘聘则为妻奔是妾’，最后就连妾也没有让做到底，赶我出你家门。我也有父母和亲属，但是到你家以后就没有消息了，我更没有脸面去见他们，现在我去哪里呢。哎！现在才明白，为了你的花言巧语，葬送了我的终身。我现在告诉那些痴情的女子们，千万不要轻易地私奔啊。”

“这个女子真可怜。”老妇人同情地说。

“白居易的这首诗是写男女两人一见钟情，女子与男人私奔，最后被迫分离的悲剧。《墙头马上》这个剧是元朝四大杂剧家白朴的作品。白朴这个剧，也是男女两人一见钟情，但他和白居易反其道而行之，却写出了一对男女先前一见钟情，私奔结合，婚后夫妻恩爱，中途女子被男方父母逐出家门，男女主人公历经磨难，最终圆满欢乐团聚的喜剧故事。”

“这么好听，快给我们讲讲吧。”老妇人迫不及待了。

这个故事发生在唐高宗三年。

剧中的男主人公叫裴少俊，女主人公叫李千金。裴少俊的父亲是当朝尚书裴行俭，李千金的父亲李世杰是皇亲原来在京为官，因谏武则天被贬到洛阳做总管。裴行俭与李世杰当初曾经是朋友，也提过少俊和千金婚姻之事，只是后来因为两个人持不同政见，且愈演愈烈相互看不上眼，就不再提起儿女之事了。但是少俊和千金长大以后却不知道父辈们有过原委。

这一天，唐高宗驾幸西御园，见花草凋零，令裴尚书去购花栽植，他年事已高便奏请皇上让儿子裴少俊代办获准，少俊带着家丁张千前往洛阳购买花栽子。

三月初八日，李千金带丫鬟梅香到后花园玩耍，见满园春色好不欢喜，便立于墙头观梅。

这时恰巧裴少俊引家丁张千骑马路过，于是："青梅凭短墙，君骑白马傍垂杨，墙头马上遥相顾，一见知君即断肠。"美貌佳人，英俊少年，四目相望，惊心动魄，爱意顿生。少俊不知女儿意，赋诗一首求爱："只疑身在武陵游，流水桃花隔岸羞，咫尺刘朗肠已断，为谁含笑倚墙头？"令随从送上去，千金命丫鬟接过来，看罢满脸娇羞也回赋一首："深闺拘束暂闲游，手拈青梅半掩羞，莫负后园今夜约，月移初上柳梢头。"

少俊读罢狂喜，问随从："这深宅大院墙这么高怎样过去？"

随从答："我驮你过去。"

夜晚，两人相见，私订终身。千金便与少俊私奔，偷偷随少俊回归家中。只是尚书家教严格，这大逆不道之事不敢告知父母，少俊就把千金匿藏后花园。夫妻恩爱，七载，生下儿子端端，今年 6 岁，女儿重阳，也已 4 岁。

少俊自 7 年前从洛阳携千金回归长安尚书府，便居于后花园不出，对父母说要在后花园潜心读书，考取功名，只等功成名就再娶妻，望父母及家中所有人不得到后花园打扰，只留老院公服侍一家人衣食住行。老院公对少主人忠心耿耿精心侍候又守口如瓶。

尚书见儿子如此用功当然欢喜，命府中一切人等不许到后园。儿子对父母每日早朝晚拜，老夫妇天天能见到儿子也不去后园，他和千金就这样平平安安过去了 7 年。

这一年清明节，尚书要去郊外祭奠祖先，却身体不适遣夫人和儿子前去。

后花园中，端端和重阳蹦蹦跳跳在院子里玩，老院公喝了点酒靠着假山石迷迷糊糊。

尚书心中烦闷便不知不觉度到后花园，也是要看看儿子功课准备得怎样。见两个孩子在自家院中，不免起疑，想后园儿子苦读重地一干人等不得入内，哪来的孩童？便问："你们是谁家孩子跑到这里？"

老院工听声醒来吓醒了酒，赶快对两个孩子说："你们怎么跑到这儿来了，不知是裴家的花园吗？"这样说为的是一来告诉孩子有危险了快走，二是告之尚书不认识他们是谁。

想不到女孩竟说:“这就是我家。”孩子哪知道这家里的秘密。

尚书一听问:“你说是谁家?”

男孩答“裴尚书家”。

老院公吓得浑身冒汗呵斥他们:“哪来的混孩子,还不快走!”

两个孩子竟跑回房里:“找我娘去。”

尚书见状,尾随进去,见一年轻貌美女子看见他吓得不知所措。事情就这样败露了。

尚书问责千金:“你这风尘酒肆下贱之女,勾引我儿子,做下这等丑事,辱我门庭,岂能容你?!”

千金争辩:“我是官宦之家,不是下贱之人。”

“你既是官宦之女,为何淫奔,简直不知羞耻,羞见无盐女。”

“我们真心相爱,我就爱少俊一个人,他也就爱我一个,有什么不对?”

“女慕贞洁,男效才良。聘则为妻,奔则为妾。我家容不下你这伤风败俗之人,快回你娘家去。”

“我们这姻缘也是天赐的。”

“你,还强词夺理。”

老夫人和少俊回来。少俊又急又怕又怨老院公坏了事。老妇人又恨又气又爱,恨这贱女人,气儿子不争气,两个孩儿却可爱。

“天赐的?好,问问上天应不应你。”尚书命千金,“把你头上玉簪取下,在石头上磨,磨得像针那么细,如果不折就是上天应你。”

玉簪断为两三截。

“玉簪断了,你还不走。好,再拿一个银瓶,用细丝系上到井里去打水,如果丝线不断,就留你,断了,你就走。如何?”

丝线断了银瓶沉入水底。

尚书命少俊:“玉簪断,银瓶沉,是上天不应你们。立即写一纸休书与她,遣她回娘家。如不写,就将她送官。”

少俊不写。

“你再不写,也将你送官。”

少俊无奈只得写下休书,对千金说:“等我考了官就去接你。”

尚书命令儿子:“你今天就给我收拾琴剑书籍,应试求官去。”

千金含恨而去。

一双孙儿孙女倒可爱，裴家的骨肉留下，做了爷爷奶奶也乐得，孩子没有错。

“真狠心，到底把千金赶走了？”老妇人痛切地问。

“哎！到底把他们拆开啦。”老先生也有恻隐之心。

“呀，千金别寻了短见呐。”老妇人担心地说。

“没有。千金激情如火，敢于大胆追求爱情，勇于挑战封建礼教。这样的女人是会顽强地活下去的。”

千金被休弃，回到洛阳娘家。父母因她不辞而别伤心过度已双亡，但是给她留下豪宅田地，够她享受不尽，然而富贵生活也不抵被夺去儿女伤痛，又挂念少俊是否中举得官，度日如年。

少俊应试得了状元任命洛阳县尹。他决心把千金接回去，但是千金怨恨他听信父母之命写下休书，不原谅他。

这时尚书得知儿子得官就职洛阳，便带着老妇人、两个孙儿来到洛阳。一为替儿子祝贺，二是儿子对千金情深不忘，三则来洛阳后得知千金是总管李世杰之女又是皇亲不敢得罪，像认儿媳接回家。尚书见到千金后说：“儿啊，你怎么不早说是李世杰之女，我和你父亲曾经同朝为官，又提过你们婚事的，这就是你们的暗合姻缘呐。走，跟爹爹回家。”

不料千金不认他，恨他教儿子休了她。老尚书便赔礼道歉，满斟一杯酒给千金。千金还是气，不接！老尚书一直举着酒杯，少俊在一边低眉顺眼，老妇人见状说：“看在我的面子上，为你养大了两个儿女”，一双儿女哭哭啼啼上前叫娘。千金长叹一声：“罢！我认了吧。”接过酒杯，“公公，婆婆，受儿媳一拜。”合家团圆，皆大欢喜。

“真是个喜剧呀。”老妇人说。

“结尾好。”老先生也满意。

“这真是一双男女何荒唐，墙头马上配成双，历尽磨难终团聚，风流佳话千古唱。”濛濛最后说。

“哎呀，墙头马上里还有这么多的故事呢，真是听了一个戏知道了这么多。”老妇人高兴地说。

“宋朝柳永也有一首《少年游》词，其中有一句：‘墙头马上初相见，不准拟，恁多情’。看来那个年代姑娘心中就有白马王子了。还有柳永的《长相思（画鼓喧街）》词里的一句：‘墙头马上，漫迟留、难写深诚’，是告诉对方只能和你墙头马上遥遥相望倾诉爱慕之情了，即使久久地停留，也难以倾吐真情厚意。”

“真是戏中戏。好听！好听！”老先生连连说。

“中华文化博大精深，浩瀚广阔。汉赋唐诗宋词元曲明清小说，丰富多彩，又是一脉相承的，但又不是孤立的，互为借鉴相互影响。老伯，您喜欢诗歌，您看听了这个元剧《墙头马上》，也就间接地了解了其中有关的唐诗宋词了。”

“嗯，是。”

“我们还说这个喜剧。你们知道吗？裴少俊第一次给李千金的诗里：‘只疑身在武陵游，流水桃花隔岸羞。’‘流水桃花’也是一个成语，出自李白的七绝诗《山中问答》：‘问余何意栖碧山，笑而不答心自闲。桃花流水窅然去，别有天地非人间。’”李白诗的原意是：问我为什么住在碧山上，我笑而不答。因为我喜欢这偏僻幽静的山林。片片桃花瓣随着流水飘向远方，就像别有天地的桃花源一样，不是凡尘世界所能比的。而李白的这个心中的桃花源又有出处，是出自魏晋大诗人陶渊明的《桃花源记》。诗中说一个家住武陵打鱼的人，迷路进入一个山洞里，进去方知是一个桃红盛开的美景佳境。人们生活幸福安康。他回去时虽然一路作记号，但再也找不着了，就为人们留下了这个美妙神奇的故事，也是成语“世外桃源”的出处。

“啊。这几个成语是这么来的。”

“成语都是有典故的。继续还说这个剧，裴少俊给李千金一首诗，表达他的爱慕之情。李千金回他一首诗：‘莫负后园今夜约，月移树上柳梢头。’也是有出处的。出自宋朝文史学家欧阳修《生查子·元夕》里的一句：‘月上柳梢头，人约黄昏后。’这是一句脍炙人口的经典名句，又浅显易懂。您一听就能明白。”

“明白。”

“还有，尚书羞辱千金时，说她羞见无盐女，意思是你远远不及无盐女。你们知道无盐女是怎么回事吗？”

“不知道。”

“无盐女是古代相貌丑陋而非常贤德有才智女人的统称。尚书这样说是暗里讽刺千金虽然漂亮但是无德。还有一层意思，但是要先说一个历史故事：齐愍王一次出游，车骑威武前呼后拥，男女老幼都躲闪让出大路聚集在路边，以敬畏羡慕的眼光观看这难得一见的壮观热闹场面。只有一个女子继续在路边采桑，对齐愍王出巡视若无睹。此女此举，引起齐王的好奇心，叫来讯问。他见此女奇丑无比，颈项下还长着一个大瘤子，因住在临淄，大家就叫她‘宿瘤’。她以采桑养蚕为生。她回答齐王：‘妾承父母之命采桑，其他则不曾在意。’妾是古代女子对自己的谦称。一个乡野女子，不慕荣华富贵，齐王认为是个不可多得的贤淑女子，当即下令空出后面车辆，准备载她回宫。不料宿瘤心平气和地对齐王说：‘大王不弃，私心窃喜，然未禀明父母，即是私奔。大王若不能以礼相求，则虽死不能相从。’齐王更敬这女子遵德操守便择吉日备礼物按礼数来迎娶回宫。尚书之意是说千金没有媒妁之言父母之命不顾礼义廉耻与人私奔，是淫荡的，还不如一个丑陋‘无盐女’，暗骂她外表光鲜内里肮脏。”

“哎呀，我们今天知道了这么多。”

“讲得真好。”

濛濛看看表已经两个小时了。可是老夫人说：“今天晚点走吧，再给我们讲一个故事吧。”

“再讲一个吧，我们没听够。”老先生也说。

“沈小姐，今天就3个小时吧，我完事了，听你们讲得热闹，也过来听听。”项律师到外面倒茶也走过来说。

她不好意思推迟了，只好说：“好吧，我再给你们讲一个元朝关汉卿的喜剧《救风尘》。”

“太好啦！”

“《救风尘》的作者也生活在元代，是戏剧家关汉卿。戏里讲述了两个风尘女子和一个纨绔子弟的故事。

她就给他们讲了赵盼儿机智勇敢智斗恶棍色狼周舍，营救结拜姐妹宋引章的故事。

故事讲完8点半了，她准备回去，项律师给了她50元钱，她问：“您怎么给我这么多？”

“我妈说你讲得太好了。”

“你懂得的真多，这得看多少书啊，不容易啊。拿着吧，明天再给我们讲好听的。连我女儿都听上了瘾。”老妇人高兴地说。

“谢谢！”

她出去时，先生已等候多时了问：“你怎么才出来？不是两个小时吗？”这几天先生把她送来就开车回去了，到点再来接她，两家离得不太远，20分钟就到了。

“他们没听够，还让我讲，就又讲了一个。当时不是说好了吗，两个小时也行，三个小时也行吗。而且今天两个半小时,应该 30 多元,人家给了 50 元。"

"……"

"哎呀,对不起啊,我忘了打电话告诉你啦。"她突然想起来没给先生打电话,让他等了半个多钟头。

第四天,濛濛给他们讲了莎士比亚的悲剧《李尔王》和《麦克白》,他们听得唉声叹气。

讲了两个小时,她回去时,项律师给了她 40 元钱:"我妈说,沈小姐讲得太好了,她怎么有这么多的知识啊,给她 1 小时 20 元钱吧。"

"谢谢!"

就这样,她每天都做好充分的准备,给老夫妇讲了好多中国名著和世界名著,他们听得很开心。老妇人也听迷了,不要讲服饰和保健了。有时项律师忙完了,也过来听。很快两个星期过去了。

这天傍晚,吴颖来电话:"Amy,我回来了。"

"你回来啦,太好啦,明天我不去项律师家,我的任务完成了。"

"谢谢你啊!"

可是第二天,吴颖来上课,告诉濛濛她被主家辞了。

"哎呀!都怪我。"她想起了那个膀大腰圆的墨西哥女人。

"怎么能怪你呢?"

"都是我没用,人家嫌我单薄没劲儿,才找的那个墨西哥女人,把你的工给丢了。"

"没啥了不起的,不用我再找别人家。"

"能找到吗?吴颖,对不起啊。"

"能找到。帮他爸他妈洗澡也太累,我干着也吃力,让那个墨西哥女人干去吧。我认识好几个做家政的人。"

"吴颖,我真没用。我把这几天赚的钱给你吧。"吴颖丢了工作,她是需要这份工的,可是让自己给丢了,濛濛心里觉得很难受,想不出什么好方法来补偿她。

"我怎么能要你的钱?别难过了啊,她家我也不想干了,不用我了正好,省得我说了。"吴颖安慰着她。

第二天傍晚,项律师来电话:"沈小姐,你昨天晚上怎么没来?"

“我是顶替吴颖的，她回来，我就不去了。”

“吴颖不用了。我父母喜欢那个墨西哥女人有力气。因为我父亲高大，有一次吴颖差一点让我爸爸滑倒了。她不来，你可以来的。”

“我不能去了。”濛濛是个重友情讲义气的人。吴颖需要那份工，巴巴地让她替几天，结果她给丢了，已经对不起吴颖了，自己再到她家去，不是抢吴颖的饭碗吗？不是让吴颖眼热吗？因此她不能去。

“为什么不来？我爸爸妈妈都喜欢你。”

她想，我何尝不对那对老夫妇有好感呢？尤其是老妇人，每天她去了，热情招待，把水果削好了糖果纸扒了往她手里塞，不吃都不行。可是去了怎么对得起吴颖。于是就说了个谎：“我过几天要回国了。”

“啊！太可惜了。那等你回来再来吧。”

“好吧。”她想先推脱这几天，以后就不存在这件事了。

可是她还是念那对老夫妇的好。每次开车路过项律师家，她都要转过头看看，心想，那对老夫妇现在在做什么呢？半年以后，有一天，他们路过相律师家，却看见门前立着一块大木牌，上部写着大字“sale（出售）”，下部还有一些小字就看不清楚了，可能是价格联系电话什么的。她想，为什么要卖房子呢，可能是老夫妇执拗要回台湾，女儿不放心也一起回去了吧。

过了一段时间，有个朋友给濛濛介绍了一个教孩子中文的工作。这个朋友在北京是小学老师，有3个主家的孩子要教做不过来，给濛濛一个，她又高兴又担心。在中国哈尔滨电信局的时候，教过几天本局职工文化课，也算有过教学经验，她又有很好的语言表达能力。但那是在中国教大人，现在是在美国教孩子，能行吗？

“我行吗？”她问朋友。

“嗨，你这大记者，口才一流，又有学识，教个小孩子还不容易。”她松了一口气。可是教材呢？

“教材呢？”

“有两种形式，一种是主家准备教材，你就按他们要求的教，一种是我们自己准备，那就你讲什么，他们听什么了。看主家想用哪一种。”

“啊。”

“这样吧，要是他们准备更好，要是他们不准备，我这有现成的。你先拿去用。明天去看看再说。”

“那太好了。谢谢！”

“不谢！明天我带你过去。”

第二天，朋友带她去这个学生家。好远！

这次要教的是个女学生，四五岁的样子，小女孩机灵，两只大眼睛叽里咕噜，眼上眼下地看濛濛，趁她妈转身去倒茶水的当口，直给她俩做鬼脸。濛濛想，这准是个顽皮的孩子。

她和小女孩的母亲达成协议，一个星期上课三天，每天授课一个小时，下午 2 点到 3 点。每小时 25 元，课本学生自己准备。

要上课的这一天，先生开车送她去。从他们家出发要一个多小时才能到。

“好远啊！”先生说。

把她送去，她进去讲课，先生就坐在车里等她。

果然，这是个顽皮的孩子。给她讲课的时候，她妈在旁边看着，她妈一走，她就一会儿站起来，一会儿坐下，没有一点老实劲。给她讲课也不注意听，讲一遍问问她刚才讲什么了，她摇摇头：“不知道。”濛濛想，这样的孩子怎么教？是我讲得不好，还是她不听？好在她妈妈明白，对她女儿说：“看老师讲得多好，你要注意听了。”

“哎。”她嘴上答应着，脑袋却转向外面，大眼睛叽里咕噜不知道看什么呢。

“你眼睛看什么呢？啊？把头转过来。”她妈把她的脑袋搬回来。

“哎，我这孩子呀，顽皮得很，5 分钟都坐不住。老师，你别见怪。”她妈无奈地说。

“小孩子嘛，怎么能坐得住？”她只能这样说。

回去的时候，先生问：“好教吗？”

“课倒没什么挺简单的，就是那孩子太顽皮，今天她妈一直在眼前看着，可能不好教。”

“看情况吧，不好教就不教。”

只教了两个星期，濛濛就觉得这课不能上了。这小女孩是太顽皮了，一离她妈眼，她就“反了天”，这天，她妈接个电话说有急事出去了，临走时对她女儿千叮咛万嘱咐，她连连答应。她妈一走，她撒腿就跑。濛濛问她：“你到哪儿去？”

“我去喝水。”

孩子要喝水能不让吗？濛濛左等右等她不回来，直到她妈回来，在外面把她给拎回来。弄得濛濛好尴尬，她妈直给濛濛道歉。

这是其一，还有其二，一次只上一个小时的课，赚25元钱，却要开车来回2个半小时，汽油钱就差不多了，油价是猛涨。其三，下午2到3点上课，不到1点就得从家出发，回到家已经4点多了，前后加起来就是整整一个下午的时间。其四，她上课时先生坐在车里等她，上完课带她回家，卖一个搭一个。

两个星期以后，她不做了。

“老婆，咱们开公司吧。”这一天先生对她说。

“行啊。”她知道，在美国开公司很简单，花一两百元钱，就可以注册一个公司。谁都可以开。

很快就办好了手续，先生以前开过好多个公司，什么画廊、艺术公司、影视公司、摄影摄像服务公司，甚至建筑公司，办手续是轻车熟路什么都懂，可就是不懂怎么赚钱，干什么赔什么。这次他们开的是个咨询公司。这个公司先生让濛濛当老板，他是屡干屡赔认输了，这次就看老婆的了。

她当然高兴啦，从来没当过老板，净给人家打工。

夫妻俩高高兴兴在写字楼租了个大房间，房租每月600元。先生说让老婆好好享受享受当老板的风光。到商场买了两套高档的大转角老板桌，高大的皮转椅，两人一人一套桌椅。办公用品一应俱全，电脑两个，打印、传真、扫描全套功能，还有两箱打印纸；一个大书架外带好多工具书；文件架、文件夹、文件筐在桌子上摆放得整整齐齐；办公纸、笔记本、记事本、写字笔、马克笔、铅笔，大小笔筒好几个；刀、剪、尺子全是高档漂亮的。又申请了一台电话，外带宽带上网。还买了个小冰箱，准备放蔬菜水果保鲜中午好吃饭呀。两人一算办公用品花了3000多元钱。

濛濛左看右看很满意，可是就他们两个人呀，就说：“先生，我们再招两个员工吧，就我们两个怎么能忙得过来。”

“先别招人，看看怎么样，要是以后实在忙了，再招人也不迟，要是没生意不赚钱，拿什么给员工开工资。你没开过公司不知道啦。”

“那好吧。”她只好说，但心里总觉得不舒坦，觉得没有员工的公司不气派。

一切都准备好了，就等着客户上门了。可是等了将近一个月，也没有一个人来，第二十六天，慌慌张张一个人闯进来。她高兴地迎上去：“先生，请问您要办什么事？”先生也笑嘻嘻地凑上去。

那人看看他们俩：“哎呀！我走错啦！”转头又跑出去了。

"哎！"两个人大失所望地坐回去。

一个月过去了，没有一个业务。房东来收第二个月的房租。

"对不起，明天给你，今天手里不方便。"先生对房东说。

"那你们明天一定得交。"房东一脸地不悦，说完就走了。

"老婆呀，我看有问题了。"先生忧心忡忡地对她说。

"嗯。"她明白先生说的是什么问题。

"老婆，我们不要开这个公司了。一个月没有一个客户来，白交600元房租，还有电话费、上网费、办公费，这还不算，到年底还要交税钱。你算算得多少钱。"

"我们是不赚钱只花钱，不开公司了，行。可是这些东西怎么办？"

"东西好说，在美国不要了可以退掉。就是电话费和上网费不能退了。"

"东西能退就好。这个公司是不能办了，一个月就赔了好几百元，要是再办下去还不赔死。"

于是夫妻俩又忙着退东西，先把老板桌、老板椅拆卸下来，幸亏濛濛长了个心眼包装箱没丢放在写字楼仓库里了，老板桌老板椅包装好退了。再退办公用品，能退的退了，已经用了的或拆了包的不能退的就拿回家自己用了，一划拉一大堆，都拿回家，够他们用几年的了。

房租不但退不了，房东还跟他们要第二个月的。房东说："按照规矩，你们应该提前一个月交下个月的，现在没让你们提前交，交当月的。你们交吧。"

"这个月才两三天呐？"濛濛不认可。

"过一天就得交一个月的。那你们就交半个月的吧，已经是照顾你们了。"房东让了一步。

"主要是我们赔钱，要是赚钱了，不用你说，我们给你一个月的，可是现在赔得稀里哗啦，想给你也没有啊。"濛濛哭穷。

"行了，你们也够可怜的了，这样吧，就交200百吧。"房东一咬牙开恩了。

"行了。就这样吧。谢谢啦！"她还想说什么，但是先生觉得房东让步已经让到头了，就答应了。

等所有的手续办完了回到家，饭也懒得吃。一个月前开公司，两人欢天喜地，一个月后公司倒闭，两人垂头丧气。她一算："老公，我们开了一个月公司赔了1000元。"

又过了一段时间，有一天濛濛出去办事，遇见一个以前见过的一个熟人，逮着她就不放，非让她买医疗保险。

“我在中国有医疗保险，还是双保险。我每年都回去住半年，什么病都看了。我姨妈是医学专家，每次回来都给我带好多药，我来美国从没得过病，连感冒都没有。药都给别人了，要过期的全丢了，我还买什么医疗保险。”

“你在中国有医疗保险啦？那你买个大病急病险吧。万一在美国有了急病呢。一个月才 40 元钱，如果入会，会员更便宜，才 30 元钱。你那么有钱，还在乎这几个钱。”

“我没钱，我们是穷人。”她解释。

“不可能。从你的衣着做派就看出来了。就是穷人有病也不能等死啊，也得看病啊。就 30 元钱不多。要不然你先去听课。”濛濛想那人是舌如巧簧吃定自己了。

“好吧。”她被逼不过。

她这个人有两个弱点：一是轻信人，害人心没有，防人心也无，总认为自己坦荡别人也应该光明，遇上一个正人君子能交一个知心朋友，如果遇上一个卑鄙小人就只等被骗上当。二是对人拉不下脸来，不好意思拒绝人。为此她吃过亏，但就是改不了。

于是这个人就带她去听课，几个人轮流讲。她得知，这是韩国的一个保险公司，总部在韩国，美国有分公司。她来好几个人一呼啦都上来，劝她让加入，还说要不然你先加入试试，不满意就退，进退随便。

“那就买一个最便宜的吧。”她只好说。

马上这些人就让她写支票加入，数目是 630 多元。

“怎么这么多钱？”她问。

“580 元是会员费。加入这个保险公司必须做会员，就交一次，一辈子是会员啦。53 元是每个月保险费，加起来就是 633 元。”

“保险费会员不是 30 元吗？为什么 53 元了？”

“30 元是保险费，那 23 元是服务费。公司的工作人员给大家做资料，会员随时上网就能查，给他们的辛苦费。”

她明白了，就是我们这些人养着他们那些人。办完手续以后，他们还让她去找别人，什么上线下线的，她从来没做过，也不知道怎么做，再说她也不愿意去找别人。从加入没有找过一个人。先生说这不是传销性质吗？退了吧。半年以后，她告诉她的上线要退，上线说他说了不算，找他的上线，他是上线又说，他说了也不算。就这样，进入前说的好，进退自由，可是要退了，就不痛快了。说了两三个月也不给退，月月扣她银行账号的钱，最后先生急了把信写到美国分部，并说不给退就告他们，五个月以后公司才给退。一算，不到7个多月，糊里糊涂的1000元进去了，什么事也没给做。

先生说："老婆，就你这秉性，我看你也不是做生意的材料，什么都别干了，你还干你的老本行吧。哎！受穷就受穷吧，谁让咱们没长个赚钱的脑袋呢。"

"也只能这样啦！这美国也是，处处有陷阱，你还说美国好呢。"她知道了不管在哪里也没有世外桃源。

第十章 别了美国 别了洛杉矶

54 此画家非彼画家

几年以后，濛濛对美国的生活已熟悉。好玩的地方玩了，好吃的东西吃了，工作也做过，公司也开过，就觉得美国没有像人们说的那样好。一个国家也像一个人一样，没有十全十美的。对比中国，各有利弊，一天不都是那些事吗？而且觉得艺术家老公也变了味道。

第一次让濛濛感到疑惑是那一天。

“老婆，今天我们去市政府办点事。”

“哎！”濛濛去房间化妆。

先生换上一条半新的牛仔裤，裤子长在下面挽了一道，一双半新不旧的白色旅游鞋，又随便拿起一顶帽子叩在头上。她梳洗打扮完毕走出来，催促他：“你怎么还不换衣服呀！”

“我换完了。”

“你就穿这套衣服去市政府？”她瞪着眼睛问。

“怎么啦？这美国人都是这么穿，随随便便的。”

“不行！别人随便你不能随便。你是艺术家，要注意自己的形象，赶紧换一套，去市政府要穿得庄重一些。”

“我不换，就这样。”他嘟囔一声。

“那我不去了！”濛濛把小皮包往沙发上一扔，靠在门上。想他去北京时衣着还挺有品位的，这么回美国来倒像个民工似的。哪个是真实的他？

他看看她的装扮，笔挺的黑色西裤，锃亮的黑色高跟鞋，雪白的高领羊毛衫，外罩一件黑色小皮夹克。长长的披肩发扎束在脑后，脸上施淡妆，精神、得体、庄重，就说：“好好，我换。”他也觉得两人的确不协调，回屋换上一套西装扎领带。

这一次两人要出去。虽是5月份春暖花开，前几天下了几场雨还是有点凉，濛濛穿一条黑西裤，一双黑色旁边扣攀休闲皮鞋，橘红色长袖衬衣，想一想，怕外面冷，又套上一件瘦长的黑色薄呢马甲。先生则穿上黑西裤，黑皮鞋，赭红色的长袖衬衣。第二天又有事情要出去办。他早早地穿上昨天那套衣服等着。她穿戴好出来对他说："换一套衣服去。"

"昨天不就是穿这套衣服吗？怎么啦。"

"昨天冷。今天热了，穿冷色调，咱俩色调得一致。"

他一看，外面阳光明媚天气马上转暖了，似乎有夏天的感觉了。洛杉矶的天气就这样，不下雨就会热。再一看濛濛，今天又换了装，白色西裤，白色休闲皮鞋，葱心绿的短袖衬衣，米白色的大边遮阳帽，白色宽边太阳镜，白色小皮包。哇！好凉爽。他忙不迭地跑回去脱下昨天的衣服，换上纯白色西裤，白皮鞋，橄榄绿短袖衬衣，一边把衬衣往裤子里面塞，一边往外走。她挎着小皮包，站在车棚的汽车旁边阴凉处悠闲地等。他怕她等着急，慌慌忙忙往外跑，"咣"撞上门，跑了几步，想起来换衣服时文件落在沙发上了，又跑回去拿文件。里外一折腾时间也不够了，为了赶预约的时间加大油门拼命开。还好没迟到。哎！都是衣服闹得。

以后再上哪儿去，他等着，先看她穿什么色调的衣服，自己再换相同色调的。可是这样也不行，那沈濛濛的要求高着呢，有时自己按照她的色调穿戴好了，她又说衣服裤子不搭配没品位，逼着他脱下来，她去到衣橱给他找，拖出一件衣服或者裤子让他换上。哎！别说，真的很搭配，看着眼顺也舒坦。以后，他连衣服也不换了干脆问："老婆，我穿那件衣服啊？"她便到他的衣橱里给他找。每次出发前，那沈濛濛总是用居高临下审视的目光上下打量他。吓得他赶紧摸摸裤子后面裤腰裆缝正不正，低头看看裤线挺不挺，皮鞋亮不亮。哪一项不达标，他别想出门，就是蒙混出了门也别侥幸。那濛濛就毫不客气地说："一边走去，别挨着我。"

他不服气，心里非常地不满。真想对她大声喊："我堂堂一个艺术家，连衣服都不会穿了？嘁！"可是又不敢！忍着吧。谁让你找这样的老婆了，就算是对自己一个督促吧。想想自己也是，这么多年过惯了闲云野鹤般的生活，无拘无束，自由散漫，也该有个约束了。

46 画家与“评论家”

实在让他柳亦思不能容忍的是，是沈濛濛鸡蛋里面挑骨头！

一天，他画好了一幅玛丽莲·梦露的裸体画，左看右看自我感觉良好。“老婆，过来看看。画得怎么样？”他微笑着看着她，等着夸奖。

不料她说：“背景暗了，人物皮肤颜色黑。”

“背景暗，才能充分表现人物。不是皮肤黑，亮点在脸上。这是正统的西洋油画。”他皱着眉头说。

“可是给人的感觉太压抑，不舒服。”

“那好吧。我再加亮一些。”他勉强说，很快改过来了。

“老婆，你看这幅风景画怎么样？”

“这是哪儿啊？”

“美国优胜美地国家公园。”

“云太多太乱。”

“美国的天空就是这样，蓝天白云，不像你们北京灰蒙蒙的，想看云都没有。”

“你得看画面，这幅画面有山有水有树有倒影有船只，已经够满的了，你再画一片乱乎乎的云，看着画面不舒服。画一片蓝天有点淡淡的云就可以了。”

他斜她一眼，没说什么，想一想拿起笔把浓云涂掉了。

“这个海景呢？”

“这个海景嘛，大海单调不管你怎么画就是水和浪。那你就得在云彩上做文章了，而恰恰相反你这幅画云又太淡。要画一片浓云，太阳从云隙中照射下来，给人感觉刚刚下过雨，乌云没有散去，阳光穿透云隙洒在远处海平线上。海水波光粼粼。那才显出大海的壮阔与浩瀚。”

他没说话。

“老婆，看看戴安娜怎么样？”他得意他的杰作。

“嗯，戴安娜是漂亮。”

“那当然啦！”心想你还能挑出什么毛病。

“不过，人物还可以，耳环不行。用这种淡绿颜色，耳环像是塑料做的，显不出宝石的高贵，要用宝石蓝。”

"你怎么这么能挑毛病？谁不说我画画得好！"他忍不住了。

"别人夸你是奉承。我是你老婆，只有最亲近的人才会说实话，才能指出你的不足。要是别人我才不管呢，他爱怎么画怎么画，跟我有什么关系？"

他头一扭，眼睛看着外边，不再跟她说话。她也转身走了。晚上，他躺在床上睡不着，觉得老婆说得对，可是白天耐着面子死撑着，现在趁她睡着了爬起来偷偷地改过来了。

每画一幅画，她都评头论足。

"你麻烦不麻烦？"他把画笔一扔坐在那里生气。她也生气了转身走进房间。

有一次他终于忍无可忍了："你是画家还是我是画家？"他生气地看着她问。

"你是画家。"

"知道我是画家就好。"

"可我是'评论家'，画家得听评论家的。"

"评论家？你会画油画吗？"他觉得她可笑。

"不会呀。"

"哼，连画都不会画，还评论家？"

"我不会画，但是我会看。我小时候也学过画画的，虽然没有成为你这样的画家，但是对构图、色彩还是懂的。"

"那算什么？学过画画的人多了，有几个成名成家的？"他傲慢地看着她。

"你会写作吗？"要打消他的傲气，她突然问。

"不会呀。"他一愣。

"那你为什么知道哪部作品好，哪部作品不好？"

"我会看。"

"对！因为你会欣赏。一个道理，我不会画画，但我会欣赏，所以你必须听我的。我让你这么改你就这么改。"

"不改！"

"你必须改！你现在修改还来得及，否则等把画拿出去，让人家挑出毛病性质就变了，认为你画得不好。"

"我画得不好？谁敢说我画得不好？就不改！"他瞪着眼睛看着他。他在其他方面是非常的文雅谦和，可是在绘画方面却非常狂傲。他毕业于名牌大学，几十年的绘画经历，走遍美洲，欧洲、澳洲，多次获奖，谁不说他的画画得好。他心想，这个什么都不懂的小女子竟然对自己评头论足、指手画脚。岂能容忍！

“我就说你啦！你不改就不行！”她也瞪着眼睛毫不示弱。

“你！”他气得说不出话来，一转身他从画架子上把画抽出来，举起来狠狠摔在地上：“还画什么画？不画了！”

“你摔呗，不画才好呢。”她看他真急了，别招惹他了，小声嘟囔一句转身走了。濛濛担心的情况还真的发生了。在一次画展上，一个人定了一幅画，价格不菲，他把这幅画拍照下来说：“我不懂画，回去请人看看，明天来买。”

可是第二天，他来电话指出了一点小瑕疵就不要了。这点小毛病连濛濛都没有发现，虽然每次先生画一幅画，她都会提出自己的见解，有时他不听两人不免吵一架，但这次她也没看出来。

“哼！挑剔！”先生既生气又觉得脸面上过不去。

她想正好乘机教育教育他：“不能说人家挑剔。谁买东西不认真选一选？我们去商场买几十元几百元的东西都要好好地挑一挑，何况这十几万元的画呢。哎！也怪我，怎么就没发现呢？以后吸取教训吧，发现有毛病自己赶快改过来，让人家指出来就晚啦。”

他没说话。还说什么呢？十几万元丢了。以后，她再说什么他也接受了。

“老公，你看这幅《美国科罗拉多州风光》，意境是傍晚。画面远山近水，蓝天白云，独具特色的黄色树林，一户人家居住在这青山碧水之中。一座小桥架在湖上直通家门，好美的风光。

“那当然。”先生不无得意地说。心想，她今天怎么不挑毛病还夸起我来了？哼！还是我画得好吧。

“不过，有一点小小的遗憾。”她也改变了方式，不直截了当了。

“又来了，又来了。你哪儿遗憾啦？”他皱起了眉。

“你看啊，再漂亮也是一幅死画。如果画面上加几个人，一个男人傍晚的时候，在小桥上骑着马往家里赶，他的妻子站在家门口等候他，儿子欢呼着跑上小桥去迎接爸爸，一只小狗飞快地跑在孩子前面去欢迎主人归来。这幅画就活起来了。这不仅仅是一幅画，是活生生的生活写照。名字改为‘快乐人间’，副标题是‘美国科罗拉多州风光’，因为黄树林是这个州的特色，也要让人知道。你看怎么样？”

他想了想，没说什么照办了。画展上，这幅画大家都说好：“是人间天堂吧？好就好在有那几个人，充满了生活的气息。”第一天这幅画就被人定购了。

“老公你看，你这幅画是欧洲田野风光，画面背景是群山，山脚下一座房子，房子前面是一片草地，其中开满鲜花，一条小路通向远方。这就是一幅死画，如果你在小路上画两匹马，一男一女骑在马上往前走。马的颜色要一匹白色，一匹红色。男人骑白马，女人骑红马。画的名字改为‘浪漫情怀’。这画就活起来了，又有寓意。”他照办了。画展上，大家都说：“这幅画真漂亮，景美人也美，真是温馨又浪漫。我要！”又一幅画马上被人买走了。

濛濛还把先生原先画起的名字改为爱河荡舟、垂钓爱情、浪之歌、情深似海、爱语缠绵、春到人间、水暖鸭先知……

人们都说这画美名字更美。没比的，诗情画意，看着这些画，简直就是一顿艺术大餐，精神享受啊”。

先生高兴了：“老婆，你怎么知道这样做好？”他再不和她瞪眼睛了。

“我是学文科的，你是学艺术的。文学与艺术是相互作用分不开的，是你中有我我中有你的关系。文学是用文字语言来反映世间万物，艺术是用色彩造型来表现世间万物。好比画的画面构图就像文学的章节框架结构，画的局部色彩就像文学的人物描写。你看古代的文人骚客好多是诗、书、画全才，像郑板桥、苏轼、王维、宋徽宗、唐伯虎、王阳明。文人画就是王维开创的，他的诗中有画，画中有诗，文章冠世画绝千古。文学和艺术又是在文化基础之上的，没有文化底蕴怎么能创作出好的文学作品和绘画作品？即使偶然成功一两个也是瞎猫碰上了死耗子。就说既然是画画就画呗，为什么要上大学学理论？为什么称你们为画家，而叫农村那些给人家画箱子画柜的人是画匠？这就说明文化的重要性。虽然我不会画画，但我知道你画中要表现的意境和画作中潜在的内涵。所以用一个标题就把你要告诉人们的恰如其分地说出来了，这就是文学与艺术的完美结合。至于画中增加的人物和小鸟，因为他们是有生命的，这样赋予了一幅画生命，达到了淋漓尽致的效果。”

“嗯，老婆评论得 不错。”

“你承认我是评论家啦？”

“你说的对，以后听你的啦。”

她想，这匹桀骜不驯的烈马被她这个驭手驯服了。

47 浪漫不再

濛濛回忆起谈恋爱时多么美好。每次接到先生的信，都是情意绵绵的话语；每年她的生日，每个东、西方节假日，都会收到他的贺卡，那精美的图案，那感人的小诗，让她几天都沉醉着。那时候她就想，嫁给一个艺术家真好，是多么的诗情画意呀！以后两个人游山玩水，浪漫无比。

可是来美国结婚以后，他就不再给她写情书，节假日不再给她送贺卡，甚至连生日也不给她过了。这不明天就是她的生日了，可是看看先生没什么表示，好像都不记得了。她实在忍不住了，问他："老公，明天是什么日子？"

"什么日子？"他茫然地问。

"你看看日历。"她启发他。

他走过去，拿起日历看看，然后放下说："普通的日子，没什么特殊啊。"

"明天是我生日！"她不满地说。

"啊！是你生日啊。你想要什么！"他笑了。

"我想要什么？是你想给我买什么！"她生气了。

"家里钱不是都在你手里吗？你想买什么就买什么吧。你怎么用我从来不过问。走，喜欢什么？我陪你去买。"

"那能一样吗？"

"那怎么办？"

"我要你送我礼物。"

"你要什么礼物？"

"我要你自己想。"

"我怎么知道你想要什么？"

"没结婚的时候怎么知道？结婚就不知道了。怪不得人家说，婚姻是爱情的坟墓。要知道这样，我就不结婚，你就谈吧。"

"那还不把人折腾死啦？"

"啊！结婚了你就万事大吉了，偃旗息鼓了，不闻不问了。"

"那你说明天怎么过？在家里还是去饭店？是去海边玩？还是去看电影？"

"不过啦！"她一甩头走出去。哪有过生日丈夫不给想着，自己争的。她回卧室生气地关上门。哼！越想越生气。来美国结婚以后第一次两个人在家里吃饭，他把饭菜摆好。她想，他会不会问我喜欢吃什么？然后把她喜欢吃地拿过来放在她面前。想不到他只说一句："吃吧。"就拿起一张饼放在面前的盘子里，左手叉右手刀自己吃起来，看看她没动就说："快吃啊。"她想原来那两个前夫都是问自己喜欢吃什么，然后拿到自己面前，可着自己先吃的。他怎么不问？她就提醒他："你怎么不问我喜欢吃什么？"

"那你喜欢吃什么？"他笑着问。

"我喜欢吃这个。"她高兴了，指着一盘菜说。她心想，他会给我拿过来吗？

"那你就吃吧。"他笑着说，并没有给她拿过来。她不高兴了，还是没有动。

"喜欢吃什么菜你自己吃，美国不提倡给别人夹菜的。"他告诉她。她只好端过去一盘饼吃起来。她心想，这个丈夫不好，美国也不好。

有一次吃完饭，剩一大块鱼，还有好多米饭，他拿起来倒进垃圾箱。

"哎呀！你怎么倒了？"她惊讶地问。

"不倒下顿谁吃呀？"言外之意：你吃吗？她想：我才不吃剩饭呢？你爱倒不倒。

"在美国都这样。"先生补充一句。她想：这个丈夫真不会过日子！美国人太浪费。她下过乡当过农民，知道粮食来之不易！白花花的大米饭一盘盘的菜倒掉真让人心疼。以后再做饭就少做，够吃一顿的就行了。

先生对温度的要求特别苛刻，冬天稍凉一点就开空调放热风，夏天稍热一点就开冷气。"你不要总开空调！吹空调对人身体不好。"她告诫他。

"不行！太冷。"

"哪儿冷啊？不是正常温度吗？你要那么热干吗呀？"

"老婆，太热了！开空调吧。"他笑嘻嘻地打开空调。濛濛根本没有感觉一点热。空调的声响她听得心烦，走出房门到院子里去。哼！还是大男人呢，太娇气！

吃东西的时候，先生从来不谦让她，什么好吃的吃什么。有一次她洗了一盘大红樱桃放在茶几上，回头去忙别的了，等到她想起吃樱桃，再一看，大的红透的全没了，剩下全是小的半生不熟的。她生气地问他："你小时候你们家怎么吃饭、怎么吃东西呀？"心想，他是什么样的家教教育出来的？

"我们小时候，家里吃饭的时候在大饭厅里，我们家人先吃。佣人和保姆站在后面添饭端菜。我们吃完了，他们再上桌；吃东西也是我们吃剩的，他们才可以吃。"她想，怪不得他从来不让她，眼睛就盯着好吃的吃够了为止，不好吃的动都不动。

最让她看不惯的是先生吃水果。每次买了葡萄回来，她怕洗不干净，就扒着葡萄串的缝隙洗，这样就掉下好多葡萄粒。先生是不吃葡萄粒的，说掉下的就不新鲜了，扔掉；吃香蕉只吃黄黄的，过一天黄过头了，先生就不吃了，说不新鲜了，可是一串香蕉从刚买回家到吃完得几天的时间，一般人刚买香蕉的时候都会要有一点青涩，过一两天才会黄，而黄也就是一天就黄过头了。所以吃香蕉他是早不吃晚不吃，就吃黄黄的那一天，而且也就是吃两个，其余的都得是濛濛吃，气得她再也不买香蕉了；吃桃子、李子、杏子那么小皮薄薄的也要削皮，而且皮还削得厚厚的，去了皮去掉核，还吃什么了？没得吃了。她说："行了，你别吃了，没有你这样吃的。"

吃龙虾更让她生气，他只吃龙虾的两个大螯，其他的腿都扔掉，说没有肉不能吃。吃螃蟹更是，有时连大螯也不要。

先生吃饭非常讲究姿态，要身体坐直，两只拿刀叉的手像老树枝一样干涸，而无名指和小指高高地翘起来似兰花状，有模有样一丝不苟地操作着，食物切割得又小又细，进食时嘴巴半张开，嘴唇向里收拢，轻轻地叉起食物，轻轻地放入口中，然后闭拢嘴，慢慢地咀嚼。濛濛想，真能摆谱！

有一次她实在忍不住问他："你累不累呀？为什么要这样吃饭呢？"

"不累呀！我从小就这样吃饭。我生长在越南，越南是法国属地。我爸爸想让我们长大了去法国，从小就培养我们法国上流社会的生活习性。"

"可是你现在不是法国贵族，是穷人了。"

他看着她不解地问："穷人不也得吃饭吗？我从小就是这样训练出来的。有什么错吗？"

"没错，你没错。"她忍不住笑起来。想起了老舍的话剧《茶馆》：清朝的遗老遗少松二爷，变卖尽了财产成了穷人。一天问女儿："这几天怎么天天吃窝头啊？"

女儿说："想吃馒头？拿钱来！"

松二爷知道拿不出钱来吃馒头，就说："吃窝头也行。那你用油把窝头两面煎得黄黄的脆脆的才好吃。"女儿生气地说："我要是有油给你煎窝头就有馒头吃了。就怕过几天，连窝头都吃不上了。"濛濛想，20世纪北京城出了个松二爷，21世纪洛杉矶城出了个先生。真是，穷讲究！

先生吃饭是经得住时间考验的。一顿简单的早餐就要用30分钟。往面包片上涂果酱或奶油，用刀抹过来抹过去不下十几遍，一定要把面包的边边角角都抹遍，一定要涂得平平的、匀匀的；中午正餐没有一个小时最少50分钟完不成。细细地切，慢慢地嚼，一小口一小口地嘬。濛濛吃完了，锅碗瓢盆都洗利落了，先生还没吃完，而且他占用的碗盘还多，她就得站在哪儿等他吃完才能洗他的碗。

"你快点吃啊，我还等着洗你的碗呢。"

"慢慢吃啊，忙什么。"先生笑眯眯慢悠悠地说。几次下来，她说："以后吃完饭你洗碗吧。"

"好吧我洗，你走吧。"他洗？吃完饭把碗盘往水池里一堆倒头睡大觉去了。

"你怎么不把碗洗完就睡觉啊？起来，洗完碗再睡。"

"哎呀！到午睡时间了。别打扰我，睡醒了再洗。"濛濛想，真会享受！

看着水池里一堆碗盘，厨房摆得乱七八糟，她心堵得慌，就赶紧洗刷。几次以后，她来气了：我也不洗了，我也午睡去。他爱什么时候洗什么时候洗！

48 一个旷世的叛逆

有人说：性格决定命运。先生走到今天这一步，濛濛认为完全是他的秉性使然，一个旷世的叛逆！有悖人之常理，甚至不顾客观事实一意孤行，简直是和全世界对着干！

他年轻的时候和父亲对着干。

他生长于越南岘港市。父亲是"法国国家银行"在岘港的分行买办。从最底层小伙计做起的父亲深知文化教育的重要性，又具备了一定经济实力。父亲希望孩子们将来能到法国深造，从小就严格要求他们学习各方面的文化知识，训练他们适应法国上流社会的生活习性。他6岁上岘港的中文学校；中学回中国海南老家"海口华侨中学"就读；16岁去越南河内读"中法双语学校"；19岁时父亲决定送他去法国学金融，办理好一切留学事宜，只等法国定期开来的邮轮。就在这时，新中国成立了！他便决意回国学绘画用艺术报效国家，不顾父亲的阻拦，连夜逃出公馆。他先坐汽车到河内，由河内乘飞机到香港，再由香港坐火车到广州，又经过五天五夜的长途劳顿，坐火车到达北京，最后如愿以偿考取了中央美术学院。

进入中央美院以后，他本来喜欢西洋油画，但是国家号召，现在新中国刚刚成立，百废待兴，城市需要雕塑师。有志的艺术青年选学雕塑系呀！于是他热血沸腾了，放弃了喜爱的轻车熟路的油画专业而选学了陌生的雕塑专业，这自然要花费一番工夫。这期间“抗美援朝”爆发了,社会上掀起了青年参军保家卫国的运动。中央美院也来了征兵人。华侨学生们沉默不语,他又热血沸腾了,参军!怕人家嫌他出身不红不要他,便请高年级学生在学校的壁报上画上他的肖像,肖像的一只手高举拳头,旁边一句口号:“我要参军上前线!”基于他的积极性,学校批准了他参军的请求,但因他的视力有问题而没能穿上军装。

毕业以后,当时新中国没有雕塑厂,他被分配到广东郊区的石湾陶瓷厂做小泥人。由于英雄无用武之地,一些学雕塑的同学改行了。他想,我既然选择了这个专业就要支持下来,坚信新中国早晚会有雕塑厂。两年以后,新中国第一个雕塑厂广州雕塑厂成立了。他一头扎进去,刻苦钻研,创作了巨型《孙中山像》《向秀丽》等许多雕塑产品,很快成为新中国第一批年轻的雕塑家并小有名气。正值他事业红红火火如日中天时,“反右”运动开始了。他只因为给不识字的老工人解释什么叫“言者无罪,闻者足戒”这个词,被说成“煽动大家给党提意见”,而被扣上“右派煽动罪”!被劳改两年。他的艺术生命结束了。在劳改中他幡然醒悟应该走父亲为他安排的路!继而又深切地领会自由的可贵!什么也没有自由可贵!劳改结束以后,他在一个适当的时机跑到香港。在香港华侨书院做美术教授,但是香港不承认他在大陆的学历,只好又在香港香港华侨美术书院读书。

1967年,他兼职的香港《友联出版社》,两个年轻同事游说他去美国。他问:“去美国我们干什么?”“你是美术编辑,我俩一个是文字编辑,一个是外联,我们三个人可以办一个出版社。”于是他抱着试一试有一搭无一搭的想法,三个人去申请美国签证。没想到那两个同事拒签,居然只给他一个人签证。他只好去美国了。他是以香港华侨美术书院学者的身份去美国的,当时有两所大学邀请他做美术老师,他拒绝了。原因是当老师受时间、课程约束,没有当画家自由到处走办画展,又不少赚钱。他也是被劳改吓怕了太渴望自由,于是从一个极端跳到另一个极端!

几年以后,越南的老恩师到法国继承父亲的一大笔遗产。老恩师没有子嗣,想收他做义子。老恩师是从小看着他长大的一直喜欢他,最主要因为他父亲培训他接受过良好的法国上流社会的教育,并且说得一口流利标准的法语。但他已适应了美国自由社会的生活,狂傲不羁,不想去法国过主流社会那种循规蹈矩的生活,而没有成为富人。

他参加"世界画家巡展团"走遍美国、欧洲、澳洲。英俊儒雅浪漫潇洒的艺术家,从来是年轻女孩们追逐的对象,每次画展他的展厅总是有众多年轻的女孩光顾。那年他42岁,正是男人最成熟最具魅力年龄,也是他事业的鼎盛时期。在纽约的一次画展,一个19岁学表演专业的漂亮美国白人女孩向他示爱。女孩的美丽聪慧和热烈执著也深深打动了他的心,哪个男人不以找寻一个漂亮优秀的妻子为荣?然而他最终还是放弃了,选择了一个年近40岁无人问津的剩女,丑陋而愚笨,并毁了他的一生!他的思维逻辑是:漂亮的女人是花瓶养不住,平庸的女人才会做贤妻良母。自从这个丑女人进了门他的厄运就降临了,一年以后丑老婆给他生了一个聋哑儿子。他到处去参加画展赚来钱如数交给妻子。而这个养尊处优的丑女人却耐不住寂寞招蜂引蝶,同野男人恣意挥霍他的血汗钱。当他知道了老婆的行径便不再给她大把的钱,男人便怂恿女人和他离婚,敲诈他一大笔抚养费。他把几年的积蓄作为儿子和女人的抚养费给她后离家出走。

当时时逢绘画市场不景气,他便考上建筑师执照,成立了一个建筑公司,但是他不善经营,善良大度,对工人过于放纵,人家是赚得稀里哗啦,他是赔得稀里哗啦,最终把公司关闭了。看人家搞投资他也去投资,结果又赔了一笔钱。以后几经折腾,是干什么赔什么,直到赔个溜溜光!他于是搬到加州。

就在他万念俱灰,回国到北京游北海录影时,把在北海边照相的濛濛录进去了。他便认为濛濛是从天上掉下来的林妹妹,掉到他的世界里,于是拼命地追求濛濛。经受住了濛濛5年的考验,最后如愿以偿,把他的林妹妹接到美国喜结良缘。

49 不合时宜的艺术家

刚到美国时,濛濛总感 觉先生做事有悖常理,有些疑惑。"哎呀!你刚来美国,你老中老土啦,美国和中国不一样。你听我的没错。"她想,可能两个国家制度不一样,处理事情的方法和过程不一样,听他的吧。可是慢慢地通过几件事以后,她感觉先生的思维是与常人不一样。

先生申请了几个旧金山的老人公寓,这一天有一家通知有房子了,寄来一大堆材料,先生也不看看人家有什么要求。两个人开车一大早从洛杉矶出发傍晚到了旧金山,在汽车旅馆住了一夜,第二天进去管理员第一句话就问:"有医生证明吗?"先生傻眼了,因为他没详细看这个要求。“回去开个证明再来吧。”得,白跑一趟。两个人开车往回走,气得濛濛房子也不要了。第二次又有房子了,濛濛说:“你好好看看吧,有什么要求,别再白跑一趟。”先生看了看:“什么要求也没有。走吧。”她突然想起来:“得拿结婚证吧。”“不用,我申请的时候,就是我一个人,美国都按申请表办事,不用拿结婚证。”他死活不拿,结果到那人家看见濛濛问:“她是谁?”“是我妻子。”“拿结婚证。”先生又傻眼了,“回去拿结婚证再来。”濛濛气得转身就走。“其实这房子也不好,我都不想要。”先生自我解嘲,她理都没理他。

这一天,先生地对她说:“我有建筑师证,我原来那些工人还能找到,咱们还搞建筑吧。只是不成立公司了,找几个工人就可以干了。

“没有公司行吗?”

“哎呀!你老中老土啦!在美国没有公司也可以做:我是建筑师给业主打工。”

“好吧。”于是先生找到了以前的几个工人。人家别的老板给工人的工资是一天100元,先生说这些个人等于也是他的朋友,每人每天给120元。

“老婆,我当老板,你就是老板娘了。”先生高兴地说。

她想,长这么大,还没当过老板娘呢,还不知道当老板娘是什么滋味,挺有意思,于是起早贪黑帮先生忙起来。

第一天开工她就觉得先生的做法不对劲。上午9点开工下午5点收工,中午12点吃饭到1点也算工作时间。早晨去接工人阿莫,说好8点到他家。阿莫家和工地是相反两个方向,夫妻俩8点10分就从家走,到他家8点29分。濛濛想,他应该在大门口等吧。可是一个人影也没有。等了10分钟还不下来。先生说:“我上去看看。”一上去先生也不下来了。到8点55分,两个人才下来。阿莫还气囊囊地说:“一个劲地催,饭都没吃好。”她听了这个气呀,也没说什么。

先生这个工程一共找来4个工人,一个电工,两个木工,一个零工。阿莫没有车先生去接,那三个人自己开车去。先生加大油门快速开。9点30分急急忙忙赶到了工地。另外三个人还没来。9点45分了三个人才陆续到了。见了先生的面,嘻嘻哈哈搂脖挎腰柳先生长柳先生短。先生笑眯眯。外人看来也不知道谁是老板谁是工人。

10点才正式开工。一个个懒洋洋吊儿郎当,干一会儿坐下歇一会儿。刚到11点。阿莫就说:“老板,该去买午饭了。”

“你们想吃什么?”先生笑眯眯地问他们。

“我吃越南米粉。”

“我吃广东盒饭。”

“我吃山东水饺。”

“我也吃越南米粉。”

“走，老婆，和我买饭去。”先生叫濛濛。她想看看美国怎么买工作餐，在哪儿买。这4个人点的饭，夫妻俩一南一北跑了三家饭店，大中午的人多到哪个饭店都得排队，12点20分气喘吁吁赶回来，工人还不高兴了：“怎么才回来？我们都饿死啦！”

“对不起啊！让大家挨饿了。今天开饭晚，下午就1点30分开工吧，保证大家午饭时间休息一个小时。”先生直道歉。她转头一看，从他们买饭走了，工人一点活没干。就等于一上午干了一个小时的活。下午1点40分了，工人才晃晃荡荡回来，磨磨蹭蹭正式干活已经是2点了。下午刚4点，工人就收工了。说说笑笑打打闹闹，到4点30分，那三人一个个开车就跑了。阿莫没有车一个劲地催：“柳先生，快走吧。”看阿莫着急，先生收拾收拾也开车走了。

回到家濛濛对先生说：“9点开工5点收工，吃饭一个小时还算工作时间，给他们工资又高，对他们已经够宽厚的了，可是你看，他们怎么回报你的？一天实际干活只有3个小时。这样怎么能行？”

“哎呀！你别管了，我自有分寸。”先生不以为然地说。她气得也不管他了。

第二天工人还是一个个9点30分以后才晃荡来，10点才正式干活。11点就歇工等吃饭，下午1点才正式开工，4点就停工，4点30分就跑了。一天就给你干4个小时。工地上材料扔都到处都是，先生也不管，濛濛就跟在他们后面收拾。

“哎呀！老婆，你歇一会儿吧。”先生自己坐那里，看濛濛忙还不理解。

工人就在那磨蹭，先生也不催促他们还和工人嘻嘻哈哈一团和气。她想，不能这样下去了，先生不说我说。

“今天买饭就去一个饭店，不能买一顿饭南北两边跑，太浪费时间浪费汽油。买什么吃什么，又不亏待大家每次都是三菜一汤。”工人撅着嘴翻翻眼睛没说什么。

木工截料，拖过来一根几米长的大木料，也不蹲下去量尺寸屁股一撅用尺一杵，拿到电锯上“嗤”截完了一量短了，扔到一边，又拖过来一根大木料，截完了一量又长了，扔一边再拖过来一根大木料。她忍无可忍：“张师傅，你怎么这么浪费材料？有这么干活的吗？量尺寸是一个木工最基本的技能，你连尺寸都不会量，还干什么活？”木工没想到濛濛会质问他，愣了一下，然后不满地看着先生，先生不但不说工人反而对她大声喊:“你要信任工人!”工人笑嘻嘻地看着她乐。濛濛气死了也不好发作。

下午1点该干活了,电工对先生说:“柳先生,没有电线了”

“没有电线了?”先生开车就跑去买电线了。

“没有料干不了活了。”电工故意对她说,依偎在木料上跷着二郎腿哼着小曲。一会儿先生气喘吁吁地回来了。

“哎呀!柳先生,忘告诉你了,开关也没有了,你还得去跑一趟。”先生二话不说,转过头开车又跑了。

电工得意洋洋地看着濛濛,气人似的唱着小调。折腾两趟,再磨蹭磨蹭,4点了,电工一下午基本是没干什么活。濛濛生气地过去:“赖师傅,你是电工,缺少什么材料你不知道吗?下次再缺少什么材料收工前报上来,我们下班路过商场一次买齐了。不能工作时间一趟一趟地溜老板,你借口没有材料什么也不干。有你这么干活的吗?”

“哎!柳先生。你看。”电工狡猾地看着先生说。

“你不要对工人这么刻薄!”先生走过来对濛濛生气地喊。

“谁跟谁?”濛濛忍无可忍了,也对先生喊。几个工人得意地坏笑着,气得濛濛转身走了,不再理先生。就这样,电工安装一个电灯开关盒,以濛濛不会电工的人都知道,半天就可以绰绰有余地完成了,可是电工却整整拖了两天才干完。

回到家濛濛对先生说:“这些人是工人吗?简直是大爷!你怎么把他们惯得这样?还说他们跟着你那么多年,像你的朋友一样,有朋友这么坑人的吗?你呀,好赖人不分!”

业主也不是个省油的灯。签订合同时,先生收费报价很低。濛濛一看赶紧说:“我们收费这么低,那买材料的时候,只能买三等的了。”业主门口答应。可是买材料的时候先生却发恻隐之心说:“哎!他们盖个房子也不容易,给他们买一等的吧。”

“那我们还能赚钱了吗?”

“少赚点吧,与人为善,好心有好报。”

可是以后业主就得寸进尺:材料必须买一等的,二等的都不行,先生就全买一等的了。业主还肆意刁难人!明明按照施工图纸建起来的,他说:“走廊太大了,房间太小了,拆了重新建。”先生竟笑眯眯地答应了。业主见先生这么好说话,就一再地无理要求。最后,连好说话的先生也承受不了了。三个月,房子只建了一半,他们就被迫不做了。

濛濛回家一算账，除了买料钱、给工人的工钱、汽油钱、饭钱，业主预付给他们的工程钱全进去了。就是说：一分钱没赚！辛辛苦苦三个月起早贪黑白干了。“我要去告他。”先生似乎明白了气愤地说。

“哎呀！得了。吃亏就吃亏吧，我可不愿意上法院。当初还不是你好心。好心得好报了吗？”

“这些人，没良心。”

“你以为良心谁都有啊？你有，别人可没有。”她气气地对他说。

两年以后，又有一个成人学校的同学给濛濛介绍一个工程，濛濛不想做。先生说：“这次跟上次不一样了，是加建，不是盖新房子。做吧。”

干了一个星期。业主阿碰原来要加建 1400 尺，可是开工以后她却要再加 700 尺，变成 2100 尺。还不去市政府重新改图纸，让他们偷偷地做。在美国不按图纸做是违法的，而且啊碰也不给增加 700 尺的工钱。他们只好不做了。

濛濛回家算账：干了一个星期，不但没赚钱，还赔了 300 元。“老公，干一个星期你就赔了 300 元，那要干一个月就得陪 1200，工程做完了你还不赔个几千上万元？我知道了以前搞工程为什么人家赚得盆满钵满，你却赔得稀里哗啦。你当不了老板，你不是那块料！以后永远也别干了。我也不跟你受这个累了。”

先生对工人对业主是一味地迁就，可是在有的时候却是处理问题不合时宜说话不得体。有一次，一个保险公司的人约会上午 10 点钟来家里谈事情，可是 12 点了还没来，濛濛说：“我们下午 2 点还要去赴一个约会，一会儿就要吃午饭了，吃完饭马上就得走，他如果来今天就不行了。另外再约个时间吧。”12 点半那人来电话了，只听先生说：“不行，你过时间了，也不行，我没空。”就放下电话了。她问：“怎么啦？”先生说：“他说一会儿到。我说不行，你过时间了。他说上一个客户的事比较麻烦，就耽误了，不行我下午去吧。下午我们还有约会呢，我就说不行。他说那明天吧，明天我们还有约会呢，就说也不行，我没空。”濛濛一听，责备他：“你怎么这么说话呢？人家已经向你解释了迟到的原因。在美国不守时间是不对，但是你应该好好说，我们已经等了你两个小时了，不能再等了，吃过午饭，我们下午两点还有一个约会，明天也有一个约会。这样，让他自己觉得人家今天等了两点小时，已经不对了，下午和明天都有约会，不能再因为他，取消另外的约会。他会难为情的，也就取得了教育他的效果。可是你却不这么说。”

“谁让他不遵守时间。”先生还在强调。

“不遵守时间,不遵守规矩的人和事多了。工人遵守上班时间吗?业主遵守规矩吗?你怎么不责备他们讲?该硬的时候你不硬软塌塌,让人觉得好欺负。不该硬的时候,你比谁都硬,让人觉得你不近人情,又臭又硬。”

先生不服气地嘟囔一句:“就这样。”濛濛瞪他一眼不理他了。

她也说不好先生是个什么样的人,说他是弱者净受人欺负,有时却又臭又硬,但他非常善良。每次出去看见乞丐,不管在路边、商场门口,在任何一个地方,他都会对濛濛说:“老婆,给他一元钱。”所以每次出去,她都要准备足够的零钱。有一次他们进一个商场,门口有一个老乞丐,先生又说:“老婆,给他一元钱。”濛濛一看没零钱了,就说:“哎呀,老公,我没零钱了,就算了吧。”走了进去,“我这里有。”先生从口袋里掏出一张钞票给了老乞丐。走出老远,还听见他冲他们喊:“thank! thank you!(谢谢!)”濛濛想,这个乞丐真懂情义,也让她感动。进去商场里濛濛要换一个新表带,就到一个小摊子前,一问一个表带10元钱,像这种小摊子一般都要现金的。平时濛濛都用信用卡,基本不用现金,从钱包了拿出一张100元的大票。老板说:“有没有零钱呐?早上刚开业找不开,濛濛就想起顺口问先生:“老公,我那天给你那20元钱呢,你没用吧?”

“没用。”

“那买表带吧。”

“好。”先生一掏裤袋:“钱呐?哎呀,给乞丐啦。”

“什么?”

“给乞丐20元钱?噢,你们可真有钱。我卖两个表带才20元钱,去了本钱人工就剩不下什么了,当乞丐真幸福。”小摊子老板笑嘻嘻地说。

濛濛哭笑不得。

他们从商场出来时,老乞丐还认识先生,一个劲高兴地对他说:“thank you! thank you!”他能不高兴吗?一下子就得到了20元钱,是20个人的份子呢。可是又还能说什么呢?人家已经一个劲地谢谢啦!也是一个懂情义的人呢。

还有一次。他们开车出去,红灯停在路口。一个墨西哥女人站在路边人行道上乞讨,她怀里抱着一个孩子,跟前还站着一个孩子。天都冷了,母子三人还穿着单薄的衣衫,孩子冻得直哆嗦。

“真可怜。”先生说。

“是。”妇女儿童自古以来就是弱势群体,何况又是这样情景的母子。

“老婆,有没有零钱?给她5元钱。”

“有。可是怎样给她呀?”此时她也不计较几元钱了,他们真的可怜。车停在马路上,母子站在人行道上还有几步距离呢。

“你下去给她,”

濛濛打开车门跑过去,把钱放在他们面前地上的铁盒里。

“thank you!”母亲和大孩子齐声说。

她转过身要回去。这时绿灯亮了,先生想等她过来,可是后面的车直按喇叭,先生只好把车开走。

濛濛也只好跑过马路去追车。开出去老远,先生才找到一个适当的位置把车停下。

“以后可别弄这事了,跟耍猴子似的。”上了车以后她对先生说。

“这个女人真笨,怎么不站在马路边,站在人行道上。”

“是人家笨还是你笨呐?”

先生就是这样一个人,让人觉得又可气又可笑又傻得可爱。

两人出去是经常吵嘴。

先生有一次下楼梯,不小心一脚踏空摔倒,脚髁骨骨折了。医生给他开了一个蓝牌证明,蓝牌是残疾人的标志。在美国蓝牌受照顾,开车出去,不管到哪里,各个单位门前最好最近的位置,是蓝牌停车标记,别人不得停。如果没有蓝牌而停在蓝牌标记上就要罚款,而且罚得还很多,最多300元钱呢。

先生每次都要停在蓝牌车位上,可是有时候蓝牌被人占了,只能停在普通车位。

有一次,他们星期天去一个大超市。远远地就看见这个超市门前的停车场一片车。濛濛想今天停车位一定紧张。先生减速徐徐开进去。在一列停车道上,她看见有个空位就说:“别往里进了,就停这儿吧。”

“停蓝牌去。”先生不听。

“哎呀,你没看见这么多车吗?蓝牌就门口两个,肯定有人占了,你就停这儿吧。”

“不停。”

“你快停这儿吧,要不然这个位也没有了。今天星期天人多。”

他不听坚持往前开，到了商场门口，果然蓝牌有车停了，待到转回去找那个空位也没有了。于是他就在停车场内转了一圈又一圈，始终没有找到停车位，最后把车开出去，在附近一个小街停下车，步行到商场。

这种事已经不知道几次了，濛濛和他吵，他我行我素。直到有一次他直奔蓝牌，中途有一个空位不停，等到了目的地，蓝牌被人占回头那个空位没了，转了几圈也找不到停车位，濛濛急了："回去！"

"去哪儿去呀？"

"回家！"

"不买啦？"

"买气呀？回去！"

"我不回去。"他继续在停车场里面转。

"你不回去我回去！"她打开车门跳下去。

"行啦！回家，上车！"他把车开到她旁边。

"回家呀？"她上车后，他还想证实一下。

她想，气是气，还真回家呀，那不是白来一次，不过吓唬吓唬他。这时，恰巧前面有一辆车开走，她也有台阶下了："快进去吧！"

他赶快开进去，以后就不是非蓝牌不停了。她想，这是我斗争的结果，真不容易呀。

先生每次去一个不熟悉的新地方，都要上电脑查地址，然后把地址打印出来。按照地址有时能找到这个地方，有时就找不到。

有一次他们去一个画框专卖店买画框。按照地址找不到了，他就一个劲地查地图，还是找不到。

"就在这个范围。"查完地图就满街转，他转了几圈也没找到。

"问问别人吧。"她说。

"不用。"还在转。

"哎呀，你问问别人吧。你这么转，什么时候能找到啊。"

"问谁呀？他们也不会知道。"还固执地转。

"你不是说就在这个范围吗？那附近的人肯定知道。你不问，我下去问。停车！"先生不停车还在转。

"停车！"她急了。

先生停下车，她跳下去，进到路边一个店铺里。老板是个墨西哥人，说知道这个画框店。怕她说不明白很热情地跟出来，详细地指点着路，还告诉先生怎么走。其实那个画框店就在后面不远的一条小街，因为路断开斜插进去了，地图上找不到。他们已经在画框店周围转了几圈了。

这种事情也是不知道多少次了。先生是一条道跑到黑，脑袋一根筋。要去的新地方必须上网查地址，必须打印下来，必须边找边看地图，找不到就兜圈子玩，绝不问别人。这种情况下不是濛濛急了，要不吓唬他："回家！不去了！"要不就是大喊："停车！我去问。"他才会去问别人，每次两人都要吵。

50 别了美国，别了洛杉矶

这还是濛濛来美国不长的时间。一天，先生要投资，要把他手里所有的钱投进去。

"你别被人骗了。"濛濛提醒他。

"哎呀！你老中老土啦，被骗怕了，美国没有骗子。"她想，可能是自己老中老土，美国月朗风清，自己太多虑了。

"好吧。但是也得到银行查查，看有没有这个公司。"查询的结果是有这个公司。于是他就投入了。对方开始要2000，然后就是今天要1000明天要2000，没完没了地要钱。

"不对吧？怎么总要钱啊？"

"投资投资吗？不投怎么有资呢？"先生天天上网，天天有好消息报告给她："老婆，现在我们可以有500万了；老婆，现在可以有1000万了；老婆，哎呀，可以赚到2700万啦！"

"赚这么多钱啦？"她也高兴地跑过来看，

"是啊！这些钱都归你，你想买什么？"先生得意地看着她，好像2700万就在手里。

"买房子！在旧金山买一套，在纽约买一套，在夏威夷买一套。再到巴黎买一套，渥太华买一套。"

"我的天，你买这么多房子怎么住啊？"

"几个月就换一个地方，到处住呗。"

"好！那也花不了怎么多钱呐？还剩钱你买什么？"

"没什么买的了。嗯，买架小直升机！到时候自己开飞机回中国。"

“买直升机？谁开呀？”

“我开！”

“你开？你连东西南北都不分，开车到家门口了都不知道是哪儿，还开飞机？”

“哎呀！开飞机和开车不一样。开车要知道东西南北，我不是不分东西南北吗，开飞机就是上下。飞机要起飞就是上天呗，那要降落就是下地呗。”

“嗯，好！你开吧。”于是他天天上网查看，那2700万什么时能打到自己的账号里。

那个公司还是没完没了地要钱，直到先生把最后一元钱也投了进去。一天那个公司还要再拿两万元，可是先生是一分钱也没有拿不出来了。公司又催了几遍说这两万元不拿，以前的投入就前功尽弃了。先生急了要去借钱，她不让，她长这么大从来没借过钱就说：“这两万拿不出来，我们不要这么多，就少给一些呗。”先生想也是，要上网找他们协商，可是在网上找了半天，那个公司却找不到了。

“老婆，那个公司怎么找不着了？”他疑惑地对她说。

“哎呀！是不是骗子呀？”

“不会！美国没有骗子。”先生坚持他的观点。

“那咱们去银行查查吧。”到银行一查这个公司撤销了。先生傻了眼！一个客户对他们说：“可得小心，现在骗子可多了。有个骗子骗了好多人，有一个女人被骗了五百万。”

回家濛濛大发雷霆：“我说是骗人的吧？你还说我老中老土，你老美老洋！这回好，就这一点钱都让人骗走了。你这个大傻瓜！大笨蛋！”

“你有病啊？我们才被骗多少？没听说那个女人被骗500万？和她比起来，我们这点钱算什么？”

“你才有病呢！人家有钱！有5000万被骗500万才是十分之一，可是你就这点钱，被骗走了就是全部。”他被她一顿骂，他仔细一分析是这么个理儿，低下脑袋不说话了。

以后她想起这件事就窝火，免不了数落他几句。

“被人骗了，我心里不难受啊？你再没完没了地说，我就去投太平洋。”有一天，先生气哼哼地对她说。

“你吓唬谁？要投你就去投！”她也不示弱。有一天去超市看见一个成人学校的同学，她生气地对同学说了这件事。同学说：“哎呀！你是新移民不知道。你可别再说他了。他如果真去投太平洋,你就得去坐监牢,是你把他逼死的!美国的法律可严格。"

"啊?!"吓得她以后再也不敢说了,只能干生气。

一天先生兴致勃勃对她说:"老婆,我有一个计划。"

"你能有什么好计划,除了赔钱就是被骗。"

"你怎么这么说话?"

"这么说话怎么了?还冤枉你了?钱都被骗光了,还拿什么陪?再赔就得把老婆都赔进去了。嫁给你算倒了霉了!除了画画什么也不懂。行了行了,你消停一会儿,老老实实画你的画吧,别再有什么计划啦。"

被她一顿数落,他无精打采地走开来了。

这一年濛濛回国。临走时告诉他:"你什么也别干了,好好在家画画,有什么事我回来再说。"她在国内住了170天高高兴兴回到洛杉矶,还没睡清醒,先生就对她说:"老婆,起来吧,别睡了。准备准备上法庭吧。"

"啊?上法庭?你把谁告了?我不是跟你说吗,别没事告这个告那个的。"

"不是我告别人,是业主阿碰把我们给告了。"

"业主阿碰?她告我们什么呀?"

"告我撕毁合同不给她干了。她又找别人干多花了很多钱,让我们赔偿损失。"阿碰就是那个要扩大建筑面积700尺,又不去市政府更正建筑图纸,还不加700尺工钱的那个无理的女人。

"哼,有谁像你收费这么低,找别人她当然得多花钱了。我们不给她干也是她逼得。她还有脸告我们?"可是人家既然把你告了,就得准备材料打官司吧。先生是甩手掌柜什么事也不管,画累了就悠闲地看电视。她回来倒时差还没睡醒,迷迷糊糊闭着眼睛准备材料。还好,官司打赢了。阿碰提无理要求中止工程是她的责任。

"我还得告她呢,给她干活我赔了300元钱。"官司打赢先生来劲了。

"行啦!300元值得打一场公司啊?连律师费都不够。今天她告你,明天你告她的,打官司玩儿?这美国人,都有病啊!"

这几天濛濛奇怪,先生不说要干这个要干那个的了,天天上网半夜三更不睡觉。又折腾什么呢？又有什么计划啦？

果然，一天他又兴致勃勃地说："老婆，咱们上佛州啊。"

"上佛州干吗呀？"

"参加画展呐，佛州有好几个巡展团。我当年在佛州参加画展时，画还没画完，就有人等着要了。"

"那是当年，美国富得流油，人们有钱没地方花，就买画看呗。现在美国经济不景气，佛州就景气了？"

"反正我得去，这也是我人生最后一个心愿。房子我都上网租好了，巡展团我也联系好了。就等着动身了。"

"画要卖不出去怎么办？"

"先去 3 个月做试验期，卖得好就常住，卖不好就回来。"

"你光想着卖画，想没想过前期资金投入？"

"有什么投入的？我几幅画就赚回来了。"

"说得轻巧，几幅画就赚回来了。你知道 3 个月要投入多少钱？"

"投入多少？"

"你什么都不算，什么都不知道，就要走？"

"那你说，要投入多少钱？"

"我们开车去，路途四五天，住宿吃饭、汽油，一去就得 1000 元，来回就是 2000 元。租房子、吃饭、汽油 3 个月少说得 5000 元，净投资就得 7000 元。"

"啊？这么多？"他眨着眼看来根本没想过。

"还有画展呢，一次报名费 200 元，画展期间住宿汽油，画布画框颜料，一次投资就得 1000 元。就算你一个月参加两次画展，3 个月 6 次。就是 6000 元，加上那 7000 元。一共 13000 元。你 6 次画展能卖出 13000 元吗？卖不出来就是赔钱。再说，你现在有 13000 元吗？"

"没有了，都让骗子骗去了。"他像个孩子摸摸脑袋笑一笑，可怜吧唧的。

"行了，我给你投资 10000 元，实现你最后的理想吧。"她怜悯地看着他。

"赚了钱是你的。"他又高兴说，好像真赚来钱了似的。

"哎呀！我都没想过你能赚钱，不赔就不错了。"

两个人准备去佛州了。可是濛濛的朋友都一致阻拦说不可行。既然大家都不看好的事，不去了。先生还不死心，还上网继续和佛州展团、房主联系，执意要去。

濛濛急了："要死啦！要去你自己去，我不给你投资啊！"先生看她态度坚决，又没人给他投资，就无可奈何放弃佛州之行了。可是就像霜打的茄子……蔫了，整天无精打采的。

平时他们夫妻吃饭就是很随便的，这些天濛濛忙着写一部书，没时间就对先生说："老公，你做饭吧。"

"我不会做呀。做什么呢。"

"你想做什么就做什么，做什么我就吃什么。"

就是这么简单的要求也达不到。下午一两点钟了他也不做午饭，她饿了就说："老公，怎么还不做饭呐？我饿了。"

"你饿啦？我煮意大利面。"好半天，意大利面端上来，一点儿也不好吃。晚上七八点了，先生还在电脑前笑眯眯地看也不做饭。

"老公，几点啦，还不做饭，我都要饿死啦。"

"那我煮意大利面，一会儿就好。"真难吃啊，濛濛吃两口就放下了，一连几天都是意大利面。

"你怎么天天煮意大利面呀？"

"我就会煮意大利面。"

这一天，她端起一碗面，刚往嘴里扒了一口，感到一阵恶心，急忙跑到卫生间。她说什么也不吃了。

先生笑嘻嘻："老婆，还是你做饭吧，啊。"

"我看你是故意的，就不想做饭。是不是？"

"谁不想做了？"

"那为什么成天煮意大利面？"

"我就会煮意大利面，不会做别的。"

"行了，再将就几天吧，我把这部书写完了，我做。"

先生有盼头了可还得几天呐，就去买回一大堆点心、面包，小食品，又天天吃这些东西了。可是也不能天天吃呀。

先生还有个习惯：上午 11 点必须开信箱，信拿回来，必须先看信，什么事都放一边。如果出去办事了，11 点没准时开信箱，回来以后就饿狼扑食般奔向信箱，急切地一封一封信地拆开看。就好像信里面有什么珍贵的东西,不马上看就飞走了一样。

这一天两人出去中午12点才多回来。平时这种情况,濛濛急忙进屋连衣服都来不及换先进厨房做饭,在做饭的空隙时间再换衣服做点别的,交叉动作,所以很快就能吃饭。这次濛濛忙着上电脑去写她的东西,先生负责做饭了。她告诉他:“煮饺子。”她前些天包了些饺子,预备她忙了时应急。她想今天回来晚了就煮饺子吧,省事,还快。

先生照例先开信箱,拿回来一大堆信,进屋先慢腾腾地换上衣服,然后端端正正地坐下,一封一封信拆开看。濛濛饿了,想回家好半天没听见厨房有动静,出来一看,先生还在那看信就说:“老公,别看了,快做饭吧。”

“看完信再做。”

“都几点啦? 我饿啦。”

“看完信再做。”

“吃完饭再看不行啊? 那信又不是急件, 等着你马上处理, 你得有个轻重缓急呀。都1点多了,饿着肚子等你看信呐?”

“看完信再做。”

濛濛急了:“我算看透了,让你做顿饭吃,我得饿死。”

“你不是活得好好的,没饿死吗?”

“盼我死,是不是?”

“不是啊。”依旧看信。

吃完这顿饭下午2点多了。

这种事也是好几次了。她想,这日子还能过吗?

濛濛最后下定决心决定和他分手了,起因是小米粥。

这一天她又犯头痛病了,头痛恶心呕吐,要死要活。别看这头痛发病这么厉害,只要吃两片阿司匹林,睡半天或一天就好了。病因是颈椎骨质增生,压迫血管造成脑供血不足, 吃阿司匹林扩充血管让 血液畅通。要根治只有做手术去掉增生的部分。但医生也不主张手术,因为颈椎周围的神经太多,万一呢? 谁敢做呀! 她在床上躺了一天半,先生只是开个门缝看一眼又缩回头画他的画去了。第二天下午头不痛了,她摇摇晃晃地起来,感觉饿。

“老公,有饭吗?”

“你饿啦?”先生头也不抬依旧画他的画。

“废话！我一天零8个小时没吃饭，能不饿呀？”她火了。

“我给你做意大利面。”先生不情愿地放下画笔。

“我不吃意大利面。”她心想，还吃意大利面。

“那你要吃什么？”

“我要吃小米粥。”她赌气地说。

“小米粥怎么做呀？”先生皱着眉。

“小米粥都不会做？放米放水在火上煮。”

“那你告诉我吧，怎么做。”她看着他把米淘洗干净，加入水，放到炉子上。她躺回去，头虽然不痛了还是昏昏沉沉。

不一会儿，她听到厨房有“吱吱”声，隐约还有一股煳味从门缝钻进来。她爬起来到厨房一看，气坏了！粥全冒了出来，把火都熄灭了，煤气味也串出来了。先生还在那画他的画。她关掉火，想收拾一下，又一阵头晕，气急，连锅带粥“砰”扔进了水池里。

先生听到响声跑过来，“粥好了？吃吧。”

“吃？吃气吧！我早晚的，不是让你饿死，就得让你气死！”她气淋淋。

想不到先生笑嘻嘻：“死啦？bye bye.”

“白白！白白啦！”她要气疯了，彻底地和他 bye bye 了。

这段时间濛濛想，来美国以后怎么活得这么累呀！自己来美国的目的很简单，一不想赚大钱，二不想图发展，只想换个环境安安稳稳过几天清静的日子。所以她也不去拼命地打工，看看书写写字，累了出去走走，闷了去看大海，过一个平民普普通通的生活就行了。可这个先生啊，闹腾得不得安宁，今天赔钱了，明天被骗了，过几天又被告上法庭啦！她是个守法的公民长这么大都不知道法院的大门冲哪边开，吓得她晚上睡觉都惊醒过好几次。这样的日子怎么过？哎！要知道这样，干吗来美国？她思前想后，决定回国去！离婚吧。先生是好人，但是他的作为她实在忍受不了。要是不离婚，他以后不是又给你折腾出什么事来，就是让他吓死。这个旷世的叛逆！

“老公，咱俩离婚吧。”

先生瞪大了眼睛：“离婚？说离婚就离婚，像喝咖啡那么容易？”

“不像喝咖啡那么容易，还像做梅菜扣肉那么复杂呀？”

“为什么离婚哪？”

“我在美国住够了，想回中国。”

“那你可以回国住半年再回来呀。”

“不想回来了，也不想和你过了。”

“为什么？”

“因为你是一个怪异的人！有悖常理，你不顾客观现实一意孤行，和全世界对着干。我实在无法忍受你。”

先生不解地看着她。

“不要以为阿谀奉承是对你最美的赞扬，它会使你满足于现状停止不前；只有最爱你的人，你最亲近的人才会指出你的不足，那是发自肺腑之言。不要抱怨命运对你不公平，不是上天没有给予你，上天已是无比的青睐你，给了你许多次机会，只是你自己一次一次地不珍惜。我曾经感叹生活对你的不公，也痛恨那些伤害过你的人，谴责那些亏欠过你的人，并暗暗萌发为你找回补偿的愿望。我已经为你做了许多，给你办了画展，为你写了书。我的使命完成了。”

先生不同意离婚，濛濛坚持，最后他同意了。他们去律师楼办了手续。

她开始准备启程。国内带来的东西她什么也不要都给他留下了，去超市给他买了一些食品和生活必需品，又给他包了许多饺子，蒸了很多馒头花卷，做了一大锅红烧肉，一大碗梅菜扣肉，放在冷冻里，这是他最爱吃的。最后给他留下3000元钱。

濛濛走的那一天，先生去飞机场送她。在候机厅口，他拉住她的手，在她的脸上吻了一下，眼泪汪汪地说：“濛濛，我爱你！这里永远是你的家。你什么时候想回来就回来。我要想你，就去北京看你。”说得她鼻子酸酸的，真想哭。她赶紧转过头去。想自己几次婚姻，牵手分手，分手又牵手，结了婚不理想要离婚，离了婚又后悔，这次还会后悔吗？趁现在还没有后悔，赶快走，以后要后悔那是以后的事情了，起码现在不后悔，于是她掉转头拖着行李箱走进候机大厅。

就在飞机起飞的那一刻，她的眼泪还是止不住流了下来。

别了，美国！别了，洛杉矶！

第十一章　天堂牵手

51 找到了最爱

濛濛回国了。

久违了，那些曾经是她熟悉的一切，国人、乡音、家常饭。回到北京她就跑到全聚德烤鸭店痛痛快快地吃了一顿烤鸭。她细细地品味着，不由想起在美国的中国餐馆，大部分有卖北京烤鸭，有时朋友们聚会，尤其是北方人，都会要一个烤鸭。可是她吃了几个中国餐馆的烤鸭，总觉得他们的烤鸭有那么一点欠缺，但是又说不出来在哪里。今天坐在“全聚德”才找到了，这才是本帮本土、地地道道、原汁原味的北京烤鸭。

多年离去归来，叶落归根，也是一种心绪坦然的释放，说不出的一种的解脱感。

不久她感到右侧乳房隐隐作痛，到医院去看医生。医生给她做了全面细致的检查。她第二次去医院取全部化验检查结果。这次接待她的是一个年长的女医生，雍容祥和。医生和她谈了一些无关紧要的事以后对她说：“能请您的家属来一下吗？”她心里“咯噔”一下，心想她的病肯定很严重，要不然医生不会让家属来不跟她自己说。但是很快她就平静了，人生就像一个旅途，每个人都有自己的终点，只是旅途长短而已。难道自己终点到了吗？

“医生，我没有家属，我家就我一个人。您有什么话就跟我说吧。是不是我的病很严重？”

“您的病没问题，只是有点疑问。您没有家属，还没有亲戚吗？”

“有啊，我的亲戚就是医生。”

“那更好了，您请他们来一下。”

“医生，不用了。我知道我的病一定很严重。但是我人生经历的太多，什么样的打击我都能承受。您就和我说实话吧，谢谢您了。”

“您的病真的不要紧，只是乳房上长了个东西。现在科学这么发达，乳房的病是最好治的。”

“是癌症吧？”

“不能这么说。您其实做个手术就可以解决了。现在刚发现还是初期很好控制的。”

“怎么手术？”

“把乳房切除就可以了。”

濛濛明白了，一定是癌症，否则不会切除乳房。这是她最不愿意做的。她的身材是人人羡慕的，切除乳房是多么得难看，从此不再有傲人的身材了。对一个女人来说，没有了乳房还叫女人吗？她说：“不！我不做手术。”

“为什么不做手术？做了手术病基本就好了。”

“我知道。我们单位就有一个乳房切除的同事，她真的生存了一二十年，但是我不想做。”

“我劝您还是做手术吧。您还不到那个年龄。”

“我是坚决不做的。请您告诉我，我还有多长时间？”

“您还是把您的亲属找来吧。不要这么轻易就拒绝。”

“我主意已定，不管谁来都不会改变。”

“那您是太可惜了！生命是宝贵的，人生只有一次，您为什么不珍惜呢？”

“我更珍惜我身体的完整性。”

“难道身体完整比生命更重要吗？”

“对我而言，是的！”

医生无奈地笑了：“您最后决定了吗？”

“是的。请您告诉我，我还有多长时间？”

“如果按时服药，三年吧，也许，二年。”

“谢谢您医生。再见！”她站起来。

“您随时可以改变主意，给我打一个电话就可以。这是我的名片。”女医生递给她一张名片，极力劝说。她接过名片一看是主任医师，妇科专家。

“谢谢！再见！”她走出去。女专家看着她的背影摇了摇头，叹口气。

回到家，濛濛的眼泪流了下来。虽是嘴上说生命天定自己不可左右，但现在到了生命的尽头也哀伤。她头脑中一闪念，要不然做手术？但马上自己就否决了，绝不！不要一个残缺的肢体陪伴我离开这个世界。

亲人们知道了她的病情，都极力劝说让她做手术。她主意已定，坚决不做！他们也知道她的脾气秉性，对她的固执决断无可奈何，只好作罢。大家只能想办法，怎样能让她在未来的几年里过得更快活。

濛濛晚上坐在沙发上看电视，眼睛看着屏幕心思却不在那上面，看了一会儿把头靠着沙发背上，闭上眼睛回想着自己的一生：悠悠岁月，艰辛坎坷，悲欢离合，生离死别，爱恨情仇，统统经历过了，如今走到生命的尽头，已无遗憾。自己的一生抑或说是一本书，从呱呱落地书写第一页到今天已经全部写完了。再从头翻看一遍，哪一页最精彩？最值得留恋？最难忘？"医生请您告诉我，我还有多长的时间？""三年吧，也许二年。"两三年，只有两三年，这就是我最后的人生旅程了。在这生命有限的时间里，我要做一件有意义的事。可是做什么呢？什么事情能是我最后的人生最有意义的呢？

"濛濛，当不成舞蹈家，就当个作家吧。"突然，有一个遥远的声音，轻轻地、柔柔地，在她的耳畔低语。是谁？是谁对她说过这样的话？啊！是作家老师。

"老师！是您吗？您在哪里？"她惊喜而惶恐地站起来，四下寻找，没有。只是她的记忆。

"我行吗？""行！有我呢，我会全力以赴帮你。"这么多年过去了，可是老师的声音为什么这样清晰地响在耳边？

"我能写出来吗？""能！你有这个能力，不要怕吃苦。人生短暂珍惜年华。你只有3年的时间。在我有生之年，我一定把你培养成作家。你先写短篇、中篇，再写长篇。争取第一年写一个中短篇集，第二年开始写长篇，两年写两部。"

"老师的话为什么记得这样牢？就像昨天一样。为什么当年的情景历历在目？仿佛老师就坐在自己身边……啊！那是原本就没有忘记，一直深藏在心底，已是刻骨铭心了。找到了！我找到了，我人生中最精彩、最难忘，那最值得留恋的一页！"

她回想着与老师在一起的点点滴滴，幸福地回味着，感觉就像老师在身边一样。为什么后来见过那么多的男人却没有最精彩？可以说那些人也是优秀的呀！为什么后来又有过两次婚姻没有留恋？两个前夫也不是等闲之辈，而最难忘是老师呢？噢！那才是我的最爱！

"写书！我要写书！"她决定了。她找到了在最后人生里要做的最有意义的事，为自己，也为老师……实现老师的遗愿。

“老师，我的留恋，我的爱！我要去追随你。但是现在到哪里去找寻老师的足迹？只因为自己当年太傻，不但辜负了老师的情意，更对老师的一切不甚了解，所以对他的身世知之甚少。”此时她用力回想着老师说过的每一句话。她问过他：“老师，您是哪里人？”“我嘛，既有江南血统也有北方血统。不过，江南长大的，江南的成分多一些”。江南长大的？她有了第一个线索。可是江南城市这么多，他当年是在哪一座城市长大的呢？又回想一次他曾经说过：“父母南京北京。”啊呀！对了，那就是南京了！

去南京！我要去南京。

她呜呜咽咽抽抽泣泣，长泪涌流。“老师，我欠您的！我欠您的情，我欠您的命，我还给您。我就要去陪伴您了……”

52 迁居南京

濛濛决定去南京，去找寻老师当年走过的足迹，见证老师生长生活过的地方，重温江南才子给予她的温馨。

她开始上网查找南京的房子，首选秦淮河沿岸的房子，最后选中两套，拿不定主意要哪一套。一套价格 65 万元人民币，建筑面积 78 平方米，大两室一厅。这套房面积大，以后可以留给弟弟，他们住着宽敞。另一套价格 52 万元，建筑面积 60 平方米，小户型的两室一厅房，在顶层六楼，送 10 平方米露台。她喜欢那个露台，可以坐在上面看水景。想来想去最后决定，只要自己喜欢，不要那么多考虑别人，于是选择了带露台的这一套。房产经销商说这是一幢即将开盘的新楼房，现在预订是这个价格，如果现在不买开盘以后价格会提高，还说付款以后可以免费给做普通装修。售楼小姐她问能否定下来？她说我现在在北京未看到房子不好定，对方限她一个星期内敲定，第五天她飞到南京。

房子满意交付了房款，经销商把房产证交给她问：“我们可以提供免费的普通装修，你需要装修吗？有的房主不要，喜欢自己装修。”

“我现在住在北京，要来南京住，人生地不熟又没有精力做，请帮我装修吧。”

“露台只能做露台，不可以装修做房屋用，我先给你说一下，请你能理解。”

“谢谢提醒。我当初买六层就是为了要这个露台，可以俯瞰南京市，没有必要装修成房屋，有两个房间足够了。”

“那最好了。有的人要露台是为了多装修出一个房间，结果装修得各种样式的都有，把整体效果都破坏了。”

“装修材料没问题吧？”她不放心地问。

“你放心，都是环保材料，我们公司是对用户负责任的。”

“那就好，什么时间能装修完？我什么时候可以入住？”

“付了费，马上就给你装修。你的房屋也不大，装修很快，装修完以后还要开开门窗通风散发气味，我们公司是很负责任的。你两个月以后就可以入住了。”

“那太好了。可是我得回北京，还有一些事情没办完，但怎么知道你装修的进度呢？”

“我一个星期给你发一个电子信，向你报告装修进程，或者把你的电话告诉我，给你打电话也行。”

“给我发电子信就可以了。”

“好。”

回北京以后，南京那边一个星期就有一封电子信来，装修真的很快，3个星期就装修好了。

这期间她抓紧办理北京这边的事情，还回了一次哈尔滨看望母亲，两个月以后迁居南京了。

53 感怀古都文化，领略南京风情

到了南京住下以后，她急于知道老师的身世。对他的身世，她一直是个谜。在接触中他很少说自己，只是偶尔透露出一两句。现在她要知道老师的一切，就打电话给朋友余音。

余音亲热地和她聊着这些年的事，多少年的老朋友啦，有好多的话要说。余音轻轻地叹息一声，告诉她说：“哎，我爱人得癌症去世了。”

“是吗？他不应该走这么早啊，他身体多棒啊！”她真是出乎意料。

“谁说不是，谁也没想到。以为身体壮，就忽视了，平时也不去医院查查，等到感觉不舒服了再去看，就晚了。”

“是，都是。”

“你看都是平时没什么大病的才出事,那些平时病病歪歪,小病不断的人倒少得这病。还不如他平时多闹点小病,哪怕再重躺在床上我伺候他一辈子呢,也别让他走得这么早啊。”余音小声地抽泣起来。

“他什么时候走的?”濛濛的心里也为余音难过。

“一年四个月零七天啦。”

“哎,才60岁多点,怎么就这么早走了呢?”

“这个没良心的,扔下我早早地跑了。”电话里传来了余音的哭泣声。她想,如果在面前,余音肯定会趴在她的肩头痛哭一场。哎!生命的脆弱人之不可违,那样强壮的体魄癌症也会找上门。自己不是也再往这条路上走吗。但是她没有告诉余音她的病情。

“余音,事已至此。别难过了,别哭了啊。我现在在南京买了套房子,你到南京来散散心吧。”

“我不哭了。难过也没有用。我哪儿也不去,也老了,没那个心思了。”

她想真是天有不测风云,那个聪明伶俐的余音会被打倒了吗?

“哎,对了,濛濛,思南离婚了。”余音也认识思南,那个给濛濛找校长让他为儿子上大学铺路的思南,余音是通过濛濛认识思南的。

“思南离婚了?为什么?”

“可能是思南的生意做大了,看不上李处长,嫌他窝囊。”

“也别怪思南,那个李处长太土八路了。一天到晚穿双黄胶鞋,一口山东话,也不知道当初思南看上他什么了?”

“革命军人,共产党员,根红苗壮,当年不都找这样的吗?我们家那几个姨儿为了改变剥削阶级家庭出身,都找工农兵。当时是越穷越好,恨不得讨饭的才好呢。结果结婚以后成天吵架,你看不上我,我看不上你。你说能过一块儿去吗?不吵架才怪呢,坑人呐。”

“思南离婚顺利吗?李处长同意吗?”

“不同意。他上哪儿找思南这样的好老婆,嘴一份手一份,家里家外地忙。拖了一两年,不给思南出离婚手续。可思南坚决离,他看不行了就提条件,他们家在楼上的两套住房,楼下的饭店,还有家里的储蓄,全部归他,思南净身出户。女儿工作了不要爹妈管,儿子上大学,思南每年要给儿子拿生活费和教育费。同意就签字,不同意就不签。”

"啊？这不是故意刁难吗？有这么离婚的吗？思南同意了？"

"思南是铁了心，只要他出手续，什么条件都答应他。"

"那思南上哪儿住啊？"

"去深圳打拼。"

"啊？50多岁的女人，再从零起点开始打拼？怎么活呀？那要多苦多难。"

"我也这么说她。可她说死活要离开他。哎！不过我相信，思南能干有头脑又能吃苦，生存还是能够的。"

"嗯！"濛濛也相信那个精明强干、思路敏捷、吃苦耐劳的思南，能闯过这一关。又想，思南不顾一切地结束这个婚姻，可想而知是怎么样地深恶痛绝啊。

"哎！家家都有一本难念的经啊。濛濛，你就在南京住了？"

"嗯。余音，你知道上官榭详细的档案资料吗？比如身世。"

"哎呀，我就知道她老婆很厉害，其他具体详细的我也不知道。我给你问问吧，也不好问，都这么多年，老人儿都见不着了。你问这个有什么用？现在还有意义吗？"

"我要知道。请帮我。你总会有办法的。"她心里想，爱他一场，难道连他的身世都不知道吗？

过了一个月余音来电话，先向她诉苦费了多少周折，然后告之老师的身世：他1940年12月31日出生在南京。父亲是国民党将军，母亲是英国归来的留学生。当年他们都是热血青年。父亲燕京大学毕业以后正值日寇侵略中国愤而参军，母亲金陵大学毕业后在英国读学位也归国参加抗战了。他是独生子没有兄弟姐妹，从小聪颖勤奋好学，北京大学毕业。他本来是学理工科的，但是毕业论文写得非常好，才气毕露，结果一篇文章定乾坤，毕业以后分配到文化部门。"文革"中父母双亡，他调到哈尔滨，就致力于文学创作了，与一个有家庭背景的女政工干部结婚，后得癌症去世，时年46岁。

放下电话，濛濛不禁悲声。老师，悲哀呀！你承载了太多的悲哀！家庭的，历史的，民族的，生命的，情感的，为什么这一切要你来承担？你一个书生孱弱的肩头是无论如何也扛不起来的。没有一个人帮你，也没有一个亲人可以倾诉。或许你把最后一丝渴望寄托于你心仪的人时，她却弃你而逃掉了。这也是她的悲哀啊。

老师为什么能成为才子？到了南京她才明白，好一个六朝古都！

南京别称"金陵"，历经东吴、东晋，宋、齐、梁、陈，史称六朝，又有"十朝都会"之称，是指除了六朝之外的南唐、南宋，太平天国和"中华民国"。

南京是一座历史文化名城。在古代，南京籍的状元就有 20 多人。

六朝时，古都经济繁荣文化昌盛。"江南佳丽地，金陵帝王州，逶迤带绿水，迢递起朱楼。飞甍夹驰道，垂杨荫御沟。凝笳翼高盖，叠鼓送华辀。献纳云台表，功名良可收。"这是颂咏富丽堂皇的金陵，也是赞赏文人进取功名的精神。

到了唐代，对比西安的辉煌，废都南京仍然吸引着众多的文人墨客 。他们抚今怀古："台城六代竟豪华，结绮临春事最奢。万户千门成野草，只缘一曲后庭花。"发人深省，最令人唏嘘的是生于南京的南唐后主李煜写下了"问君能有几多愁，恰似一江春水向东流"的千古名句。

宋朝王安石把六朝的兴衰看作人生一梦："自古帝王州，郁郁葱葱佳气浮。四百年来成一梦，堪愁，晋代衣冠成古丘。饶水恣行游，上尽层楼更上楼。往事悠悠君莫问，回头，槛外长江空自流。"

明清有中国四大名剧。其中的《桃花扇》就是描写明末江南名士侯方域与金陵名妓李香君的爱情悲剧。更有清朝时出生于南京的曹雪芹千古一书《红楼梦》。《大英百科》评价说：《红楼梦》的价值等于……整个的欧洲。有评论家说：几千年的中国文学史，假如只有一部《红楼梦》，它的光辉也足以照亮古今中外。如果说达·芬奇的名画凝固的是一个自然的空间，那么《红楼梦》封存的是一个完整的时代。它以如椽巨笔刻画了男女之情，以言情而至伟大。而情天恨海的巅峰之作则集中体现在"金陵十二钗"身上，用精美的画笔拉开文学的帷幕，将红楼梦中最优秀的十二个女子凝固成艺术的瞬间。

南京记述了古典的美丽，帝都的繁华，往昔的淡漠，雅士的浪漫，文人的多情，才子的风流，故人的徘徊，世事的变换。南京也潜移默化孕育了老师这个作家。她现在能深切品味出他的浪漫多情，理解了他的无奈忧郁，也明白了他为什么偏爱《红楼梦》，感怀林黛玉。

老师喜爱音乐，是受益于十里秦淮河，一方水土养一方人。秦淮河是一条流淌着音乐的河，秦淮水漫，画船箫鼓，轻歌曼舞，动人心魄。可他为什么不喜欢丝竹八音偏偏选择了钢琴？噢，是受留洋母亲的熏陶吧，也许他能成为一个钢琴家或者一个歌唱家，但他最终成为了一个作家。

老师擅长书画，也应是启蒙受熏陶于家乡南京吧。六朝时生活在南京的有王羲之、顾恺之书画大家，还有明末清初的金陵八大家。所以老师的万里长城画得多么的雄浑气魄，诗作是多么的精深省人，书法又是多么的刚劲秀逸。

南京不但有悠久的历史文化，也有着优美的自然景观。

首屈一指是秦淮河风光，那是南京古老文化的渊源。沿河两岸从六朝起便是望族聚居之地，商贾云集，文人荟萃，素有“六朝金粉”之誉。自六朝至明清，十里秦淮的繁荣景象和特有的风貌，被历代文人讴歌。

其次是玄武湖风光。玄武湖毗邻南京城墙和紫金山，构成南京“山、水、城、林”景观。

再就是钟山风景区。钟山就是紫金山，因山形如钟、山势如同龙蟠之势而得名。山中除了有明孝陵、中山陵以外，还有灵谷寺、美玲宫、中山植物园、音乐台、紫霞湖、紫金山天文台。哦！紫金山天文台，她回想起当年看小说《第二次握手》，书里男主人公苏冠兰的父亲不就是紫金山天文台的台长吗？也奇怪，那时候别人都为书中男女主人公的爱情故事感动涕零，唯有她傻乎乎，却奇想天文台的神秘莫测，她今天终于得以一见紫金山天文台了。

另外还有长江风光和金陵四十八景等等令人驻足的地方。美不胜收！

她缅怀老师，追寻着老师的足迹。每到一处都会想，老师曾经来过这里吗？肯定来过。老师，我现在就在你的故乡，你知道吗，可是你却不在了，不能与我同游。老师，我好想你。他回忆着与老师在一起的点点滴滴，是那样的幸福，又是那样的痛苦。老师，你知道吗，我有多想你。于是仿佛觉得老师还在，就在她身边，她与老师手拉着手同游，甚至觉得老师就在附近望着她……

这一天她在游历时突然想起，那年在哈尔滨老师家中他送给她的“江南水乡”小景，那么美，如果没有亲临其境怎么会画得出来。她要找寻这处美景，便一路信步走到南京郊区。四处找寻，她找到了！真的有那样一条小河，河对岸有几栋相对的小楼，虽然残破依旧还在。河中花鸭白鹅戏水，河边一女子在岸边洗涤，只是没有飞架两岸的小桥，没有桥上的妙龄女郎眺望。她坐在岸边的一块石头上歇着、想着，老师画的一定是这里，可是又为什么没有小桥和桥上的美人？老师啊，你画中的小桥和美女呢？为什么她们没有了。突然，她明白了，这小桥和美女原本就没有的，是老师幻想出来的：一桥飞架南北变通途，奔向前去追寻自己的理想，美女眺望远方是心怀美好的愿望啊。老师，我明白了，那是你儿时一个美好的愿望吧，跟随你走南闯北始终不变。

观光之余是享受美食，领略南京的饮食文化——京苏大菜。她去过制作金陵大菜的绿柳居素菜馆，品尝过金陵四大名菜之一的松鼠鱼。南京人嗜食鸭鹅，她时有去饭店点一盘盐水桂花鸭，或一盘南京板鸭；或去吃南京的小吃，像鸭油酥烧饼、桂花赤豆元宵、凉粉、五香豆、鸭血粉丝汤、鸭肫干、梅花糕。她去的最多的地方是南京夫子庙，去过好几次了，那里周围的传统小吃店最多。魁光阁、六风居、奇芳阁、永和园，他们制作的特色小吃叫“秦淮八绝”。

每次在饭店吃饭，她都要两套餐具，一套整整齐齐摆在对面。有时会有热情的服务员问：“小姐，还有一个人没到吧？要不要先点菜？”

“是有一个人，但是他今天不会来了。我点菜。”她凄然地说。

饭菜上来，她在心里说：“老师，菜来了，这是你们家乡的盐水桂花鸭，还有鸭油酥烧饼，我想，你会爱吃。我们吃饭吧。”一股潮热湿润便在严重涌动，她强忍住眼泪，快速地吃完赶快离开，恐怕别人看出她的隐秘。以后她就在街边小店随便买一两样小吃，和“老师”边走边吃了。

翻看日历明天是12月31日，是老师的生日。

“老师，明天是你的生日，我来给你过，就在南京，你的家乡。”她喃喃地说。“你会高兴吧，可是怎么过呢？我看，我们还是在自己家里过，我给你做好吃的，你不知道，我现在特会做好吃的呢。”想到她亲自给老师过生日，又高兴又难过，便回忆想那一年在老师家。

“老师爱吃饺子，猪肉白菜陷，我做。”想着那一年在老师家包饺子的情景。她去商场买了高筋面粉，肉馅，大白菜。过生日不能光吃饺子呀，又想起那一年老师请她在饭店吃饭，老师喜欢吃的几个菜，红烧海参、松鼠鲤鱼、火爆腰花、烧茄子、鱼翅羹汤。就买了两个猪腰子、两根长茄子，还有几个青椒、红椒、土豆做配菜，葱、姜、蒜、花椒、大料、桂皮等调料，又去海产品店买了一条新鲜鱼，两个发货大海参，一小片鱼翅。

她边烧菜边说：“老师，濛濛现在可是会烧菜呢，你要喜欢吃，我天天给你做。”

饺子煮好，捞在两个盘子里，自己面前放一盘，对面放一盘。她斟上两杯红葡萄酒，一杯放在对面，站起来说：“老师，今天给您过生日。祝您生日快乐！干杯！”她对着对面的酒杯碰一下，一饮而尽。

“老师，吃饺子。你不是说还是自己做得好吃吗，有味道，也有情趣，还夸奖濛濛好手艺。今天的饺子会更好吃，我尽心尽力做的呢。吃呀！来，我们一起吃。”她夹起一个饺子。

她一边吃一边哭，泪水和着苦水吞咽……

吃完饭，收拾利落，她坐在露台上痴想：

“濛濛，你知道吗？你跳起舞来真美！跳芭蕾舞一定更好看，可惜我当年没能看你跳。”老师当年如是说。

跳舞？老师喜欢看跳舞。老师说喜欢看濛濛跳舞，说濛濛应该是“喜儿”，应该是“吴启华”。对，跳舞！给老师跳舞，就跳《北风吹》，老师今天过生日，让老师高兴。

她跑回屋子，在鞋柜子里翻，找出一双白色的软底休闲布鞋，又从衣橱里拖出一套宽松的运动服，回到露台。

这时天色已暗下来。远远望去，街道上奔跑的汽车已亮起了前灯。很快太阳就落到地平线下面去了，天空变得异彩纷呈，云影倒映在秦淮河上，波光闪闪。一会儿天色完全暗下来，夜幕降临了。濛濛遥望着夜空，在蓝蓝的夜空上，先是一颗星星跳了出来，接着第二颗、第三颗跳出来，以后更多地陆续布满了夜空。

“江畔何人初照月，江月何年初照人。不知江月待何人，但见长江送流水。”“谁家今夜扁舟子，何处相思明月楼？”张若虚的诗此时想来是那样的迷茫凄楚。

月光洒在露台上，清幽幽白蒙蒙，10平方米的露台不算大也不小，做舞台总可以。濛濛仰头对着夜空说：“老师，你说希望我是‘喜儿’‘吴清华’，我就给你跳《北风吹》。只是现在我不能跳芭蕾舞了，就给了跳一个普通的舞蹈吧。老师，来看！”

她在露台上一边唱一边跳：“北风那个吹，雪花那个飘，雪花那个飘飘，年来到。风卷那个雪花，在门那个外，风打着门来门自开，我盼老师快回来，欢欢喜喜过个年，欢欢喜喜过个年。”

上天也关照痴情人，濛濛已是多少年没跳了，跳起来还是轻盈自如。

心有灵犀一点通，她知道老师一定在看，还夸她跳得好，就一遍一遍地跳，就像当年和老师一起跳《我们新疆好地方》。只是没有了当年的欢声笑语，没有了老师，只有她自己。

她一边跳一边哭……

太平时期的南京则是一个好去处，那就是南京的气候。濛濛生于北方长于北方，对南京的气候尤其喜欢。温暖湿润，连风都是柔柔的。最受益的是皮肤，饱饱的吸足了水分，柔韧光滑好舒服。难怪老师的皮肤，虽说后期是病态的苍白，但皮肤底子还是白净细嫩的。那是家乡的青山碧水赐予他的。

濛濛在到南京的前4个月里遍游了南京城。这下她是尽兴了，坐下来开始写书。旅途漫长，往事浩繁，从哪里着手呢？

“你的知识面比较广，有中文功底，能驾驭语言，而且有些词句得心应手用得非常美，这说明你有丰富的情感，最适合写散文。”老师如是说。

她先写散文，6个月写出一本散文集《彩色的人生》，送去出版社。

接下来两个月她写出一个中篇《在那遥远的地方，有一个美丽姑娘》。

这个故事在她心里装着几十年耿耿于怀，今天终于把它写出来了。那是发生在她下乡插队时候的一个悲剧：一个乡野戏班里最漂亮的小旦，在戏班困苦饥寒之时为救兄弟姐妹们，自愿嫁与一个财主做妾，为戏班换取马车钱粮。身怀六甲之时，中国大地掀起了轰轰烈烈的土地革命运动，这个村里也来了土改工作队，财主一家都将被处死，小妾死死地抱住一个女工作队员的腿求她救救还没有出生的孩子！也许都是女人，她讲情留下了小妾，但被赶到马棚里住。不久小妾生下一个漂亮的女孩，可她得了产后风病倒在床，而后越来越重以致瘫痪。是女儿救了母亲的命，她给女儿起名叫“救命”。人们叫白了就叫女孩“命儿”。命儿长大了，她是村里最漂亮的姑娘，最善良的姑娘，也是最穷的姑娘。由于出身不好又是小妾生的，是最受歧视的姑娘，也就是命运最坎坷的姑娘。又因有一个瘫痪的母亲一张吃饭的嘴，是最没人敢娶的姑娘。听人说村里曾经有一个青年和她相爱过，但最终抵不过家庭的压力和社会的舆论，一气之下参军走了。多年以后，提升了军官的青年带着城里的妻、子回乡探亲。命儿躲在柴门后潸然泪下，青年不敢从她门前过。后来公社书记偶然来村里办事看上了她，要命儿给他得了小儿麻痹症的外甥当媳妇儿。在春节的前几天，婆家套车赶在春节前来接命儿过门。偌大的一辆车上，只拉着命儿和她唯一的嫁妆……一个瘫痪的母亲，被拉到一个更遥远的地方……

濛濛第二年开始写长篇，一年内写出一部长篇纪实小说《一个艺术家传奇的人生》。它讲述一个热血青年抱着以艺术报效国家的期望，在新中国成立之时从国外逃回国内，又因政治原因又从国内逃到国外，历经坎坷的传奇人生。

在写作的间隙，或是在思考下一步内容的时候，她喜欢坐在露台上，面向十里秦淮河。上看天，下看水，远处的山，近处的街景，周围的城市尽收眼底。放眼望去，在浩瀚的天地间，自己一个微弱而渺小的生命曾经来过。多么幸运！写一本书，给这个世界留下一点点纪念，在历史的长卷中嵌进一个小小的印痕。

在第三年写第二部长篇的时候，她祈求上天："求您给我一年的时间，不要那么快就把我带走吧。"上天真的眷顾她，耐心地等她把第二部长篇小说《生命之歌》写完，印刷出版。这部书她只用半年的时间就赶出来了。

看着三年拼搏的成果……4 本书，她的眼泪流了下来。老师说得对，我能成为作家，只是水平太低时间又太仓促，书里有许多不如意之处。我还不能称为作家，只是一个写手。哎！上天给我的时间还是太有限，如果再多给我一些时间，我一定会努力成为一个名副其实的作家。

54 今世承诺，天堂牵手

书写好后，濛濛马上给老师"寄去"，还给他写了一封信。

敬爱的老师：

您好！

难忘你，我的师尊，我的兄长，我"初恋的情人"。

你是我的师尊，是我的兄长，是我的"情人"，我的爱！

我的爱！你知道我爱你吗？你知道我在想你、念你、盼你吗？

往事历历在目，只是人已去，万事皆空，唯留思念在心中。用尽三江五湖水诉不完我对你的爱，也写不尽我的悔恨……

泪已尽，情更深，心更切。唯有在来生。

亲爱的，等着我，我马上就会与你相聚了。

吻你！深深地吻你！

你的学生，你的濛濛，你的爱

于你的家乡南京

濛濛最后回一次北京和家乡哈尔滨，就算是处理后事，和所有的亲人朋友们告别吧。

这期间，她找医生对他们说："我晚上睡不着觉，您能给我一点安眠药吗？"每次医生给她一些，她就小心地积攒起来。

这一天晚上，天空如绸缎般地幽蓝，明月当空朗照乾坤，那一轮高悬的圆盘给人以无限的遐想。白天的暑热好像被蓝色的幕布吸进去了，天气逐渐凉爽起来，人们都到外面来乘凉。

濛濛坐在露台上，仰望夜空，耳边又响起了和老师的对话："濛濛，你知道我最喜欢听哪一首曲子吗？""哪一首？""《梦中的婚礼》和《友谊地久天长》。"

她回屋拿出来小提琴站在露台上，抬头对着夜空说："老师，来听，濛濛给你拉小提琴《友谊地久天长》，只可惜没有老师给我伴奏了。"

悠扬哀婉的琴声在月夜里飘荡，如诉如泣，清幽凄迷。这是她一生中拉得最好的一次，也是她最后一次拉琴了。

她一边拉琴一边哭。

安眠药慢慢地多起来，有了一瓶，她一数整整200片，足够了。

近期，她感觉到右面乳房一阵阵的痛。我的日期到了。乳房越来越痛。我该走了。哪里做我的人生终结地呢？南京！老师的故乡。哪里做我的终结点呢？在家里吗？当然好。但现在的住房都是独门独户，没有人会发现，怎么通知我的家人？那么，就去一个公共场所吧。只是也别太大庭广众了，再把人吓着，也不雅观，她是最注重自己形象的。她想来想去，决定去一个旅店吧。

她动手写遗嘱，把她的房产和财物分给亲人们。

写完以后把遗嘱复印成若干份，分别装在几个信封里收起来，准备寄给所有的继承人。

这一天不可阻挡地来了。她来到一个事前看好的一个大旅店里。入夜，她把两个大信封放在小桌子上。一个大信封里面装着几个小信封是给亲人的遗嘱，一个大信封里是给旅店经理的信：

尊敬的经理先生／女士：

您好！

实在对不起！给您增加麻烦！我也是不得以。请原谅！我请求您两件事：

1. 请给我亲属打电话；

2. 请把遗嘱交给我的亲人。

另，这里有两笔钱：

1. 请给最先发现我的人1000元。

2. 请给旅店3000元。

谢谢！来世再报！

沈濛濛上

然后，她用笔记本电脑把遗嘱给所有继承人发一封电子信。她相信明天早上她的亲人们就会收到，把两封信封口，放在桌子上，又到前台大厅对值班员说："劳驾！请明天早晨上班时务必要经理到我房间拿两封信。谢谢！"

她回房间洗浴完毕，换上自己最喜爱的衣服，坐在镜子前化妆，看着镜子她问自己：还不太丑吧？

要上路了。她拿出精心积攒200片安眠药的小瓶子，药片倒出来在手心里，看着这些即将要带自己到另一个世界去的神奇小东西们。看着看着，它们仿佛变成了小时候吃的小糖球，彩色的，就像她彩色的梦。她吃了一粒，好甜，又吃了一粒，又吃了一粒……然后静静地躺在床上。小提琴放在枕头边，怀里抱着她的书。永别了！妈妈。永别了！亲人们。永别了！朋友们。

一条细细凉凉的水流从眼角流下来，在空寂的房间里滴落到枕头上发出轻微的"吧嗒、吧嗒"声。是泪！伸手擦去，不要哭！要快快乐乐地离开这个世界……

渐渐地，神智开始迷蒙，感觉身体轻飘飘、轻飘飘地。呀！飘起来了，她飘离了大地升到空中！

身边有五彩的祥云在托着她……

飘呀飘！下面好美呀！那是大连老家青青的山，蓝蓝的海，一群孩子们在沙滩上追逐打闹，她骑在奶奶家院子里的大门坎上两手捧着大苹果吃着，甜甜地笑着。

飘呀飘！一群女孩子，从女校的大门口走出来。那不是她吗？梳着两条细细的小辫子，辫梢系着大红绸带，摇着头骄傲地对人说："我是中学生了，不是小孩子，是大孩子啦！"她也不知道什么是大孩子，只是听大人们说，上中学就是大孩子了，不能像小学生不懂事。那自己就是个大孩子了。要懂事！

飘呀飘！在那片希望的田野上，知青们和农民一起收割庄稼。她抬起满是汗水的脸，用被谷子叶割得净是血口子的手背抹一把脸上的汗水。“嘎……”一群大雁向南飞去，大雁回它们的家了。我们什么时候才能回家呢？一低头，一串泪珠掉了下来；

飘呀飘！我回城啦！上班的路上不由自主地乐；

飘呀飘！那是在自己的小家。她和汪杰吵架：“找你的燕妮去吧！离婚！”

飘呀飘！在作家老师的客厅里：“濛濛，那张纸就那么重要吗？我除了不能给你一个婚姻，我什么都能给你。”“可是老师，我人生有信条，我绝不做任何人的情人！”

飘呀飘！一转头，儿子不见了！儿子，你在哪里？妈妈把你丢了！我真该死！回来呀儿子！妈妈怎么能没有你？我的儿子呀！

飘呀飘！飘过北京的大院。教授争辩：“我没骗你！”“还不承认？我告诉你，我一生做人从来不说谎。我也最恨说谎的人！离婚吧！”

飘呀飘！飘过高山越过大洋，那是美国的洛杉矶，不是自己曾经生活过几年的城市吗？还有那个故步自封离经叛道的画家。分手了！

飘呀飘！越飘越轻，越飘越快，越飘越高，飘到了天边。呀！天上出现一道彩虹，一道五彩缤纷靓丽的彩虹。她向着彩虹飞过去，飞过去。触摸到彩虹了！好暖，好软，像小时候头上扎的红绸带。

突然，“轰隆！”一声，天堂的大门向她打开了！

她飘了进去。好美丽好明亮的天堂啊！长着翅膀的小天使飞来飞去，仙女们一个个笑盈盈往来不断。她看见了所有的亲人。姥姥、姥爷、奶奶、父亲、儿子，亲人们和她相拥在一起，哭着、笑着、说着、向她询问着。

“濛濛……”

突然从另一个方向传来一声轻轻地呼唤，声音虽然是那样的轻，那样的小，但是却牵动着她的心弦。

“是老师！”她一转头，果然是老师站在那里。

“老师！”她欣喜地扑过去。他不及防，身体稍微摇摆了一下又站直了。他拥着她，两人定定地望着。

老师已不似文弱书生，身体强健，脸色红润，高兴地对她说：“濛濛，我收到了你的书。恭喜你！终于成了一个作家。”

“谢谢老师对我的教诲。”

“我没帮上你什么，都是你自己的努力。

“那是老师对我的培养和训练。”

“我真后悔对你说那句话，玻璃杯打碎了，水流走了……”

“老师，对不起！都是我不好，我后来全知道了。”她低着头轻声说。

“我看到了你的舞蹈，听见了你的琴声……”

“我就知道的。”

“濛濛，你后来好吗？”

“我还好。老师，你在这里还好吗？”

“不要叫我老师，叫我心结。”

“心有千千结。”她脱口而出。

“难忘前世情。”他接口说。

“濛濛，我好想你。”他紧紧地抱住她。

“我也想你。”她也抱紧他。

“濛濛，我好爱你！”

“我也爱你！你爱我有多深，我爱你就有多深。”

“濛濛，我一直在这里等你，我知道你一定会来的”

“我一定会来找你，”

“濛濛……”

“我也不叫濛濛了，我这一世叫思念。”

“思念。好，深深地想念，思念，我们合写一本书吧，名字我现在都想好了。”心结说。

“我知道你想用是什么名字。”她狡黠地看着他。

“那你说。”他也知道她的聪明。

“我不说，我们俩一起说。”

“好。”

“我喊一、二，就说一、二。”思念大声喊。

“天、堂、之、恋！”两个人一起喊出来。

“这真是……”

没等心结说完，思念立刻接上去，两个人又一起说出来“心有灵犀一点通”！

“你这小调皮，好聪明！”心结吻一下她的鼻子。

“不是我聪明，是我是你肚里的虫儿。我再也不是那一世的傻濛濛了。”

“不，你不是我肚里的虫儿，你是我的魂！”

思念好感动，伏在他的胸前无声地哭了。

“思念，这一世我不再是作家了，我选择了清洁工，你还爱我吗？”他问。

“爱！我爱的是你的人，不是你的职业。”

“思念，你真是我的爱！”

天堂有人走过来问她：“思念，这一世，你选择什么工作？”

“有什么工作可以让我选择？”

“现在只有三个位置了：大学教授、演员、园林工人”

思念看看心结，他满怀期望地看着她。

“我选择园林工人。我要一辈子栽花侍草。”

他欣喜地笑了说：“我们要用双手把天堂清扫得干干净净，装扮得漂漂亮亮。”

“嗯！永远没有灰尘与罪恶，只有清新与安宁。”

“思念，现在答应我吗？

“我答应你！不管你让我做你什么人，我都答应你，我们再也不分开。”

“我不要你做我的情人。”

“你不爱我了吗？”思念惊异地看着心结，想起他望着窗外生气的样子。

他看着她的眼睛郑重地对她说：“我要你做我的妻子！这是我这一世对你的承诺！”

“心结！”思念兴奋激动地叫起来，更抱紧他，头靠着他的胸前哭泣。

心结满眼含泪深情地唱起《友谊地久天长》：“怎能忘记旧日朋友，心中怎不怀想，旧日朋友岂能相忘，友谊地久天长。”

思念仰望泪流满面接唱：“我们也曾终日逍遥荡桨在绿波上，但如今却劳燕分飞远隔大海重阳。”

两个人泪眼相对一起唱：“我们往昔情意相投，让我们紧握手，让我们来举杯畅饮，友谊天长地久……”

尾声在天堂回荡：“地久天长，地久天长，地久天长……”两人紧紧拥抱在一起……

这时，天堂教堂里响起了庄重欢快的乐曲《梦中的婚礼》。两个仙女走过来，给思念戴上婚纱。

心结牵着思念的手向教堂走去。

天使们围着他们唱着祝福的歌，所有的亲人们都为他们祝福，这前生今世的姻缘……

他们离教堂越来越近，越来越近；

音乐声越来越大，越来越大；

心结和思念的手越牵越紧，越牵越紧……